Pedro Ca

San Juan, 2 de noviembre de 1971. Autor de doce libros y más de un centenar de ensayos, Cabiya es uno de los escritores más queridos y leídos en el Caribe hispano. Su obra ha sido reconocida por el Pen Club, el Instituto de Literatura Puertorriqueña y la Asociación de Escritores y Periodistas Dominicanos. En el 2014 fue galardonado con el prestigioso Caonabo de Oro por excelencia en las letras, distinción que comparte con Juan Bosch, Pedro Mir, Julia Álvarez y Luis Rafael Sánchez, entre otros. Ha participado en numerosas antologías internacionales y sus cartas abiertas, artículos de opinión y ensayos sobre política, religión, derechos humanos, arte y ciencia se convierten regularmente en fenómenos virales. Sus libros más notables incluyen *Trance*, *La cabeza*, *Historias tremendas*, *Historias atroces* y *Malas hierbas*, ganadora esta última del Foreword INDIES Best Science Fiction/Fantasy Book Award en el 2016 y publicada en inglés por Mandel-Vilar Press. Su novela *Reinbou* fue llevada a la pantalla grande. Síguelo en sus redes.

www.pedrocabiya.com
Facebook.com/PedroCabiya
Twitter: @PedroCabiya
Instagram: @pedrocabiya

También de
Pedro Cabiya

Novela

Trance

La cabeza

Malas hierbas

María V.

Reinbou

Cuento

Historias tremendas

Historias atroces

Novela gráfica

Las extrañas y terribles aventuras del Ánima Sola

Juvenil

Saga de Sandulce

Poesía

Crazy X-Ray Boomerang Girl

Phantograms

Rayos XXX

Tercer Mundo

Zemi

Boon™

Tercer Mundo

Pedro Cabiya

Zemí Book (Crown Octavo)
San Juan - Santo Domingo - New York

Otros títulos de Pedro Cabiya:

Trance
Historias tremendas
Historias atroces
La cabeza
Malas hierbas
Reinbou
Saga de Sandulce

Próximamente:
Fábula

Información sobre pedidos. Descuentos especiales disponibles en compras de gran cantidad por corporaciones, asociaciones y otros. Para obtener más información, comuníquese con los editores en **ventas@zemibook.com**. Pedidos de librerías y mayoristas de los Estados Unidos, comunicarse con Ingram Distributors.

Título: *Tercer Mundo*
1ra edición © 2019 Pedro Cabiya

www.pedrocabiya.com

ISBN: 978-9945-9129-0-6
Impreso en Estados Unidos
Arte de portada: Arlette Espaillat
Diagramación y diseño de cubierta: Critical Hit Studios
Paratexto de contratapa: Theresa Sawyer

A Imloa

Contenido

Tercera Parte
Sendo Salpafuera en Santurce

Témbol

Cuarta Parte
Pare de Sufrir

Quinta Parte
Un Jíbaro Terminao

Sexta Parte
El Momento Más Triste Ha Llegado

Orbis Primus

Tercer Mundo

0. Una idea inoportuna

Estática.

Es el timbre de la explosión que dio origen a lo que existe. La realidad es el rastro, las esquirlas, los escombros asentados a partir del estallido del que nació el cosmos. Y la estática, esa música lejana proveniente de todas partes al mismo tiempo con la misma intensidad, ocupa este párrafo, crispándolo.

Pero no por mucho tiempo.

Múltiples voces y músicas variadas perturban de pronto la invariable monotonía de la estática. Ninguna domina. Ninguna impera. Pero ciertamente hay impaciencia detrás de esta intromisión. Se suceden disonancias que ahora la estática solo demarca.

—... ra un lavado que reluzca de blancura, compra...

—... por ciento de descuento en todas nuestras tiendas. Sólo tienes que...

—... dos personas fueron encontradas muertas. Esta madrugada, los cuerpos sin vida de Pedro Barrios y Josefina Wilson...

Súbitamente, una decisión.

—¡Buenas tardes amigos y amigas radioescuchas! Bienvenidos una vez más a este tu programa radial favorito, con el DJ que te pone a gozar con los hits más calientes del momento.

Sobre la voz del locutor se oye una campanita.

Tilín... tilín.

—Edna, mamita—dice doña Ton, atando rebeldes crenchas blancas al tenso moño con el que se recoge los cabellos—, bájame eso, hazme el favor, o apágalo, que tenemos gente.

Tilín... tilín hace la campanita nuevamente, esta vez al cerrarse la puerta del establecimiento.

Edna, lentes para ver de cerca delante de ojos cafés, piel tabaco y pasas en libertad, mira a su abuela por encima de los gruesos vidrios, primero, para luego considerar a las dos señoronas que acaban de atravesar el umbral de la Botánica Ganesh.

Blancas, obviamente. Gafas Chanel oscurísimas, reglamentarias en visitas de este tipo. Carteras Louis Vuitton. Prendas. Entra con ellas la vaharada floral de perfumes caros, el aroma apagado de cosméticos de marca, y la mala vibra de luases hambreados y aburridos. Ella no puede saberlo, pero las señoras también contemplan a Edna desde la seguridad de sus micas ahumadas de quinientos dólares: veinteañera alta e imponente, un sujetapapeles apoyado contra el vientre duro y plano, rodeada de todos los colores del arco iris: artículos de hechicería, velones, estampitas, afiches de santos, aerosoles mágicos, muñecas vodú, ilekes, rosarios, collares, escapularios, piedras de rayo, fragancias, polvos, inciensos, frascos, mirra, pociones y animales disecados. Edna interrumpe el inventario y apaga de malísima gana el antiguo radio Sanyo con el que acompañaba su labor.

—Rafael Merejo contigo de cinco a nueve en este *Sábado de Salsa Clás...*

Edna inmediatamente reemprende su trabajo: toma una lata de polvos mágicos, apunta el nombre en las fotocopias del sujetapapeles, cuenta cuántas más hay en el atiborrado estante, devuelve la lata a su lugar y apunta el número. En el entretanto, doña Ton, negra, rechoncha y de una presencia simpática y juguetona, espera con una sonrisa tras el mostrador a las azoradas clientas.

—Buenas... ¿En qué puedo ayudarles?

Las mujeres, ambas treintonas, se miran como si no se pusieran de acuerdo sobre cuál de las dos debía hablar primero. Una de ellas—de cabello color caoba cuyo tinte la salonera acaso dejó demasiado tiempo—anima a la otra—de cabello color dorado cuyo tinte la salonera no dejó el tiempo suficiente—con una leve inclinación de la cabeza.

—Yo...—dice—. Yo... necesito quitarle a mi marido una idea que se le ha metido en la cabeza.

Doña Ton asiente con gravedad.

—¿Y qué idea es esa?—pregunta.

La mujer de cabellos dorados titubea, mira a su compañera...

—Pues...

La mujer de cabellos caoba le da a su amiga un breve masaje en el centro de la espalda.

—Díselo—susurra—. Anda, que no te de vergüenza.

Edna interrumpe nuevamente su faena, interesada por la conversación. Apoya un codo en la estantería y espera la respuesta... Pero la mujer no se decide, y menos ahora que Edna se quita los lentes y la abrasa con una mirada de absoluto desprecio. Doña Ton hace con la mano un gesto que pretende dejar de lado el tema, por ser un asunto sin importancia, al tiempo que Edna sonríe, se pone de puntillas, alcanza en el último estante una lata de spray y se mueve hacia doña Ton.

—No hace falta que me diga nada. Una idea inoportuna. Usted lo que necesita es un poco de spray "Tate Quieto".

Con movimientos que parecen coreografiados, doña Ton levanta su mano izquierda y Edna le coloca en la palma el spray que acaba de retirar del estante. Doña Ton ni siquiera la mira. Solemne, con lentitud teatral, pone la lata delante de ella sobre el mostrador.

Las señoras se acercan a mirar con la actitud rezongona y cobarde de niñas que contemplan una criatura escurridiza. La lata, alta y angosta, como la de los insecticidas o los ambientadores, en efecto lee, "Tate Quieto", con otras leyendas y advertencias. Un letrero más grande que los demás dice que el aerosol es inflamable y que está libre de clorofluorocarbonos. La voz de doña Ton pone fin a la tímida contemplación de sus clientas.

—Échele en los calzoncillos—dice—, en la almohada de él y en donde se sienta a ver televisión.

La mujer de cabellos caoba se arriesga y toma el producto en la mano.

—Este sí que funciona—dice—. Yo lo usé contra una lesbiana que me tenía mareada en la oficina. Santo remedio.

La mujer de cabellos dorados le quita el spray a su compañera y le da una ojeada final.

—Me lo llevo—dice—. ¿Cuánto cuesta?

—Cinco veinticinco.

Doña Ton marca el precio en la vieja caja registradora y finaliza la venta.

¡Kachiiing!

Cual ladronas adolescentes, las amigas se tropiezan entre sí en su desordenada retirada; mientras más rápido se fueran de allí, mientras más lejos estuvieran, mejor. Abren la puerta y suena la campanita.

—¡Señoras!—llama doña Ton de súbito. Paralizadas en el umbral, espantadas, las señoras se vuelven hacia la pequeña mujer.

—Les recuerdo—les dice—, que no deben dejar este ni ningún otro artículo de hechicería al alcance de los niños.

Las mujeres se miran entre sí, con sorpresa, y luego a doña Ton, con seriedad, rostros que son una promesa de responsabilidad incólume: el poder que les ha sido confiado está en buenas manos, parecen decir, y salen. Edna, boquiabierta, mueve la cabeza de lado a lado mientras lanza un suspiro de hartazgo, como si no pudiera creer, ni soportar, tanta estupidez.

Consulta su reloj de muñeca, su relojito digital Casio, y se escandaliza. Deja el sujetapapeles sobre el mostrador, ubica y se monta una pesada mochila, y desconecta un celular que estaba cargando; muy despacio se acerca a la puerta de la botánica revisando sus mensajes.

—¿Y usted para dónde va?—quiere saber doña Ton.

—A la universidad—dice Edna—. Tengo examen y estoy tarde.

—¿Qué?—se preocupa doña Ton—. ¿Pero cómo es que tú no me dices una cosa así? Yo ni las flores les he cambiado a los santos. Avísame con tiempo esas cosas...

Edna no puede creer lo que ha escuchado y deja de mirar el celular.

—¡Ay, mamá, por favor!—exclama—. ¡Cuánto disparate! Una cosa es que usted le salga con esa bazofia a los débiles mentales que cruzan por esta puerta y otra muy distinta que me salga con eso a mí... ¡A mí!

Doña Ton frunce el entrecejo. Algunas crenchas blancas se liberan del moño y se crispan sobre su negra piel, pero su furia no es de las que se ventila gritando.

—Atrevida...—dice en voz baja pero intensa, saboreando cada sílaba—. Soberbia. Con la de cosas que tú has visto con tus propios ojos en estos últimos años...

Pero Edna ya está afuera, la campanita el único testigo de su salida.

—¡Esa misma bazofia, como tú le llamas—le grita doña Ton, ahora sí a todo pulmón, y es una voz potente la de la propietaria de la legendaria Botánica Ganesh—, es la que te paga la universidad, malcriá!

No sabemos si Edna ya iba lejos, pero de que oyó el reproche de su abuela, lo oyó. Hela aquí de vuelta, entrando como bólido por la puerta, cuya campanita puso a sonar violentamente, pero ni siquiera mira a su abuela. Se dirige sin pestañear hasta llegar al viejo Sanyo de baterías que anteriormente le obligaran a apagar... y lo prende a todo volumen.

—Quédate en sintonía, panita, porque seguimos con un numerito como para pegarle candela a todo Santurce...

Edna da media vuelta, desanda lo andado y se marcha con un portazo, seguida por la mirada reprobatoria de doña Ton.

No podemos oír el tintineo de su salida debido a que el radio está a todo volumen, aunque seguramente doña Ton lo apagará en breve. Da igual que lo haga. De cinco a nueve todos los radios están sintonizados en la misma emisora y retumba en la gran metrópolis de Santurce, capital de la República Borikwá, el irresistible *Sábado de Salsa Clásica* de Rafael Merejo.

De manera que, mientras Edna avanza por la abarrotada urbe, emerge de colmados, negocios, joyerías, barras, casas de empeño, casas de cambio, cashitos, billares, restaurantes, fondas, edificios públicos, bancas de apuestas, verdulerías y balcones particulares la voz que es como la de Dios en los sueños—proveniente de todas partes y de ninguna—y Edna no se pierde de nada.

—Así que si usted transita en estos momentos por la Fernández Juncos o por la Ponce de León, ándeseme con cuidado, pues por aquí viene Luigi Texidor traqueteando en la Sonora Ponceña con una cancioncita... sí, una cancioncita titulada "Ñáñara Caí", de su LP *Energized*.

Y ni corto ni perezoso, metiéndose nadie sabe cómo en la clave de son, pues por algo y no por nada es un genio, el guitarrista Yayo Liceaga arranca con un riff de siete pares (y hay quienes dicen que debió suavizar el Big Muff) que eriza la piel, preparando el camino para que Papo Lucca inserte los armónicos de un piano jodedor, Orestes Aponte coloque los semitonos de su sitar y Luigi Texidor entone su intro encantatorio, mientras Freddy Negrón ataca con una descarga de batería que es una invitación a los muchachos de las congas para que metan mano, porque, ¿quién les dio el día libre?

Lo malo es que Merejo es de los que hablan por encima de las canciones, hábito que encabrona a cualquiera y a Edna más, así que hay que joderse. Pero hasta Edna se lo perdona, mientras avanza por las calles de su ciudad a la parada del autobús que la llevará a la universidad, porque siempre dice cosas divertidas y hasta profundas. Como ahora.

—¿Anjá, papi? ¿Anjá? ¿Qué tú esperabas? Esa es la Sonora, papax, la de aquí. Porque a lo mejor hay otras Sonoras, pero no suenan así. Así suena nada más la Sonora de aquí, mamita, ¿dónde tú estabas metida? ¿Ah? ¿Que te suena a otra? Te suena entonces a una que no es. De aquí no. Yo no sé de qué Puerto Rico tú eres, pero de este Puerto Rico no es. ¡No es! Y acuérdate, mamichula, que no importa adónde vayas, ahí estás. Esa es la regla de oro, ¿oíste? ¡De oro! ¿Dónde tú estás? ¿Adónde? Amigos y amigas radioescuchas, pregúntense: ¿dónde yo estoy? ¡En el mundo! ¡Anjá! ¡Ahí mismito! En el mundo. ¿Pero, en cuál, brother? ¡¿En cuál?!

Tercer Mundo

Pinta noche de ronda
y de un loco su manía.
Puede pintar la voz mía
cabalgando en esta onda.
Ramito

After nine days
I let the horse run free…
America

Con los santos no se juega.
Héctor Lavoe

Solo borikwás
de esta página
en adelante.

Primera Parte

Sábado de Salsa Clásica

1. *Intríngulis*

Vas por ahí y la gente te mira. No lo sabes. ¿Cómo vas a saberlo? No puedes estar pendiente de todo. La gente te mira, mira lo que haces, lo que no haces, aunque sea brevemente, aunque sea fugazmente. ¿Has pensado en ello? Seguramente que sí. Todos hemos reflexionado sobre el tema en alguno que otro momento. Personas que nunca conoceremos se llevan una imagen de nosotros saliendo de una tienda, haciendo fila en el banco, tropezándonos con un desnivel en la calzada. Gente resguardada en sus automóviles, por ejemplo, obtiene una fotografía instantánea del momento preciso en que perdemos el balance y nuestro centro de gravedad acelera hacia el suelo sin que nada lo detenga. Dependiendo de la velocidad del conductor, verá o no verá el impacto contra el cemento; los carros que vienen detrás, esos sí lo verán, aunque se hayan perdido los momentos iniciales de tu caída. Los de más atrás solo te verán en el piso, tendido, y los de aún más atrás te verán levantándote y se preguntarán, "¿Qué hace ese estúpido tirado en el suelo?" El tráfico es una máquina de diapositivas inconexas e incompletas de las que somos testigos desde la perspectiva ininterrumpida y coherente del conductor...

Pero la vida no.

En la calzada, nuestra caída tiene un principio y un fin, no podemos saltarnos etapas, nos levantamos (con suerte) y retomamos nuestro avance por el angosto túnel de nuestra historia, ignorantes—felizmente ignorantes—de todos los otros momentos paralelos a los nuestros, acaecidos más adelante, o más atrás, en el camino que todos recorremos, y aún más ignorantes de que perfectos desconocidos con detalles biográficos tan complejos como los nuestros, o más, guardan en sus cerebros la memoria de nuestro tropiezo, ignorantes ellos a su vez del intríngulis de nuestras personalidades.

Aprovecho para advertir a mis lectores que eso no pasará en este libro. Yo sí sé absolutamente todos los detalles biográficos de las personas que avanzan por la calzada de sus respectivas vidas y que estudiaremos juntos como desde un automóvil en movimiento… Y ninguna sabe de mí, que estoy ahí, tan cerca, viéndolas. Es como para morirse de risa.

En fin, que lo peor es cuando ni miras ni eres mirado. Absoluto vacío, gloria baladí del universo, esfuerzo vano de la existencia de todas las cosas. Dos personas existen, la que podría mirar y la que podría ser mirada, pero es como si ninguna de las dos existiera. Momento desperdiciado, error de cálculo (o cálculo eficaz y certero). Dos personas, dos seres humanos conscientes que podrían ser perfectamente substituidos por una piedra y un zapato, por una lata vacía y el bollito que alguien ha hecho con el papel de aluminio que forra el interior de una cajetilla de cigarrillos, como Edna y Ramón, justo ahora que Edna sube al autobús que se detiene en la parada exactamente en el instante en que Ramón Encarnación, borracho como una uva, sale de El Billar de Machón.

Una entra y el otro sale.

Ramón está riéndose. Ya se ha despedido, pero vuelve a abrir la puerta y, al hacerlo, escapan al exterior risas y alegría y una chufeta que solo Ramón oye, o que solo Ramón entiende.

—¿Anjá? Vamo a ver mañana. A que tú no le dices eso a Felo...

Más carcajadas, más respuestas que emergen y al salir se marchitan, razonamientos que se transforman en sonidos del ambiente. Pero da igual, porque el único que tiene que entenderlas, las entiende.

—Me voy. Me voy—dice Ramón, convencido. Ha sido suficiente. Ni siquiera ese relajo va a detenerlo. Basta.

El anciano de piel negra y albas pasas emprende su regreso a casa. Canta.

Es tarde. Ya me voy,
mi negrita me espera.
¡Hasta mañana!
Porque cuando salí dijo,
"Negro, no tardes
en la ciudad".

Nada es más dificultoso que caminar en vía contraria a un borracho. Los transeúntes que se topan de frente con Ramón deben realizar un bailecito ridículo, un tanteo hacia los lados que tiene como objeto adivinar para qué lado irá el borracho. Ramón baila con ellos, los mortifica, porque, aunque borracho, sí sabe perfectamente adónde va. Y se ríe.

Si yo no vuelvo
Mi negrita se desvelará,
no se acostará.

Ramón se tambalea. Hasta los peatones que caminan en su misma dirección se encuentran obstaculizados en su progreso; de nada les vale verlo de espaldas, anticipar su meneo, calcular hacia qué lado pendulará esta vez y rebasarlo, porque Ramón, como por joder, varía el compás de su ebriedad y se les adelanta, cayéndoles encima, poniéndoseles delante, incordiando.

¡Boom!

Fue lejos, pero fue fuerte. Un estruendo, un destrozo distante, un impacto, más que una explosión.

Algunos viandantes lo registran y vuelven sus rostros hacia el origen del sonido. Los demás lo ignoran y siguen caminando. Ramón ni se entera.

Déjenme irme
que es muy tarde ya.

Voy sin miedo de la noche
que muy negra está.

Tiene bonita voz, Ramón. No lo hace mal, nada mal.

¡Boom! ¡Crash! ¡Frakj!

Y otras onomatopeyas más. El ruido escala su volumen. El fragor de una batalla en la que colapsan estructuras sólidas y edificaciones de cemento reciben poderosos impactos. Ramón continúa cantando su canción, avanzando...

El hombre bueno
no le teme a la oscuridad.
Yo ando por buen camino
y en mi soledad.

Ahora nadie camina en sentido contrario a Ramón, pues todos coinciden en alejarse del estropicio a todo correr. Imposible ignorar lo que sucede, en especial cuando cae sobre todos una espesa nube de polvo.

Ramón se detiene. Deja de cantar. Lo arrolla una estampida de gente que escapa, mirando hacia arriba como perros delante de la estufa. ¿De qué escapan? ¿A qué le huyen? Ramón lentamente gira sobre sus talones.

Tras él, en el cielo, un bólido de fuego surca el firmamento y se detiene en medio del espacio, evade varios proyectiles y finalmente responde lanzando una llamarada contra un objeto oculto tras los edificios. La estampida cesa, pero ahora el tumulto se mueve hacia el combate. Ramón, estupefacto, es una roca inamovible en medio del río de personas que fluye hacia el peligro a ver qué diablos pasa. Una brigada del canal 4 le pasa corriendo por el lado y casi lo echa al suelo. Si hubiera estado más atento, hubiera podido darse cuenta de que la comandaba nada más y nada menos que Yolanda Vélez Arcelay, su reportera favorita. Pero ¿quién tiene tiempo para identificar celebridades cuando el mundo, evidentemente, está acabándose? Aparte de que casi lo hacen caer.

—¡Epa! ¡Eh!—protesta Ramón.

En el cielo, entre las nubes, la luminosa presencia que acaba de abrir fuego contra un objetivo desconocido vuela hacia su blanco y desaparece del campo visual de Ramón. Asombrado, Ramón abre la boca y olvida cerrarla, asentándose en ella cantidades significativas de polvo de escombros, coloreando de blanco la agrietada lengua y obligándolo a toser.

¡Kaboom!

Ramón cae de culo en la acera. Impacto ha habido. De qué y sobre qué, no se sabe aún, por lo menos no lo sabe Ramón (yo sí sé lo que ha sido, pero no pienso hablar de eso todavía). Lo único que sabe nuestro anciano personaje es que la tierra se ha estremecido, haciéndole perder el balance. Algo muy grande acaba de estrellarse en el corazón mismo de Santurce.

La explosión ha sido ensordecedora, desastrosa, tremenda, incomparable. Caminando primero, corriendo después, Ramón sigue a los demás hacia el epicentro del fugaz terremoto. La borrachera se le ha espantado. Es imposible determinar (ni le importa a Ramón) qué grupos son más numerosos: si los que se alejan del lugar o los que se acercan a él.

Apenas puede ver algo a través de la niebla de cemento aerosolizado. En cierto momento Ramón mira hacia el recuadro de cielo que enmarcan dos altos edificios y descubre el florecimiento de una blanca nube en forma de hongo...

Pero no puede (ni debe) detenerse. Si lo hace, la estampida lo arrollará. Con destreza de antiguo obrero unionado sortea callejuelas y zaguanes, se decanta por atajos con sabiduría de indigente y dobla esquinas con un deslizamiento cerrado del cuerpo, como los cacos.

Hasta que por fin llega a la plaza del mercado de Santurce y tensa todos los músculos. A su alrededor bulle un caos de curiosos, unidades móviles de noticieros, ambulancias, un camión de bomberos, policías...

Pero Ramón solo tiene ojos para la ingente mole que yace incrustada en el techo de la plaza.

Y esboza una sonrisa.

2. El mundo como voluntad y representación

¡Melisenda sí que es inteligente!

Las maestras se deshacen en elogios cada vez que se reúnen con sus padres. No tienen ni una sola queja de ella. Melisenda es brillante, educada, cooperadora y muy madura para su edad. Saca notas perfectas. Apenas se siente en el aula de clases y asiste a la disciplina de sus compañeros. Es extrovertida, sociable y cariñosa. Y, por si todo esto fuera poco, es bellísima.

¡Estuche de monería!

Por un momento consideraron pasarla de kínder a segundo grado, pero sus padres temieron que su pequeña hija sufriera el ostracismo de condiscípulos mayores que ella. A esa edad, uno o dos años de diferencia son demasiados, pensaron. En la escuela no todo se reduce a aprovechamiento académico, razonaron. Melisenda tampoco quería, así que punto y se acabó.

Pero ni sus padres ni sus maestras tienen la más remota idea de sus verdaderas capacidades.

Con la charada, Melisenda se asegura paz y tranquilidad. Les da a todos lo suficiente como para tenerlos contentos, aplacados, seguros de que a Melisenda no hay que mandarla a estudiar, ni a hacer tareas, ni a cepillarse los dientes, ni a lavarse las manos antes de sentarse a la mesa. Es muy probable que si Melisenda desplegara todas sus habilidades al cien por ciento la encerrarían en instalaciones de máxima seguridad.

A fin de cuentas, que gracias a su comedimiento, a Melisenda le sobra tiempo libre para dedicarlo a sus intereses, que son múltiples y variadísimos.

Cuando se harta o cuando se aburre, como ahora, sintoniza en la televisión su programa favorito, *Go, Diego, Go!*

Una perfecta damita, las piernitas cruzadas y las manos sobre las rodillas, sentada en el sofá de una sala que imita una imitación de elegancia que sus padres habrán visto en algún shopper de Casa Febus. Su concentración es intensa. A su lado, entre el sofá y el televisor, hay un caballete con un lienzo. Diego y su fiel amigo Bebé Jaguar han descubierto una ciudad perdida en el corazón de la Amazonía. Melisenda toma el control remoto y acecha el momento, como un depredador. *¡Zap!* Congela la imagen de Diego justo cuando salta de una piedra a otra en medio de un bravo y caudaloso río.

Listo.

Ahora Melisenda recoge del suelo un pincel y del suelo también levanta una paleta con óleos de varios colores. Se pone de pie muy erguida y se coloca delante del lienzo... en el que hay una representación hiperrealista de Diego, pero no el niño de las caricaturas, no. Melisenda lo ha reinterpretado como un mancebo fornido y semidesnudo, un explorador curtido y sensual que salta sobre un río infestado de remolinos y pirañas. La ejecución tiene dejes prerrafaelitas, pero la paleta es puro Yves Tanguy.

No bien ha empezado Melisenda a retocar su obra, se escucha el runrún de un carro en la marquesina, acompañado de un leve toque de bocina. La párvula detiene su labor, recoge sus materiales, retira el lienzo del caballete y se aleja de la sala cargando con todo. Regresa nuevamente al cabo de unos instantes con las manos vacías, pliega el caballete y se lo lleva también.

Satisfecha de que todo ha quedado oculto, vuelve a sentarse en el sofá, saca a Diego de su pausa y reanuda la programación. Mientras se acomoda en el sofá, sus ojos descubren un libro tirado al descuido sobre el suelo.

Es su copia de *El mundo como voluntad y representación*, de Arturo Schopenhauer, profusamente anotada. Melisenda rápidamente se apea del sofá, coge el libro y lo mete debajo de uno de los cojines, lugar del cual saca otro, que tira al suelo para beneficio de sus padres: *Cucuyé y las maravillas del mar*. Se abre la puerta.

El papá de Melisenda es joven. Por su apariencia podríamos concluir que es empleado de un banco, de una oficina de consultores de bienes raíces o de la Oficina del Contralor.

—Hola, muñequita—saluda.

—Hola, papi—dice Melisenda sin voltearse a mirarlo. Su papá ha caminado hasta una parsons, donde ha dejado las llaves, y se ha puesto a revisar la correspondencia. Típicas cosas de papá.

Melisenda sigue embebida en su dibujo animado, pero pronto su padre se une a ella en el sofá y se apropia del control remoto.

—¿Y mamá?—pregunta él.

—En el patio hablando por teléfono con tití—responde ella.

—¿Tú dejas que papi vea las noticias un ratito?—solicita él.

—Okey—responde sin convicción Melisenda, sabiendo que "un ratito" en realidad significa "de aquí a que nos vayamos a dormir". El papá de Melisenda cambia el canal.

—... los Changos de Naranjito, Juanmi Ruiz, lamentó su retiro forzado de las semifinales debido a una seria lesión en el menisco de su rodilla izquierda—dice la voz de un presentador sobre la imagen de Juanmi Ruiz, que ahora habla:

—Es una decisión que se tomó entre tres personas, que son mi médico, mi entrenador y yo...

Melisenda se maravilla de lo poco que se suicidan las personas. Malgastar señales electromagnéticas en noticias tan inanes debería considerarse una ofensa criminal.

—No va a ser fácil comer banco en to esos juegos—continúa Juanmi—, pero marinero soy y en la mar andamos. Esperar una pronta recuperación y darles ánimo a los muchachos, eso es lo que me qu...

—Interrumpimos este segmento—dice de súbito el presentador, cuya imagen ha sido superpuesta a la de Juanmi—, para traerles un reportaje de última hora. Pasamos a la unidad móvil con Yolanda Vélez Arcelay.

¡Por fin! ¡Para lo único que debe servir este maldito aparato!, piensa Melisenda, arrellanándose contra su papá a la expectativa de alguna entretenida catástrofe.

—Nos encontramos frente a la plaza del mercado de Santurce—anuncia la periodista—, donde el Ánima Sola una vez más nos ha salvado de la destrucción y la muerte. Como pueden ustedes ver...

Y, en efecto, podemos ver, porque expertamente, teatralmente, Yolanda se mueve hacia un lado para que los televidentes puedan apreciar lo que hay tras ella: una turbamulta de curiosos en una zona de completo desastre. Cabrones sin camisa le hacen muecas a la cámara o componen con las manos emblemas de punto de droga. Hay varios edificios envueltos en llamas, automóviles destruidos, cadáveres surtidos, charcos de sangre, vísceras chamuscadas...

Paramédicos y otros socorristas levantan heridos del suelo. Una escuadra de bomberos dirige los chorros de sus potentes mangueras contra el incendio que consume una edificación en tanto que la policía a duras penas puede acordonar el perímetro. Yolanda, imperturbable, acostumbrada a situaciones extremas, prosigue:

—... el área ha sido acordonada por la policía, y los bomberos están tratando de detener el incendio que, en el curso de defendernos de las fuerzas del mal, el Ánima Sola accidentalmente inició en el restaurante El Jibarito.

¿Sería demasiado imprudente pedir que le hicieran palomitas de maíz? No está segura. Obviamente podría hacerlas ella misma, pero no le permiten usar el microondas. En cualquier caso, sería inútil: su mamá está enfrascada en una conversación con su hermana y su padre siempre las quema.

—Según nuestros informes todo comenzó cuando una aparentemente amigable partida de dominó se tornó funesta al detectar una de las parejas de jugadores que sus contrincantes se estaban comunicando por medio de la telepatía. Tenemos, de hecho, un vídeo que realizó un testigo con su celular.

Aparece en pantalla un vídeo de aficionado, de baja resolución y bastante movido, tomado, como ha sido dicho, con un teléfono. Sentados alrededor de una típica mesa de dominó hay cuatro jugadores, señores jubilados con guayaberas, dones que se untan Tricófero de Barry en el cabello, que cobran reintegros, que juegan cuadros, que suelen holgazanear en las inmediaciones de agencias hípicas, que guardan menudo en frascos de vidrio que proceden a esconder en los lugares más recónditos de sus casas. Están poniendo fichas con bastante rapidez; el juego fluye. Un acercamiento al rostro de uno de los jugadores, de abundante bigote, revela, sin embargo, un disgusto profundo. Al cabo de unos instantes, el jugador insatisfecho se pone de pie e interpela a sus contrarios con duras gesticulaciones. Su compañero lo secunda; ambos señalan con dureza a sus oponentes, que siguen sentados y responden sin perder la calma. Empiezan a rodearlos bebedores curiosos. Yolanda Vélez Arcelay narra:

—El descubrimiento suscitó una discusión que fue subiendo de tono. Como era de esperarse, el dúo acusado de trampa empezó a resentir los duros insultos de sus compañeros de partida.

Melisenda se agarra de la manga de la camisa de su papá, anticipando los sucesos. La cantidad creciente de averiguaos que han rodeado a los cuatro hombres le impide ver lo que pasa, pero está claro que los jugadores acusados de trampa se han puesto de pie y discuten acaloradamente con los otros dos... hasta que uno de ellos vuelca la mesa de juego.

—Fue en este momento que los tramposos se despojaron de su camuflaje y se hizo obvio para todos los circunstantes que no eran terrícolas congéneres, sino extraños demonios de un universo paralelo que acto seguido devoraron a quienes los habían insultado. Les advertimos que las imágenes que están a punto de ver pueden ser perturbadoras.

Ridículamente, el papá de Melisenda le tapa los ojos a la niña. Melisenda no tiene paciencia para el gesto de preocupación de su padre y lo aparta de un manotazo. Abandona el sofá y se sienta flor de loto en el suelo delante del televisor.

La carnicería es de película. Los jugadores tramposos se despojan de sus cuerpos (en realidad disfraces biológicos), rasgándolos como las vestiduras que son y emergiendo de ellas en todo su esplendor demoníaco. Los monstruos, uno bípedo y otro cuadrúpedo, parecen salidos de un bajorrelieve babilónico. Sin encomendarse a nadie, muerden a sus compañeros de juego y se los comen.

—Las horrendas criaturas proceden entonces a extender su venganza sobre los mirones y algunos transeúntes inocentes, sembrando el pánico en toda esta concurrida zona comercial.

Las bestias, tal y como detalla Yolanda, campean por la plaza descabezando personas, persiguiéndolas, mordiéndolas. Los heridos son legión. El caos es al mismo tiempo trágico y cómico. ¿Tragicómico? Melisenda se muerde la lengua para no abandonarse a las carcajadas que le rebosan el pecho.

En breve, no obstante, verá algo en la pantalla de su televisor que la pondrá de un humor más sombrío.

3. Potencial destructor

Por su exquisitez y sofisticación, el apartamento de Maltés posee un aire barroco muy reminiscente de *Las cuatro estaciones* de Antonio Vivaldi. Ingresar en él y escuchar en nuestro oído interior el primero de los conciertos, "La primavera", es todo uno.

El mismo Maltés se parece un poco a Vivaldi... Bueno, no. En realidad no. O sí... No sé. Digamos que se parece a Vivaldi si Vivaldi hubiera vivido en Puerto Rico en las primeras décadas del Siglo XXI y se hubiera criado en el residencial Ramón Pérez Rodríguez de Toa Alta: veintiocho años, barba candado bien cuidada, muy cerrada, cráneo rapado al cero, aretes de oro en ambas orejas. Maltés almuerza solo, sentado en una larga mesa de doce plazas. La camisa y el pantalón que lleva puestos son de blanquísimo algodón egipcio y calza alpargatas de la más fina hechura marroquí.

Valiéndose de cubertería de oro blanco, Maltés pica aquí y allí pretenciosas vituallas servidas sobre valiosas (e históricas) porcelanas. Come poco, pero no porque no tenga hambre. Come poco, absorto como está mirando la pantalla de televisión instalada en la pared que tiene delante. Un mayordomo—vestido exactamente como está vestido el mayordomo que acaban de imaginarse—retira el plato que ha pellizcado y le sirve uno nuevo. Los alimentos son irreconocibles.

En la televisión, Yolanda Vélez Arcelay lee de su sujetapapeles y camina. La cámara la sigue y, desde este nuevo ángulo, se hacen visibles más destrozos, más ambulancias, más muertos.

—La aparición o visitación bautizada con el sobrenombre de "Ánima Sola" por los habitantes de Santurce llegó en ese entonces, lesionándolos tan gravemente y oponiendo una resistencia tan férrea, que los agresores llamaron refuerzos. Tenemos un dramático pietaje de este terrible episodio que vamos a... Bueno, ahí lo tienen.

El pietaje de aficionado que ha interrumpido a Yolanda mientras hablaba está demasiado movido y fatalmente fuera de foco. Pero como quiera puede verse el dúo demoníaco esquivando (y recibiendo) proyectiles de fuego que explotan al hacer contacto. Uno de los demonios, muy parecido a un buey cebú, huye a cuatro patas, pero es perseguido por un verdadero aguacero de fuego.

No se ve de dónde proviene el ataque hasta que, por un aparente azar, la toma sube y enfoca al Ánima Sola, en el aire, dispensando flamígera artillería desde las palmas de sus manos y moviéndose rápidamente de lado a lado entre los edificios. Es difícil ubicarla; es demasiado rápida. Para colmo, la persona que está grabando el vídeo corre en ocasiones, huye, se esconde, grita, reza.

Maltés cuidadosamente deposita los cubiertos sobre el plato y olvida cerrar la boca cuando distingue al demonio bípedo dibujando un círculo de sangre en el cemento de la plaza... valiéndose de la cabeza, aún pegada al cuerpo, de uno de los heridos que hay por doquier y que elige al azar. El engendro rápidamente se arrodilla, coloca una mano en el centro del círculo, se coloca la otra en la oreja y empieza a mascullar una plegaria inaudible.

—Como pueden ver, acorralados y desesperados, y utilizando una tecnología que rehúye a nuestro entendimiento...

—¿Postre, señor?—inquiere ceremonioso el mayordomo.

—Cállate—responde Maltés.

—...los enemigos piden auxilio—finaliza Yolanda luego de hacer una pausa para efecto dramático.

* * *

No muy lejos de allí, en el residencial El Toa de Toa Baja, Chanoc, embelesado por el mismo boletín de última hora, se acaricia el labio inferior, tienta esa porción de la cicatriz que le cruza la boca y que le confiere una fantasmal sensualidad. Tiene veintisiete años, el pelo largo y castaño, ojos verdes y el cuerpo esculpido por un implacable régimen de gimnasio, batidas proteínicas y levadura de cerveza. Está sentado en una cama desarreglada en la que hay dos mujeres dormidas. La habitación, kitsch a más no poder, está en penumbra, pero a medida que el iris de nuestros ojos se dilata para permitir la entrada de la luz disponible, podremos ver las sábanas de seda roja, tersas, las columnas dóricas (¿o jónicas?), los cojines con forros atigrados, la cabecera pintada con un patrón de cebra (¿acebrada?), las cerámicas ornamentales de tipo abstracto.

En la televisión, que ilumina el rostro de Chanoc con su espectral radiación, el atarantado pietaje muestra al cebú demoníaco estrellándose contra un árbol, muy cerca del vestiglo bípedo que está haciendo su llamado. El endriago cuadrúpedo no vuelve a levantarse y su compañero, asustado, abandona la transmisión. Gradualmente se levanta del suelo, mirando hacia un punto fuera del marco con evidente terror. La toma se mueve y durante unos segundos no vemos nada interesante... Hasta que de pronto aterriza el Ánima Sola sobre el asfalto, una rodilla sobre el suelo, apoyándose con una mano y mirando en dirección del esperpento con un gesto de locura y sed de sangre. La cámara vuelve a enfocarse en el monstruo, que recula y pide clemencia con las palmas extendidas hacia el Ánima Sola, justo antes de recibir una llamarada calcinante que lo derriba definitivamente.

El asustado autor del vídeo favorece nuevamente al Ánima Sola, a quien vemos de pie, rascándose la cabeza. Es una mujer alta, blanca, delgada, con los cabellos despeinados, la cara sucia y los ojos negros. Tiene puesta una blusa ligera, blanca, pero percudida, que no alcanza a cubrirla entera, como una bata de hospital. Está descalza y en sus muñecas hay sendos grilletes. La envuelve una llama suave, azulosa, que danza sobre su piel como sobre un rescoldo.

El Ánima Sola se pasa el antebrazo por la frente mientras camina distraída. Los espectadores cercanos aplauden, vitorean (incluyendo, ensordecedoramente, al autor del vídeo). El Ánima Sola parece un poco confundida por la reacción de la gente y entonces mira tras ella, hacia el firmamento. La cámara la imita.

En el cielo, emergiendo como de un espejismo, surgiendo como de un sueño, definiéndose, solidificándose hasta cobrar absoluta realidad, un ingente aparato flotador, entre biológico y mecánico, parecido a una garrapata hinchada de sangre, extiende desde su parte frontal un largo aguijón rodeado de cilios que tiemblan y vibran y se retuercen; de la afilada punta del aguijón empiezan a desprenderse chispas de colores ocres.

El autor del pietaje vuelve a mostrarnos al Ánima Sola que, sin perder tiempo, salta y emprende vuelo (torpemente), justo antes de que un chorro de plasma explote y derrita el lugar... Quizás debió él también alejarse de allí. Aquí termina el pietaje, entre estáticas y errores digitales. Parecería que su autor fue alcanzado por el rayo y descansa en paz.

Aparece nuevamente la reportera Yolanda Vélez Arcelay superpuesta a un fondo de desolación y exterminio.

—Por suerte, el Ánima Sola impidió que hiciera tierra el siniestro artefacto que vieran ustedes hace un momento...

El compañero de la unidad móvil comandada por Vélez Arcelay hace un lento acercamiento al misterioso y colosal artilugio volador, incrustado en el techo de la plaza del mercado de Santurce.

—... y que ahora desafía a las autoridades, que no saben cómo moverlo ni hacia dónde.

Melisenda traga en seco.

—La nave, si es que podemos darle ese nombre, parece inhabilitada. No se ha detectado ningún tipo de movimiento en la última media hora...

Maltés se pone de pie.

—No se sabe a ciencia cierta si la tripulación sobrevivió al ataque del Ánima Sola...

A Chanoc se le humedecen los ojos. Una mano blanca de mujer trata de halarlo hacia la cama, pero Chanoc dulcemente se quita la mano de encima. Momentos después, una mano negra de mujer trata de hacer lo mismo desde el otro lado. Chanoc rechaza la oferta con la misma dulzura.

—... o si la nave fue dirigida a control remoto y está, efectivamente, vacía. Lo único que sabemos con certeza es que el potencial destructor del infernal vehículo es...

En los respectivos televisores de Chanoc, Maltés y Melisenda, se repite la toma que nos muestra el aguijón energizado escupiendo un plasma relampagueante y destruyendo (de hecho, transformando en magma) el lugar que el Ánima Sola abandona volando en el último segundo. La tercera repetición es en cámara lenta.

—... es simplemente fenomenal.

* * *

Maltés ha perdido el poco apetito que tenía. Actúa con agitación, se pasa la mano por el cráneo, camina de un lado a otro. Es su forma de reflexionar.

Se acerca a una credencia, hala una gaveta y saca una Glock 17; la carga mientras masculla para sí:

—Te jodiste, kántoe mamabicho.

Se guarda el arma en el cinto. Del bolsillo saca un celular, oprime un botón.

—Blanca... prepárame un combo, hazme el favor, que vamos a salir... No, no, no, tanta gente no.

Chanoc se pone los pantalones y también habla por el celular, pillándolo entre la oreja y el hombro.

—Menos... Tráete a Chegüi, al Feto y a los Inseparables. No le digas nada a Andresito; esto es una visita cordial... Anjá.

De una gaveta de la cómoda saca una Magnum .357, revisa el tambor y se la ajusta en el cinto. Consulta la hora en su reloj: un Breitling con diamantes incrustados en los números.

—En media hora... Dale.

Cierra la comunicación, se guarda el teléfono y se acerca a la puerta de la habitación.

—Te jodiste, kántoe cabrón—dice entre dientes y sale.

Melisenda se pone de pie delante del televisor.

—Te salvaste, so pendejo—susurra.

—¿Dime, mi amor?—replica su papá, el ceño fruncido.

—¿Eh? No, nada, papi, que voy al baño.

Acto seguido, Melisenda abandona la sala y sube las escaleras corriendo. En el rellano se detiene, se da la vuelta e inspecciona la escena: su papá sigue embelesado delante de las noticias. Melisenda termina de subir, camina hasta la puerta de su habitación, gira la perilla.

4. Apacienta mis ovejas

El pastor Vicioso apaga la televisión. Deja caer el control remoto. Devuelve su butaca reclinable a la posición original y se inclina hacia adelante, sobre sus rodillas, como recomiendan las azafatas que hagamos durante un aterrizaje forzoso.

Tras él, paradas con las manos agarradas sobre el vientre, el cabello recogido en moños implacables y sus cuerpos enfundados en vestidos largos, su esposa, Wanda, y su hija, Brenda, esperan el dictamen del anciano reverendo.

—Esto...—farfulla—. Esto... Esto no tiene madre.

Las mujeres se miran una a la otra.

—Si esto no es una señal del fin de los tiempos...—prosigue el hombre de Dios—, ¡pues entonces nada lo es!

—Alabado sea el Señor—masculla tímidamente su hija.

—¡Mi alma te alaba, Jesús!—exclama enérgica su mujer.

Ni Brenda, ocupada en elevar al cielo una plegaria mental, ni el pastor, que no puede verla, doblado como está sobre sí mismo, notan el estremecimiento que recorre a Wanda al escuchar a su marido expresarse con aquel timbre, con aquella santa ira que otrora hacía retumbar los templos donde predicaba, décadas atrás, movido por la inspiración del Santísimo y distinguido por el Hijo del Hombre, que vertió sobre él, a temprana edad, el incandescente verbo que lo hizo famoso por los municipios y lo levantó en autoridad a lo interno de la congregación evangélica. ¡Una piedra de toque!

Wanda todavía recuerda la primera vez que lo vio, radiante en el descascarado púlpito de la pequeña iglesia de Barrazas donde acudía con su familia a escuchar la Palabra.

Ella tenía quince años.

Él tenía veinte.

Ella era una mujer en ciernes, de apariencia espartana y alma consagrada al loor del Altísimo. Él era un varón de Dios adornado con casi todos los dones que otorga el Espíritu: el de la profecía, el de las lenguas, el de la interpretación de las lenguas, y el de la sabiduría. Invitado por el pastor local, que había escuchado un sermón suyo en una congregación del Barrio Colo, en Carolina, Vicioso aceptó remontar la jalda y predicarle a la jibarería del oriente isleño. Ni muy alto, ni muy bajo. Ni gordo, ni flaco. Cabello cortado corto, rostro minuciosamente afeitado al ras, brazos recios, camisa de manga corta metida por dentro del pantalón de salir, correa ajustada milimétricamente (ni muy floja, ni muy apretada), cero sortijas, cero cadenas, cero reloj, corbata verde olivo, zapatos de cordón lustrados a consciencia. En su mano izquierda el Buen Libro, encuadernado en negra imitación de piel, las palabras "La Santa Biblia" repujadas en oro sobre la cubierta. En su mano derecha un Shure SM58 de tipo unidireccional dinámico, con una respuesta de frecuencia en los 15,000 Hz y una sensibilidad de –54.5 dBV/Pa sobre 1,000 Hz de voltaje en circuito abierto, el único micrófono que lo vio usar durante toda su carrera.

Habló sobre el arrebatamiento de la iglesia y las tribulaciones; sobre el cuerpo de luz que adquirirán los fieles el día del rapto, indestructible; sobre las desesperaciones del demonio y sus aliados, que querrán impedir el Juicio y conquistar la Tierra; sobre el triunfo de Jesús; y sobre el Reino celestial, donde la felicidad es total, y desde cuyas altas cumbres los elegidos podrán ver cómo arden, como sufren y claman y se arrepienten los impíos, los católicos y los malditos, allá lejos, allá abajo, allá en las profundísimas pailas del infierno.

El crescendo de su narrativa, pulsante como un corazón, dictaba la respuesta de los feligreses, convertidos en pulpa vociferante en manos del joven predicador. La congregación se vino abajo, poseída por el fuego del Espíritu. Muchos hablaron en lenguas, y muchos más cayeron al suelo sacudidos por violentas convulsiones. Wanda tuvo que hacer un esfuerzo sobrehumano para no orinarse encima y ocultó el orgasmo múltiple redoblando los hosannas y elevando aleluyas con más fuerza que nadie.

Y en ese instante Dios le habló al oído muy claramente, un murmullo proveniente de todas partes y de ninguna: "He ahí a tu esposo", le dijo.

De vuelta en su casa, se cuadró frente a sus padres.

—Con el permiso. Hace un año que soy señorita, gloria sea a Jesucristo. Estoy en edad de recibir y ustedes, que son mis padres, tienen la responsabilidad de unirme a un hombre de la iglesia para formar una familia agradable a los ojos del Señor. Ese hombre es Joel Vicioso; así me lo ha confiado el mismísimo Dios esta noche, hablándome en el oído. Regresad, pues, al templo y plantead el asunto, porque si el pastor está soltero, tiene la responsabilidad de acatar esta orden del Todopoderoso.

Sus padres no pusieron en duda la veracidad de las palabras de su hija ni por un instante. La seguridad, energía y temple con que se expresó iba a contracorriente de la personalidad silenciosa, tímida y francamente pusilánime de la niña, de modo que supieron, al instante, que no era Wanda quien hablaba, sino el Espíritu Santo a través de Wanda.

Giraron sobre sus talones y abrieron la puerta, prestos a acatar la orden celestial, pero no fue necesario dar un paso más. En el umbral estaba Vicioso, el puño en alto, dispuesto a tocar. Él también había recibido el mensaje.

El resto es historia. Cuarenta años de matrimonio feliz, cuatro hijas, tres felizmente casadas con varones cristianos, la menor aún soltera. Consolidada su familia, Jehová, Dios de los Ejércitos, le sonrió, derramando sobre él fama, prestigio y prosperidad. Abarrotó sus iglesias, llenó los estadios a capacidad, llovió sobre él abundante diezmo, donaciones, giras internacionales.

Pero luego vino el forzoso retiro por cuestiones de salud—el cáncer de próstata que lo postró durante dos años, los tratamientos, la quimioterapia, la eventual victoria sobre ese flagelo de la humanidad, puesto sobre la tierra por Jehová, glorificado sea Su nombre, para probar el temple de quienes querrían ser bienvenidos en el Aposento Alto. Durante la difícil tesitura, Vicioso no dudó, no flaqueó, no se rebeló, como hiciera Job en Edom, llagado sobre un rimero de inmundicias, sino que alabó Su nombre y le agradeció al creador la plaga con que lo distinguía y enaltecía.

Se humilló ante Él. No apartó el cáliz ofrecido, pero pidió que le fuera apartado. Quedaba tanto por hacer... ¡Tanto! En sus oraciones, Vicioso declinaba cortésmente la invitación que le hacía el Padre a ocupar el lugar que había ganado en Su morada, alegando con toda sinceridad que todavía quedaban almas por salvar, que todavía él podía ser instrumento de redención. Y esto lo pedía sin la más mínima traza de miedo a la muerte, sin la más mínima disminución de su fe. Su objeción era la objeción plana y sin adornos del obrero que no quiere jubilarse todavía.

La enfermedad no cejó y Vicioso se vio obligado a pasarle la antorcha a otros pastores, más jóvenes y briosos y colmados de salud. Su congregación se alebestró, los fieles a nivel mundial se alarmaron, sus seguidores y soportes comunitarios protestaron... Pero luego todo se reacomodó nuevamente y, bendito sea el nombre del Señor, lo olvidaron. Y aun así Vicioso no maldijo a su Dios.

No podía viajar y canceló sus giras. Rechazó invitaciones a predicar en estadios, y a la postre dejaron de llegar. Rechazó invitaciones a predicar en iglesias de renombre y esas invitaciones también dejaron de llegar. Pronto, las únicas invitaciones que llegaron eran para dar charlas en pequeñas iglesias barriales y centros comunitarios. Y ya ni esas llegan ahora.

Pasaron cinco años antes de que, por fin, el Señor su Dios escuchara su plegaria, la plegaria de su mujer y de sus hijas, de su congregación. La plegaria de otras congregaciones pastoreadas por otros ministros, la plegaria del pueblo de Dios.

Se sanó, pero no volvió a ser el mismo. Había perdido el empuje, la energía, la capacidad de trabajo. Peor aún, había perdido definitivamente, luego de la gradual erosión del cáncer, las operaciones y la quimio, la potencia de su miembro viril, el cucharón de menear el arroz con el que le había raspado la olla a su mujer toda la vida, haciéndola madre cuatro veces y mujer satisfecha miles más, y nunca en pos de la satisfacción de una carnalidad voluptuosa, sino en obediencia de Su palabra. Bien lo dejó escrito Pablo en 1 Corintios 7:3-5: "El marido cumpla con la mujer el deber conyugal, y asimismo la mujer con el marido. La mujer no tiene potestad sobre su propio cuerpo, sino el marido; ni tampoco tiene el marido potestad sobre su propio cuerpo, sino la mujer. No os neguéis el uno al otro, a no ser por algún tiempo de mutuo consentimiento, para ocuparos sosegadamente en la oración; y volved a juntaros en uno, para que no os tiente Satanás a causa de vuestra incontinencia."

Había sacrificado mucho, pero su mujer había sacrificado mucho más. Alabado sea el nombre de Jehová.

Por eso es que Wanda se estremece cuando escucha a su marido hablar como antes solía, encolerizarse como antes se encolerizaba, levantarse con energía de esa butaca reclinable, que Dios maldiga, y levantar el puño en alto.

—¡Nada lo es! ¡Gloria al Crucificado!—grita el pastor Vicioso.

Su intacta hija Brenda había consagrado su vida al cuidado del padre enfermo. Sabía de su popularidad y procerato por vía indirecta, nunca llegó a conocerlo en salud, en la cúspide de su nombradía, y la toma de sorpresa aquel despliegue de rabia mística.

—¡Amén!—exclama Brenda enardecida.

—Wanda—comanda Vicioso—, ¿quién tiene la congregación de la Ponce de León? La grande, cerca del cine.

Vicioso se refiere a la franquicia Pare de Sufrir en la avenida Ponce de León casi esquina Duffaut, en Santurce. Más abajo queda la sala de cine Metro, pero la iglesia que le interesaba a Vicioso también ocupa los predios de una antigua sala de cine, El Paramount.

Las vueltas que da el showbiz.

—El reverendo Gutiérrez—responde Wanda, electrificada por lo que está sucediendo.

—Llámalo—le dice Vicioso—. Llámalo y dile que Joel Vicioso regresa a los púlpitos. Cuanto antes. Dios tiene algo urgente que decirnos.

Wanda casi se desmaya de la emoción y una sensación no del todo santa le tuerce las trompas de Falopio con un cosquilleo placentero. Brenda no sabe dónde ponerse, qué hacer con las manos, cómo ayudar.

—Padre—dice humilde—. ¿Y yo? ¿Qué quieres que haga yo?

—¡Ora!—responde Vicioso mientras camina hacia su habitación.

Una vez allí, Vicioso abre una gaveta y extrae una caja de plástico que ha visto mejores días. Se sienta sobre la cama y la coloca sobre sus rodillas.

La abre.

Adentro, como una pistola en hibernación, está el Shure SM58 de tipo unidireccional dinámico, con una respuesta de frecuencia en los 15,000 Hz y una sensibilidad de –54.5 dBV/Pa sobre 1,000 Hz de voltaje en circuito abierto, el único micrófono que usó durante toda su carrera.

El pastor Vicioso le dedica la más leve de las caricias.

5. Segundo Mundo

Esos que hozan en la basura acumulada en las esquinas, que se mean en los arbustos descuidados de las isletas divisorias de la avenida llena de boquetes, que luchan entre sí por sobras pegadas a platos desechables, que se olisquean unos a otros, que se montan unos a otros y quedan dolorosamente enganchados, que huyen ante la palmada de algún peatón impaciente, que ¿ladran?... no son perros.

No me pregunten qué son. Bueno, está bien. Son... algo equivalente. Porque los perros no tienen escamas. Ni tantos ojos. Lo mismo pasa con esa bandada de palomas que levanta el vuelo y en el cielo forman un ave más grande. O esas ratas fosforescentes que furtivamente cruzan de una acera a otra. O esas "mariposas" que flotan sin batir las alas. O...

Ustedes me entienden.

Lo cierto es que, excepto por ciertos detalles, el resto *parecería* estándar.

Esta calle, por ejemplo, luce peatonal... pero no lo es. Los vendedores ambulantes sencillamente han decidido que necesitan el espacio. Los automóviles, motocicletas y carros tirados por "caballos" (¿"bueyes", "toros", "burros"?) se las arreglan como pueden para abrirse paso en el gentío, como esa destartalada guagüita con bocinas que estrepitosamente promueven la candidatura del Arcángel San Miguel: "Porque la seguridad y el orden son una cuestión de hombres". La calzada es para los mendigos y los chinchorros de fritura.

Es imposible que Duncan Domènech no se destaque en medio de la caterva. Alto, blanco, apuesto, elegantemente ataviado con un traje negro de tres piezas; sobre los ojos, lentes oscuros; el cabello negro y lustroso, peinado hacia atrás sin ninguna misericordia y con mucha gelatina.

Se abre paso sin dificultad, aunque parezca increíble. La turba se aparta a su paso intuyendo, quizás, que se trata de un alto funcionario o, mejor aún, confundiéndolo con algún representante del Primer Mundo. Lo cual no quiere decir que los vendedores ambulantes no lo acosen con su mercancía: con sus champús, con sus fideos, con sus broches para el cabello, con sus frutas, con sus verduras, con sus kebabs de carne incierta, con sus pastelitos humeantes, con sus cargadores para teléfonos celulares... No lo tocan, sin embargo, y Domènech avanza por una vía franca que se abre inmediatamente delante de él y se cierra al instante tras de sí.

Al cabo de algunas cuadras, Domènech arriba a un edificio tan descascarado y feo que solo puede ser un conglomerado de oficinas gubernamentales. En clara violación de la ley, los muros exteriores están prácticamente empapelados con afiches electorales. Muchas son las candidaturas, y abundantes los escaños, pero dominan el mosaico dos principales contendientes: Santa Bárbara Bendita, luciendo un peinado que evidentemente depende de una gran cantidad de laca, muy poco maquillaje (de lo cual no puede darse el lujo, hay que admitirlo), y empuñando su legendaria espada; y el Arcángel San Miguel, "cariñosamente *Belié*" (como lee el propio afiche), vestido de punta en blanco, las alas nítidamente plegadas a la espalda y un semblante entre benevolente y estricto. Ambos contienden por uno de los puestos más influyentes, sensibles y prestigiosos: Jefe Supremo de la Policía del Segundo Mundo. Domènech no puede evitar reírse.

Se quita los lentes.

Entra al edificio.

* * *

La oficina de Kabio Sile es una pocilga.

Proliferan las cajas de expedientes atiborradas (muchas rotas y desfondadas), y altas columnas de periódicos viejos y amarillentos. Hay un armario con un agujero donde debería haber una cerradura, cables eléctricos enredados, ceniceros sin vaciar. La humedad ha pelado todas las paredes. En la puerta, añejísimos avisos con la foto de un hombre de aspecto distinguido e intelectual anuncian que SE BUSCA a Nzambi, y que “se les aplicará todo el peso de la ley a sus seguidores y protectores, y a todo aquel que persista en valerse del procedimiento ilícito denominado Palo Mayombe”. En el techo, un ventilador le hace cosquillas al aire enrarecido de la oficina.

Una señora de limpieza barre con descuido y mala cara, pero Kabio Sile, director del Bureau de Inteligencia y Operaciones Tácticas[†], ni se entera. Fuerte, ancho, macizo, de estatura mediana, brazos peludos, sortijas en varios dedos, guayabera de lino blanco (meticulosamente planchada), y un enorme reloj de oro en la muñeca izquierda, Kabio Sile fuma un Churchill *Quorum* de siete pulgadas de largo y cepo 48 mientras lee el periódico sentado ante un escritorio que no aguanta un papel más. Si pudiéramos verle la cara concluiríamos que tiene unos sesenta y pico de años, pero como la tiene oculta tras una colorida máscara de luchador (por razones que posiblemente divulguemos mucho, pero que mucho más adelante), mejor no decir nada. A su espalda, la tradicional fotografía del incumbente de turno—Ogún Balendyó desde hace siete eones—preside la estancia en un marco carcomido.

Alguien toca a la puerta, que acto continuo se abre. Asoma la cabeza una hermosa secretaria.

—Don Kabio—avisa—, el agente Domènech.

—Pásalo—responde Kabio Sile con una voz como un tambor.

† BIOTA por sus siglas en castellano

Duncan Domènech entra, impecable... y mira a su alrededor. Sonríe.

—Déjeme adivinar—dice con toda la intención de mortificar—: recortes presupuestarios. De nuevo.

Kabio Sile dobla el periódico y lo aparta de sí.

—Domènech—saluda—. Siéntate.

—No voy a quedarme mucho tiempo.

—Quizá cambies de opinión.

Domènech abre los brazos como un presentador de televisión y le muestra a Kabio Sile el desorden circundante.

—Nunca el sector público me ha parecido más tentador—proclama. Kabio Sile le ofrece un cigarro a Domènech, que lo acepta.

—Quien te ha visto y quien te ve—dice el enmascarado, encendiéndole el cigarro al agente.

—Es de sabios reconsiderar nuestras convicciones—sentencia Domènech.

—Como la de que atender el bien común no es un ejercicio tan lucrativo como el de atender el bien propio—replica Sile.

—Todo depende de qué se entienda por "bien común".

—Nos queda al menos el consuelo—celebra Sile—, de saber que no te cambiaste de bando.

—Si mal no recuerdo—dice Domènech, gesticulando como si verdaderamente quisiera recordar algo—, mi descargo deshonroso se debió precisamente a que dejé de creer que existieran *bandos...*

Kabio Sile no responde. Durante una pausa que parece eterna, los hombres guardan un silencio incómodo, y ambos contribuyen a llenar el vacío con el humo de sus respectivos cigarros. Duncan Domènech le tiende una mano a su antiguo jefe.

—Bueno, sea como sea—dice chupando—, ¡todos salimos ganando! Ahora cuentan con un agente externo que se encarga del trabajo sucio a cambio de una tarifa razonable.

—Yo no llegaría al extremo de llamarle "sucio" al trabajo que subcontratamos—protesta Kabio.

—Llámele "Daniela" y cómprele chocolates si lo hace sentir mejor. Yo no tengo complejos.

Kabio Sile se arrellana en su asiento.

—¿Te digo algo? Nadie te obliga a venir—le espeta Sile a Domènech—. Eres un ciudadano privado, no te debes a la cadena de mando. Mándanos a la mierda... Cada vez que tenemos necesidad de tus servicios y te mandamos a buscar, yo nunca, nunca he creído de verdad que te vas a presentar. Siempre me sorprendo cuando te veo entrar por esa puerta. Y siempre tenemos esta misma ridícula porfía...

—Yo no le llamaría porfía a nuestro inocente coloq...

—Llámale "Lola" y llévatela al cine si quieres—dice, ahora enfadado, Kabio Sile, que se pone de pie y apaga su cigarro en el cenicero que más cerca le queda—. No te hagas el idiota. Sabes de lo que estoy hablando. ¿Por qué vienes si nada de esto te importa y te parece tan despreciable el servicio público? ¿Prestigio? ¿Fama? Imposible. Estos operativos son encubiertos. Por el dinero no es; estoy seguro de que tienes clientes más solventes que nosotros...

—Ya que tocó el tema del dinero—lo interrumpe Domènech—, voy a necesitar un adelanto.

Kabio Sile se queda de una pieza.

—No te he dicho de qué se trata todavía—dice en voz baja el experimentado director. Domènech hace un gesto de exasperación, pero es pura mímica, sarcasmo.

—Tengo que cruzar al Tercer Mundo, ¿o me equivoco?—dice—. Hace eones que no me doy la vuelta por ahí. La última vez fue cuando… bueno… ya lo pasado, pasado, como dicen. Acepto.

Sile sonríe. Sospecha que a Domènech—como siempre—lo impulsan motivos personales. El director del Bureau no tiene ningún problema con eso. Los enredos de la vida privada de Domènech nunca han interferido con el éxito de sus misiones.

Sile abre un espacio en su abarrotado escritorio y pone delante de Domènech un expediente, que este toma y examina. Fijada con una presilla al mazo de papeles hay una foto de un anciano decrépito, visiblemente roído por la lepra. Sobre su cabeza se distingue un débil resplandor.

—Lázarus Macabeus—dice Sile.

—El banquero expatriado.

—Las condiciones de su permanencia en el Tercer Mundo son muy estrictas—explica el burócrata enmascarado—. Debe servirnos de cónsul, por ejemplo, facilitar la extradición de indocumentados, desertores, rebeldes... Nos envía un reporte trimestral. Aun así, tenemos órdenes de auditarlo cada año.

—Esto parece una tarea para administradores y contables júniors. ¿Por qué no quiere mandarlos?

—Digamos que Lázarus tiene un gran talento para corromper a funcionarios de bajo escalafón. Empezamos a desconfiar de los reportes.

—¿Y?

—Sospechamos que no anda en buenos pasos. Malversación de plegarias, lavado de sacrificios, falsificación de aureolas, impostura de credenciales de santificación...

—¿Contubernio con nuestros amigos del piso de arriba?

Kabio Sile hace un gesto de ignorancia.

—Vigílalo—ordena—. Averigua qué lugares frecuenta y con quién se reúne, cuál es su rutina, quiénes lo visitan, ya sabes. Preséntate después.

Mientras Domènech revisa el expediente, Kabio Sile levanta el auricular de su teléfono.

—Dinos cómo se ve el negocio, a quiénes tiene trabajando para él, etcétera—le dice al agente, y luego, en la bocina del auricular—: Magda, dile a caja que Domènech va para allá, que le tengan un cheque listo.

Domènech se pone de pie. Kabio Sile cuelga.

—Duncan—dice el superior—, cuando estés dentro de su sanctum sanctorum debes hacer algo muy importante.

—¿Qué?—pregunta Domènech sin levantar los ojos del expediente.

—Te sonará absurdo, pero...

—Kabio...

—Realiza un conteo de sus perros.

Duncan Domènech cierra el expediente y mira a su empleador.

—¿Perdón?

—Debe tener exactamente siete. Ni uno más, ni uno menos. No lo olvides.

—¿Perros?

—Si tiene uno de más, pregúntale de dónde lo sacó y cómo se llama. Si tiene uno de menos, pregúntale que le pasó. Si está muerto, debes identificar el cuerpo...

—Del perro...

—... y traérnoslo. En el expediente están las fotos con sus nombres.

Domènech vuelve a abrir el expediente, rebusca y, ciertamente, ahí están las fotos de varios perros realengos. El agente se demora estudiando una foto en particular, en la que aparece Lázarus caminando apoyado en un bastón terapéutico y arrastrando una botella de oxígeno... rodeado de perros. De siete perros. Las demás fotos son imágenes de perros satos, mostrencos, animales que nadie ha bañado en mucho tiempo, grandes, pequeños, hembras, machos. Los dedos de Domènech pasan las fotos una tras otra; adjunta a cada foto hay una hoja mecanografiada con los datos de cada perro.

Domènech cierra la carpeta y mira nuevamente a Kabio Sile, oculto ahora tras el periódico que nuevamente se ha puesto a leer.

—No son realmente perros—dice el agente, risueño.

—Buenas tardes, Domènech. Eso es todo—responde su superior.

El elegante operativo lo sigue mirando, pero Sile sigue atento a su lectura. Domènech menea la cabeza de un lado a otro y con divertida resignación camina hacia la puerta y sale.

Solo entonces, como si el portazo se lo hubiera recordado, Kabio Sile aparta el periódico de su rostro y vocifera a todo pulmón el mantra que define a todos los burócratas, enmascarados o no, de este y de cualquier otro mundo.

—¡Y tráeme facturas!

6. Primer Mundo

¿Acaso estamos en La Milla de Oro? Casi. El lema aquí es la eficiencia. La optimización de los procesos. ¿Qué procesos? Todos. Todos los procesos, cualquier proceso. Aquí nada se desperdicia, todo se ahorra, o todo se utiliza, nada sobra. Antes de tomar cualquier decisión, antes, incluso, de pronunciar una palabra, de realizar un movimiento, por inocuo que sea, la decisión, la palabra y el movimiento deben pasar por el cedazo de la pregunta a continuación: esto que voy a decidir, que voy a decir o que voy a realizar, ¿es un gasto o una inversión? A menos que sea una inversión (y no cualquier inversión: una inversión con promesa de altos retornos), aquí, en este lugar, nadie se molesta.

¿Son corredores financieros todas estas personas? ¿Se afanan en una especie de bolsa de valores? Sí.

Y no.

No es el valor de diferentes unidades monetarias lo que se decide aquí, pero es como si lo fuera. La frenética actividad que dinamiza a esta resplandeciente y moderna urbe no busca definir cuánto deben costar, día a día, los artículos que consume la sociedad que los produce, importa o consume. Pero, más o menos.

Este es el Primer Mundo.

La apariencia física de sus habitantes da entero crédito a la tesis de que nos hallamos en un imperio de las finanzas. Formalmente vestidos con cortes de diseñador, circulan por sus pulcras avenidas hombres y mujeres en todo iguales a los hombres y mujeres de los que tenemos amplia experiencia... excepto que estos poseen frentes bicornes y largos rabos puntiagudos. ¿Y acaso no es así como intuimos que son realmente los oficiales de cuenta en los bancos de nuestro mundo?

Cuernos, rabos... Estoy siendo un poco injusto con la descripción. Creo. No todos los cuernos son iguales, ni las colas. Algunos exhiben cuernos de gacela, otros de cabra, de toro, de carnero, de rebeco montés, de venado, de antílope. ¡Y las colas! ¡Oh, las colas! Bueno, las colas sí son todas iguales, no puedo mentir: largas, prensiles y acabadas en una membrana que se asemeja a una punta de flecha.

Y aunque no todos son bípedos, permítanme asegurarles que no por andar a cuatro patas pierden la clase y la distinción.

Pero basta de tangentes. Entremos en materia.

Observemos ese rascacielos que realmente rasca los cielos, irguiéndose por encima de los demás con una variedad de pináculos y antenas y pararrayos: Alta Torre se llama y es la sede administrativa del Primer Mundo. En esa elevadísima torre de cristal opera el Servicio de Inteligencia y Soluciones—el SIS—una de las instancias gubernamentales más importantes.

Entremos y subamos al piso número 99.

En este ultramoderno piso de oficinas hay una gran actividad burocrática, científica, analítica y urgente: empleados que se mueven entre cubículos, teléfonos que timbran, papeles que son firmados y despachados, entre otras cosas. En el Primer Mundo nadie descansa, ¡y en el SIS menos!

Se abre un elevador para personal restringido y emerge Anubis: alto, demacrado, delgado, de algunos sesenta años. Como si lo hubiera estado esperando, y seguramente esperaba que saliera justo en ese momento, elenco de una danza previamente coreografiada, lo aborda Charon, un funcionario de mediana edad. Ambos caminan a paso expedito por los pasillos.

—Charon...

—Su Señoría...

—¿Y bien?

—Los filtros del nódulo septentrional han captado la función de onda de los contrabandistas Yakul y Matías.

—¿Son recuperables?—pregunta Anubis acercándose a una chica de lindos cuernos lisos y piel bronceada. La chica le muestra una serie de papeles. Anubis los firma uno a uno.

—No. Sus fuerzas vitales ya han sido vaciadas hacia el lado oculto del multiverso. Probablemente ya fueron reciclados.

Firmados los papeles, la chica prosigue su camino. Anubis y Charon reemprenden la marcha.

—Me preocupa lo rápido que sus espíritus fueron disueltos hacia el lado oculto. ¿Sabemos cómo fueron destruidos? Dudo mucho que se haya tratado de un exorcismo. Hace siglos que no existen oficiadores tan poderosos.

—Las escrituras indican que la anomalía es de tipo elemental, un simple vórtice natural de gran energía. Pero los criptógrafos de todos los cubículos interpretan la anomalía como *presencia*.

Anubis lanza un suspiro de fastidio. Llegan a una puerta corrediza que los deja entrar automáticamente. Entran entonces a una sala de control a oscuras. Delante de ellos hay nueve enormes pantallas frente a las cuales están sentados varios técnicos que manipulan datos, gráficas, números.

—El Ánima Sola—exhala Anubis.

—Me temo que sí.

Lanzando una especie de mugido de exasperación, Anubis se coloca en una especie de proscenio con barandilla desde donde domina todo el piso.

—Continúa suelta una Dolorosa sin papeles de absolución haciendo y deshaciendo en el Tercer Mundo y nadie parece escandalizarse... En fin. Pasemos, por favor, a lo que realmente nos incumbe.

Charon manipula unos controles y aparece en pantalla un diagrama de la enorme y extraña nave derribada por el Ánima Sola.

—Está intacta. Sigue incrustada en una edificación local y nadie ha intentado llegar a ella.

Junto a la imagen aparece ahora un ecocardiograma y una neurografía.

—Su sistema nervioso central está en salud, pero la nave en sí está inconsciente. Según el localizador catódico, el lugar en cuestión es la plaza del mercado de Santurce, ciudad capital del Archipiélago Borikwá, al norte de la Isla Grande.

A la mención de Santurce, Anubis reacciona sutilmente, se queda pensativo unos segundos e inquiere:

—¿Los materiales?

—Los sistemas no reportan filtraciones. La integridad del cargamento no ha sido comprometida y la factura de aduana sigue sin vulnerar.

Anubis medita... y al cabo de unos segundos produce un plan de acción.

—No despierten al transbordador; verse solo en medio de un ambiente desconocido, sin tripulación a la vista, solo creará más problemas. Envíen a un operador que tenga experiencia en la zona.

—La Senescal Primera Clase Xue Yi es la más indicada. Ya ha sido avisada y recibe los primeros protocolos de transmigración. Estará en el Tercer Mundo en menos de una hora.

Anubis quiere marcharse. Se dirige a la puerta mientras habla.

—Bien hecho. Que no se pierda un segundo más. El contrabando de nuestros desafortunados compañeros no pasará desapercibido por mucho tiempo.

—La doctora LaVey en el departamento de telecomunicaciones asegura que nuestros adversarios no tienen forma de informarse sobre el accidente...

Anubis se detiene en la puerta y replica sin voltearse a mirar a su subalterno.

—La profesora tiene razón... pero no son ellos los que me preocupan—dice, y se va.

7. Imperdonable injusticia

¡Qué asombrosa es la ruleta de los talentos!

Desde pequeños poco a poco nos vamos encaminando por la ruta que más favorece a nuestras habilidades innatas. Reconocemos temprano en qué somos buenos, en qué somos mejores, y de esa vereda apenas nos desviamos. ¡Dichosos quienes se dan cuenta a tiempo para qué dan y para qué no dan! ¡Desdichado aquel que no sabe para qué sirve y cree que no sirve para nada!

No, no, y no.

Casi todas las personas son buenas en algo. Casi todas las personas son excelentes en por lo menos *una* cosa...

A ver, tampoco exageremos: no es mi intención afirmar que eso en lo que son excelentes todas las personas sea siempre relevante o importante. A veces sí y a veces no. Silbar es un talento baladí, pero estoy seguro de que existen personas que lo hacen mejor que nadie. En alguna parte del mundo los condecorarán, los añoñarán, los elevarán a los más altos sitiales de la jerarquía social. La tragedia está en el desfase de nacer en un lugar que no valore las particulares habilidades con las que uno nació. Está claro, por ejemplo, que se caga en su madre quien, en este país, nace con un cerebro especialmente diseñado para visualizar estructuras pandimensionales y traducirlas al lenguaje de la trigonometría, o para reconocer patrones de retroalimentación negativa en organismos vivos y poder, acto seguido, implementarlos para crear medicamentos efectivos. Quien nazca, por el contrario, con un cerebro que favorezca la coordinación ojos-manos a tal grado que pueda, en la mayoría de los intentos, pegarle a una bola con un trozo de madera con fuerza suficiente como para sacarla por los 420, vivirá como un rey y estará en las papas hasta que la muerte, o la droga, o el alcohol, o las malas inversiones lo coloquen otra vez en el lugar del que nunca debió haber salido si viviéramos en el mejor de los mundos posibles.

¡Ah! O la edad.

Bueno, y tampoco seré tan arrogante como para sostener que no existe gente prodigiosamente desprovista de talentos, malparidos que no tienen ni uno solo, por nimio que sea. Pero de ellos no tenemos por qué preocuparnos, pues esos desgraciados casi siempre resuelven su problema suicidándose.

¡Bendito!

Álvaro Gómez Sierra es de los afortunados que descubrieron rápidamente para qué son buenos. Su grupo de amigos de juventud también: entre ellos y ellas podremos hallar médicos, vendedores, gerentes medios, atletas, farmacéuticos, políticos, maestros y músicos. Otros y otras descubrieron que sus talentos los conducían por los vericuetos del oficio manual y se convirtieron en excelentes plomeros, soldadores, torneros, pintores de brocha gorda, técnicos de refrigeración, mecánicos, selladores de filtraciones, ebanistas, instaladores de persianas de aluminio y puertas tormenteras, bartenders, meseros y crupieres. Incluso quienes parecían no servir para nada descubrieron que servían para algo, destacándose como consumados jodedores, borrachines, almas de la fiesta, joseadores de cigarrillos, agentes de bienes raíces y hasta poetas. Hubo quienes encontraron su vocación en el robo a mano armada, el escalamiento y el homicidio en primer grado. Dos o tres había cuyo talento más sublime era capear perico a precios inexplicables...

El talento de Álvaro, su habilidad principal, era hablar mierda.

Desde chiquitico lo supo.

Hablar mierda no es lo mismo que decir mentiras, quiero aclarar esto antes de seguir adelante. Álvaro no necesariamente era mendaz; su ocasional mentirilla blanca habrá dicho, a conveniencia, pero mendaz no era. Todos conocemos a alguien que descuella en el fraude y el embuste, y también conocemos a alguien que no hace sino hablar mierda. Y sabemos que hay una diferencia.

Álvaro hablaba mierda, le buscaba las cinco patas al gato, abría la boca y se le caía una plepla, doraba el lirio, escardía la paja. Siempre fue, cómo no, el favorito de los maestros, al que dejaban junto a la pizarra para que reportara a los indisciplinados cuando la misi tenía que ir al baño, el chota de la calle que todos los padres admiraban, el nene lindo con el cual todos los demás eran comparados. Presidente de la clase, monaguillo ejemplar, líder pastoral y más adelante catequista (pues para hablar mierda con propiedad nada mejor que cualquier religión organizada).

Su papá quería que estudiara derecho y su mamá quería que se metiera a cura. Pero Álvaro era demasiado holgazán como para vestir esa camisa de once varas, pues aunque en esas disciplinas prosperan quienes más y mejor mierda hablan, el requisito ineludible de la evidencia, en la primera, y del celibato, en la segunda, derrotan y anulan la codiciada recompensa de poder hablar mierda con destreza y estilo, que es pasarla bien y no dar un golpe.

Así que se volvió profesor de literatura comparada y teoría posmoderna.

¡Bingo!

Durante años se dio una vida de lujos hablando mierda en conferencias y simposios. Ganó becas y fellowships con propuestas y proyectos en los que hilaba la más fina ñeca. Justificó fraudes artísticos y literarios con las más monumentales chorradas.

Defendió lo indefendible, que para algo concreto sirve hablar mierda: la mutilación genital femenina ("toda cultura es perfecta y cualquier intento de modificar sus preceptos es una arrogancia colonialista"); la destrucción del legado escultórico clásico iniciado por Daesh ("la blancura del mármol contribuyó al blanqueamiento histórico de minorías célebres"); la prohibición de limpiar las aceras con chorros de agua a presión ("se trata de una práctica racista que desencadena imágenes de agresión contra protestas y manifestaciones"); la vigilancia privada por medio de cámaras de vídeo ("práctica racista, clasista y patriarcal que tiene como meta mostrar la peor cara de la gente de color"); el hambre ("comer es una construcción social"); y el trap ("letra, melodía, y teoría musical son arrogancias burguesas").

Condenaba el fascismo y el nazismo ("tenemos que aplastar, sin miramientos, todo liderazgo que exhiba matices totalitarios"), pero no el autoritarismo de izquierda ("la masa unida bajo la égida de un líder preclaro; los pueblos jamás se equivocan"). Condenaba el consumo de huevos de gallina ("es un pollito en potencia"), pero no el aborto ("es solo un montón de células"). Condenaba cualquier atentado en contra de la libertad de expresión ("todo ciudadano debe ser capaz de articular sus opiniones, por controversiales que sean, sin temor a represalias estatales"), pero sólo cuando lo expresado compaginaba con sus propias ideas ("¡Yolanda Vélez Arcelay debería ser expulsada del noticiero y arrestada por agitadora!"). Condenaba a cualquier líder conservador acusado sin pruebas de conducta inapropiada ("¡cancelado! ¡creamos siempre a la víctima!"), pero si se trataba de un héroe liberal, matizaba ("¡cacería de brujas! ¿dónde está la evidencia?"). Condenaba los veredictos que exoneraban a corruptos de derecha ("¡las cortes están en contubernio con el poder! ¿qué más podía esperarse?"), pero no los que exculpaban a corruptos de izquierda ("¡la verdad ha prevalecido!"). Condenaba los desórdenes sociales ocasionados por turbas reaccionarias y televisados por los canales dominantes ("¡hay que hacer algo!"), pero no los desmanes de la claque progre televisados por la misma vía ("¡manipulación mediática! ¡disturbios pagados por grupos de presión!").

Con el pasar de los años, sin embargo, los círculos académicos donde reinaba con argentada lengua empezaron a ser infiltrados por jóvenes pensadores poseedores de un talento incompatible con el suyo: el arte de detectar estupideces y desmontarlas.

Se vio feo para la foto. Por primera vez en su vida tuvo que medir sus palabras, pues podría estar cerca y escucharlo uno de esos detectives de las ideas; Álvaro le huía a la humillación pública como el diablo a la cruz. Pero como el comedimiento le resultaba tanto o más fatigoso que cavar una trinchera, y sabiendo de qué pie cojeaban incluso sus nuevos colegas, implementó la más efectiva de las estrategias, que fue adoptar a un hijo de su hermana, autista severo, y andar con él para arriba y para abajo. Santo remedio: de ninguna manera podría nadie ponerse a refutar las ideas de un hombre tan claramente comprometido con los desvalidos.

La hermana feliz. En más de una ocasión estuvo a punto de ahogar al niño en el inodoro y si de algo se arrepentía era de no haberlo hecho, pues Güilly, que así se llama el muchacho, se convirtió con el andar del tiempo en un adolescente macizo y brutal, imposible de controlar, manisuelto, arisco e impredecible. Y como las desventuras siempre vienen de a dos y de a tres, o bien cuando es una sola, esta llega adornada con lazos, cintillos y borlas, a Güilly le cogió con frecuentar el cafetín de la esquina. A punto estuvo de convertirse en el loquito del barrio, uno de esos chifladitos a los que se les compra cerveza y se les provoca para entretener a la clientela... hasta que la titerería local, que nunca descansa, le enseñó a jugar billar. Güilly descolló en ese deporte con un virtuosismo y una clarividencia tales que pronto superó y avergonzó a sus maestros. Con el resultado de que ahora, cada vez que se aparecía por el negocio un retador bocón con chavos en los bolsillos, se presentaban en la casa sujetos de la peor calaña, a cualquier hora del día y de la noche, para llevarse a Güilly y echárselo a la inocente presa.

Cuando Álvaro le propuso llevarse al muchacho, la hermana le dijo que sí más rápido que ligero y le hizo un bulto en tiempo récord mientras lloraba de felicidad.

¿Que qué opinaba Güilly del asunto? Nadie sabe. Güilly no hablaba, no escribía, no gesticulaba y no hacía señas con las manos. La única manera que tenía Güilly para afirmar su presencia en el planeta Tierra era emitiendo un penetrante graznido aviar, como de cernícalo herido por la saeta del cazador, y que, dependiendo de la situación, podía alcanzar tal intensidad que los circundantes sentían que le perforaban los tímpanos con un picahielo espolvoreado con fogaraté.

—¡WREEEEEEEIIIIII!

* * *

—¡Maldita injusticia!—exclama Álvaro mientras apaga disgustado el aparato de televisión—. ¿No te parece a ti también una terrible injusticia lo que acabamos de presenciar?

—¡Wreeeeeiiii!—dice Güilly, evitando hacer contacto visual con su tío. Para Güilly, como para todo autista severo, el contacto visual es anatema. Y ni hablar del contacto físico.

Lo que acaban de presenciar es un reportaje de Carlos Ochoteco, quien, habiendo llegado tarde al lugar de los hechos, mostraba a los horrorizados televidentes los cuerpos sin vida de los esperpentos demoníacos calcinados por el Ánima Sola y a las perplejas autoridades que no sabían qué hacer con ellos ni para dónde llevárselos ni cómo.

—Maldita injusticia, imperdonable injusticia—prosigue Álvaro, su furia en pleno hervor—. Y, por supuesto, nadie se da cuenta, a nadie le importa, todo ha sido normalizado por el andamiaje homófobo de un patriarcado feroz y macharrán instituido por la chusma aburguesada de los nenes lindos de Caparra y Guaynabo y su organigrama de masculinidades tóxicas.

—¡Wreeeeeeiiii!—contrargumenta Güilly.

—Fíjate como se aparece ese espectro, que no sabe ni jota de debido proceso y presunta inocencia, y toma la justicia en sus manos. ¿Y qué hace esta sociedad enferma y perversa? La aplaude... ¡La aplaude!

—¡Wreeeeeeiii!

—¿Y por qué? Pues porque son diferentes. Porque tienen cuernos y rabos y colmillos y, en general, no se corresponden con el plan corporal de la mayoría, manteniendo, eso sí, una vaga semejanza con los demonios que el estado totalitario cristiano creó para controlar a su feligresía. Y, por supuesto, por envidia. Imposible perdonarles a estos seres infrahumanos el maravilloso poder de la telepatía. ¡Cuánta mezquindad!

—¡Wreeei! ¡Wreeeei!

—Y claro, como siempre, cuando un grupo minoritario se defiende ante el ultraje, ¡candela!

—¡Wreeei!

—Pero esto no se va a quedar así—insiste Álvaro—. ¡Qué va!

Y sin perder ni un solo segundo más, el furibundo académico y paladín de la justicia social separa dos cartulinas de entre un centenar que almacena para este tipo de ocasiones, y destapa una caja nueva de Magic Markers.

—Toma—le espeta a Güilly, ofreciéndole una de las cartulinas y varios Magic Markers—. ¡Exprésate! ¡Da rienda suelta a tu indignación!

—¡Wreeeeiiii!—hace Güilly mientras realiza sobre la blanca cartulina un violento garabato con Magic Marker rojo.

Álvaro se toma su tiempo para imprimir en letra de bloque su ingeniosa consigna:

Los monstruos infrahumanos
También son mis hermanos.

8. Mamabicho

Ya al mediodía Georgie ha perdido la cuenta de todas las veces que le han dicho mamabicho en la calle. En cada una de las posibles variantes: mamabicho, kántoe mamabicho, claje mamabicho, buen mamabicho, cabrón mamabicho, so mamabicho. ¿Qué tiene de malo "tecato"? ¿Qué repentina obsesión es la que hay con la felación? Sabrá Dios si es que Georgie tiene cara de mamabicho, eso él no lo sabe y nadie podría asegurarlo, porque, ¿cómo es la cara de un mamabicho? Cualquiera puede ser un mamabicho, tenga la cara que tenga. De lo que sí él tiene cara es de tecato. Y eso es lo que él es: un tecato. ¿Por qué la gente no puede hacer honor a su vicio, como antes, y llamar las cosas por su nombre? Tecato, teco, drogo, mafutero, yerbero, periquero, crackero, pipero... Cualquiera de ellas le cuadra a la perfección. Pero no: ahora, en esta ciudad, la palabra favorita parece ser "mamabicho"... Chorro de mamabichos que son.

Lleva rato merodeando por la Politécnica y no ha podido reunir ni tres pesetas. Y ni siquiera las quiere para comprarse dos o tres piedritas de crack o un dos y medio de manteca; Georgie, ahora mismo, lo que tiene es hambre y ganas de comerse un servicio de tostones en La Nueva Yahaira.

—Right true, broqui—le dice a un chamaco de la Poli que espera la guagua en la parada—. Es pa comer, yo no le meto a eso.

El chamaco se hace el sordo. Georgie se da cuenta de que la cagó diciendo lo último que dijo. El chamaco estaba por sacar menudo del bolsillo hasta que Georgie se fue de boca haciendo una declaración que su pinta delataba al instante como embuste extraordinario. Claro que se va a encojonar y no le va a dar nada. *Yo tampoco lo hiciera*, piensa Georgie. *Qué mamabicho soy.*

La apariencia de Georgie no lo ayuda mucho que digamos. Digamos, mejor, que no lo ayuda para nada. Tiene unos tenis pringosos y grasientos. Los mahones parecen el trapo con el que limpiaron una guagua pública. La camiseta—que lee "Puerto Rico pinta con Harris Paints"—tiene el cuello desbembado y un roto en el sobaco izquierdo. Su cabello, rubio castaño, es un pajón enorme, una esfera de bucles, crenchas ensortijadas y dreads accidentales. Como Georgie duerme en la calle, todo se le pega del pelo. Ahora mismo tiene enredados en esa trampa un palito de Chupa Chups, la tapita de una caneca, medio Dorito y un sorbeto. Para colmo, Georgie despide el almizcle dulzón de los zafacones dejados al sol.

Hablando de zafacones, Georgie rebusca en uno adosado a la marquesina de la parada y, mira qué suerte, hay un guineo por mitad. *¡Ñam!* Se lo jampea sin pensárselo mucho. Dulce el cabrón guineo, ni tigre se había puesto todavía y mira que esa basura se veía que no la recogían desde ayer.

¡Diablo, la orilla de un sandwich! ¡Puñeta, un fondo de café! ¡Recontrapuñeta! ¡La colilla de un Winston Light con por lo menos cinco jalás!

Este zafaconcito nunca ha defraudado a Georgie. Es como si alguien se ocupara de dejarle esas invaluables provisiones, invisibles para cualquier otro tecato.

La cháchara de un grupo de estudiantes lo saca de su agradecida ensoñación. Debe haber cambio de clases. Y justo a tiempo, porque Georgie necesita ahora que alguien le prenda el cabito del Winston Light.

Una guagua se detiene en la parada con el típico resoplido del freno hidráulico. Se abren las compuertas y sale Edna. Georgie enfila directo hacia ella.

—Edna, Edna, ¿cómo estás mamita chula?

—Zafa pal carajo, Georgie—le espeta Edna sin mucho rodeo, acomodándose la mochila en la espalda. Georgie sabe que a Edna hay que tratarla de usted y tenga, que cualquier día lo mismo te suelta un billete de cinco para que no la jodas, o un codazo en la cara porque te mangó chequeándole las tetas, y queda claro que hoy es uno de esos días donde lo más probable que te suelte sea el codazo, la gaznatá o la patada voladora, que Edna es karateka; pero las ganas que tiene de fumarse la colilla que ha encontrado le nublan la razón y le empañan los sentidos.

—Suave, trigueña, yo no quiero chavos—explica y aplaca Georgie, humilde, suplicante—. Yo lo que necesito es mecha.

Edna, que en el fondo tiene un corazón de margarina, exhala ruidosamente por la boca, indicando que se da por vencida, pero el resoplido queda oculto bajo la sinfonía de otros resoplidos, chirridos, crujidos y rugidos que hace la guagua al ponerse en marcha de nuevo.

Edna se descuelga la mochila y se pone a rebuscar adentro.

El bulto de Edna es un monumento a la organización y la nitidez: lápices y bolígrafos en sus respectivos bolsillos, papeles sueltos en sus carpetas, libros bien dispuestos en el espacio para ellos reservado, ganchitos para el pelo y scrunchies en una cartuchera de lo más chulámbrica, en la que guarda además pintalabios de colores, sombra y liner, que Edna será estofona, pero también vanidosa y pizpireta como ella sola.

De un compartimento especial saca finalmente un bic de colores... pero tiene la mala suerte de que con el encendedor se le va media cajetilla de Merit, nueva, que pensaba fumarse por la tarde en Ocean Park, mientras se relaja debajo de una palma mirando chamacos y bebiendo cerveza.

Un soft pack.

Georgie le echa el ojo y Edna se caga en su propia madre, mentalmente, claro está, porque ya sabe lo que viene. Efectivamente, Georgie tira el cabo de Winston a la cuneta.

—Mi corazón, pero regálame un gare de esos—josea Georgie, rastrero y untoso como una salamandra, y casi añade, "Quién sabe cuándo te devuelva yo el favor", pero se muerde la lengua a tiempo. Aprende de sus errores, Georgie, más o menos; recuerda la metida de pata anterior, cuando le dijo al panita que él no usaba droga, y decide no encabronar a Edna con otra vascuencia ridícula. ¿Cuándo puñeta va un tecato como Georgie a poder hacerle un favor significativo a una mujer hecha y derecha como Edna? Mejor lo deja hasta ahí, que de ese largo está bien.

Edna, que tiene las manos ocupadas con la mochila, el maldito bic y la jodida cajetilla de Merit, le tira los cigarrillos a Georgie para que él se las arregle, y se arrepiente casi de inmediato. La cajetilla vuela por el aire, describiendo un arco, una hipérbola, piensa Edna, que está tarde para el examen. *Hipérbola: Lugar geométrico de los puntos de un plano tales que la diferencia de las distancias de cada uno de ellos a otros dos fijos situados en el mismo plano es una cantidad constante.*

Y yo añado que la hipérbola tiene por ecuación:

$$B^2 X^2 - A^2 Y^2 = A^2 B^2$$

...y es, también, la curva producida por la intersección de una superficie cónica de dos hojas con un plano paralelo, a otro determinado por dos generatrices cualesquiera.

Estaba en el repaso.

Edna apenas tiene tiempo para preguntarse qué carajo hace ella perdiendo el tiempo con este tecato de la mierda cuando horita ni la dejan entrar al salón por llegar tarde, cuando Georgie, ante sus horrorizados ojos, desgarra el papel del soft pack a lo culo de vaca, de manera que todos los cigarrillos quedan al descubierto.

El muy pocavergüenza y carifresco no tomó cuidadosamente una pestañita del triángulo formado por el papel del empaque, entre la esquina de la cajetilla y la banda con el sello de impuestos sobre la renta, rompiéndolo con cuidado para formar un cuadradito preciso, a través del cual pudieran salir los cigarrillos uno por uno con tan solo agitar la cajetilla.

A Edna la vista se le nubla. De chiquita siempre fue presa fácil de estas rabias.

Hecha una furia, le vuela arriba a Georgie, dispuesta a extinguir su vida.

—¡Maldito tecato de los cojones!—grita Edna endiablada, atenazándole la garganta al desdichado drogadicto—. ¡Me jodiste la cajetilla!

—¡Yo no tengo la culpa!—dice a duras penas Georgie, asfixiándose—. ¡Es un soft pack!

Georgie puede ya ver la entrada al brillante túnel de luz que a todos nos conduce a otra parte, cuando Edna recapacita y decide que no le conviene asesinar a un junky en plena luz del día, y menos por una razón tan cúcara-mácara como que le dañara una media de Merit. Linda se vería ella explicando el caso en tribunales. Así que suelta a Georgie, le arrebata los cigarrillos y sale echando fuego para su clase.

Tendido cuan largo es sobre el cemento de la calzada, Georgie boquea como una tilapia recién pescada. Poco a poco se incorpora y se pone a buscar el cabo de Winston que descartara primero. La próxima vez preferirá morir en agonía lenta antes de pedirle a Edna siquiera la hora del día, y piensa, sin saber que cita a Marvin Santiago: *Esa mamota patea.*

Por lo menos no le dijo mamabicho, ni le ha dicho mamabicho nunca, y eso en la rutina diaria de un tecato cuenta para mucho.

9. El tema de los murmullos

Edna entra al campus de la Poli y es recibida por el retablo característico de una institución de alta enseñanza especializada en las ingenierías: gente jugando dominó.

De hecho, el sonido predominante es el de fichas fregadas sobre la mica de las mesas de torneo, puntualizado aquí y allá por fichazos de capicúa y dobles toques de paso. Edna avanza entre los participantes, ignorante de que el lugar que abandonó no hace ni media hora ha sido nivelado por una batalla campal que se originó, precisamente, por culpa de un doble seis mal puesto.

Y nadie sabe—excepto yo, que lo sé todo—que esas fortuitas combinaciones de números son todo menos insignificantes. Caprichosamente se forman, como las nubes en el cielo, obedeciendo necesidades estadísticas, pero también respondiendo al colapso de ondas cuánticas que dinamizan la ruta de nuestros neurotransmisores, moviéndolos como ráfagas de un lado a otro en nuestro cerebro—como esas bandadas de pájaros que vuelan de un lado para otro como si compartieran un mismo pensamiento—y que determinan, atravesado cierto umbral crítico, nuestras decisiones.

Así pues, es imposible que los jugadores de una mesa cualquiera reconozcan en el caminito de fichas que se ha ido formando sobre la mica el número de teléfono del hombre que se está acostando con la esposa de uno de ellos, o la combinación para abrir la caja fuerte del Departamento de Hacienda, o los números ganadores del próximo Pega Tres.

A Edna le irrita ver a todos esos bambalanes perdiendo el tiempo cuando deberían estar estudiando, practicando ecuaciones, o simplemente manteniendo conversaciones inteligentes acerca de sus respectivas disciplinas. Camina entre las mesas con parejería, con la nariz parada, meneándose con la intención de que lean en su pavoneo el profundo desprecio que siente por todos ellos. Pero los jugadores ni se enteran de que por ahí está caminando Edna, que no es hembra para ser ignorada, concentrados como están en el juego.

Matándose, Edna sube las escaleras e ingresa a su aula a toda prisa... Pero el aula está completamente vacía, excepto por el asistente del profesor, que escribe un mensaje en la pizarra.

—El profe no va a poder venir hoy—dice el muchacho sin dejar de escribir—. El examen queda para la próxima semana.

Y eso es precisamente lo que está escribiendo en marcador rojo. Porque, ¿quedarse a darle el mensaje personalmente a cada alumno matriculado en esa materia según vayan llegando? ¡Bicho es!

A los que llegaron más temprano ya él se los dijo; se chocaron los cinco entre todos y por ahí mismo lo siguieron para el Escambrón. Pues, puñeta, él también quiere irse para El Escambrón. Quizá hasta con la misma Edna, cuya alegría ante la noticia anticipa... por lo cual, la mirada de rabia que le dedica la joven, y la clara intención de pegarle fuego a la universidad que puede leerle en el semblante, lo desconciertan.

—Lo que me faltaba—dice Edna entre dientes—. El muy cabrón debe estar en Caguas metiéndoselo a la jíbara puta esa.

El asistente del profesor piensa que Carmen, ciertamente, necesita recuperar puntos a como dé lugar si quiere pasar la clase. Y casi casi se alegra de no haber perdido dos o tres dientes proponiéndole a Edna irse para la playa con él, cuando Edna patea un pupitre y se aleja de allí como una exhalación.

Decide aprovechar el tiempo para repasar y se mete en la biblioteca. Allí es recibida por el retablo característico de todo espacio dedicado al estudio y la reflexión: decenas de personas que, en el más profundo silencio, revisan sus celulares.

Se mete en un cubículo, saca sus libros y sus apuntes, y se pone manos a la obra.

No pasan cinco minutos antes de que Edna empiece a distraerse con un cuchicheo intenso proveniente del cubículo de al lado. En otras circunstancias, este tipo de murmullos no sería capaz de romper su concentración, pero resulta que en este caso *ella* es el tema de los murmullos.

Los cubículos de estudio están diseñados para una sola persona, como máximo para dos. Edna distingue tres voces—dos masculinas y una femenina.

—Es que está demasiado buena—dice él.

—Qué exagerado tú eres—refuta ella.

—¿Exagerado?—replica él.

—Una maldita loca—interpone el otro.

—Oye a este—dice ella.

—No me digas que la vas a defender.

—Yo no he dicho eso.

—A que tú no sabes el nombre que te puso.

—Yo sé cómo ella me dice.

—Jíbara puta.

—Eso no es verdad—explica ella—. Ella me llama jíbara *bruta*. Y si tú te pones a ver, ninguna de las dos cosas es mentira.

—Debiste haberla visto esta mañana. Casi mata a Georgie.

—¡Embuste!

—¿Y por qué?

—Porque tuvo el atrevimiento de pedirle a la princesa menudo para un café.

—Pobre Georgie...

—Es que Georgie le agota la paciencia a cualquiera.

—Sí, pero tampoco es como para hacerle una doble Nelson y dejarlo tirado en la acera.

—¡Diablo!

—¡Wow!

—Pobre Georgie... Y pensar que ese tipo era cuadro de honor.

—¿Que qué?

—Para que lo sepas. Un duraco. Cuatro puntos de promedio… en todo.

—De aquí se lo iban a llevar para Mayagüez becado full.

—¿Y qué pasó? ¿Empezó a joder con las drogas?

—¿Qué te pasa, nena? Con drogas había estado jodiendo Georgie desde los trece años y era un genio como quiera. Eso no fue lo que pasó.

—Es verdad, Georgie se metía hasta el dedo desde chiquito. Eso no fue lo que pasó.

—¿Y qué fue lo que pasó, entonces?

—Pasó que los fraternos de Phi Sigma Alfa son un chorro de cabrones.

—Asimismo es.

—Hace como tres o cuatro años hicieron un party en Casa España y se pusieron a meter perico.

—Bajaron a La Perla a capear y subieron como con mil pesos de perico.

—Ya tú sabes: fiesta. Pero entonces, para joder a Georgie, que era el que mejor notas tenía, esos cabrones en vez de una raya de perico le pusieron una raya de otra cosa.

—¿Una raya de qué cosa?

—Una raya de una cosa que le reventó los fusibles para toda la vida.

—Se le quitaron las ganas de estudiar y de ir a la universidad y de vestirse bien.

—Georgie era el que mejor vestía.

—Se le quitaron las ganas hasta de bañarse y cepillarse los dientes.

—Un chamaco que andaba siempre perfumado y con los dientes blancos.

—Le descojonaron el balance químico del cuerpo.

—Las hormonas, le descojonaron las hormonas.

—¿Pero qué fue lo que le pusieron?

—En vez de una raya de perico, esos cabrones, esos pervertidos...

—Enfermos, psicópatas...

—... le pusieron una raya de Quick de fresa.

—Como de doce pulgadas de largo.

—¡Ay, váyanse al carajo!

—Por mi madre.

—Hay quienes dicen que no fue una raya de Quick de fresa, sino de Ajax.

—Yo estoy demasiado ocupada para que ustedes dos vengan aquí a cogerme de pendeja.

—¡Pero si fuiste tú que nos pediste que te ayudáramos a estudiar!

—Mierda, suerte que Martínez no vino, porque yo iba a colgarme en ese maldito examen. Así que déjense de estupideces y vamos a repasar.

—Y es raro, porque Martínez nunca falta.

—¡Ah! ¿Pero ustedes no saben lo que pasó?

—¿Qué pasó?

—Ya hasta subieron el vídeo en Facebook.

—Caballo...

—Acho, que se formó una trifulca ahí en Santurce y la plaza del mercado está prendida en candela.

—¡Dios mío, sí! ¡Mira!

—Puñeta... ¿Pero qué es eso? Dale zoom.

—Es un vídeo, huelebicho, no coge zoom.

—Bueno, pero ¿y qué tiene que ver eso con Martínez?

—Que el papá de Martínez es mesero en El Jibarito y el tío trabaja en la ferretería de por allí cerca. O sea, que el hombre probablemente tenga que bregar con dos funerales el mismo día.

Si alguno de los tres iba a decir algo más, nunca lo sabremos. Su amena conversación fue interrumpida por un escarceo compuesto por sillas arrastradas, pesados tomos que caen al piso, y lápices de madera que se desparraman.

Los tres compañeros se asoman fuera de su cubículo y alcanzan a ver a Edna, de espaldas, con la mochila abierta y mal colocada, corriendo a toda velocidad, dejando tras ella una estela de papeles, ganchitos para el pelo, cosméticos, y cigarrillos Merit.

Segunda Parte

El Torbellino de Maneschi

10. Libros con ilustraciones

Putifar, Director Gerente de Control de Riesgos y Soporte Operativo del Primer Mundo, extraña los días en que era un simple Senescal Primera Clase, o buzo, como suele llamársele en los cuarteles y barracas a los aguerridos y atrevidos cosmonautas que rutinariamente cruzan de un mundo a otro, poniendo sus esencias vitales en peligro de disolución con tal de cumplir alguna importante misión.

¡Qué tiempos aquellos!

Sus asignaciones lo llevaron por todo lo largo y lo ancho del multiverso. Cultivó enemigos mortales en el Segundo Mundo y, en igual medida, amigos del alma. Vivió aventuras incontables y llegó a conocer a fondo todos los recovecos del Tercer Mundo, en donde forjó entrañables relaciones, si bien los ocupantes primarios de la mayoría de ellas fueron desintegrados por el inexorable devenir del tiempo; si algo queda de ellos, son ecos diluidos en descendientes que no retienen ningún recuerdo de Putifar... Y no hay nada más triste que encontrar a un viejo amigo o amiga—en repetición terciaria o cuaternaria—con quien se han vivido sucesos extraordinarios y no encontrar en sus ojos la más mínima chispa de reconocimiento...

¡Eh, Putifar, cuidado! Tus recuerdos te están llevando al pantanal de la nostalgia.

No cambia este Putifar.

Luego vinieron el matrimonio y los hijos, y con el matrimonio y los hijos, el deseo de llevar una vida más sedentaria y, por consiguiente, el traslado a posiciones menos riesgosas, más burocráticas. Trabajos de oficina. A partir de ahí, los ascensos fueron constantes; sus enemigos dirían que meteóricos e inmerecidos, sus amigos, que tardíos y por debajo de su dignidad y señoría: jefe de sección, gobernador de aduanas, auditor de operativos, supervisor del Departamento de Transmigración, comisionado especial de tributos y aranceles… hasta llegar al escalafón que ahora ocupa y que trae consigo el título de Su Excelencia, en autoridad e influencia segundo sólo a Su Señoría Anubis, gerente general del Servicio de Inteligencia y Soluciones.

Por culpa de estas añoranzas—imposible a veces controlar cómo se levanta uno de la cama—y no por otra cosa, Putifar decide ir él mismo a supervisar y auditar el operativo de transmigración solicitado por la dirección general para recuperar un peligroso material de contrabando, y cuya ficha de curso parpadea en el monitor de su computadora con el resplandor rojo de los motivos urgentes.

En otras circunstancias, Putifar hubiera reenviado la ficha a un auditor categoría cuatro para que se encargara del asunto... Pero hoy, afligido por una melancolía voraz, quisiera recapturar—de manera vicaria, por supuesto—las emociones de antaño.

Putifar desciende al zulo de transmigración, la gigantesca cámara subterránea donde están instaladas, a millares, las cápsulas que permiten al personal del Primer Mundo tomar posesión de un cuerpo en el Tercero. De cada cápsula emerge y repta por el suelo un grueso cable que, uniéndose a otros a medida que recorre el interior del zulo, adquiere grosor, de modo que de cada hilera de cápsulas llega al centro del zulo una trenza tan ancha como un torso humano. Y estas trenzas ascienden por un agujero colosal, un conducto cilíndrico que atraviesa todo el edificio, uniendo el zulo y la azotea, doscientos pisos más arriba, donde conectan con larguísimas antenas de repetición recortadas contra el firmamento como estalagmitas colosales.

Nítidamente uniformado, la banda con la insignia de su posición colocada a la altura recomendada en la manga de su brazo izquierdo, el Director Gerente de Control de Riesgos y Soporte Operativo del Primer Mundo avanza por un pasillo antiséptico, gris, metálico. Al fondo, una puerta con una señalización de peligro biológico se abre automáticamente ante él y Putifar ingresa al vasto espacio de cemento pulido en el que dos operarios revisan una de miles de cápsulas, cotejándola contra formularios agarrados en sendos sujetapapeles. Son jóvenes, adolescentes, niños casi. La cornamenta de uno de ellos es tierna y el otro todavía es motón.

En un panel de la cápsula que inspeccionan hay botones y diales que manipulan con pericia. Recubre la cápsula un sistema de mangas y un ramillete de cableado. Hacia la parte superior de la cápsula hay una gruesa ventanita de cristal. Están absortos en su tarea y Putifar puede llegar a pararse justo detrás de ellos sin que se den cuenta. Y es solo cuando ya está casi respirándoles en la nuca que los cadetes pegan un salto, reprimen un grito y, reconociendo primero sus insignias y galones, luego su rostro, se cuadran en atención y saludan poniendo sobre el corazón el puño derecho, rápidamente retirado.

Putifar les devuelve el saludo con una gracia de movimientos que solo se obtiene al cabo de una larga carrera. Entrelaza las manos en la espalda y considera a los operarios, que permanecen congelados en posición de firmes.

Putifar le da la vuelta a la cápsula—tan familiar—y la aprecia concienzudamente. Todo regresa a su memoria con un mínimo de dificultad: la función de cada control, cada dial, cada interruptor; los efectos de una entrada precipitada, de una salida de emergencia, los procesos de cuarentena; las cualidades de un agente ideal, el protocolo que debe respetar, la etiqueta que debe observar en el Tercer Mundo. Comprende que lleva el

Manual del Agente Transmigrador grabado en la memoria. Incluso recuerda las bellas láminas que ilustran las lecciones.

—¿Todo listo?—pregunta a los paralizados cadetes. Uno de ellos, el de cornamenta tierna, replica con vozarrón de hombre en ciernes.

—¡Señor, las coordenadas han sido corroboradas y programadas, señor!

—¿Posibles ingresos?—inquiere Putifar. Ahora responde el motón:

—¡Se han detectado múltiples ingresos, señor! ¡Todos óptimos, señor!

—Descansen—ordena Putifar y los muchachos adoptan posición de descanso al mismo tiempo: manos entrelazadas en la espalda, pie izquierdo deslizado hacia la izquierda.

—Todo depende de la selección que haga el agente—añade el motón sin que se lo pregunten. Putifar deja de inspeccionar la cápsula y observa a sus subalternos con curiosidad. El motón ha dejado claro que tiene deseos de impresionarlo con el calibre de su preparación. Ambos tienen un aire intelectual difícil de confundir con aires de otro tipo. Para algo tiene que servir la edad.

—Ustedes dos vienen recomendados por el profesor Manigat, si no me equivoco...

—¡Sí señor!—responden al unísono. *Lo llevan prácticamente escrito en el rostro*, piensa Putifar, arrebatándole al motón el sujetapapeles y pasando las páginas luego de revisarlas con una mueca de severidad.

—Ya—dice—. ¿Y por qué, si son tan amables, debemos esperar a que el agente haga la selección? ¿Por qué no podemos fijarla desde aquí nosotros mismos? Sería más conveniente. Tendríamos mayor control.

—Los principios de la transmigración lo prohíben—responde el de cornamenta tierna, y el motón, pisándole los talones, y otra vez sin que se le pregunte:

—Tenemos acceso al Tercer Mundo y sus habitantes solo después de cruzar la cortina de positrones.

Le cae bien a Putifar este muchacho con la frente lisa. El otro no quiere quedarse atrás y prosigue:

—Antes de cruzar no podemos experimentar la realidad del Tercer Mundo, y después de cruzar perdemos la comunicación directa con el Primero.

—¿Cuál es la causa de esa limitación?—quiere saber Putifar.

—El Torbellino de Maneschi, señor—responde el motón.

—Explíquense.

* * *

Los esnobs—que Dios maldiga—detestan los libros con láminas y con ello demuestran que tienen el alma podrida y el corazón en remojo dentro de una palangana con agua de culo. La seriedad, la sobriedad, la desaturación y las sutilezas son sus más sagrados valores artísticos. Si por ellos fuera estaríamos todo el tiempo viendo cine de autor, leyendo a existencialistas franceses y matando el tiempo en galerías de arte moderno con exposiciones colectivas de instalaciones o videoperformance.

Lo cierto es que no hay gozo más poderoso que los libros con láminas, dibujos y fotografías. Recuerdo con ternura al Conde Muchomás y Listín—el gato con los datos—de mi libro de matemáticas; a Pepín, Rosa, Tito, Lobo y Mota de mi libro de español; el sistema solar y las geodésicas de mi libro de ciencia. El paso de nuestros libros de texto infantiles a los libros de texto de escuela superior (lo más lejos que llegué yo) representan nuestra verdadera pérdida de la inocencia.

En pos de su inocencia perdida desde que amaneció, Putifar recuerda las coloridas láminas de su añorado manual de transmigración—realizadas por un cotizadísimo artista del Segundo Mundo cuyo nombre se le escapa—mientras escucha la explicación de los cadetes.

—El Tercer Mundo existe más allá de las Estructuras Fijas, en las zonas del flujo y el reflujo, donde nada perdura—dice el de cornamenta tierna, y Putifar visualiza aquella doble página del cosmos en la que aparecían dos mundos, casi superpuestos, uno grande y el otro no tan grande, en un área de absoluta calma. Apartado de ellos, casi al borde de la página derecha, un tercer mundo, pequeñito, que atraviesa una región caótica y de gran dinamismo. Y dice el motón:

—Los seres elementales que habitamos el Primer Mundo experimentamos esa transición como un torbellino que gira en dirección de las manecillas del reloj, y que presenta erráticas zonas de calma llamadas "ingresos".

Putifar recuerda entonces que en esa misma doble página del manual, separando el Primer y Segundo Mundo del Tercero, el artista había dibujado un rabioso torbellino que obstruye el contacto entre aquellos dos y este. Flotando en el torbellino, atravesándolos como agujeros en un queso, aquel genio iluminador de libros había pintado huecos transparentes a través de los cuales se podían ver escenas rutinarias del Tercer Mundo: las manos de un niño sosteniendo un helado, el teclado de una computadora, el reloj de pulsera que alguien consulta...

—Para entrar al Tercer Mundo—dicta docto el de cornamenta tierna—, el ser elemental debe detener el Torbellino de Maneschi.

—Para detener el Torbellino de Maneschi—dice el motón—, el ser elemental debe concentrar su atención en el ingreso que presente mayor estabilidad y oportunidad... y sumarse a él.

Putifar recuerda esa pequeña lámina: la región transparente en el torbellino a través de la cual veía las manos de un niño sosteniendo una barquilla, gradualmente expande su diámetro hasta enmarcar un parque, otros niños, los padres que acompañan al niño.

—Mientras más estable el ingreso, mejor—recalca el de cornamenta tierna.

—Mientras más grande, mejor—puntualiza el motón.

—Con todo y eso, la naturaleza cambiante del torbellino hace que esto se convierta en un verdadero desafío—añade el de cornamenta tierna.

—En resumen—concluye el motón—, no podemos fijar la entrada de antemano porque la oportunidad ideal se presenta al agente de manera impredecible.

En efecto. Si alguien lo sabe ese es Putifar. ¿Cuántas veces no había elegido el ingreso perfecto cuando una ventolera cósmica agitaba el torbellino, dispersaba la realidad atisbada como una hojarasca y el agujero se cerraba?

—Sin embargo—dice Putifar dándoles la espalda—, somos nosotros, los seres elementales del Primer Mundo, quienes determinamos el devenir del Tercero. ¿Cómo es posible que no tengamos control sobre algo tan crucial? ¿Quiere decir entonces que, a un nivel fundamental, estamos a merced del caos? ¿Del azar?

—El azar no existe—se apresuró a decir el motón—. Todo obedece a un plan.

—En el Torbellino de Maneschi—expuso su compañero—, los designios del Primer Mundo se ajustan a la voluntad del Ente Primario y su Superdesignio.

—El Ente Primario no habita ninguno de los mundos y todos los mundos.

—Nadie conoce al Ente Primario.

—Nadie sabe qué quiere el Ente Primario.

—La rivalidad entre el Primer Mundo y el Segundo nace precisamente cuando Lucio el Bello...

Putifar les muestra la palma de su mano derecha.

—Suficiente. Procedamos.

—El agente asignado no ha llegado aún, señor—anuncia el motón.

—Tampoco nos ha contactado para justificar su tardanza—revela el de cornamenta tierna.

—La Senescal Xue Yi—dice Putifar revisando el sujetapapeles—, fue citada para las dos en punto de la tarde.

Como por acuerdo, los tres primermundistas dirigen la mirada hacia un reloj fijado en la pared justo encima de las puertas que dan acceso al salón de transmigración.

Es la 1:59.

El secundero del reloj corre hacia el 8...

Empiezan a oírse pasos.

El ruido de los pasos gradualmente asciende, paralelo al avance del secundero. Hasta que por fin, a las dos en punto, se abren las puertas y aparece una hermosa demonia de lustrosos cabellos negros y cuernos pulidos y curvos, de cuerpo excepcional, expresión fría y actitud profesional. Sus ojos rasgados y negrísimos hacen juego con una naricita fina y recta. La mujer se cuadra ante Putifar, llevándose el puño al corazón, retirándolo al instante, pero manteniéndose en posición de firmes.

—Senescal Primera Clase Xue Yi reportándose a faena, ¡señor!

11. 

Melisenda entra a su habitación, una linda alcoba llena de muñecas, juguetes preescolares y almohadas rosadas. El lugar está en penumbra, las cortinas de gasa matizan la poca luz que puede entrar.

Melisenda cierra la puerta con mucho cuidado y le pone seguro.

—Gazú...—susurra mientras avanza hacia el centro de la estancia.

—Gazú—vuelve a susurrar, pero ahora con mayor firmeza.

Melisenda se voltea hacia la puerta, preocupada. *¿Se habrá atrevido a salir del cuarto este cabrón?*, piensa la bella párvula.

—¡Gazú!—dice ahora con voz clara Melisenda, con autoridad.

Y Gazú aparece.

* * *

Si ahora yo escribiera, "la silueta de una horrenda criatura pasa por delante de Melisenda", lo único que demostraría es la pobreza de nuestro lenguaje. De cualquier lenguaje. Ni "horrenda", ni "criatura", son las palabras correctas, *pero son las palabras que hay.* "Horrenda criatura" evoca imágenes de—precisamente—criaturas horrendas. Y esas criaturas horrendas, en la imaginación de mis lectores y lectoras, tomarán formas sin duda extravagantes, pero convencionales y comprensibles: tendrán extremidades, colmillos, antenas, escamas o pelos. Usarán sus extremidades para moverse de un lugar a otro, y si no las tienen, se deslizarán como serpientes. Seguramente poseerán una cabeza en la cual estará situada una cara o rostro capaz de hacer gestos y mostrar sus diferentes estados de ánimo. Algunas tendrán rabo. Casi todas tendrán una parte de al frente y una parte de atrás, o una parte de arriba y una parte de abajo. Todas, sin excepción, exhibirán simetría bilateral.

De manera que da igual lo que diga de Gazú. No podría describirlo ni aunque el mismísimo Dios me desenredara la lengua y me concediera el don de hacerme entender; ni podrían ustedes jamás imaginárselo ni aunque el mismísimo Dios les descurtiera el interior de las cabezas con una máquina de lavado a presión.

* * *

Qué estaba haciendo Gazú debajo de la cama no viene a cuento, ni estamos nosotros en posición de comprenderlo. A veces se mete debajo de la cama, otras veces ocupa una de las gavetas del gavetero; Melisenda lo ha encontrado escondido dentro de uno de sus zapatos, pegado en el interior de la pantalla de la lamparita de noche, debajo de la alfombra, en un enchufe, en el desagüe de la ducha, en la ducha, dentro del tubo de pasta de dientes, y en el techo. En cierta ocasión llegó de la escuela y apenas pudo abrir la puerta y entrar a su habitación porque Gazú estaba *en toda la habitación*.

Melisenda recuerda lo tonta que era al principio, cuando Gazú empezó a esconderse en su cuarto, pero antes de que le pusiera turbo a su cerebro.

—Él llegó volando un día—les contó una vez a sus amiguitas—, y nos pusimos a jugar.

Ella entendió después, luego de que Gazú optimizara la arquitectura de sus sinapsis, que el monstruo solo quería que fuera capaz de entenderlo para pedirle que fuera más discreta. Para entender esa simple petición en la lengua de Gazú, sin embargo, la modificación debía ser radical. Y así fue cómo, para poderle decir que no fuera chismosa, Gazú transformó a Melisenda en el segundo ser humano más inteligente del planeta Tierra.

Al primero ya lo conocimos y ni se dieron cuenta.

* * *

Gazú se desliza-flota-camina-brinca por detrás de Melisenda y Melisenda se sobresalta. Del susto pasa al enojo en un santiamén.

—Gazú, maldito idiota—dice airada, pero sin alzar la voz—. ¿En qué estás tú perdiendo el tiempo ahora?

Melisenda quita a Gazú del medio de un empujón y se arrodilla frente al baúl de juguetes que hay junto a su cama. Se pone a rebuscar entre los muchos juguetes y muñecas y legos. Remueve todo, refunfuñando, buscando algo en específico. Gazú la mira trabajar, tratando de ver dentro del baúl por sobre su hombro.

——declara. Melisenda detiene su labor y le dedica una mirada fulminante.

—El reguero tuyo, querrás decir. ¡Claro que nunca encuentro lo que busco!

Melisenda reanuda su búsqueda en el baúl. Las muñecas y otros juguetes de niña dan paso ahora a armas de fuego reales, extraños cascos, sistemas de comunicación, radares, una especie de machete sideral.

Gazú recoge una de las figuras que Melisenda ha sacado del baúl y tirado al suelo: es Merman, un secuaz de Skeletor, archienemigo de He-Man en *Masters of the Universe*, y que dejó olvidado un primito suyo hace mucho tiempo una vez que estuvo de visita. Mientras tanto, Melisenda está sacando del fondo del baúl, con mucho esfuerzo, un televisor portátil.

——le reprocha Gazú sin hacer el más mínimo ademán de asistirla.

Todavía pasando trabajo para sacar el aparato del baúl, Melisenda se voltea hacia Gazú sumamente molesta.

—¿Qué?

Gazú repite mostrándole el juguete:

—[illegible]

—Mira, estúpido—le espeta Melisenda, que termina de sacar ella sola el aparato—, yo no te escondí nada. Suspende tus ridiculeces y ayúdame con esto.

Pero Gazú la ignora y se aleja musitando quién sabe qué, al tiempo que Melisenda, con mucha dificultad, encarama el aparato encima del gavetero y lo conecta. La pantalla parpadea y aparece la imagen en blanco y negro de un noticiero.

—Atiende, imbécil.

Melisenda ajusta la antena del aparato. Yolanda Vélez Arcelay aparece delante de la plaza del mercado. Pero Gazú no presta atención. De otra parte de la habitación le llega a Melisenda la bulla que hace Gazú moviendo cosas, dejándolas caer, amontonándolas.

—Ármate de paciencia, Melisenda—se aconseja a sí misma la niña e inmediatamente desoye su propio consejo: se pellizca el labio inferior con los dedos de la mano derecha y emite un agudo silbido. Gazú lanza un horrendo chillido de dolor, puntualizado por el estrépito de cosas que caen al suelo, algunas rompiéndose en pedazos, y emite una pulsante vibración que hace retumbar los muebles del cuarto.

—[illegible]—dice.

—Deja la lloradera—replica Melisenda y da unas palmaditas sobre el aparato de televisión—. Mira. Mira.

Gazú se acerca, contrito. Su extraña fisonomía se sitúa a la derecha de Melisenda. En la pantalla aparece una toma de la nave estrellada sobre el edificio de la plaza del mercado de Santurce.

Gazú emite ahora un zumbido ultrasónico que millares de personas cientos de kilómetros a la redonda confundirán con un súbito tinnitus. Es una exclamación de felicidad.

—Stygma X-99—dice Melisenda tapándose los oídos—. Mira una ahí. La pieza que le falta a tu nave, la vesícula de probabilidad, es un componente común de la Stygma X-99, ¿no es así?

Incrédulo, Gazú toca la pantalla con un horrible apéndice.

—[illegible].

—Eso dijiste desde el principio, sí, pero mira...—dice Melisenda y golpea el televisor, molesta—. Ahí está. Así que tan imposible no era.

—[illegible]—advierte Gazú.

—Me importa un huevo—responde Melisenda con decisión—. Prepárate. Vamos a junkear esa nave.

12. Siempre pasa lo mismo

Leavittown es el nombre dado a ocho secciones de vecindario construidas por el Departamento de la Vivienda de Puerto Rico para veteranos borikwás de las Guerras de Unificación. Su nombre hace honor al impulsor de esa iniciativa social, el inmenso Raphy Leavitt, cuya "Cuna Blanca" suena ahora en el programa *Sábado de Salsa Clásica* que Chanoc tiene sintonizado en el radio de su Corvette anaranjado.

Lo sigue una Ford Explorer negra. Ambos vehículos sortean el laberinto de la gigantesca urbanización de Toa Baja hasta estacionarse frente a una casa pintada de verde pistacho. En la marquesina, en la acera, en el balcón hay gente que conversa en voz baja. Del Corvette, que maneja él mismo, se apea Chanoc. De la Ford Explorer empieza a bajarse su séquito. Chanoc camina entre las personas, que respetuosamente se apartan para dejarlo pasar. Tras él, sus secuaces, con lentes oscuros, saludan lacónicos.

El bichote ingresa a la casa y avanza entre la gente. Adentro persiste una sinfonía de llantos y lamentos. Chanoc consuela brevemente a varias chicas, estrecha la mano de algunos jóvenes y señores, recibe el abrazo de ancianas desconsoladas; a Abiel, como al negrito bembón, todo el mundo lo quería.

Se detiene más extendidamente junto a una señora, a quien abraza y con quien intercambia palabras en voz baja que no voy a repetir aquí, porque ¿a ustedes qué les importa? Alguna de la gente reunida bebe chocolate caliente de vasitos de cartón. Otros se refrescan con abanicos de papel que por una cara tienen la imagen del Sagrado Corazón de Jesús y por el otro dicen:

FUNERARIA ABSALOM
Dinos como lo quieres antes
y nosotros le buscamos la vuelta después.
Nada es imposible.
Simón Madera no. 55
Villa Prades, San Juan 00924
Cotizaciones: 787-762-1430

En un rincón, un grupo de mujeres reza un rosario; van por los misterios gloriosos, así que deben llevar ahí desde el mediodía, y quién sabe si desde la madrugada y ya le han dado dos o tres vueltas a esa noria. Chanoc sigue avanzando entre los dolientes hasta ponerse delante de un joven vestido con atuendo de motociclista montado sobre una Ducati XDiavel negra. Parece posar para una fotografía: a horcajadas sobre la motocicleta, el casco sujeto al costado derecho, la mano izquierda en el manubrio... El rostro impávido, la mirada oculta por lentes oscuros Oakley.

Parece una estatua... pero no lo es.

Chanoc menea la cabeza condescendiente, resopla.

—Mamabicho—dice entre dientes con añoranza y cariño. Quiere darle una palmadita en la espalda, frotarle la nuca como solía hacerle en vida cuando saltaba con alguna de sus ocurrencias o cuando proponía planes fantásticos o cuando relataba sus fabulosos embustes, pero como no está seguro de qué aguanta y qué no aguanta aquel innovador sistema de embalsamamiento, se abstiene.

Chanoc se aparta de la motocicleta y mira a los circundantes... hasta ver a un hombre maduro, sentado entre otros hombres maduros, mejor vestido que el resto de los varones en el lugar, de luto implacable, de rostro entre compungido y airado.

Chanoc se le acerca. Se le para delante. Franky no reacciona... pero es adrede. Está ignorando a Chanoc. Chanoc le toca el hombro al hombre que está sentado junto a Franky. El hombre mira hacia arriba, tras una breve fracción de segundo determina quién es, se levanta y se va. Los demás hombres igualmente abren gas. Chanoc se sienta junto a Franky y le frota la rodilla con afecto. Están en silencio un buen rato y entonces Chanoc dice:

—Ayúdame a matar a esos cabrones.

Franky no lo mira antes de responderle:

—Chanoc, vete de mi casa. Vete a la mierda.

Chanoc sonríe y mira a Franky de arriba a abajo.

—¿Te busco un rosario?—inquiere—. Porque... ponte a rezar, entonces, como una vieja.

—Esto es culpa de ustedes—dice Franky, ahora sí mirando a Chanoc, que se estremece—. Esto es culpa tuya.

—No—replica Chanoc, sobreponiéndose a la vergüenza de haberse sentido intimidado por Franky aunque fuera por una fracción de segundo—. A tu hermanito lo mató la gente de Maltés, no te hagas el pendejo.

—A Abiel, y a todos ustedes, los está matando la estupidez. Abi era un estúpido. Y tú eres un estúpido. Sal de mi casa o ve decidiendo cómo quieres que te velen a ti. Encaramado encima de una mujer, seguramente.

A Chanoc se le escapa una risita nerviosa que sofoca demasiado tarde. Intimidado nueva vez, intenta la condescendencia.

—Franky, Franky, Franky...—dice con falsa lástima—, el nene más inteligente del barrio. Nos tratabas a todos como a retrasados mentales. Veo que no has cambiado.

Error.

—¿Quieres que te tenga miedo? ¿Tú de verdad crees que a estas alturas yo le voy a coger miedo al amiguito de mi hermano menor?

—Tranquilo, papi.

—¿Tú sabes qué? Ojalá Maltés los parta. Ojalá que tú seas el próximo.

—Maltés no puede con nosotros.

—Ni ustedes con Maltés. Ese es el problema. Por eso es que mi hermano está muerto. Ahora ustedes matan a uno de ellos, si no es que lo mataron ya. ¿A quién? ¿A quién le toca? ¿A César? ¿A Eduardo? ¿Al otro César? ¿A Pokemón? Y después va uno de ustedes, que a saber quién será. Ojalá seas tú. Da igual. La suma da cero.

—Las cosas ya cambiaron. Ahora sí las cosas cambiaron, Franky. La suma no da cero. Pero necesito tu ayuda.

Franky se echa a reír con ganas y el velorio entero se vuelve a mirarlo; hasta las mujeres que rezan el rosario hacen silencio. Franky deja de reírse y estudia a Chanoc con absoluta incredulidad.

—¿Ustedes se pusieron a fumar pasto antes de venir para acá?

El llanto desconsolado de una mujer se hace escuchar. Ambos hombres miran en dirección del sonido. Una muchacha bien joven—menor de edad, si queremos ser precisos—se desmelena frente al cadáver de Abiel, encima de la Ducati.

—Esa es la sexta que llega—revela Franky—, las otras cinco andan por ahí sacándose chispas. No pasa media hora y aquí se va a armar un brete.

Chanoc ignora el comentario.

—Déjame decírtelo de otra forma: yo necesito la ayuda de Franky... el doctor.

Franky mira a Chanoc con curiosidad.

—Y no me digas que no te importa que hayan matado a Abiel. Yo no me como esa. Yo te conozco... Estás loco si tú crees que yo me voy a creer que a ti eso no te importa.

Franky resopla, escéptico, y es ese resoplido el que le dice a Chanoc que encontró el botón que era.

—Sí, chévere, tú eras el nene de las buenas notas, pero yo me acuerdo de ti en la calle, yo estaba en el liquor de Carvajal cuando Jimmy le tiró a Abiel, Abiel con ocho añitos. Yo vi lo que tú le hiciste a Jimmy, pai, después, cuando lo esperaste afuera de Chacho's. Septiembre 23 de 1998. Un miércoles. Tío Junior habló con los guardias.

El recuerdo surte el efecto deseado en Franky.

—Yo sé cómo tú eras con Abiel, cabrón. Tú tienes que estar muriéndote por explotar a esos hijueputas.

Franky no contesta. Chanoc sabe que está a ley de un empujón. Se le acerca. Casi le habla al oído.

—Yo los exploto por ti. Yo sé cómo. Pero necesito que tú vengas conmigo...

—Tú sabes muy bien que yo no...

—... en calidad de digno representante de tu profesión. Yo sé que tú eres un civil, no es eso. Necesito tu consultoría.

—Mi consultoría... ¿Para qué?

Chanoc saca un Huawei último modelo del bolsillo de su pantalón y comienza a oprimir botones.

—¿Tú no has visto las noticias?

Chanoc le pasa el aparato a Franky y recibe de la señora que abrazara anteriormente una tacita de papel; le agradece con una inclinación de la cabeza y se lleva el recipiente a los labios.

Franky mira el aparato y empieza a pellizcarse el lóbulo de su oreja derecha.

Chanoc conoce el gesto. Chanoc sabe que Franky dedica la totalidad de su atención al vídeo de los acontecimientos de esa mañana en Santurce. Chanoc sabe que Franky ya empezó a darle cabeza a lo que está viendo. Chanoc sabe que saldrá de allí con Franky.

—¿Y cómo tú sabes—pregunta Franky oponiendo una última migaja de resistencia—, que al cabrón de Maltés no se le ocurrió la misma mierda? Con ustedes siempre pasa lo mismo.

—Si se le ocurrió la misma mierda—responde Chanoc triunfante—, entonces vámonos dando prisa.

Encima de su Ducati, Abiel sigue mirando a la lontananza, impávido, mientras una nueva joven se desmelena delante de él. El ambiente empieza crisparse. Truena a lo lejos.

13. Yakuza honorario

El taller de Nolo en Los Peña es una torta de cemento pulido techada con planchas de aluminio pintado. Los pinos son de la vieja escuela: torres de acero que emergen del suelo levantando un marco en H sobre el que se ajustan las gomas del carro. Delante del taller hay una explanada con un reguero de carcachas, carrocerías y Volkys a medio junkear. Pespuntean el arreglo transmisiones, ejes delanteros, cigüeñales doblados y cajas de casquillos de biela vacías. Del taller emerge periódicamente el explosivo "Fffrrrrr—Fffffrrrrr" de las llaves de impulso neumáticas.

Los muchachos están trabajando duro, pero cualquier faena, por fatigosa que sea, se vuelve llevadera y entretenida cuando hay música, por lo cual tienen un estéreo sintonizado en el *Sábado de Salsa Clásica* oyendo "Recuerdos de Escolar", de Lalo Rodríguez, y cantándola con diferentes niveles de habilidad y entonación. Seguir a Lalo en este número no es cachispa de coco.

Cada quien piensa en una escuela diferente durante la primera estrofa:

Recuerdo cuando pasaba yo
por la acera de aquella escuela
que hoy se contempla,
como antes, magistral...

Unos rememoran sus días en la Kodak, otros en la República de Colombia, en la Facundo Bueso, en la Vilá Mayán, en la García Cepeda, en la Arístides Chavier, en el María Auxiliadora, en el Bautista de Carolina. Todos sienten nostalgia y se les aprieta el corazón, pensando en lo felices que fueron en aquellos planteles. Todos alzan la voz con Lalo cuando sonea:

¡Cuidado allí en la glorieta,
Que viene la principal!

Me caen bien los muchachos del taller de Nolo. Son buenos muchachos. Sabía que les gustaría esa canción, por eso llamé hace quince minutos a Rafael Merejo y la pedí. La sorpresa que se van a llevar.

—¡Lalo, mi gente, Lalo!—exclama Merejo—. Ese mismo, el del bigotito y el mohawk rubio. ¿Quién no recuerda con cariño la jodedera en clase? ¡Los que van para la fuga vayan al portón de atrás! ¡Wepa! Dedicado especialmente a los campeones que están arreglándote el carro allí en el taller de Nolo. ¡Qué me dice la gente de Los Peña!

El taller se viene abajo con hurras y vivas y gritos de "¡Alegría y bombaé", "¡Los Peña rompiendo liga!" y "¡Los duracos vivimos de este lado de la 65!"

Justo entonces un Bentley último modelo, seguido de una Suburban negra, se estaciona delante del taller. Del lado del conductor se apea Blancanieves, un coloso de seis pies cuatro pulgadas con tremendo millaje en el gimnasio y blanco como un cubo de tofú. Él no lo sabe, pero su tátara$_{(23)}$ abuelo era Blamo Kofa, historiador, cazador de renombre y rey de los itusis, gente de paz que vivían al norte del río Sankarani, en lo que hoy conocemos como Mali.

Del lado del pasajero se apea Maltés, absorto en el estudio de una revista, una de cuyas páginas marca doblándola por la esquinita, tras lo cual se guarda la publicación en un bolsillo de la camisa.

El bichote se alisa la ropa y se quita los lentes de sol mientras sus esbirros se van apeando de la Suburban. Maltés, a la cabeza de sus hombres, emprende la marcha hacia el taller, pero casi al instante se detiene y detiene a sus hombres con un gesto. Pregunta, sin mirarlos:

—¿Alguno de ustedes conoce a Nolo?

El corillo niega con la cabeza.

—¿Ninguno de ustedes ha dejado nunca un carro aquí?—insiste Maltés. Todos vuelven a negar, excepto Boca'e Lobo, que titubea.

Boca'e Lobo es oriundo de Canóvanas y negro con destellos azul cósmico. Él no lo sabe, pero su tátara$_{(45)}$abuela era Freydis Eriksdottir, la media hermana de Leif Erikson, famosa por masacrar, embarazada de siete meses y armada solo de una espada, a una hueste de nativos de Vinland.

—Indio traía el Mercedes de él hasta acá, desde Loíza—dice—. Una vez yo vine con él, pero me quedé aquí afuera fuman...

—Óiganme bien, chorro de anormales—no lo deja terminar Maltés—, porque no quiero problemas. Nolo nos va a recibir en el taller. Hasta ahí no hay lío. Pero si nos invita a pasar a la oficina...

Maltés se acerca a sus secuaces y les dice con tono gravísimo y confidencial:

—NO-SE-RÍ-AN.

Los hombres se miran entre sí.

—No hablen, no comenten, no tosan, no miren y NO TOQUEN NADA—recalca, hace una pausa de efecto, y pregunta—: ¿Entendido?

Sus hombres asienten. Maltés se da la vuelta, retoma el paso y entra con su séquito al taller.

Los muchachos tienen el radio a todo jendel, es decir, a todo suiche, es decir, explotando. Rafael Merejo pone ahora "Fuerza'e cara", de Cortijo y su Combo.

—¡Fuercíbiris!—grita Merejo encima de la canción.

Maltés se acerca a uno de los muchachos. Olvida, o nunca supo, que a los mecánicos no se les ofrece la mano, porque siempre las tienen engrasadas. A la mano que le presenta Maltés, el mecánico contrapone el codo, la única parte que tiene limpia. Maltés no solo se lo agarra, sino que le hace un meneíto de arriba a abajo, como si estrechara una mano y no un codo. Se da cuenta de su estupidez y se avergüenza; piensa que el mecánico también se ha dado cuenta de su estupidez, y se encojona. Pero el mecánico está acostumbrado a esas cosas y le parecen normales.

—Nolo—le dice Maltés al oído, porque de otra manera no lo van a escuchar. El mecánico señala hacia un rincón del taller. Maltés mira el lugar señalado y hacia allá se dirige. Con un gesto de la cabeza, increíblemente sutil, hace que sus hombres vayan tras él. Se acercan al lugar indicado y se detienen frente a un Mustang del 65 rojo.

Debajo del vehículo hay un hombre boca arriba sobre una camilla de mecánico. Solo sus pies pueden verse. Maltés se agacha y da un par de golpecitos en el chasis. No hay reacción. Maltés mira hacia arriba, a su gente, y vuelve a intentarlo, esta vez halando al mecánico por los pantalones de trabajo.

¡Reacción!

La camilla rueda hacia afuera y queda revelado sobre ella un hombre de unos cincuenta y largos, cetrino, de rostro ruin. La cuenca del ojo derecho está vacía y la surca, de la frente a la mejilla, una cicatriz terrible. La impresión es la de un rufián que te arranca las tripas y se lava las manos con líquido de fregar después.

Nolo mira a Maltés sin delatar ninguna emoción. Mira a los hombres de Maltés con la misma indiferencia. Se incorpora, se frota las manos con un trapo. Sus labios articulan palabras que nadie puede oír. Maltés lo mira, mira a sus hombres. Nolo se exaspera y vuelve a hablar, impaciente, y la gente vuelve a no escuchar. Maltés hace un gesto que abarca el taller y luego se indica los oídos. Nolo se voltea y grita a sus mecánicos dando un manotazo sobre la capota del Mustang.

—¡Bajen esa jodienda, puñeta!

Cesa al instante la música. Nolo se le queda mirando a Maltés, esperando. Maltés se recuesta del Mustang. Nolo mira alrededor por última vez, hace un gesto y empieza a caminar; Maltés lo sigue.

Llegan a la oficina del taller, una puerta que dice: "Privado". Nolo abre una por una la docena de cerraduras, pestillos, fallebas y candados que aseguran su sanctum sanctorum. Maltés se detiene y hace un gesto a sus hombres para que lo esperen. Nolo lo contradice.

—No—dice—. Que entren, que los muchachos se me ponen nerviosos.

Nolo cruza la puerta y entra a la oficina. Antes de traspasar el umbral, Maltés les corta los ojos a sus hombres con una urgente mirada de advertencia.

Entran.

* * *

Al principio, así de sopetón, la sensación es de completa desorientación. Maltés y sus hombres ven a Nolo ponerse detrás de su escritorio y sentarse en un trono de fibra de vidrio exquisitamente trabajado.

Un trono de Hello Kitty.

Hello Kitty, sí. Leyeron bien.

Hello Kitty recibe el trasero de Nolo en su regazo. Sus bracitos son los brazos del trono. Por encima de la cabeza de Nolo, la enorme cabeza de Hello Kitty con su lacito, mira a los hombres con esas pupilas negras y muertas de tiburón mako.

Entonces poco a poco los esbirros y matones se van dando cuenta de que *todo* es de Hello Kitty, que han penetrado en un templo en el que se le rinde culto a Hello Kitty.

Y cuando escribo *todo*, quiero decir, *absolutamente todo.*

Libretas, bolígrafos, lápices, las sillas, las tazas, la libreta de recibos, de facturas. Los anaqueles, los cuadros, el almanaque. El teléfono es Hello Kitty sosteniendo el auricular. La calculadora es de Hello Kitty, los borradores, las reglas, la ponchadora, la grapadora, el recipiente de los sujetapapeles...

¡El escritorio!

Ahora es que caen en cuenta de que el escritorio es Hello Kitty en posición de Buda reclinado.

Las paredes de la oficina están empapeladas de Hello Kitty, el abanico de techo es de Hello Kitty. El aire que respiran es de Hello Kitty.

No, en serio.

Sobre el escritorio hay un ambientador de Hello Kitty. El perfume es una mezcla de grajo de toto y chicle bomba.

Los hombres de Maltés (que los mira por sobre el hombro con preocupación) entran embobados, mirando a todas partes, asombrados, pero tratando de controlarse. Maltés toma asiento en una de las sillitas de Hello Kitty, nervioso.

—¿Para qué soy bueno?—pregunta Nolo.

—Necesito que me acompañes a un sitio—dice Maltés.

—¿Anjá? ¿Cuándo?

—Ahora mismo.

—¿A qué?

—A desarmar una cosita.

—Te equivocaste. Yo no hago eso ya.

—Nadie nos va a molestar—dice Maltés, condescendiente. Error.

—Hmmm...—dice Nolo—. Te respetan los federales a ti. Maltés es especial y poderoso. Maltés es el nene lindo.

—La FAI† no te tiene chequeao—aplaca Maltés—. Esos muchachos desayunan en casa.

—Déjame a mí—replica Nolo—preocuparme por quiénes me tienen chequeao o no. Yo soy yo y tú eres tú. A mí me gusta mi taller. Me gusta estar con mis hijos, con mi esposa, con mi corteja. Me gustan los gallos. No me dejan llevarme nada de eso a la cárcel.

Uno de los esbirros de Maltés llama la atención de otro y le muestra un conjunto de Hello Kitty (con todo y máscara) que cuelga de una percha cercana. Apenas pueden aguantarse. Uno de ellos carraspea. El otro suda

† Federación Antillana de Investigaciones

la risa. Maltés se voltea y los fulmina con la mirada. Vuelve a enderezarse y encara a Nolo.

—Nolo—dice Maltés—, por los viejos tiempos.

Nolo se ríe. Es una risa sincera, no melodramática ni exagerada, y termina apenas comienza.

—Por los viejos tiem... Vete al carajo. Te he ayudado demás. A ti y al pai tuyo antes que a ti. La mazmorra es pa los jóvenes. Yo no estoy pa eso ya.

—Es una cosita rápida, Nolo, tú me dices cuánto quieres y...

—Que cuánto quiero... ¿Con quién puñeta tú crees que estás hablando, mamatranca? Que cuánto quiero... Hazme el favor y vete y llévateme a todos estos maricones de la oficina, que parece que se vaciaron un pote de perfume en la cabeza, no puedo ni respirar.

Nolo se pone de pie, amenazante. De todos, solo Boca'e Lobo—que no sale a la esquina sin bendecirse las verijas con Nenuco—siente la picada y reacciona dispuesto a buscar problemas.

—¿Maricones?—dice.

Maltés se da cuenta de que el asunto se puede ir al carajo rápidamente; se levanta de la silla y mira a su subordinado... Boca'e Lobo recula y hace silencio. Maltés se le queda mirando a Boca'e Lobo por treinta y cinco segundos completos. Boca'e Lobo intenta controlar su hiperventilación, a la espera del plomazo que le quitará la vida. Los compañeros de Boca'e Lobo se apartan de su lado para que no se les manche la ropa.

Pero entonces Maltés le da la espalda y se acerca a Nolo (que sigue mirando a Boca'e Lobo) por el otro lado del escritorio. Saca del bolsillo de su camisa la revista que había guardado. Busca la página marcada y la abre... y se la pone delante a Nolo, sobre el escritorio.

Nolo se deja caer en la silla, derrotado.

La página de la revista muestra una estatua de Hello Kitty. Es colosal y resplandeciente. Una japonesa de pie junto a la estructura da una buena idea de la escala. Nolo acaricia la página con su mano rugosa y engrasada, deja escapar un suspiro.

—Dos punto cinco metros...—liba Maltés su ponzoña—. Ocho pies, más o menos. La superficie en trencadís...

—No juegues conmigo, Maltés...—suplica Nolo—. No la venden. Esa es la estatua de la tienda Sanrio en Shinjuku. Yo lo intenté el año pasado...

Maltés sabe que lo tiene entre sus garras y entra de lleno. Se le acerca al oído. Nolo apenas puede contener su emoción.

—No te la venden a ti...—bisbisea Maltés—. A *ti* no te la venden. Pero ya me la vendieron a mí. Viene de camino.

—Mentira.

—Se te olvida que papi era yakuza honorario—explica el bichote—. ¿Te acuerdas de Hirotaka, que vivió escondido en casa un año entero? Con él venía hablando en el carro. Está hecho.

Nolo se da cuenta de que Maltés le está diciendo la verdad.

—¿Qué hay que hacer?

Maltés, que ha estado encorvado sobre Nolo mostrándole la revista y comiéndole el coco, se endereza y manda a salir a sus hombres, que obedecen sin chistar, pero asombrados. Maltés alarga la mano para recuperar la revista. Nolo lo impide, agarrándola primero. Maltés se la cede. Nolo se pone de pie y camina con Maltés hacia la puerta.

—Como te dije, necesito que me desmontes un par de puertas, me expliques cómo funcionan un par de cosas y de ahí en adelante yo me ocupo.

—Hmmm... ¿es del año?

—No es un carro, Nolo, no es un carro.

14. Vestidas de novia

Edna se apea de la guagua y sale como la jonda del diablo hacia la Botánica Ganesh, que en su imaginación ha sido reducida a cenizas con su abuela Ton, en posición fetal entre escombros chamuscados, adentro. Llora lágrimas candentes y amargas, lágrimas de arrepentimiento y contrición. ¿Por qué no pudo ser más cariñosa con su abuela, más paciente, más agradecida? ¿Por qué tratarla siempre a las patadas, por qué abrirle la boca, por qué menospreciar sus ideales y creencias? ¿Qué le costaba respetarla y quererla? ¿A quién era que intentaba impresionar dándoselas de inteligente, escéptica y científica, si la única persona que merecía ser impresionada era precisamente su abuela, la mujer que la crió?

A lo mejor por eso mismo, piensa.

A lo mejor las rebeldías de la juventud lo que buscan es impresionar positivamente a quienes más queremos, mostrarles que nos hemos convertido en personas con ideas originales, que no somos del montón y que, por ende, han hecho bien su trabajo. El que no es rebelde es un mamau. Nadie quiere que un hijo o hija o nieto o nieta salga un mamau. Así pues, el mejor regalo que le podemos hacer a nuestros padres es asegurarles, por medio de acciones concretas, que no somos unos mamaus.

Edna llega a la plaza del mercado de Santurce y encuentra la actividad que suele caracterizar las localidades desestabilizadas por catástrofes, desastres y siniestros: un bembé.

No reconoce a la mayoría de las personas que forman el tumulto que la rodea, lo cual quiere decir que no son lugareños, porque a los locales los conoce a todos. Edna, no obstante, posee el raro talento de sacar el municipio de origen de cualquier persona con tan solo mirarla dos o tres microsegundos, con lo cual se maravilla al notar que allí presentes hay especímenes de casi todos los pueblos de la isla.

No lo puede evitar. El programa corre en automático, no puede desactivarlo. Una vez, en medio de una venta al pasillo en Plaza Carolina a la que se dieron cita miles de personas y que supuso el colapso de ese centro comercial, cerró los ojos para intentar detener el involuntario bombardeo de nombres de pueblos, pero hasta sin mirar los sacaba, con tan solo oír hablar a la gente.

Entonces se tapó los oídos con las manos, pero nada, los sacaba por el olor, descubriendo en ese momento que cada pueblo tiene un sicote particular, una preferencia de fragancias, divergencias en la sudoración y limitaciones en la variedad de detergentes: tufos que los delatan.

La cacofonía de pueblos concentrados en la plaza del mercado es incapacitante. Tanto, que Edna ignora el paisaje de destrucción, los escombros, las llamas que aún envuelven algunas estructuras, las ambulancias, patrullas y camiones de bombero, y, empotrado en la alta y curva techumbre de la plaza, el enorme vehículo sideral que nadie sabe cómo sacarán de ahí, o si valdrá la pena siquiera intentarlo.

La culpa la tuvieron los medios noticiosos y las autoridades. Los medios noticiosos, porque televisaron el desastre y mostraron la nave. Las autoridades, porque acto continuo ordenaron a la ciudadanía mantenerse alejada del lugar, que es equivalente a decir, caigan en el lugar, chorro de mamabichos, que se va a armar una buena.

¿Que de cuán lejos vino alguna gente? Los chamacos que le cruzan por delante a Edna justo ahora, vestidos con mahones Pepe, tenis Adidas, uno con una camiseta del álbum *The Final Countdown*, de Europe, y el otro con una hoja de cannabis sativa estampada en la suya, son de Hormigueros, de eso Edna no tiene la más mínima duda. Los cacos con bermudas de mahón, correas de salir, camisetas blancas extra large metidas por dentro, y botas Timberland son de Humacao. Esas cinco nenas blanquitas y rubias y de ojos claros, vestidas con lindos conjuntos de Forever 21 que no pegan para nada con sus cabellos ondulados y lamidos con aceite de bebé son jíbaras de Juana Díaz. Los cacos vestidos como los cacos de Humacao, pero con medias y chancletas en lugar de botas Timberland, gritan Ponce, específicamente Coto Laurel y Capitanejo. Los huelebichos con barbas acicaladas, piercings, ropita Quicksilver y alpargatas de La Favorita son mitad de Hato Rey mitad de Río Piedras. La trigueña de ensueño con airecito emo, trenzas, faldita plisada, medias de rejilla negras (rotas en el muslo) y Doc Martens es de Gurabo. El grupito de hombres y mujeres con camisas de mangas largas y el cabello recortado en capas, son evangélicos de Saint Just. Ese cabrón en camisilla es de Las Marías. La jeva con la minifalda de Me Salvé y accesorios de Capri, de Sabana Grande. La doñita con el vestido floreado es de Country Club, de la manzana que queda detrás del Golden Skillet. Esa parejita que anda con un Yorkie es de Miramar, y esas indias de ojos verdes son de Las Piedras. Las chamaquitas altas, color canela y pelo rizado, con pantaloncitos cortos y tops de bañador, son surferitas de Isabela. La media docena de jinchos que papa las moscas mirando la nave espacial encima de la plaza del mercado son de Ciales. Los tres hijuelas que miran a todas las mujeres como lobos hambrientos son de Cabo Rojo y las cuatro mamises que miran a todos los hombres con cara de métemelo son de Yabucoa.

No la ve, pero la señora que le pasa por detrás dejando a su paso un hálito de Oil of Olay es de Aguas Buenas, y también su marido, que acentúa el aroma de ella habiéndose salpicado el pecho con Canoe. Sin tener que darse la vuelta sabe algo más: ella es blanca, él es negro. Ella cose. Él es campeón regional de brisca y fundador del Intramural Amistoso de Brisca y Mus Pedro Cabrera en Jagüeyes y Bairoa.

Un corillo de ciencuentonas borrachas, obviamente de Cataño, importuna a cuatro patos de Aibonito, hasta que intercede por ellos una barista de Peñuelas que a punto estuvo de meterles las manos y romperles los hocicos. La tropa de buchas bebiendo Medalla son de Orocovis, excepto una de ellas, que transmite las señales propias de una mayagüezana. Este grupito se cruza con una caravana de metrosexuales de Guaynabo que las estudia con admiración. Macharranes de Culebra observan el episodio con gesto decepcionado.

Utuado, Florida, Barceloneta, Arecibo, Guayama, Bayamón, Guaynabo. Comerío, Corozal, Adjuntas, Yauco, Rincón, Jayuya. Al parecer, los habitantes del principal territorio borikwá se habían volcado a Santurce para ser testigos de las devastadoras consecuencias de la batalla entre el Ánima Sola, misteriosa protectora de Santurce, y las luciferinas bestias ultraterrenas que osaron poner una ficha donde no iba.

Y aunque muchos vinieron a mirar, a comer mierda y a tirarse selfis, otros, responsablemente, se aparecieron con pleneras, tumbadoras, congas, panderetas y muchas otras variaciones del cuero tensado sobre una estructura cilíndrica. Y, cómo no, los centinelas del metal, con sus cencerros, trompetas, flugelhorns y trombones, llegan pisándole los talones a los celadores del cuero, que si es verdad que los tambores llaman a los dioses, lo es también que las trompetas derriban murallas.

De último llega la élite de las cuerdas: bajo, cuatro, sitar y guitarra eléctrica, instrumentos fundamentales de la salsa... Y tras ellos un viejo, cualquier viejo, con dos palos.

Como miembros de una cofradía secreta cuyo santo y seña es el instrumento que cargan, basta un ligero movimiento de la cabeza, un levantamiento inquisitivo del mentón, para que se congreguen en semicírculo y el viejo con los dos palos provea la clave. Y quién sabe si la mujer de los timbales se encapricha y en los recovecos de la clave engarza ella la cáscara, dándole por el costado a la timba izquierda, que la jeva es zurda. Y ya está la autopista hecha y entregada para que por ella empiecen a transitar los vehículos pesados. Se da formal inicio al jolgorio.

Dirán los ignorantes que falta un micrófono y un cantante. Micrófono no hace falta, y cantantes son todos los que allí están.

Todo el mundo bebe, y no agua.

Edna, maravillada por el espectáculo e involuntariamente campaneando la grupa al son de las tumbadoras (en el Caribe no hay nalga que pueda ignorar la conversación que le propone un tambor), pero demasiado preocupada por el bienestar de su abuela como para distraerse, se abre paso entre el barullo. Ha visto a su abuela y se dirige a ella.

Está viva, ¡está viva!, piensa Edna, llena de regocijo.

Todo será distinto de ahora en adelante. La querrá, la respetará, incluso tolerará sus disparates y supersticiones. ¡Está viva! Un sanador sentimiento de gratitud se aposenta en el alma de Edna.

Ton, sentada en una mesa de dominó, ve a Edna acercarse y se le ilumina el rostro y al instante les hace señas a sus compañeros de mesa de que se queden sentados. Sin levantarse de su asiento, le sonríe a Edna y abre los brazos para recibirla. Edna no puede contenerse y también sonríe, también abre los brazos. Echa a correr.

Pero justo cuando va a fundirse en un abrazo con su abuela, Edna siente que Ton le pone en la palma de la mano un fajo de billetes.

—Te mandó el mismísimo cielo—dice, cancelando el abrazo y apartando a la nieta con la otra mano—. Edna, negra, ve ha'l favor donde Máximo y tráete cuatro frías, pero que estén fr...

Incrédula, Edna le arrebata el dinero y lo tira contra la mesa.

—Yo acabo de perder un examen final—miente—, desesperada por llegar aquí, creyendo que la habían matado o que la estaban matando...

—Casi casi, mija—confiesa Ton, riéndose—, con el revolú que armaron Tuto y Wico haciendo trampa en el torneo del mediodía. Si no hubiera sido por...

—... ¿y me la encuentro en pleno vacilón y jugando esta mierda?—grita Edna.

—Pero ¡muchachita'el diablo! ¿Tú no estás viendo lo que ha pasado aquí? ¿El mundo se está acabando y tú estás hablando de exámenes?

Edna cierra los ojos, inhala largamente por la nariz y exhala controladamente por la boca. Recuerda las resoluciones que tomó en su camino hacia allí. Recapacita. Sonríe, o lo intenta. La mueca que se le dibuja en la boca es evidencia suficiente de que hace el esfuerzo. Toma el dinero que había tirado sobre la mesa. Da media vuelta y empieza a caminar.

—Edna, mamita...—llama Ton con dulzura.

Edna detiene su andar. Se le alegra el corazón. Es cierto eso que dicen: lo que siembras, cosecharás. En vez de ponerse pico a pico con su abuela, bajó la testuz, honró su ancianidad, obedeció. Y a cambio, mira ahora como su abuela también ha recapacitado y la llama para pedirle perdón y darle un besito.

—Diga, mamá—responde Edna, blandita. Ton levanta un índice y se lo lleva a la sien.

—Acuérdate—dice—, friiiiías. Vestiditas de novia, mamita, ¿Okey?

Edna sale de allí a grandes zancadas, empujando gente, los ojos chisporroteando.

15. Señal de inteligencia

—¿Un punto ocho?—pregunta Duncan Domènech inclinando la cabeza hacia la derecha y arrugando los ojos con incredulidad—. ¿En serio?

El agente freelance se halla en un desordenado hangar que hace las veces de laboratorio. Piezas, cables, componentes electrónicos, chasis, herramientas, contenedores, bobinas, transformadores, solenoides, bornes de alta tensión, bornes de baja tensión, desperdigados por todas partes, tirados por ahí al azar. El lugar tiene ese aire inconfundible de las guaridas de los científicos locos de las películas... Aunque más tirando a junker que a otra cosa. Digamos que todo depende de los ojos con que se mire; visto así, como de refilón, se parece a la chatarrera de Ricardito Objío, allá en El Pepino; pero visto con calma y buena fe, se parece a la nave industrial subterránea del doctor No.

Domènech le habla a Elías, un hombre de unos cuarenta y ocho años, en cuyo rostro ha quedado fija para siempre la expresión de un sujeto al que le acaban de decir que tiene la bragueta abierta y los cabetes sueltos. Está sentado manipulando controles delante de una consola remendada con partes dispares y abrazaderas oxidadas. Que ese adefesio funcione para algo será una maravilla. De la consola se originan ramilletes de cables multicolores conectados a diferentes partes de una guagüita Toyota Corolla color crema.

—Es lo más que puedo acercarte—dice Elías. Domènech se aproxima a la consola sin apartar la vista del vehículo.

—Y yo que esperaba llegar con estilo y distinción.

—No es ningún carro de fuego, pero para lo que sirve, ¿qué más da? La escuadra de transmigración la colocó en el 90. Se le instaló un generador de Pura Indiferencia. Todo el mundo la ve, pero todo el mundo la ignora. Las grúas, la policía, los vecinos. Lleva veinte años en el mismo sitio: a nadie le importa. Ya es un modelo viejo, pero en el 85 cualquier compi se la hubiera robado a la semana, aun con el generador a toda potencia.

Elías se pone de pie.

—Servirá perfectamente—dice.

Elías y Domènech caminan hacia el punto ocho. Duncan se asoma por una de las ventanas, observa con desprecio el interior raído y sucio.

—Sigo pensando—dice—que el método de nuestros vecinos es mucho más elegante.

—Bromeas, ¿no?—replica Elías ajustando sin mucha delicadeza cables y conexiones—. ¿Elegante todo ese embeleco del Torbellino de Maneschi, del Ente Primario, bla bla bla...? Cobardes. Ninguno se atreve a arriesgar el pellejo propio en el Tercer Mundo.

—Señal de inteligencia... de prudencia, al menos.

—Estamos más cerca, nuestro acceso es directo. No estamos tapiados tras una muralla de positrones y el desfase cuántico que ocupamos no alínea con el Torbellino de Maneschi. Sin Torbellino de Maneschi, no hay necesidad de plantear la existencia de un Ente Primario y nos ahorramos todo ese dilema. Y lo mejor de todo...

Elías golpea una conexión para hacerla entrar.

—...entramos sin intermediarios, con todas nuestras facultades elementales intactas, contrario a nuestros indefensos compañeros del Primer Mundo.

Duncan mira el desorden a su alrededor. Suspira.

—Nuestros indefensos compañeros compensan bastante bien esa pequeña desventaja. No nos vendría tan mal imitar su disciplina.

Elías se aleja del vehículo, satisfecho.

—Listo—dice—. Su Señoría me haga el honor de tomar asiento...

Elías abre la puerta del desvencijado Corolla, que hace un ruido horrible al rodar las bisagras. Duncan mira a Elías, se resigna y entra.

Elías cierra la puerta ruidosamente y se aleja. Duncan se pone a curiosear el sistema de sonido: un 8-track de Chucho Avellanet sobresale de la consola. Duncan no lo puede creer. Va a sacarlo...

—¡No toques nada!—grita Elías. Domènech lo ignora, lo saca; ve, por ciertos cables y lucecitas, que no es realmente un 8-track, sino el dichoso generador de Pura Indiferencia. Lo reinserta. Suspira profundamente.

* * *

Xue Yi está en el interior de la cápsula de transmigración, el rostro cubierto por una visera de la que emergen finos cables. Aprieta un par de botones, da vuelta a un dial. Se alcanza el cuello y extrae un tarjetón atado a un cordón. Desliza el tarjetón por un lector, oprime un botón y la cápsula empieza a zumbar. Delante de Xue Yi se ilumina una pantalla holográfica en la que parpadea un ícono de biopeligro.

—Cápsula de transmigración lista—dice la Senescal—. Protocolos de transmigración ejecutados. Proceder a la inmersión y alimentar las coordenadas.

En un alto palco sellado desde el que dominan el zulo de transmigración, los operarios, supervisados por Putifar, trabajan sobre un panel de control en el que manipulan proyecciones holográficas. A través de un grueso cristal mantienen contacto visual con la cápsula ocupada por Xue Yi.

—Entendido—comunica uno de los jóvenes operarios—. Procediendo a la inmersión.

La cápsula emite signos de actividad. Por las mangas, en dirección a la base de la cápsula, comienza a fluir un líquido rojo, viscoso.

Una gelatina rojiza comienza a llenar la cápsula y a sumergir a Xue Yi.

La Senescal Primera Clase está lista y recibe la sustancia. La cápsula se llena completamente. Delante de Xue Yi, la pantalla holográfica se vuelve una cuadrícula tridimensional de alta resolución en la que giran tres esferas superpuestas parcialmente.

Los operarios hacen lectura de las indicaciones que emite la cápsula, ajustan un par de instrumentos más y:

—Procediendo a alimentar las coordenadas—dice el otro operario digitando una serie numérica en el teclado.

En la pantalla holográfica, una intersección marca las coordenadas en la esfera más pequeña de las tres; automáticamente se genera y queda trazada una ruta hasta ahí desde la esfera más grande.

El operario motón abre una pequeña cubierta dentro de la cual hay un interruptor rojo. Se dispone a apretarlo. Putifar lo detiene poniéndole una mano en el hombro. Se acerca a la consola.

—Senescal Xue Yi—intima el director gerente. Dentro de la cápsula, Xue Yi hace un movimiento con la cabeza, reaccionando a la voz del director.

—Buena suerte.

Xue Yi parece reflexionar por breves segundos. Acto seguido su semblante vuelve a endurecerse. Está lista.

Frente al panel de control, los operarios esperan el visto bueno de Putifar, que se los da con cierta aprehensión, asintiendo con la cabeza. El motón presiona el interruptor...

Delante de Xue Yi, la pantalla holográfica realiza un acercamiento súbito a las coordenadas marcadas en el Tercer Mundo siguiendo la ruta trazada desde el Primero. En este momento la gelatina roja se ilumina y el interior de la cápsula desaparece, convirtiéndose en una extensión de la pantalla holográfica y rodeando a Xue Yi por todas partes.

Xue Yi flota en el espacio infinito.

Delante suyo hay un pequeño punto lumínico hacia el cual lentamente flota. Xue Yi alarga una mano delante de sí y el espacio empieza a ondular, revelando que está hecho de innumerables puntos infinitesimales que se hacen visibles durante la ondulación, pero que vuelven a ser invisibles cuando el espacio se aquieta.

El otro operario inspecciona una pantalla, hace un par de lecturas rápidas y anuncia:

—La Senescal está a punto de cruzar la cortina de positrones. Perderemos todo contacto en cinco, cuatro...

Putifar, encorvado sobre el panel, se endereza, su rostro grave.

—...tres, dos, uno...

Xue Yi atraviesa la membrana de positrones e inmediatamente su cuerpo se alarga en una espiral violenta, succionada por el punto lumínico. Se halla ahora en el ojo de un terrible torbellino hecho de artefactos, cosas, personas, animales, planetas, estrellas, todo compactado e informe: materia hecha energía y viceversa, sin definir.

Xue Yi jadea, anonadada. En algunas partes del torbellino hay regiones transparentes que se mueven mucho más lentamente que el resto del torbellino y a través de las cuales se vislumbra un *exterior*.

Xue Yi se tranquiliza. Su respiración se aquieta. Se apresta a cruzar.

* * *

Domènech al volante, impaciente.

Nada pasa.

—¡Para hoy!—le grita a Elías.

No hay respuesta. Duncan mira por el retrovisor y constata que no hay nadie en la consola. Está a punto de apearse cuando Elías se asoma en la ventanilla.

—¡Mierda!—exclama dando un respingo ante la aparición repentina del técnico, que le dice:

—Ya casi, pero mira...

Elías le pasa un paquetico a Domènech.

—Ahí está la dirección.

—Elías, tú sabes perfectamente b...

—Va en contra del artículo número cuchumil del reglamento de exportaciones, ya lo sé. Mucho que te importan a ti las reglas. Hazme ese favor. Es un viejo amigo... y le debo. A mí todavía me rezan. Y toma...

Elías le pasa unos billetes. Duncan los examina sorprendido.

—El Barrilito, o Brugal Añejo. No me traigas Bacardí, porque no te dejo regresar, ¡te lo juro!

—Esta moneda no circula desde hace como dos siglos, Elías, ¡por favor!

—Pues toma—dice Elías y le pasa unos doblones de oro—. No me digas que eso no lo cogen ya.

Duncan va a protestar, pero Elías ya se ha ido.

Más resignación.

—¡Ahora sí! ¡Nos fuimos!—grita Elías anticipando el jumo que va a darse cuando Duncan vuelva.

* * *

Xue Yi se concentra en las regiones transparentes más grandes y extiende los brazos tratando de estabilizarse para poder alcanzar al menos una de ellas. Más estable ahora, Xue Yi se acerca a una de esas erosiones en la tela de la realidad a través de la cual puede ver un vaso con un trago. Puede incluso olerlo: whisky con agua de coco.

En la plaza del mercado de Santurce, en medio del estruendo rítmico de las tumbadoras, un hombre muy fuerte, en camisilla, con los brazos tatuados, observa su palo de whisky. Se frota los ojos, la frente. De pronto se siente mareado. Otro hombre se le acerca, le da una palmada en la espalda, le habla, pero ustedes no pueden escuchar lo que dice. Nadie, excepto el hombre que habla y el que escucha oyen lo que le dice.

Y yo, por supuesto.

Y lo que le dice no es ni misterioso ni indecente ni secreto ni importante. Ni siquiera es relevante, pero helo aquí:

—¿Qué pajó, caballo? ¿Ehtaj ehlembao?

El hombre de los brazos tatuados sonríe y saluda.

—Na, broqui, tú sae ke a mí a beceh se me ba la chiringa.

La región transparente—o “ingreso”—hacia la que se dirige Xue Yi, y a través de la cual se ve ahora la cara del hombre que saludó al de los tatuajes, se contrae y adquiere velocidad. Xue Yi la pierde y escuchamos—yo, los hombres que se saludan, y ustedes también—su bufido de decepción.

16. ¡Wreeeeiiii!

—Me cago en mi madre—dice entre dientes el oficial Mayo estrujándose los ojos. Sus compañeros lo miran con sorpresa.

—¿Qué te dio, Mayo?—conmina Rodríguez—. ¿Y esa boca?

—Me cago en mi putísima madre y en mi abuela—refuerza Mayo mirando al firmamento, buscando entre las nubes la paciencia que de pronto necesita. Y ahora sí los demás guardias se interesan en este curioso cambio de actitud, porque Mayo malhablado no es, sino al contrario: santurrón y boquilimpio, juicioso y crítico de los que tienen por boca una letrina.

—¿Y en tu padre no te cagas?—pregunta Meléndez, que se pica menos por feminista que por madre y abuela.

—Me cago en mi padre puto y en mi abuelo y en todos mis ancestros, puñeta.

Aplausos.

El sargento Ramírez se siente obligado a intervenir.

—¿Qué pasa, Mayo?—le dice en un susurro—. ¿Te están fallando los nervios? ¡Bah! Peores cosas hemos visto. ¿O se te olvida el mierdero que se armó en Villa Fontana el mes pasado? Dime si quieres cogerte el resto de la tarde...

—No es eso, sargento—explica Mayo—. Es que... Mire quién viene por ahí.

Ramírez mira por dónde el oficial señala.

—¡Me cago en mi maldita madre!—exclama el ecuánime sargento llevándose la mano a la pistola que lleva abrochada en el cinto—. ¡Lo que nos faltaba!

Los demás oficiales se unen a Ramírez y a Mayo, intrigados por la razón que ha podido sacar tan velozmente de sus cabales a dos uniformados que son espejo y ejemplo de la institución.

—¡Puuuñeta, me cago en Dios!—masculla Fonseca, que es católico, apostólico y romano.

—Me cago en Dios y en la Virgen Puta—expone con sobriedad Meléndez.

—No puede ser—se limita a decir Aquilino-Rovira, el policía más grosero y boquipuerco de la uniformada.

Y es que se acercan al lugar de los hechos, pancartas en mano y vociferando consignas, el profesor Álvaro Gómez Sierra y Güilly.

—Quiero un traslado—pide Rodríguez. Ramírez lo manda a callar mostrándole la palma de la mano.

—Rodríguez...

—No, sargento. Mi expediente está limpio. Ni una sola denuncia. No quiero cagarla a tres días de mi evaluación. Y la voy a cagar, sargento, la voy a cagar, porque a este peje lo voy a coser a tiros si empieza con las suyas. A él y al mongolo que trae a rastro.

—Ese muchacho no tiene síndrome de Down, ni es culpa suya que tenga a ese cretino de guardián—corrige Meléndez.

—¿Usted ve? ¡Mírelo ahí! ¡Para eso es que sirve el mongolo! ¿Soy yo el único que se da cuenta?

—Es como un campo de fuerza...—dice Mayo.

—¡Eso mismo!—grita eufórico Rodríguez al ver que existe alguien que lo comprende—. ¡Un escudo! ¡Un cabrón campo de fuerza!

—Bueno, bueno, ya basta—ordena Ramírez—. No sabemos todavía que se traen entre manos ni para qué vienen.

—Sargento, con todo el respeto—dice Fonseca—, pero usted tiene que revisar la receta de esa montura, porque yo desde donde estoy parado veo lo que dice la cartulina esa que lleva.

—¿Qué dice?—pregunta Ramírez.

—Dice, "Los monstruos infrahumanos, también son mis hermanos".

—Sea la madre...

—Yo quisiera que alguien me explicara—demanda Meléndez—qué culpa es que tienen las madres de las cabronerías que hacen sus hijos.

—Posición de firmes—ordena Ramírez—, y a sellar el perímetro. Este huelebicho es un experto en sacar a uno por el techo. No lo subestimen. No le contesten. No hagan caso de sus provocaciones y lo más importante: no le respondan ni una pregunta. Ninguno de ustedes quiere que Álvaro Gómez Sierra se les meta en la cabeza.

Gómez Sierra y Güilly llegan al área acordonada, un pedacito como de treinta y cinco metros cuadrados donde el Ánima Sola desbarató a los atacantes, cuyos cuerpos están siendo examinados y recogidos por paramédicos y otros profesionales de la criptosalud.

Es la única zona que la policía ha podido acordonar. El pueblo les ha arrebatado el resto y ellos no han podido oponer ni siquiera una resistencia simbólica. Sólo aquí han tirado raya y hasta desenfundado armas, pero aparte de algunos reporteros, fotógrafos y curiosos que husmean por allí sin atreverse a cruzar la cinta amarilla, nadie quiere janguear en medio de aquel sangrero...

Excepto Álvaro Gómez Sierra.

Donde la policía dice que no se puede estar, ahí es donde Gómez Sierra se siente obligado a acudir.

—¡Asesinos!—grita el académico cuando por fin alcanza el cordón.

—¡Wreeeiii!—grita Güilly.

—Nosotros no tuvimos nada que ver en esto—contesta Meléndez contraviniendo los consejos de Ramírez, que la fulmina con la mirada, pero no la reprende delante del intelectual, porque ¡faltaría más! La respuesta de Meléndez es un chisguete de gasolina sobre un velón de iglesia.

—¡No qué va!—grita enfurecido Álvaro—. ¡No qué va! Y, díganme, ¿dónde está la responsable de este doble homicidio? ¿Eh? ¿Qué hacen ustedes aquí acosando a la ciudadanía en lugar de ponerse a peinar Santurce hasta encontrar a esa asesina en serie? ¡Cómplices! Y el cómplice de un asesino ¡es un asesino igual!

—¡Wreeeii! ¡Wreeeiiii!

—Profesor—conmina el sargento Ramírez—, si es tan amable, retírese de esta área, por su seguridad y la de su... su...

—¿Su qué?—se exaspera el profesor—¿Su qué? ¡Dígalo! ¡Atrévase a decirlo! ¡Su anormal, su monstruo, su tarado!

—Iba a decir su pupilo.

—Ah, porque claro, si es conmigo que anda un ciudadano con los talentos y características especiales de mi sobrino, obviamente debe existir entre nosotros una relación de poder y dominio. ¡No les pasa por la cabeza que él es una persona independiente con libre albedrío y derechos, igual que cualquiera!

—¡Wreeeiii!

Fonseca se hecha a reír. Mala idea.

—¡Deme su número de placa, oficial!

Fonseca se hace el sordo.

—¡Le he dicho que me dé su número de placa!

—Mi placa—dice calmadamente Fonseca—está perfectamente visible aquí en mi pechera. El número es legible. Apúntelo usted.

—Soy miope, no veo desde aquí—protesta el profesor—. ¡Usted lo que quiere es que yo me acerque para darme un macanazo! ¡Cuán bien conozco sus tretas y maniobras! ¡No nací ayer!

Viendo a sus mejores oficiales convertirse en parlanchines respondones,

Ramírez no puede sino admitir que Álvaro Gómez Sierra posee un don especial.

—Si no quiere acercarse—interviene Meléndez, para su mal—, entonces aléjese, que es precisamente lo que le hemos pedido desde el principio, por su seguridad.

—¡Eso es un amenaza, clara y contundente! ¡Y delante de testigos!—grita Gómez Sierra señalando a Güilly.

—¡Wreeeiii!

—Esta es un área restringida—continúa Meléndez, queriendo hacer entrar en razón a Gómez Sierra—. Ya esos esperpentos están muertos. Nosotros no los matamos. Al Ánima Sola no hay quien la arreste, aunque quisiéramos, que no queremos. De hecho, no hay quién se le acerque, porque anda siempre prendida en candela. Esa dama por aquí no está. Si tuviera una guarida secreta, pues allí deberían ir ustedes con su piquete y no perder su tiempo aquí, donde no está presente la autora de los hechos, y ahora, cuando ya nada puede hacerse por las víctimas. Mi recomendación es que reguile por ahí para abajo y aproveche para darse un palo y una buena bailada, que la vida es un carnaval y es más bello vivir cantando.

Los ojos de Gómez Sierra se inyectan de sangre. Sus pupilas se dilatan. Los vasos capilares de todo su cuerpo se constriñen. Su presión arterial, que ya rondaba los 135/85, se mete de un momento a otro en 145/94. Su sistema circulatorio baña todos sus tejidos con catecolaminas, preparando los músculos para la acción. Se le corta la digestión y su sistema inmune queda peligrosamente inhibido. La saliva se retira de su boca como se retira la marea en Seven Seas a las cuatro de la tarde en los meses con R. Es cancelada la pequeña erección que había experimentado al principio, cuando inició el pleito, pierde parcialmente la audición, y su campo visual se estrecha hasta convertirse en un túnel que desemboca en el rostro impávido de Meléndez.

—Si hay algo peor que un puerco—dice temblando—que defiende y justifica las carnicerías con que el patriarcado se perpetúa en el poder, es una puerca que le da la espalda a sus compañeros de clase y se une a los opresores.

Meléndez desenfunda su arma de reglamento.

Fonseca, que está más cerca de ella, le agarra la mano, pero Meléndez es fuerte.

—¡Suéltame!—grita—¡Déjenme matar a ese hijo de su maldita madre!

Entre todos controlan y desarman a Meléndez. Gómez Sierra esboza una cabronífera sonrisita de triunfo.

El equipo noticioso de Cyd Marie Fleming está por allí cerca, se percata de la conmoción y acude al lugar, identificando correctamente el aroma de un bochinche perfecto para la cápsula de las 9 PM.

Álvaro Gómez Sierra, que vive para las cámaras, recibe a la reportera con untuosidad.

—¿Nos puede contar qué pasa aquí, profesor?

—Pasa que el Ánima Sola ya ha ido demasiado lejos. Y lo más deshonroso para nuestra sociedad es el hecho de que nadie se ha preocupado por entender la perspectiva de esos dos individuos calcinados brutalmente por la llamada "protectora de Santurce". Tenemos que entender que procedían de una cultura diferente y que sus actos debieron responder a lo que juzgaron una afrenta.

Dos paramédicos se acercan al grupo de policías cargando en una camilla a uno de los demonios tramposos. Quieren avanzar, pero el docente y Cyd Marie están en medio de su trayecto.

—Efra, dale, que a este cabrón hay que incinerarlo antes de que pasen cuarenta y ocho horas. Arrecuéldate lo que dijo el Ánima Sola, que muerto muerto este por lo menos no está, porque son como los rabos de los legartijos, que siguen dando coletazos a lo loco.

—Quique—responde Efraín—, ¿y qué tú quieres que yo haga? ¿Qué le pase por encima a Cyd Marie?

—¿Nos dan un permisito?—pide Efraín al grupo que obstaculiza su avance. Gómez Sierra explota.

—¡Insolente! ¡Criminal! Ustedes no van para ninguna parte a incinerar nada por órdenes de nadie—le espeta a los paramédicos y comanda al camarógrafo de Cyd Marie Fleming—: ¡Encuádrame aquí!

—Eehh, un momento...—protesta la reportera.

—¡Wreeeii!

—Mejor ejemplo que este no tendremos, amigos televidentes—pontifica Gómez Sierra—, de cómo esta sociedad está degradada hasta la médula. He aquí a dos profesionales de la salud que acarrean a una víctima que, ¡por su propia admisión!, está aún viva. ¿Que adónde la llevan? No a sanarla, no. No al hospital a que enfermeras y doctores curen sus heridas, no. ¡La llevan a un horno a calcinarla viva!

—Huelepega—dice Quique levantando la camilla para meterla en la ambulancia—, ¿usted no está viendo que esto es un demonio? ¿Y que casi se come a medio mundo en Santurce porque lo mangaron haciendo pillería?

—Se trató probablemente de un malentendido provocado por la barrera cultural—despacha el teórico rápidamente al entrometido paramédico y vuelve a dirigirse a la cámara—. Patrocinar o condonar los actos del Ánima Sola equivale a seguir fomentando la intolerancia. Necesitamos entablar conversación con estos visitantes, aprender de ellos, hacer amistad con ellos. Esto no es tarea del Ánima Sola, sino de antropólogos y educadores que...

Gómez Sierra no puede terminar de decir lo que decir quería porque el diablo, dando un último coletazo, se levanta de la camilla y le muerde el cráneo, llevándole casi la mitad de la cabeza. La tarascada fue fácil, pero las férreas y potentes mandíbulas, que no hubieran encontrado la más mínima resistencia en el calcio que rodea la arrugada grasa del cerebro de Gómez Sierra—hubiera sido casi como morder uno de esos cordiales de navidad, que son chocolate por fuera y cherry Maraschino por dentro—fallan por varios milímetros y logran solo raerle el cuero cabelludo.

Álvaro Gómez Sierra se desmaya.

Sin pensárselo dos veces, los policías—que estaban muriéndose por matar a alguien—abren fuego sobre la bestia, y Cyd Marie Fleming, junto a su equipo, pone pies en polvorosa.

Abatido, el demonio murmura: “Elí, Elí, lama sabaktaní...”, antes de entregar finalmente el espíritu, o lo que sea.

—Mierda—dice Meléndez—, ¿y cómo uno reporta esto?

—Eso lo averiguamos después—dice Ramírez—. Mientras tanto, llámate a Servicios Sociales y pongan al anormal bajo custodia.

Pero cuando lo buscaron, Güilly ya no estaba por ninguna parte.

17. Witching hour

Cuchi, que se está comiendo un derretido de queso con salami, le da un codazo a Puchi, que se está bebiendo una lechosa Ca, para que vea lo que están capturando las cámaras de seguridad, pero Cuchi es gordo y grande, y Puchi largo y enclenque, de manera que el codazo de su compañero le arranca un lastimero quejido y—pero esto él no lo sabrá hasta después—le dejará un longevo cardenal.

En los monitores, los guardaespaldas ven—y apenas pueden creerlo—a Ramón, parado delante de la casa de empeño haciendo visera con las manos para mirar a través de los cristales platinados.

Cuchi y Puchi se miran y se echan a reír. Cuchi aparta el sandwich, se sacude las manos y se incorpora. Puchi lo sigue, dando un último sorbo a su batida.

Afuera, Ramón sigue haciéndose gríngolas con las manos para cancelar los reflejos que le impiden mirar al interior y no ve a los hombres aproximarse y flanquearlo. Viene a darse cuenta de la presencia de los guardaespaldas cuando ya lo tienen asido por ambos brazos. Cuchi y Puchi lo levantan en vilo y entran con él a la casa de empeño.

* * *

La oficina en la que ingresan está alfombrada de rojo. Las paredes están cubiertas por paneles faux-walnut. Hay anticuados butacones de piel. El lugar es extremadamente limpio, nítido, parece el despacho de un contable de los años 50. Entra por un ventanal una cascada de luz natural. En ese mismo lugar, dormidos sobre la alfombra, hay seis perros con collares variopintos y diferentes grados de mestizaje, tamaños y colores. En el medio de la oficina hay un escritorio enorme, macizo, sentado frente al cual hay un viejito disminuido, calvo, manchado y horriblemente despellejado y desfigurado. Está vestido con un traje gris de tres piezas. En la nariz tiene ajustada una manguerita de oxígeno. Tras él, un inmenso librero repleto de gruesos volúmenes. El anciano escribe pausadamente en un grueso tomo...

¡Usa estilógrafo y tintero!

Se oyen pasos y voces apagadas. Uno de los perros levanta las orejas. Los pasos se oyen más claramente y también las voces. Todos los perros han levantado las orejas y algunos se han incorporado. El viejo ha dejado de escribir y mira hacia la puerta de la oficina. Afuera se oye la voz indignada de Ramón.

—... se lo voy a decir. ¡Abusadores! ¡Cabrones!

Todos los perros (excepto uno) se han despertado y corren hacia la puerta, por la cual entra Ramón escoltado por los matones. Ramón inmediatamente se pone de rodillas a recibir los efusivos saludos de los perros. A todos acaricia y besa, uno a uno.

—¡Markolino! ¿Qué dice? ¿Qué dice Markolo? ¡Titana! Dímelo a ver, tan linda, ¿te hice falta? Fritz, mi amigo, ¿te estás portando bien? Y usted, venga acá, Pancho, pero ¿y esa gordura? ¿Estos dos hijos de puta te están tirando cáscaras de pizza otra vez?

Ramón lentamente se pone de pie y, aún acariciando a los animales, mira hacia la derecha con disimulo, con timidez, esquivando la mirada, bajando los ojos. Saluda.

—Hircania...

En el extremo derecho, cerca de los ventanales e iluminada por la luz del sol, una perra esbelta, sentada, altiva, mira a Ramón. Le tiembla el hocico y gruñe con una rabia mal contenida, al borde del ladrido, los colmillos al descubierto.

Lázaro se levanta de su asiento. Abre los brazos. Su voz es pedregosa, gastada.

—¿No merezco yo también un saludo?—dice.

—¡Pero claro!—responde Ramón, empalagoso—. ¡Lázaro! ¡Ese es papá!

Ramón trata de acercársele para abrazarlo, pero los matones lo agarran y lo sostienen con rudeza. Los perros siguen de zalameros, haciéndole fiestas. Lázaro abre una gaveta y saca un collar de perro con una correa.

—Usted me ha hecho falta, don. ¿Oyó?—discursea Ramón, haciéndose el pendejo—. La calle no está fácil, ha sido un año de muchos sacrificios. No crea que yo la estaba pasando bomba, yo estaba trabajando en lo que usted me dijo, ¿tamo?

A una señal de Lázaro, los matones le arrancan la camisa a Ramón, que no opone resistencia. Lázaro le alcanza el collar y la correa a Cuchi.

—Lázaro, ninguno de estos dos soplapotes me agarró en un año, y mira que lo intentaron. Yo siempre dormí en el mismo sitio. Ahora me empujan y me maltratan delante suyo. ¡A su favorito!

Lázaro rodea el escritorio arrastrando una botella de oxígeno sobre rueditas; va a acercársele a Ramón. Cuchi sostiene el collar en las manos esperando a Lázaro.

—Esta vez voy a tener que amarrarte, comemierda.

Cuchi le entrega a Lázaro el collar y la correa. Asistido por Puchi, inclinan la cabeza de Ramón hacia abajo.

—Si yo no vengo por mi propio pie, dígame: ¿me agarran? ¿Me agarran, Lázaro? Yo no tenía que haber venido. Yo vine aquí por algo. Yo vine por algo, Lázaro.

Lázaro le empieza a poner el collar. Le da un par de palmaditas en la cara a Ramón.

—No más embustes—dice—. No más trampas. No me vuelves a engatusar con tus embelecos.

Lázaro le ajusta la correa.

—¿Embe...? ¿Embelecos? ¿Usted no ha visto las noticias?

Lázaro hace un gesto que pretende mostrarle el conjunto de su oficina.

—No tengo televisor—declara—. Un aparato de esos no va con el decorado.

Lázaro hace una seña a Puchi, que al instante obliga a Ramón a ponerse en cuatro. Ramón cae al suelo... pero no son manos de hombre las que se apoyan sobre la alfombra color achiote, sino las patas de un perro negro. Ramón está desesperado. Lázaro se inclina y le acaricia la cabeza.

—Además—explica Lázaro—, ¿qué puedo yo ver en las noticias que no haya visto ya mil veces con mis propios ojos?

Lázaro se aleja. Pretende rodear otra vez el escritorio y sentarse. Ramón, detrás de él, es víctima de una inexorable transformación en perro.

—Mataron a los mellizos—dice con dificultad, las palabras intervenidas por gruñidos, ladridos, aullidos.

Lázaro se para en seco. Se devuelve. Hace que levanten a Ramón, que al instante es un hombre otra vez.

—Imposible—refuta Lázaro—. A esos dos nadie los puede matar.

—Ánima Sola—es todo cuanto dice Ramón. Lázaro asimila la información. Mira a Ramón con ojos vidriosos hundidos en su rostro impasible, tumefacto y rígido de leproso.

—Bueno, ¿y qué me importa?—decide decir por fin.

—Dejaron a la Gorda medio muerta encima de la plaza del mercado—espeta Ramón atenazando a Lázaro de manera definitiva.

Increíblemente, la cara de Lázaro se transfigura, adquiere cierta limitada movilidad. El leproso se aleja de Ramón, sumido en sus pensamientos. Abre un poco más su botella de oxígeno. Inhala profundamente.

—Yo la vi, Lázaro. Va pesá—dice Ramón recogiendo el anzuelo que ya el pez mordió. Lázaro se vuelve a mirar a Ramón; Ramón se le acerca y le pone las manos en los hombros.

—Tesoros, Lázaro. Tiene que estar llena.

Lázaro le da la espalda y camina hacia su silla, tras el escritorio.

—¿Entraste?—inquiere—. ¿Qué llevaban?

Ramón se le acerca a Lázaro por la espalda, zalamero, y hala la butaca para que se siente.

—No, no, no entré. Pero yo les conozco... les conocía, quiero decir, sus traqueteos. Oye: pecados, furias, bonos, amuletos, perdones, bakáas con certificados de domesticación, fufús con garantía, seriales para bajar talentos, carismas sin fecha de expiración, contrabando full, Lázaro, todo de marca, todo robado de aduana en punto de origen.

Lázaro se sienta. Pone las manos sobre el escritorio.

—No me hace falta nada de eso. Yo tengo mis propios canales. Además, no puedo arriesgarme. Yo sé que sospechan...

—La última vez que yo hablé con Yakul me dijo que iba a necesitar ayuda moviendo una cosita bien chévere que había conseguido. Poca, pero cheveronga...

Lázaro mira a Ramón como temiendo que diga algo que le vaya a interesar de verdad.

—Veinte gramos de lozanía—dice Ramón—. ¡Veinte!

A Lázaro se le zafa un ridículo gemido al tiempo que se lleva la palma de la mano a su cara despellejada por la lepra. Ramón rodea el escritorio y empieza a hablarle al oído a Lázaro.

—¿A quién tú puedes mandar a traerte esa mercancía? ¿A estos dos tarados?—pregunta Ramón señalando a Puchi y a Cuchi, ambos claramente deseosos de entrarle a patadas—. Tú sabes lo arisca que es la Gorda... pero a mí me conoce. Entro, la despierto, me la llevo a un campito seguro, descargo y un par de días después tú mandas a esos dos mequetrefes con una camioneta. Listo. Limpio. Nadie te puede involucrar. Pero hay que darse prisa porque allá arriba ya tienen que haber mandado a alguien a sacar eso de ahí y perdemos.

Lázaro agarra a Ramón por el cuello de la camisa y lo acerca, con súbita e inesperada fuerza, a su repugnante cara.

—¿Y qué ganas tú, perro lamedor de llagas? Tan generoso no te has vuelto.

Ramón hace un "uno" con el índice, muerto de miedo.

—Una botellita... Una. Una botellita, nada más.

—¿De qué?

—Un pecado... para el negocio. Tú sabes cómo es la gente... Jejeje...

—¿DE QUÉ?—alza la voz Lázaro y estrega su cara contra la de Ramón.

—Lujuria—confiesa rápidamente Ramón—. Con una botellita me da y me sobra, Lázaro. La doña y yo hacemos un spray... Se vende como pan caliente en la botánica.

Lázaro suelta a Ramón. Se levanta de su asiento y se dirige a uno de los libreros. Desliza los libros; eran una puerta secreta. Adentro hay una caja fuerte. Lázaro va a abrirla, pero al ver que Ramón lo está mirando, se detiene. Ramón rápidamente le da la espalda. Lázaro empieza a girar el pomo con la combinación.

—¿Qué necesitas?

—Eh... Como +5 o +6 de vigor...

—Te doy +4.

—+10 de agilidad, pa encaramarme...

—Te doy +7.

—Y hace tiempo que yo no guío una cosa de esas, así que como +14 de inteligencia.

—La Gorda te conoce, según tú; te doy +10 de inteligencia, para que no te estrelles. Y me devuelves lo que no uses.

Lázaro le hace entrega a Ramón de varios sobrecitos de nómina.

—¡Ah!, y cien dólares pa una piececita del carro que tengo que comprar, y pa comer antes de ponerme a eso.

Justo al acabar de decir esto Ramón resopla por la nariz como siempre resoplan por la nariz los embusteros cuando acaban de decir un embuste. Lázaro lo mira con desprecio.

—¿Y si tengo que salir pitando?—explica Ramón.

—Toma diez y cómete una tripleta donde Yahaira. Si necesitas huir quiere decir que fracasaste... y no piensas fracasar, ¿o sí?

Ramón se echa a reír, como siempre se echan a reír los embusteros cuando les descubren el embuste.

—Mera, Lázaro, no, mera, en serio, tú sabes, yo le debo sesenta a Goyo, y el otro día me dijo...

—Tienes hasta las tres de la mañana.

Ramón sabe que no obtendrá ya nada más de Lázaro.

—Chévere, chévere. Witching hour, witching hour, capto.

Lázaro regresa a su asiento y a su escritura. Ramón recupera su camisa y empieza a recular hacia la puerta. Los perros nuevamente le hacen fiestas. Ramón los acaricia.

—Nos vemos, corillo, nos vemos pronto, quédense ahí con el don y cuídenmelo.

Antes de salir, Ramón le hace un saludo tímido a Hircania, la perra que no se ha movido y que vuelve a mostrarle los colmillos.

—Nos vemos, chula.

Ramón abre la puerta, pero antes de salir se agarra los cojones y se los ofrece a los matones, que amagan con seguirlo. Ramón rápidamente cierra la puerta tras él.

18. El amor de nuestro Señor Jesucristo

Salir de casa con Gazú no es ningún bombo al cátcher, y menos si es para ir tan lejos. Melisenda vive en San Agustín, y no en la zona limítrofe, sino adentro, resguardada de los caseríos y los barrios y los auto parts por varias manzanas de casas. Antes de llegar a la avenida hay que sortear varias calles, par de negocios y muchos vecinos presentaos.

Disfrazar a Gazú es un problema, porque Gazú no tiene un plan corporal *disfrazable*. Decir que no luce humanoide es decir poca cosa. ¿Cómo hacer pasar como gente a un árbol, a un escritorio, a un alisio? ¿Cómo vestir una hojarasca, un armario, una aguaviva, para que parezca un hombre? Ninguna prenda de vestir (ningún mueble, ningún accesorio, nada) se corresponde con la incomprensible fisonomía de Gazú.

Gazú, si quiere, cuando quiere, puede adoptar una forma cualquiera. No se trata de una metamorfosis, como en las películas, apéenseme de ahí. Es solo que, poseyendo una suerte de corporeidad multidimensional, le basta con ponerse de un lado, agacharse, darse un chin la vuelta, enderezarse, o recogerse un poco para que parezca, más o menos, un ser humano.

Como cuando queremos hacer animales de sombra y delante de una fuente de luz vamos moviendo las manos, corrigiendo la posición de los dedos, hasta que, sí o sí, la sombra adquiere cierta similitud a un perro, a un águila, a una serpiente.

Pero como debe mantener ese conjunto de posiciones y contorsiones sin relajarse ni siquiera un segundo—porque si no, se pierde o desdibuja la forma—a Gazú no le gusta meterse en esos jardines. Según le ha explicado a Melisenda, le resulta molestoso, pero no por las razones que muchos de nosotros imaginamos al instante, todas referentes a una incomodidad muscular. Gazú no tiene musculatura. Lo único que ha podido sacar en claro Melisenda—pero no tan claro—es que conservar esa postura, o cualquier postura, por un período *x* de tiempo, le provoca algo parecido a la comezón... o a la molestia que sentimos cuando tenemos tupido un solo lado de la nariz.

Hace tiempo que Melisenda tiró la toalla en la tarea de tratar de entender a Gazú.

Pero hoy no hay tu tía: hay que salir a sacarle la vesícula de probabilidad a la Stygma X-99 que han dejado estrellada en Santurce. Gazú tiene que sacrificarse.

Melisenda lo orienta.

—Un poco más para atrás, la cara no parece cara, parece un pancake—le dice—. Saca la nariz. *Una* nariz, no tres. Eso. Ahora ábrete. Un poco más del lado izquierdo. Recuerda: las cosas que habitamos este mundo tenemos lados que son reflejo el uno del otro… Eso.

Solo cuando Gazú logra proyectar una faz humana pasable y un andamiaje bipedal simplemente deforme y no abiertamente monstruoso, Melisenda se da la tarea de vestirlo. Busca en el closet de su papá un pantalón marrón de salir, una correa finita marrón también, un par de medias negras, unos bodrogos que su papá se pone cuando corta la grama del patio—calzar a Gazú es la parte más difícil del proceso—y una camisa manga larga blanca. Los toques finales son un fedora gris y unas Wayfarer negras.

¡Listo!

¿Listo?

Bueno. Junto a Melisenda Gazú pasará como tío mentecato siempre y cuando nadie lo mire con detenimiento.

O intente hablarle.

—Escúchame bien, majadero—advierte Melisenda—, si te hablan, responde en español, con *voz*. Mejor todavía, quédate callado y di, “Unjú”, o “Anjá”, o simplemente “Mmmm”... ¡Es más!: llévate la mano a la garganta, así, y haz “Aaahhg, aaahg”, como que no puedes hablar porque tienes una traqueotomía... o catarro... o cáncer. Lo que sea, pero no hables, por lo que más quieras, no preguntes, no comentes, no recomiendes, no aconsejes, no busques lo que no se te ha perdido, no te metas en la vida de la gente, no te metas en lo que no te importa, no pidas, ni siquiera permiso, no des, no ofrezcas, no agradezcas, no metas la cuchara en conversaciones ajenas, no comas boca, no expliques, no esclarezcas, no te rías, no te burles, no señales. Déjame la navegación a mí. Nadie te entiende, entiéndelo, nadie habla tu idioma, o lo que sea, ni siquiera podrían entender que estás hablando, porque tu manera de comunicarte es ajena, es tremenda, es alienígena y alienante, es imposible de comprender, es francamente terrorífica. ¿No ves, acaso, que aquí nadie se pone a hablar con los perros o con los mimes o con las hormigas o con las bacterias? Apenas podemos entendernos con otros primates, que son nuestra familia más cercana... ¡A duras penas nos entendemos entre nosotros mismos! Entonces, por favor, no inicies un contacto que no vas a poder sostener y que solo nos traerá problemas. Déjamelo todo a mí. Déjame hablar a mí, cuando haya que hablar. Déjame a mí negociar cuando haya que negociar. Tú, tranquilito y calladito detrás mío. Eres mi tío Gabriel y yo tu sobrina Melisenda. Prómeteme que no hablarás.

—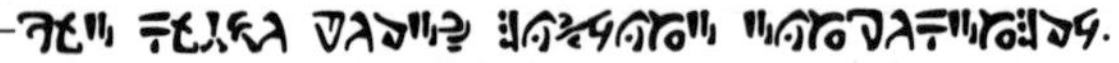

—¡Coño!—se exaspera Melisenda—, pero ¿qué acabo de decirte? ¡Usa voz!

La verdad es que no se sabe qué es peor. Que Gazú utilice su órgano de comunicación (un intestino corto y fino, enrollado como un resorte, que para formar palabras modifica los electrones circundantes, intercambiando exclusivamente el quark llamado charm por el quark llamado strange, siempre en configuraciones ascendentes y siempre en intervalos primarios), o que imite la voz humana. Si usa su medio natural de comunicación, sus palabras provocan una reverberación en la realidad circundante que mete miedo, pero si se pone a imitar una voz humana, lo que le sale es un eco de alcantarilla que mete más miedo todavía. La decisión realmente es qué tipo de miedo meter: un miedo cósmico y epifánico, o un miedo atávico y primigenio. De ahí que Melisenda insista en que mejor no hable, que se haga el mudo.

—Me portaré bien, Melisenda—dice lentamente Gazú, provocando en Melisenda un miedo atávico y primigenio, por más que ya lo conozca y le haya perdido el respeto—, obedeceré tus directivas.

—Bien—dice Melisenda, pero ni por un momento se duerme en las pajas, porque Gazú ha demostrado ampliamente que no sabe qué carajo es una promesa—. Andando.

Los padres de Melisenda están en la sala viendo un noticiero en el que un panel de expertos discute el atentado contra la vida de Álvaro Gómez Sierra. Tras ellos rueda una captura del momento en que la bestia demoníaca le muerde el coco al polémico intelectual. Le dan para detrás y para delante haciendo muchísimas observaciones y porfiando entre ellos peccata minuta. Los padres de Melisenda se ríen a más no poder.

Atardece.

Hay que darse prisa y es imposible salir de la casa sin pasar por la sala, en donde sus padres se ríen a carcajadas. Pero eso a Melisenda no le preocupa, porque una palabra de Gazú bastará para dormirlos.

—Haz lo tuyo—comanda la niñita. Gazú apunta su órgano fonador hacia los padres de Melisenda y dice:

—

Al instante los padres de Melisenda se desploman sobre el sofá. Sus carcajadas quedan cortadas por la mitad. Prevalece solo la circunspecta discusión del panel de expertos.

Por un momento Melisenda sospecha que el animal de Gazú entendió que debía matarlos y no dormirlos, pero no se preocupa mucho: incluso si ese fuera el caso, Gazú podrá revivirlos cuando regresen.

* * *

Salir de San Agustín fue pan comido, porque ya el área metropolitana se había dividido en dos grandes bandos: los que presenciarían el ventetú en persona y los que lo harían desde sus casas. Entonces, o estabas en Santurce, o estabas recogido en tu sala con la televisión prendida.

Las calles estaban desiertas.

Melisenda y Gazú cruzan la 65 de Infantería a la altura de Super Cake y se sientan a esperar que pase una Metrobus.

Se la jugó Melisenda pasando frente a Super Cake, porque Gazú siempre se antoja de un cupcake o un quesito, y ay si no se lo compran. Digamos que la rabieta de una criatura procedente de los confines del universo es potencialmente un evento de extinción planetaria. Entendamos que la voz humana hace vibrar las moléculas del aire y que estas vibraciones se expanden como ondas concéntricas que transportan el sonido, que *son* el sonido. La voz real de Gazú pone a vibrar la espuma cuántica. ¿Imaginen entonces lo que pasaría si este sicario se encabrona y arranca a gritar que le compren un majarete y una lata de Royal Crown Cola?

En la marquesina de la parada hay una familia de evangélicos vestidos como para una función.

—Buenas tardes—dice Melisenda, y Gazú, por su parte, saluda tocándose el ala del sombrero. *Muy bien*, piensa Melisenda, a sabiendas que Gazú lee sus pensamientos. *Vamos bien.*

—Buenas tardes y gloria a Jesús—dicen los evangélicos con cara de querer continuar la plática y matar el tiempo predicando.

Siéntate y ponte a mirar para el carajo, piensa Melisenda, *como si estuvieras haciendo un cálculo complicadísimo. No les des alas a esta gente. Agúzate, Gazú, que te estoy velando.*

Gazú hace lo que le ordena Melisenda y en ese momento llega la guagua.

Cuando entran, Melisenda maldice la hora y el día en que nació: la guagua está repleta de gente.

Peor.

La guagua está repleta de evangélicos.

Melisenda y Gazú se abren paso entre el enjambre de fieles, el aire saturado de fragancia de talco para bebé, ropa guardada y desodorantes de medio peso. No hay un solo asiento libre, pero:

—Hermano—dice un joven cristiano levantándose de su lugar—, por favor.

Gazú se sienta y Melisenda se coloca en su regazo.

—Gracias—dice la niña.

—Alabado sea Jehová—dice Gazú, y Melisenda le entierra el codo ahí donde un verdadero hombre tendría las costillas.

—Amén—dice el joven.

Los creyentes están emocionadísimos. Cantan, alaban, elevan loores. Melisenda y Gazú hacen el camino en silencio, lo cual resalta su presencia, los vuelve conspicuos.

Melisenda, proyecta Gazú su preocupación directamente en el cerebro de la niña, *si la idea tuya es pasar desapercibidos, di algo a estas personas, o déjame preguntarles algo, para parecer normales.*

¡No!, piensa Melisenda. *Ni se te ocurra menear este avispero. Ya casi estamos llegando.*

Pero a la altura del Puerto Rico Junior College, como si no le hubieran dicho nada, Gazú le pregunta al joven que le cedió el asiento:

—Hermano, ¿qué es esto? ¿Para dónde van? ¿Por qué son todos iguales y hablan iguales?

Trágame tierra, piensa Melisenda, pero Gazú no comprende la expresión. El joven cristiano se echa a reír.

—Hermano—dice—, qué curiosa manera de exponer tu inquietud. Seguro que no has sido tú, sino el Espíritu, el que ha inspirado tus preguntas. Así pues, ¿quieres saber qué es esto? Esto es un grupo de varias congregaciones del área. ¿Que adónde vamos? Vamos a escuchar la palabra del Señor y a celebrar el retorno a los púlpitos del reverendo Joel Vicioso, que obedece al llamado urgente del Padre Celestial luego de un retiro de más de diez años. ¿Que por qué parecemos todos iguales y hablamos como si fuéramos una sola persona? Pues porque *somos* realmente una sola persona, unidos como estamos en el amor de nuestro Señor Jesucristo.

No preguntes quién es Jesucristo, piensa desesperadamente Melisenda. *No preguntes quién es Jesucristo. No preguntes quién es Jesucristo. ¡No preguntes quién es Jesucristo!*

—¿Y quién es ese señor Jesucristo que dices?—dice el pazguato de Gazú.

—Me alegra que preguntara—dice el joven.

* * *

Melisenda se apea de la guagua mareada. Al final la evangelización se convirtió en un esfuerzo colectivo de toda la congregación. Melisenda no se cansó de insultar a Gazú y lo obligó a cargarla como penitencia.

Suben en masa por la calle Hipódromo. Los pentecostales se quedan en la Ponce de León y enfilan hacia el templo "Pare de Sufrir", mientras que Melisenda y Gazú—zafándose de los hermanos y hermanas que de juro a Dios querían llevárselos para el culto—cruzan la avenida y se meten por la Canals hacia la plaza.

—Ándate con el pie derecho, Gazú maldito—dice Melisenda rabiosa—, no te atrevas a hacer otra de las tuyas. Concentrémonos en el trabajo, que no será fácil. Aquí hay tremendo party, pero si me haces caso, en dos o tres horas sacamos esa pieza, se la montamos a tu nave y por ahí mismo te me fuiste para tu casa. De allá me mandas una postal y recuerdos.

Otras reconvenciones y resabios le está dedicando Melisenda a Gazú, que la lleva en brazos, cuando del balcón de una casa en la esquina Canals y Salvador Pratts se les acerca de imprevisto una figura envuelta en sombras.

—¡Wreeeiii!—exclama el celaje desde la oscuridad.

—¡Puñeta, puñales y recontracoñazo!—grita Melisenda, asustada, abrazándose fuertemente de Gazú—. ¿Qué esperas, Gazú? ¡Termina con él!

—Buenas noches tenga usted también—dice Gazú, melífluo.

—Pero ¿qué diablos?—dice Melisenda zafándose de Gazú, buscando tierra.

—¡Wreeeii Wreeeii!—dice el misterioso joven poniéndose bajo el haz de luz de un farol cercano.

—El mío es Gabriel y esta es mi sobrina Melisenda—dice Gazú recordando el alter ego que le asignara su amiga.

Melisenda comprende al instante por qué no comprende.

El penetrante e insoportable chirrido de las cigarras se convierte en un coro angelical cuando se les disminuye la velocidad del playback.

—Acércate—invita Gazú—. Tengo que hacerte un ajuste.

El desconocido se acerca. Gazú lo toma de la nuca con una mano mientras con la otra le traza una línea imaginaria de un lado de la cabeza al otro.

—Listo—sentencia Gazú.

—Le decía a tu tío—dice el muchacho en un castellano sobrio y preciso—que mi nombre es Guillermo. Mis amigos me dicen Güilly.

Perdidamente enamorada, Melisenda extiende su mano, presentándole a Güilly el dorso diáfano.

—Melisenda—dice Melisenda. Güilly se inclina y le besa la mano.

—Melisenda—repite Güilly con ensoñación—, como la hija mayor del rey Balduino II de Jerusalén, heredera de la dinastía reinante.

—¡Oh!—dice Melisenda.

Tercera Parte

Sendo Salpafuera en Santurce

19. Búnker

—¡Mi geeeeeenteeeee! A que ustedes no saben la hora que es. ¡Esa misma! Ha llegado la hora de que yo coja esta ristra de emails y empiece a mandar saluditos a toda la gente linda que sintoniza este programa de parte de sus queridos amigos y amigas. Vamos a empezar con este emailcito de Edwin Rivera que nos escribe desde Arroyo. Dice Edwin, "Merejo, eres el comandante de los sábados, todos los demás son un chorro de clecas". Y no lo sabré yo, Edwin. "Mándameles un saludito a mi amiguita Rosa Melano, Elva Ginón y Débora Melo. Y a los panas, pa que no vayan a jugar Free conmigo en la hora del almuerzo, Temetito El Gordo, Benito Camelas, y a los dos estudiantes de intercambio que tenemos este año, de Italia y de China, Sevinno Sobretti y Pin Ga-Shu'la". ¡Qué corillo, Edwin! Bueno, vamos a seguir ahora con este mensaje de Fabiola Cintrón Bonilla. "Querido Rafael Merejo, somos tus fans número uno, nosotros, la clase graduanda del Colegio Nuestra Señora de la Altagracia, aquí en Villa Prades. Queremos que nos mandes un saludo a nosotros y nos pongas "La cuna blanca" en honor a nuestro maestro de trigonometría, Porfirio Negrón, que se murió el viernes pasado. Y también que nos saludes a los panas que estudian en el Colegio Santa Gemma, especialmente a Paloma María, Mónica Galindo, Lola Meraz, Larry Capija, Ana Lisa Melano, y a las monjas que les dan clase, Sor Rita y Sor Raimunda." Saludados están, Fabiola, y el numerito de Raphy Leavitt y la Selecta lo pusimos ya hace rato, pero ¿tú sabes qué? Vamos a ponerlo de nuevo pa que baile míster Negrón allá en el cielo. Deja ver... De Toa Baja nos escribe Carlos Olegario Castillo. Vamos a ver qué dice este pescau. Dice: "Rafael Merejo, titán, te escuchamos to los sábados aquí en La Tasca de Solimán, en el barrio Cucharillas de Toa Baja. Los mejores precios los tenemos nosotros, y la mejor variedá. Estamos en la calle 16, pasando el parque de pelot..." ¡Miren a este mamasijalla! Me sacó un spot gratis y to. Pero, mira, Olegario Castillo, voy a terminar de leer la cuña, ¿tú sabes por qué? Porque me voy a aparecer mañana a las doce a darme un atracón de ostiones. ¿Oíste? "...pasando el parque de pelota. La mejor variedá: mejillones, colirrubias, picúas, congrio, mero, chillo, jueyes, ostras. Aquí vino los otros días un comemierda de Ponce diciendo que a él no le conseguían un erizo y le pusimos el cabrón erizo en la mesa, al vapor, con un poquito de limón, ceviche de erizo, y créeme que no hay cosa más sabrosa: ver a un ponceño comerse un erizo y sus propias palabras al mismo tiempo. Merejo, mándemele un saludo a Rosa Meltrozo, la novia mía, fajá trabajando en el parking del Balneario Punta Salinas. Y a mi corillo de la Urbanización El Naranjal, Juancho Chalas Cabezas, Mito Taes Lagrand, Tucri Cáez Reyna, y Wásingar Parado".

Merejo dice dos o tres bicherías más y pone por fin a Raphy Leavitt.

—Yo voy a mandar un email un día de estos—dice Joshua—. Yo no puedo creer que a este tipo lo cojan de pendejo tan fácil.

—No seas huelebicho, Joshua—dice Boca'e Lobo—. Él sabe muy bien lo que está leyendo, ¿tú no oyes que se está aguantando la risa? Él se guilla de mamau y lee todos esos booby traps como que no los manga. Ese es el chiste del segmento, tú sí eres bruto, brother.

—Me cae bien Merejo—dice Broli—. Al que yo no soporto es al de la noche. El de la noche quiere comerse a toa las nenas que llaman. Sin saber si son feas o lindas, él se lo quiere meter a toas.

—Ese de la noche lo que es un pato—dice Wichi.

Lo que manda decirle a Wichi es que pato es él, y lo es, pero nadie se atreve. Todos en el carro lo saben, excepto Cano, que es gatillero nuevo y no sabe el meneo.

—Pato no es, porque yo conozco por lo menos cuatro o cinco nenas que se lo han dado al chamaco y ni una Fanta tuvo que comprarles y ni un blon tuvo que enrolarles. El jevo es irresistible, según ellas dicen. Yo se lo conté a una que había sido novia mía, pero que ahora nos tenemos confianza. Se lo conté y yo le dije que no entendía cuál era el desespere con el hombre. Y ella me dijo, Cano, si ese macho toca a la puerta de mi casa yo le abro la puerta y me bajo los pantis. Y si resulta que el hombre tiene tres bichos, los tres bichos yo le mamo. Y si resulta que los bichos son color violeta, no me importa, se los mamo igualito, uno a uno o los tres al mismo tiempo. La voz de ese hombre... es como si entrara en tu alma. Tú no entiendes, mijo, me dijo. Hay hombres así. Tú dices que es pato por envidia.

Eso puede ser verdad. Como cuando todos nosotros decíamos que los nenes de Menudo eran patos. Envidia pura y dura, manín, no de la buena; de la mala.

—Pues Sandra la novia mía no piensa así—dice Wichi mirando por la ventana—. Y el día que lo haga le abro la barriga con una Gillette y le hago una liposucción casera. La mujer mía me respeta.

Eso nada más se lo cree él. Todos los que están sentados en ese carro se lo han metido a Sandrita. Incluyendo a Cano.

O quizá ni él se lo cree. ¿Quién puede sondear el alma de los hombres y saber por qué y para qué dicen ciertas cosas? ¿Quién asegura que Wichi no esté enterado de que es un cuernú o de que Sandrita sepa que Wichi es pato? ¿Quién es capaz de afirmar que Wichi y Sandra no tienen armado un castillo de naipes, una mansión de palitos en perfecto equilibrio, equilibrio que depende de que crean creer unas cosas y no otras? Y así el mundo interior de cada quien se expande como un universo independiente con sus propias constelaciones y agujeros negros.

En todo caso, la conversación dentro de la Suburban toma un giro definitivo hacia el tema de chingar.

¡Dulce y acogedor refugio del macho borikwá! Hablar de mujeres y de metérselo a mujeres y de dominar a mujeres y de mujeres que los adoran, que les consagran las nalgas, que veneran y reverencian sus bichos, que hacen malabares y ejecutan proezas con sus totos, anos y bocas, que se dejan hacer esto y lo otro y lo de más allá con una sonrisa en los labios y un ardor incomparable, que se ponen así para después ponerse asao, que los llaman en mitad de la noche para que vayan a apagarles el incendio entre las piernas que las ha despertado, te dejé la llave debajo de la alfombra, o en una bolsita en el tiesto de alante, entra sin hacer ruido, que papi y mami tienen el sueño medio ligero hoy y los he escuchado tosiendo, pero ahora están roncando, y ojo que no vayas a pisar a Silvestre, que ese gato maulla más duro de lo que ladra un perro, y ven y abre la puerta de mi cuarto, papi, ven, ven, que me hallarás en la cama esnúa, boca abajo, entra y cierra la puerta con pestillo, encuérate rápido y rómpeme el culo.

Y cada nuevo testimonio es más pornográfico y humillante que el anterior, porque el cobijo que brinda la conversación a los testigos que testifican dentro del carro obtiene su efectividad de lo encarnizada que sea la *competencia* entre los testamentos. Surge entonces entre ellos una hermandad cálida, los atan ahora lazos más fuertes que la sangre. La conversación los vuelve fraternos en la única fraternidad que cuenta, la de los machos alfa. Por eso, la conversación incluye también generosas porciones de anécdotas anti-pato, porque los patos no tienen cabida en este club, cuyo único requisito de entrada es, precisamente, no ser pato. ¡Y qué bien se sienten todos sabiendo que ninguno de ellos es pato! ¡Hasta el mismo Wichi, que siendo pato no es pato! ¿Y cómo es eso? Fácil: su testimonio lo autoriza. Y hay que oír los testimonios de Wichi...

¡Dios mío!

Intuyendo que debe ir más allá que los demás para compensar por lo que nadie puede o debe saber sobre él, o sea, su patería (que todo el mundo sabe), Wichi estampa sus historietas con encajes y arabescos y enchapado de oro, a tal grado que muchas de ellas parecen confesiones de violador en serie. Los demás lo aplauden y le ríen las gracias, y en el fondo ni les importa ni les asusta que Wichi sea pato (de hecho, lo respetan y le temen por sanguinario, y le agradecen que no sea pato abiertamente, porque entonces sí les importaría y sí les asustaría), siempre y cuando se ajuste a la regla de oro de la fraternidad, que es simple: di que chingas mujeres y que detestas a los patos.

Aunque estoy por creer que no hace falta ni decir que chingas mujeres. Con detestar a los patos basta. Pato es la palabra mágica que unifica a los macharranes de la Suburban. Pato es la sombrilla donde acuden a guarecerse del aguacero. Pato es el búnker donde se recogen a esperar a que pase la tormenta.

Y lo más grave del asunto es que todos ellos tienen consciencia de lo que están haciendo. Lo sienten en lo más profundo de su ser. Saben, saben. Saben para qué sirven todos esos embustes—porque son embustes la mayoría, si lo sabré yo. ¿Que Joshua le comió las verijas a Mariangely, la hermanita de Rudi, una vez que la llevó a comer piononos a las Tres T? El bicho mío. ¿Que Ozzy se llevó a Tábata Richardson a un motel en Caguas y le sacó tantos orgasmos que a la cabrona se le adormecieron las piernas y tuvo que cargarla hasta el carro? Embuste de Ozzy, si Taba nada más chicha con hombres negros, y no negros de cualquier matiz, negros noche como ella. ¿Que Iris Naomi, de Mansiones de Carolina, sacó las nalgas por el screen de la cocina de su casa, porque no tenía permiso de salir, para que Broli se lo metiera, y que la condená siguió hablando con la mai que estaba viendo una novela en la sala mientras Broli se lo metía? Eso sí pasó, pero no fue Broli el que se lo metió a Iris Naomi, fue Cano, que se deja robar la hazaña y no dice ni ji; humilde, menea la cabeza y sigue mirando por la ventana. Pena le coge a Broli, porque más de uno hay allí que sabe quién fue el verdadero protagonista de esa historia. Mejor que no digan que fue él. Mejor que le caiga a Broli y no a él lo que tenga que venir, porque Iris Naomi tiene novio y el novio sale del tambo en una semana. Eso es lo que nadie le ha dicho a Broli.

Broli lo que es un cabrón, si quieren saber mi opinión. El único que no me cae bien de este corillo, y no es que los otros me caigan mejor. Broli es uno de esos huelestacas que es to boca y to lo sabe. Hablan de judo, él es cinta negra; hablan de carros, él tiene el mejor carro; hablan de jevas, él es masquechicha; hablan de yoga kundalini, él domina los bandhas y los kriyas y una vez iba a poner una escuela en San Patricio.

Hablan de matar cabrones y él es el que más cabrones ha matado, aunque todo el mundo sabe que solo ha matado a uno. A uno solo.

En resumidas cuentas, y volviendo al tema, que salgan con todos esos embustes revela que *saben*; saben que están obligados a presentar ese expediente para poder entrar al refugio y que, si no lo tienen a mano, se lo inventan, puesto que nada hay más importante que tener al día los pagos de la membresía en aquella sociedad dedicada a la supremacía de los cojones.

Al rato se aburren y se ponen a jugar "Te lo presento".

20. Éléments d'autocritique

El trío compuesto por Gazú, Melisenda y Güilly se abre paso entre la multitud que atesta la calle Canals, avanzando como pueden hacia el corazón del bloque, donde se encuentra la plaza del mercado. Mientras caminan, sostienen la siguiente conversación:

Melisenda: Cárgame, Gazú, que me voy a perder en esta turbamulta. Pero cuéntanos, Güilly, ¿qué hacías escondido entre los tiestos de aquella marquesina?

Güilly: Huyo de las autoridades.

Melisenda: ¡Ay! ¿Eres un bandido? ¿Un criminal?

Güilly: No, no. Mi tío sufrió un accidente cuando nos enfrentábamos a la policía hace un rato. Si me hubiera quedado allí, me hubieran entregado a Servicios Sociales.

Melisenda: ¿Y por qué enfrentaban a la policía?

Güilly: Mi tío, que es profesor universitario y activista político, mantenía que los demonios que destruyeron la plaza estaban siendo maltratados.

Melisenda: ¿Maltratados por quién?

Güilly: Por el patriarcado, que es injusto a nivel fundacional.

Melisenda: ¿Y tú estás de acuerdo?

Güilly: A mí el tema no me interesa. Siempre lo acompañé en sus protestas por la misma razón: para velar que nada le pasara. Esta vez no tuve éxito.

Melisenda: No me digas que se lo comieron los diablos esos...

Güilly: Casi. Salí corriendo antes de confirmarlo.

Gazú: ¿Qué es eso que suena, Melisenda?

Melisenda: Tambores.

Gazú: Hmm...

Güilly: Sospecho que tu tío Gabriel no es realmente tu tío Gabriel, pequeña Melisenda.

Melisenda: ¿Qué comes que adivinas?

Güilly: Adivino más.

Melisenda: ¿El qué?

Güilly: Que no es de este mundo.

Melisenda: Se cae de la mata. ¿O es normal que vaya gente por ahí sanando trastornos cognitivos?

Gazú: No es ningún trastorno. Más bien una especialización. Los procesos cognitivos de Güilly se parecen mucho a los que me caracterizan a mí y a los míos, excepto que su imperfecta complexión humana era incapaz de contenerlos, ordenarlos o comunicarlos correctamente. Era un vaso que se desborda, una represa que se agrieta. Nadie lo entendía cuando hablaba, pues sus palabras brotaban a millones por nanosegundo, espejo, cada una, de millones y millones de ideas que generaba a la misma o a mayor velocidad.

Melisenda: ¡Gazú! ¡No sabía que eras poeta!

Güilly: ¿Gazú?

Gazú: Ahora puede comunicarse, pero al costo de simplificar su pensamiento.

Melisenda: ¡Pero si cuando nos habló hace poco solamente nos saludó! ¿Cuán complicado y cuán difícil puede resultar eso?

Gazú: El encuentro entre seres que no se conocen anteriormente es tan complejo y potencialmente letal como una colisión entre galaxias. Su saludo contenía millones de nociones.

Güilly: Sin embargo, supe que era de otro mundo antes de que me sanara, Melisenda.

Melisenda: Si quieres puedes decirme Meli, o Melis. ¿Cómo lo supiste, entonces?

Güilly: Porque vi, y aún puedo ver, todos los dobleces que ha tenido que realizar para adoptar su presente apariencia.

Gazú: Eso pensé.

Melisenda: ¿Y no te dio miedo ir al encuentro de un extraterrestre?

Güilly: Al contrario. Como dije antes, siempre acompañaba a mi tío en sus protestas porque me sentía en la obligación de protegerlo. Pero esta vez tenía otras razones.

Melisenda: Pensarás que soy una entrometida si te pregunto que cuáles razones fueron esas.

Güilly: Para nada, pero responderte quizá resulte largo y tedioso. No quiero aburrirte.

Melisenda: ¡Abúrreme, abúrreme!

Güilly: Pues, verás, mi madre me entregó a mi tío cuando yo era un adolescente... Mi pobre madre... ¡Es una santa!

Melisenda: En casa el santo es papi. Mami... eeeeehhh, no estoy tan segura. Prosigue, por favor.

Güilly: Nadie me entendía, pero yo entendía todo y a todos. Imaginarás lo solo que me sentía.

Melisenda: Pues no sé si te has dado cuenta de que no soy una niña de seis años muy normal que digamos.

Güilly: Comprendo que usted, Gazú, colocado en una situación dificultosa, se vio precisado de ajustar las capacidades intelectuales de Melisenda para que pudiera asistirle en el grave aprieto en el que se encontraba.

Gazú: ¿Ves lo que te digo, Melisenda?

Melisenda: Impresionante. Pues qué bueno que lo notas, porque, en efecto, sí, puedo perfectamente imaginar tu desamparo.

Gazú: Tampoco exageres.

Melisenda: Gazú, por favor, estás interfiriendo en el relato de mi amigo. Excúsalo, Güilly, es de otro planeta y.... tiene otras costumbres. Adelante.

Güilly: Cuando mi madre determinó que me entregaría a un pariente me alarmé. Pero al saber que se trataba de mi tío, el afamado profesor Gómez Sierra, me alegré. Pensé que por fin podría codearme con intelectuales en un ambiente de universidad. Sentí renacer en mí una esperanza que había dado por muerta en mi infancia: estudiar una carrera y cumplir mi sueño.

Melisenda: Noble aspiración, Güilly. ¿Y estudiar qué, si se puede saber?

Güilly: Ingeniería aeroespacial.

Melisenda: ¿Y tu sueño?

Gazú: Ser astronauta, Melisenda. ¿No está claro? A veces me pregunto si me quedó algo por hacer en ese cerebro tuyo.

Melisenda: Gazú del carajo, ¡pero déjalo hablar a él! ¡Déjalo hablar a él! ¿Alguien te preguntó a ti? Nadie está hablando contigo, peje, cállese la boca y siga caminando. Güilly, ¿decías?

Güilly: Mi sueño, efectivamente, es ser astronauta, explorar el cosmos. Entendía mucho, es verdad, pero precisamente por eso sabía que me faltaba un largo camino que recorrer antes de dominar la disciplina.

Melisenda: Y se te ocurrió que tu tío podría facilitarte el acceso a clases.

Güilly: Tan inteligente no soy, ¿cierto?

Melisenda: No seas tan duro contigo mismo, Güilly. La esperanza tiene la virtud de cegar a los más sabios.

Güilly: A mi tío ni se le ocurrió que yo podría participar en clase alguna. Y, por supuesto, yo no podía comunicarle mi deseo. Aprendí a leer por mi cuenta, pero no a escribir. Hablar, como ya sabes, me resultaba imposible. Si por lo menos hubiera podido aprender matemáticas hubiera podido demostrar, matemáticamente, mis aptitudes. Pero en mi casa no había libros de matemática. En la universidad los tendría a mi disposición, me dije, pero los bibliotecarios se asustaban y llamaban a mi tío. En mi nuevo hogar solo disponía de novelas, cuentos, poesía y tratados de teoría literaria, deconstrucción e historia. Me convertí en un experto en Paul de Man. Como pasaba las páginas a gran velocidad, mi tío pensaba que solo jugaba con los libros, y cuando accidentalmente le rompí las páginas a su ejemplar de *Éléments d'autocritique* cerró su biblioteca con llave. El internet no me ofreció ninguna escapatoria, porque mi tío controlaba mi uso con un programa que restringía mi navegación a Jetix y la página oficial de Zoboomafoo. Mi único consuelo era irme a jugar billar en los chinchorros cercanos, pero pronto todo el mundo se dio cuenta de que era imposible ganarme y se negaban a jugar conmigo. Me resigné a acompañar a mi tío en sus protestas, en las que le servía de credencial. A veces estaba de acuerdo con sus posturas, otras veces no, pero mis opiniones, que sonaban en el oído de todos como un berrido, él las tomaba como una expresión de conformidad. Y hoy, justo cuando decido que no lo acompañaría más, me pone las noticias y me dice que vendríamos aquí. Apenas pude contener mi emoción. Vería la fabulosa nave de cerca, y a sus tripulantes, y deseé, en lo profundo de mi corazón, que quedara alguno vivo que me secuestrara y me llevara a cualquier sitio. Por eso, cuando vi a Gazú caminando tranquilamente contigo por esta encendida calle antillana, me dije, "Güilly, estás de suerte".

Melisenda: ¿Te sientes bien, Gazú?

21. Alcurnia

Duncan tamborilea con los dedos en el volante del Corolla, impaciente. Va a decirle a algo a Elías cuando sacude el hangar un escándalo de piezas pesadas dando contra el piso. Duncan cierra los ojos.

—Un momentito más...—dice Elías, que activa los controles necesarios en la cochambrosa consola. Empieza a escucharse un zumbido.

—Allá vamos...—dice Elías, teatral, momento en el cual el zumbido, que crecía en intensidad, disminuye hasta morir. Elías inspecciona la máquina: todos los cables están iluminados; todas las mangas están iluminadas... excepto una. Elías acude, la desconecta, la vuelve a conectar.

—Tuve que resetear—le vocea a Duncan—. Ya casi.

Duncan se chupa los labios.

* * *

En la plaza del mercado de Santurce, los metales se han cansado primero que los tambores, los cantantes han escapado a refrescar sus gargantas, los guitarristas descansan sus callos y el baterista seca sus sudores, dejando que la noche se encrespe solo con los cueros.

El repiqueteo suspende el electrograma de los egos, en algunos menos, en otros más, y estos últimos cierran los ojos, se dejan llevar por el ritmo, pero también por el alcohol, que la combinación es fatal, y cuando los abren de nuevo, los ojos, quiero decir, Xue Yi puede ver el Tercer Mundo.

Desde su cápsula, la Senescal Primera Clase enfoca su atención en otro ingreso cercano y bastante estable, un agujero de mediano tamaño a través del cual ve cómo da vueltas una macana de policía.

Estupendo.

Tener un arma de reglamento nunca está demás, y la autoridad para ordenar y ser obedecida menos todavía, así que Xue Yi se apresta a penetrar en la oficial Meléndez, que se acerca a Ramírez y le dice que se siente un poco mareada.

* * *

Elías vuelve a la consola, luego de ajustar el cable con varias vueltas de tape negro.

—Ahora sí—dice.

Duncan alza la vista hacia el techo del auto, desesperado.

Elías conecta un viejo interruptor de machete, que responde echando chispas. La vieja guagüita se ilumina y vibra.

Duncan desaparece.

* * *

Xue Yi alarga las manos, su respiración acompasada, relajada, focalizada. El agujero del ingreso se vuelve cada vez más grande y Xue Yi ya casi casi puede entrar... pero un relámpago atraviesa el ojo del torbellino y batea a la Senescal, que pierde toda estabilidad y empieza a dar vueltas y más vueltas en el caótico Torbellino de Maneschi.

* * *

El relámpago impertinente hace tierra en un Corolla del 87 estacionado en la acera de la calle Latimer esquina Canals.

Domènech, que un instante atrás miraba a través del parabrisa el desordenado laboratorio de Elías, ve ahora el gentío que abarrota las calles de Santurce: ha arribado al Tercer Mundo en el espacio de un parpadeo.

Duncan Domènech emerge del vehículo. A su lado cruza un torrente de personas, muchas de ellas con tragos en las manos. El sonido de los tambores atraviesa la noche como ondas de un radiotelescopio enviando un SOS urgente. De las bocinas de varias consolas estereofónicas, en carros y en casas, y compitiendo con la cuerería que energiza el ambiente, se despide por hoy Rafael Merejo.

—¡El momento más triste ha llegado, mis queridos radioyentes, radioescuchas, panitas, salseros, fanaticada, corillo, corilla, como decía Menudo, yo no quiero decirte adiós! Porque llora el alma de solo pensarlo, de solo decirlo... Pero: ¡adiós! Mi negrita me espera allá en Isla Verde, desesperada debe estar ya, me tiene el celular reventado. Que y que les ponga un playlist a mi gente querida y coja para la casa a atenderla antes que le dé un yeyo y se vaya para Caguas con el primer Testigo de Jehová que le toque la puerta. ¡Un playlist! Y yo le digo, no mamichula, eso no es así, porque, ¿cuándo se ha visto que se le deje a una computadora un programa con el calibre, con la sangre, con la pulpa, con la linfa que le corre por las venas al *Sábado de Salsa Clásica*? Pero ni soñándolo dejo yo a mi gente sola con ningún playlist del diablo, ¡y mira que la contrallá está bien buena! La cornisa que tiene es como para servirle desayuno a una familia de cinco; pero ¿irme a regar las matas y abandonar a mi público? ¡Imposible! Los sábados son para mi gente salsera que sintoniza sin falta el 1580, en la esquinita del cuadrante AM, la aguja casi saliéndose por la derecha, para encontrarme a mí, Rafael Merejo, el curador de esta galería, de esta exposición de lo mejor de nuestra cultura salsera. La nuestra, no te guilles, que esta es la salsa de aquí, no de allá ni de acullá, arrecuérdate, broqui. En las otras emisoras lo que se oyen son los grillos y los DJs llorando como Magdalenas, porque nadie los sintoniza, nadie los quiere. ¡Esos sí que tienen un playlist puesto y se van para sus casas a comer comida recalentada! ¡Esos sí que ya tiraron la toalla, mi gente, porque saben que echan agua en saco y aran en el mar! El sábado lo tenemos copao nosotros, trixiao, es más. ¡No hay quien pueda con el 1580! Pregúntenle a Santurce, la ciudad capital de nuestra civilización, que la tengo encendía desde temprano, tan y tan encendía, ¡que hasta el diablo vino a bailar bugalú encima de la plaza del mercado!

La concurrencia alza vítores al oírse mencionada.

—Suerte que vino el Ánima Sola, ánima de mar y de tierra, a poner orden en el lugar, porque si no... Y ustedes no saben lo que me cuesta a mí dejar esta cabina, estos vinilos, estás carátulas, este tocadisco, este teléfono que no para de sonar con llamadas hasta de larga distancia. Me están botando de aquí, amigos y amigas, ¡me están botando! Aquí llegó ya Lorenzo Domínguez Gabilondo y me está haciendo señas de que me ajore, ¡oigan bien! Qué títere, se echó a reír. Sí, mami, llegó ese papi de las noches para dar inicio al *Fin de Semana Romántico* y aquí se va a quedar este titán hasta las tres de la mañana, poniendo discos de amor y cogiéndole el teléfono a las mamises más chulas y seductoras y melancólicas, solitas en sus casas, o abandonadas por novios malagradecidos y estúpidos. ¡Déjame irme antes que la mía empiece a llamar a pedir canciones de despecho! ¡Déjame irme antes que este bandido me la robe! Pero antes voy a dejar rodando el último numerito de la tarde, para que los borikwás terminen de parisear como se debe. ¡Míralo ahí! ¡Atrápalo! ¿Y esa guitarra eléctrica tú sabes de quién es? Ese mismito. Jorge Santana, pejcao. ¡Míralo ahí! ¡Ataja ese ratón!

Merejo se calla la maldita boca y deja que pase *El ratón*, con Cheo Feliciano y la Orquesta de Johnny Pacheco, en vivo desde El Cheetah.

Duncan Domènech saca un mapita de la zona y se apresta a estudiarlo sobre la capota del Corolla—preguntándose qué patronal será la que se celebra en los predios—cuando un extraño hombre con fedora y lentes oscuros, cargando una niña y flanqueado por un joven de algunos veintipico de años, le pasa por el lado...

* * *

A Xue Yi le cuesta creer lo que ven sus ojos. Ha logrado controlar su caída libre y delante suyo flota plácidamente, como una medusa, con holgazanería, con indiferencia, con cierto aire de superioridad y parejería, la vorágine del ingreso más grande que ha visto en toda su carrera. Un verdadero maelstrom, un cráter descomunal por el que podrían cruzar, si quisieran, un centenar de Senescales Primera Clase, y a través del cual Xue Yi puede ver, en primerísimo plano, a un hombre consultando un mapa desplegado encima de una guagua color crema.

Hombre que deja de consultar el mapa para mirar con recelo a la persona en la que se origina el monstruoso ingreso y, sin saberlo, a través de impensables distancias, a Xue Yi.

El ingreso es tan enorme que Xue Yi tiene la certeza de que se trata de una peligrosa anomalía y maniobra para alejarse de allí.

Pero es imposible.

Algún umbral crítico ha atravesado y ahora está atrapada por la atracción gravitacional del ingreso; otro insólito aspecto que la alarma.

O que empieza a alarmarla, porque cuando viene a ver, *¡whoosshh!*, se vuelve un filamento infinitamente delgado y entra al Tercer Mundo.

* * *

... y cae de rodillas súbitamente.

—¡Ah!—grita la niña, que de milagro no cae reventada en el asfalto.

—Wepa, míster—dice Duncan en un viejo dialecto—¿se encuentra bien?

El hombre apoya una mano sobre el bonete del vehículo y se incorpora.

—Estoy bien—dice con una voz cavernosa que le eriza la piel a Duncan Domènech.

—¿Seguro?—insiste el agente freelance ofreciéndole las Ray Ban que han caído a sus pies… ofrecimiento que el hombre no reconoce o no acepta.

—Ya lo oyó—interviene la niña, pasando a los brazos del joven que los acompaña—. Está bien. Buenas tardes.

Duncan Domènech los ve avanzar hacia la plaza y solo entonces se da cuenta de que ninguna patronal ha hecho converger a toda esa gente en aquel incómodo rincón de Santurce, sino una enorme nave, incrustada en la cúpula del mercado e iluminada por la luna… una luna *llena*, claro está, como manda en una historia con la alcurnia que tiene la mía.

—Hay que joderse—musita Domènech mientras dobla el mapa y se lo guarda en el bolsillo.

22. El reflejo de la luna sobre el agua

El cabrón de Georgie ha recogido más pesetas en las últimas dos horas que en las últimas tres semanas.

—Alegría bombaé—musita mientras camina entre las hileras de carros mal parqueados en la acera de la Ponce de León, y el menudo en los bolsillos de su pantalón tintinea, *tilín tilín*, como si llevara cascabeles, como campanitas de cristal.

El cabrón de Georgie es el único tecato parqueando en la Ponce de León, por lo que puede ver, avenida a la que subió después de jartarse de chavos parqueando en la Fernández Juncos. Allí compartió faena con Lucky Charms (un gringo de Atlanta adicto al tranquilizante de caballos Ketamina), pero a la media hora ese otro teco no pudo más y subió a la plaza a gastar lo que había reunido y parisear con los pleneros. Así que Georgie se quedó solo y parqueó los carros de to los mamabichos y mamabichas que venían de toa las partes de Puerto Rico a buscar lo que no se les había perdido en Santurce.

El cabrón de Georgie tiene técnica. Lleva casi cuatro años pidiendo chavos en la calle, así que algo tiene que haber aprendido.

Lo primero es la *actitud*. Para que te den chavos tienes que actuar como que el donativo es un *fait accompli*. Obviamente que me vas a dar chavos cuando te desmontes del carro que te acabo de ayudar a parquear. Es normal, justo y necesario que me des chavos por cuidarte el carro. La actitud, por derivación, también dice, sería una putada bajarte del carro y no darme ni las gracias, o darme las gracias y no darme chavos.

La actitud del tecato que parquea debe *dar por descontado* que se le pagará por la indispensable tarea de asistir al conductor a encaramar su carro en el contén.

Lo segundo es la *gesticulación*. El tecato que parquea debe ser tan ágil, creativo y flexible como un mimo, como un intérprete de sordos, como uno de esos policías del subcontinente indio, con salacot y guantes blancos, dirigiendo el tránsito en medio del caos primordial de Calcuta.

Lo tercero es la *obsequiosidad*. El tecato que quiera que le suelten menudo tiene que ser agradecido y humilde. Sonriente. Nunca mirar directamente a los ojos de los donantes. Nunca hacer referencia al donativo (que se da por sentado, como hemos dejado dicho), sino simplemente ponerse cerca, bajar la testuz y hacer tal espectáculo de untuosidad y servilismo, que los pasajeros que acaban de apearse del carro *quieran* hacer lo que tengan que hacer para alejarlo de ellos, y cuanto antes.

El cabrón de Georgie domina las tres destrezas a la perfección.

Por lo general, son los conductores los que te ponen medio peso, setenticinco chavos y hasta un peso en la mano, sin tocarte, pero a veces to los que están en el carro quieren verte desaparecer y limpian sus bolsillos y menuderos de todas las perras y vellones que encuentran. Siempre hay uno que otro carne de puerco que no te da ni las gracias, doñitas que se persignan y aceleran el paso (ni se imaginan que Georgie es incapaz de matar una mosca), gente que lo regaña, que sermonea, que le da consejos de vida cuando él lo que necesita son chavos, puñeta, una maldita peseta. Hay quienes, creyendo que lo insultan, le ponen en la mano un chavito prieto, como diciendo, "Esto es lo que tú vales, maldito mamabicho, tecato de los cojones, una perra, una moneda fea y sucia, una arandela de cobre con olor a fuiche que para lo único que sirve es para completar una devuelta, porque ni en las maquinitas de sorpresas puedes meter un cabrón chavito para sacarte por lo menos un chicle, coge ahí, maldito, basura humana, cúmulo de vicios, rata, serpiente venenosa, mangosta con rabia, coge ahí tu salario, cóbrate por tus innecesarios servicios, ten ahí un chavito prieto".

El cabrón de Georgie no le da mente a eso y coge el chavito con el mismo agradecimiento con que coge cualquier cosa, porque chavito a chavito se forma la peseta, y peseta a peseta se forma el peso, y peso a peso llega el momento en que puede presentarse en el punto sin que le caigan a puños.

A Santurce ha llegado gente de todas partes de Puerto Rico. Del último carro que parqueó, por ejemplo, se bajó un bonche de hippies de Quebradillas. Le dieron un peso quince en chavería. Olían a pasto y sándalo y popurrí, como si hubieran querido disfrazar la yerba con incienso. Pero no se atrevió sugerir hermandad tecata con una sonrisita pícara o un comentario a propósito. No iba a poner en peligro el donativo por ganarse una changa babeada.

De la plaza del mercado le llega a Georgie el lejano retumbar de los tambores y el brillo de los metales. *Qué bembé*, piensa, loco por tirarse para allá arriba a josear cervezas y cigarrillos. Al mismo tiempo, no quiere perderse un solo carro. Está dividido entre su avaricia y sus ganas de joder. ¿Quién no lo está? Una posible definición de la vida puede ser esa: el tirijala entre la acumulación de recursos y el derroche de recursos.

A excepción del eco distante de la rumba, la avenida está quieta y en silencio. En las calles perpendiculares que conectan la Ponce de León con la Fernández Juncos, iluminadas tenuemente por faroles de magnesio y repletas de carros estacionados en ambos lados de la vía, silba el viento. Nada se mueve, no hay un alma, y esto coloca a Georgie en un estado de ánimo melancólico. En varios apartamentos se escucha la melosa labia de Lorenzo Domínguez Gabilondo y su *Fin de Semana Romántico*. En el balcón de un tercer piso, a oscuras entre suculentas y matas de sombra, una muchacha se mece en un sillón, disfrutando de su soledad, acompañada únicamente por su radio de baterías. Lorenzo ha puesto una canción de José Luis Rodríguez.

Dueño de ti.
¿Dueño de qué?
Dueño de nada.
Un arlequín
Que hace temblar
Tu piel sin alma.
Dueño del aire
Y del reflejo
De la luna
Sobre el agua.
¡Dueño de nada!

Georgie se aparta de allí, asediado por añoranzas que un tecato inteligente no debe albergar en su corazón; Georgie sabe que ni puede amar ni ser amado.

La verdad es que ya el rush ha pasado. Un carro cada quince minutos, y cuidao. *La gente que iba a llegar ya llegó*, piensa Georgie, que empieza a querer justificar su deserción del puesto.

Espera cinco minutos.

Espera diez.

Espera trece.

—¡Acho, pal carajo!—dice y jala para la plaza a trote ligero.

Más le hubiera valido quedarse donde estaba.

23. Mr. Game & Watch

¡eeeeeeEEEEE... puñé!

—Qué buenas están las nenas del equipo de volleyball de María Auxiliadora, Ave María Putísima—dice Chegüi scroleando en Instagram.

—Esa morcilla en casa de Bebo—dice el Feto, al volante, chasqueando la lengua y loco por escupir—sabía a líquido de fregar Vel.

—Eso quiere decir que las lavaron bien—explica Gustavito.

—Coño—replica el Feto—, yo he comido morcillas bien lavadas que sabían a morcilla, no a jabón.

—Bien lavadas no estaban—dice Ricky.

—Te gusta el saborcito a caca, Feto, tú lo sabes—jode Gustavito.

—Por eso tienes fama de comemierda—rejode su primo Edgarito, porque cuando los Inseparables deciden joder el parto son un dueto invencible.

—Ja Ja Ja, váyanse al carajo.

—Confirmado Ridley para Smash—dice Fernan leyendo una noticia de IGN en su celular.

—Mira la número 9, Cuqui, por Diossss...

—Me tienen jarto con las confirmaciones y no acaban de sacar el juego—se queja Bimbo.

—Chegüi, caballo, esa es la hermanita de Gwendolyn.

—Contrólate, Chegüi—dice Ricky.

—Se le paró a Chegüi, sálgansele del lao.

—Esa no es la hermanita de Gwendolyn, mamabicho, ¿qué te pasa?

Cuqui le quita el celular a Chegüi y se lo enseña a Chanoc. Chanoc, que viaja en el asiento delantero y mira fuera de la ventana sumido en una profunda reflexión, ojea brevemente la foto de Instagram y vuelve a mirar para fuera diciendo:

—Rosmery, la hermanita de Gwendolyn.

—Atuki—dice Cuqui tirándole el celular a Chegüi en el pecho.

—¿Y to esas tetas?

—Señores—interviene Franky—, respeten.

—Sí, huelepega, ¿o tú quieres que Abi se te aparezca?

—Diablo... ¿Abi se estaba comiendo eso?

—Abi un día me dijo que si había vida después de la muerte nos iba a dar una señal.

—¿Una señal cómo qué?

—¿Qué sé yo, broqui? Una señal. Una señal.

—Esa nena obligau desarrolló fue en las últimas dos semanas, porque...

—Pana, esa nena estaba ahora mismo en el velorio.

—¡Que qué!

—Llorando como una Magdalena.

—Después que uno se muere no hay na, papi. Los muertos ni siquiera saben que están muertos.

—Quizá por eso mismo puede ser que anden por ahí todavía, creyendo que están vivos.

—¿Qué tal si cambian el tema, chorro de cabrones?—dice Franky sin mirar a nadie en particular. Chanoc lo estudia en el reflejo del retrovisor. Todos se callan al mismo tiempo.

—Mala mía, Franky—dice cualquiera.

—Sí, Franky, mala nuestra.

Silencio. Pero Franky nunca fue mala leche y al cabo de un rato dice:

—Yo mapeo el piso con cualquiera de ustedes usando Mr. Game & Watch.

El interior del carro revienta.

—Mere, huelebicho, usted primero tiene que aprender a agarrar bien el control en la mano antes de ponerse a hablar mierda.

—HUE-LE-BI-CHO.

—Coge Mr. Game and Watch si tú quieres y yo te lo meto sin Vaselina con Villager.

—¿De qué tú hablas, loco, si Villager está rotísimo?

—Rotísimo está Ness. Estás confundiendo a Villager con Ness.

—¿Yo no sé cuál es Villager y cuál es Ness, mamabicho? *¿Yo?*

—Tan buena que está Daisy...

—¡Coño, Chegüi! ¡Cállate!

—¿Ustedes nunca se han imaginado que a lo mejor en el futuro inventan una forma de jugar el juego *dentro* del juego? O sea que *tú* estás dentro del juego, jugando.

—Tú en el cuerpo de Mario.

Risas.

—Yo elegiría a Ganondorf y preñaba a Daisy con un guille cabrón.

—Claro que sí, Chegüi, claro que sí. Porque en el juego vas a tener bicho y cojones y espermatozoides y las leyes de la biología aplicarán.

—¡Tú no sabes! ¡Tú no sabes!

—A lo mejor—dice Chanoc desde el asiento del pasajero—, ya esa forma de jugar la inventaron. A lo mejor ya estamos jugando.

—¡Ooooh!

—Mierda, que dañaera de cabeza, Chanoc, muérete.

—Eso explicaría muchas cosas.

—Si eso es así, yo tengo algo que decirle al que me está jugando a mí—dice Cuqui y se aclara la garganta y levanta la vista hacia el techo del carro, aunque en realidad su gesto pretende hablarle a la inmensidad que se abre más allá de los límites del asiento trasero—. ¡CLAJE CABRÓN!

Explosión de carcajadas.

—¡Juega bien, malanga del diablo!

Hasta Chanoc se echa a reír. Hasta Franky.

—Es más, ¡pásale el cabrón control a otro, mamabichooo!

Hasta yo me río, pero mi risa es un espasmo de la luz del sol, una pulsación de la distancia entre las cosas, una corriente que atraviesa a los presentes, como la que atraviesa a todo el que alguna vez se ha levantado en medio de la noche a hacer pipí. Y se asustan. Y se callan.

Pero falta carretera y callados no van a quedarse todo el camino, hombres que se aprestan a matar a otros hombres o a ser matados por ellos, así que se ponen a hablar de otra cosa, y esa cosa lleva a la otra, palabras que tantean paredes y obstáculos hasta que encuentran un lugar ameno donde asentarse y toman un giro definitivo hacia el tema de la crianza de Pitbulls.

—Misael me pidió a Rocky pa echárselo a Bambi, pero es que con el cabrón ese siempre hay un problema. Desde que la perra pare, papi, el cabrón esconde los mejores perros y termina dándome el perrito más porquería de la camada. No puedo bregar con el camper.

—¿Cuál es Rocky? ¿El azulito hijo de Voltron?

—No, papi, Rocky es hijo de Goliat, y más importante todavía, hijo de Cleo, y el mismo Rico me lo crió hasta los seis meses, un perrito que se iba a morir, mano, y mira lo lindo que se puso.

—Rico me estaba pidiendo a Zorro los otros días pa echárselo a Cleo, pero yo fui a ver esa perra y esa perra está bien estrasijá, una mastitis cabrona, Rico lo que quiere es matarla. ¿Cuántos perros ha parido esa condená? Esa perra está muy vieja.

—Esa perra es un peligro es lo que es. Yo le dejé a Palo Viejo los días que le duró el primer celo del año pasado...

—¿Cuál es Palo Viejo? ¿El negrito con patas blancas que llevaste al party?

—Cállate, cabrón, que estoy hablando. Le llevé a Palo Viejo y se lo iba a dejar la semana que le dura el celo a la perra. A los dos días Rico me llama, mere líder venga a buscar su cabrón perro, me dice. Voy a buscar al cabrón perro y me dice Rico que Cleo no puede ver al perro ni en pintura. Se lo deja meter y se enganchan, pero desde que se suelta, hay que sacarle al perro del patio, porque lo quiere matar. Rico les echa comida, la perra se come la suya y arranca a comerse la de él. Palo Viejo la deja y camina a olisquear el plato de ella, pero Cleo tampoco lo deja hacer eso. Y ya entonces el perro dice, ah no, pérate perra cabrona, ¿cómo es el negocio?, y le muerde una oreja y le lleva un canto. Empiezan a pelear que se iban a matar; Rico tuvo que prender la máquina de presión y echarles el chorro, porque con la manguera normal no se separaban.

—Voltron me preñó a Shakira, caballo, y tuve que botar to los perros. Siete perros parió la cabrona y a los tres meses ya tú veías que eran más feos que la puñeta. El que no tenía sobremordida tenía submordida, parecían tos unos anormales. Los metí en una caja, cogí pa Country Club y se los tiré en la marquesina a Cristian, coge ahí tus trapo'e perros, kántoe cabrón. No sé qué hizo con ellos. Al zafacón a lo mejor los tiró.

—¿De quién es Goliat?

—Goliat es de Delio Acosta.

—¿De quién?

—Delio Acosta, el DJ de Villa Fontana, mano.

—¡Ah!

—Maloclusión clase dos y clase tres—dice Franky a nadie en particular—. Eso es lo que tenían esos perritos que botaron al zafacón, y ninguno tenía la culpa. Lo más seguro la culpa ni siquiera la tenía Voltron, porque ese rasgo se hereda por via matrilineal, kántoe pendejo. Si esos perritos parecían anormales fue por culpa de la mai. Pero tampoco. La culpa es tuya que no sabes encastar perros, porque el que sabe, mira los dos perros y rápido ve si encastan pa sacar perros finos o no.

—Franky, deja aprovechar y preguntarte. A Culson, el perrito mío, lo tiene loco una oreja, se la quiere arrancar. Y le sale una peste cabrona de ahí.

—¿Tú ves lo que yo digo? Esos son ácaros, huelebicho, baña a tu cabrón perro, cúrale las orejas con un queratolítico, pídelo así mismo en la veterinaria. Hace tiempo que yo no me metía en un carro con tanto irresponsable junto, así que déjame aprovechar pa decirles unas cuantas cositas antes que lleguemos al sitio ese donde nos van a matar los chotas y farifos de Maltés: ninguno de ustedes debería tener ni un solo cabrón perro. Ninguno de ustedes sabe cuidar sus cabrones perros. Todos tienen eccema, o peor, tienen sarna. ¿Ustedes no saben que al perro de pelo corto hay que acondicionarle la piel una vez por semana, y más en este clima? La comida que le dan es pura mierda. Tú, cabrón, sí, tú mismo, Abielito me contó que tú le echas Chef Boyardee al tuyo, y Froot Loops. No los alimentan bien, no los ejercitan ni pal carajo, nada más los tienen para ponerlos a chichar y parir, para vender perritos, porque ahora resulta que todo el mundo quiere ser bichote de perros. Los otros días entré al taller de Cosmito Pérez en Las Piedras y casi me devuelvo a casa a buscar la pistola de Abiel para entrarle a tiros al cabrón ese. Como cien perros en kennels pequeñitos, tos cagaos, llenos de garrapatas, tos sarnosos. Me dieron ganas de ponerlos a dormir a todos. Le dije que no me llamara más, que lo iba a denunciar. Me dijo que si yo quería que me arrancaran la cabeza. Yo solté los bultos y le ofrecí la cabeza, dale, arráncala. ¿O es esta la cabeza que tú quieres arrancarme?, le dije y me agarré el bicho. Se puso a mirar pal carajo y se fue. Yo me acuerdo cuando los bichotes lo que tenían eran caballos. Caballos de carrera o de paso fino. Un caballo no es un perro. Un caballo es un animal que tú no puedes ignorar, que demanda cuidados y exige una atención que hombrecitos como ustedes no pueden suministrar. A un caballo tú lo metes en un establo muy chiquito y ese caballo le va a dar una patá a la puerta y se va a salir pal carajo de ahí, y cuando te vea te va a tirar a morder. A un caballo tú le presentas un plato con Chef Boyardee y ese caballo te da una coz en la caja del pecho que te mete el corazón en el buche, o te muerde el pescuezo y te deja como adorno de Halloween. A un caballo le cae sarna y tú lo curas o te cagas en tu madre, porque to el mundo en tu casa va a coger la sarna de ese caballo. Por eso los bichotes de antes tenían caballos y los de ahora tienen perros. Los del futuro tendrán gatitos o hámsters, o volarán chiringas. Ustedes no deberían tener nada. Ni hijos. ¿Mi recomendación? Castren a todos esos animales y de paso córtense los huevos ustedes también. Llévenme sus perros a la clínica y les hago un dos por uno, mascota y dueño, a precio razonable.

Silencio sepulcral, roto solo por la risa perversa de Chanoc. Pero hasta Chanoc, forzosamente, se calla al recibir un balazo en el hombro.

24. Tanta vanidad

Muchas son las diferencias entre Chanoc y Maltés, y no todas referentes a la competencia en la que están enfrascados por dominar el mercado del producto que ofrecen; un producto, dicho sea de paso, con muchísima demanda. Podríamos incluso afirmar—y no estaríamos ni exagerando ni saliéndonos del tiesto—que Chanoc y Maltés, Maltés y Chanoc, representan estrategias contrarias sobre cómo administrar el tiempo, ese limitadísimo y valiosísimo e importantísimo recurso del Tercer Mundo. Opuestos polares: uno entiende que la vida—que en el Tercer Mundo es un breve soplo—nos la regaló Papadiós para hacer chavos; el otro entiende que la vida—que en el Tercer Mundo se va en un abrir y cerrar de ojos—se hizo para gozarla. Por eso el uno juzga al otro de idiota, y el otro juzga al uno de idiota. Y aunque dos personas así hayan podido trabajar juntos durante un tiempo, llega un momento en que ninguno se soporta.

Pero si me preguntan a mí, que todo lo veo y todo lo sé, la diferencia principal entre Chanoc y Maltés es la siguiente: Chanoc dejó su Corvette estacionado en casa de la mamá de Franky para que *no lo reconocieran* en la calle; Maltés siguió en su Bentley para que *lo reconocieran* en la calle.

Uno piensa que reconocerlo y temerle son la misma cosa; si saben quién es no lo matarán. El otro piensa que pasar desapercibido y sobrevivir son la misma cosa; si supieran quién es lo matan.

¿Y no son estas, también, dos formas contradictorias de andar por el mundo?

En el Bentley de Maltés reina el silencio. Nolo está sentado en el asiento trasero. Maltés en el asiento del pasajero. Blancanieves maneja.

Blancanieves atiende la carretera. Maltés mira por la ventana. Nolo medita.

¿De qué carajo van a hablar estos tres hombres?

De nada.

Blancanieves habla solo cuando le hablan, Maltés es un tipo privado y Nolo es un energúmeno. La combinación no es precisamente la más conducente al palique. Con todo y todo, miren esto:

—¿Y qué has sabido de Andresito, Nolo?

—Tres carajos.

Silencio.

¡El diablo!

¡Ya! ¡Eso fue!

Dos semáforos más en perfecto silencio y chequeen:

—El día que lo veas—dice Maltés—, si lo ves, dile que donde quiera que lo agarre le voy a partir el pescuezo.

Nolo se ríe.

Otro semáforo y:

—A lo mejor te lo parten a ti—dice Nolo.

Ya calentó la jodienda.

—O a ti—dice Maltés.

—Puede ser. Yo, como no acostumbro a meterme en la vida de nadie...

—No, qué va.

Cualquiera creería que este último resabio de Maltés ofendería a Nolo, que al instante mandaría todo a la mierda y pediría a Blancanieves que parara el carro y lo dejara en la esquina. Pero Nolo prefiere que, si tiene que conversar, sea en este tono, cruzado por la cabronería y la malacrianza, porque siempre que el diálogo debe ser educado y civil, siente que camina en una cuerda floja por encima de un precipicio.

—Yo dudo mucho que me necesites a mí para encontrar a Andresito, que siempre fue brutísimo para esconderse. Yo creo que no lo encuentras porque no quieres encontrarlo. Y eso cualquiera te lo perdona.

Eso encojonó a Maltés a grado tal que hasta se le aguaron los ojos, porque el insulto que más le dolía era que le dijeran cobarde.

—Yo te pregunto a ti porque como por el taller cruza tanta gente y a ti te gusta tanto el bochinche... Pero si se te quitó la maña ahora que estás en las papas, se me guayó el ticket.

La intención de Maltés era desquitarse de Nolo diciéndole bochinchero, pero decirle bochinchero a Nolo era como no decirle nada. De hecho, a Nolo podían decirle perro muerto, carne de puerco, violador o pillo, y no se habría inmutado. Pero en el insulto fallido de Maltés venía enredada una insinuación que ni en un millón de años Nolo habría dejado pasar, y que le puso los pelos de punta de tal forma, que si hubiera andado con una cuchilla encima hubiera apuñalado a Maltés por la parte de atrás del asiento. Y es que Maltés había tenido la osadía de acusar a Nolo de que le estaba yendo bien en el taller.

—¿En las papas, maldito frontú, guillú de mierda? Yo lo que tengo en Los Peña es una casa de acogida. El gobierno debería pasarme una mensualidad. Chamaquito que sabe apretar dos tuercas, chamaquito que se me aparece en el taller buscando trabajo. ¡Y yo le doy trabajo! Eso es lo grande, que yo le doy trabajo. Así tenga que pasarme el día de carro en carro corrigiéndoles los disparates que hacen, porque ninguno entiende un motor ni aunque se lo expliquen la vida entera. Pa encontrar uno, uno solo que sepa aplicar bondo como se supone, hay que poner un aviso a nivel isla, a ver si todavía queda alguien que sepa de hojalatería por el carajo por

Ceiba o Añasco. El que tengo, el único que tengo, lo traje de Tallaboa, oye de dónde, y le tuve que comprar media docena de medias, que ni eso tenía, y dejar que durmiera en el ranchón donde se amarran los perros. Y cuando no se enferman ellos se les enferma la mai o el pai o la abuela. ¡Embuste! ¡Que quieren irse a chingar con las rampleteritas de Concordia Gardens o quieren ir a metérselo a alguna gringa que conocieron en Isla Verde! Mejor eso a que se enfermen de verdad, porque, adivina a quién puñeta vienen a pedirle chavos pa las medicinas... ¿En las papas, mamatranca? Anteayer tuve que sacar la Mágnum y tirar dos tiros al aire para separar a dos que se enredaron a pelear y no había Dios que se les metiera por en medio. Dos cabezas de bicho, que ni el bigote les ha salido, uno de Naguabo y el otro de Falú, y a que no adivinas por qué se iban a matar... Adivina. Porque uno decía que la Sonora Ponceña era la orquesta borikwá más importante de los últimos ochenta años y el otro decía que no, que El Gran Combo. Y encima decían que si te gustaba una, no te podía gustar el otro. Me dieron ganas de matarlos allí mismo y pegarles fuego en un zafacón. ¿Y los clientes? ¡Madre santa! To se lo encuentran caro y decirles que tienen que comprar las piezas es como pedirles que se lo metan al pai. Yo te pago cuando lo arregles, dicen, cuando lo venga a buscar. Anjá, ahí están to esos carros muertos de risa, que me tienen el patio que parece un junker... ¡Un junker! Pero ¿tú sabes qué?...

—Nolo, excúsame un momento—pide Maltés al mecánico, y a Blancanieves le dice:—Blanca, ¿tú ves esa Ford Explorer ahí pará?

—Sí.

—Éntramele a tiros, hazme el favor.

* * *

Un crical no es lo mismo que un salpafuera.

Pónganseme cómodos, que voy a explicarles la diferencia.

Un salpafuera se arma cuando un grupo de muchas personas trata de *irse* de un lugar al mismo tiempo y sin orden alguno. Un crical se da cuando un grupo de muchas personas trata de *entrar* a un lugar a la misma vez y en completo desorden. ¿Ochenta por ciento de descuento en toda la mercancía en González Padín? Crical. ¿Coge fuego el Palladium un jueves presocial por la noche? Salpafuera. ¿Happy hour en todos los foodtrucks en la marginal de Isla Grande Flying School? Crical. ¿Le miran el culo a la jeva del bichote de Peñuelas que está ahí de janga con los panas? Salpafuera. ¿Corre en La Fiebre el Supra de Chucky Elías contra el Camaro de Diómedes Espinal? Crical. ¿Llegan los puercos a la Campo Rico cuando termina la carrera? Salpafuera. ¿Juega el equipo de volleyball femenino de María Auxiliadora contra el de Santa Teresita? Crical. ¿Gana Santa Teresita por pillería del árbitro? Salpafuera. ¿Llaman a abordar el vuelo 238 a la ciudad de San Juan en el aeropuerto John F. Kennedy de Nueva York? Crical. ¿Alguien grita Allahu Akbar en el gate? Salpafuera.

¿Puede darse un salpafuera y un crical al mismo tiempo? Claro que sí, puñeta, claro que sí. Eso mismo es lo que pasa cuando Blancanieves abre fuego contra la Ford Explorer donde viajan Chanoc y los muchachos, que no son ningunos huelestacas y les devuelven el cariño con todo lo que tienen, que no es poco. Al darse cuenta de lo que sucede—y no hay que ser cirujano de cohetes para darse cuenta de lo que está sucediendo—los conductores de los carros cercanos empiezan a maniobrar para alejarse de allí a como dé lugar. Lo hacen al mismo tiempo y en desorden, es decir, que se forma un salpafuera. Pero como todos, al mismo tiempo y en completo desorden, quieren meterse por las mismas calles y virar en U en las mismas intersecciones, se forma simultáneamente un crical.

Y los miembros de los puntos rivales salen de sus respectivos vehículos, disparándose, pero no persiguiéndose unos a otros, que no hay tiempo para eso, sino avanzando hacia la avenida Ponce de León—desde la Fernández Juncos—cortando por la manzana que encuadran la avenida Hipódromo, la calle Georgetti y la Américo Salas, brincando verjas, saltando muretes, mentándose las madres.

Y en esa refriega introductoria muere Bimbo, pobre Bimbo, buena gente Bimbo, cubriéndose detrás de un Buick, pero no muere en vano, porque mientras cae su cuerpo sin vida, dos impulsos eléctricos realengos le ordenan a su dedo índice que se contraiga sobre el gatillo de su Pietro Beretta y sopla dos balas, dos últimas balas cuyas trayectorias obedecen a dos diferentes posiciones de la pistola de Bimbo, correspondientes a la posición de su cuerpo que, presa de la fuerza de gravedad, se mueve hacia el suelo. Y esas balas viajan por el aire al encuentro, una, del muslo de Wichi, del chicho de Cano la otra, sacándolos fuera de combate.

Maltés y los suyos, mientras tanto, cruzan primero la Ponce De León, pero son tan brutos que no lo siguen por la Canals, sino que doblan a la izquierda y se meten por la calle Dos Hermanos, excepto Blancanieves, Ozzy, Víctor y Joshua, que toman posiciones en la esquina para cubrir a Maltés y Nolo, realmente los únicos que tienen que llegar vivos a la plaza, aunque con ellos van también Broli, Jimmy y Boca'e Lobo para asegurar que así sea.

Chanoc ve la jugada y cruza a su gente en diagonal hacia la Duffaut, en cuya entrada aposta a Edgarito, a Gustavito, a Ricky y al Feto para que entretengan a quienes puso Maltés en la otra esquina. Hecho esto, arranca a correr por la Duffaut con Franky, llevándose a Fernan, a Chegüi y a Cuqui en calidad de carne de cañón.

Y así avanzan ambas cuadrillas por estas calles paralelas. La matemática dice que Maltés llegará primero, porque empezó primero y porque la calle Dos Hermanos es la calle aledaña a la plaza. Pero Chanoc cuenta con que Maltés siempre fue un cleca y que el ejercicio debe tenerlo resoplando como un lechón.

Tiene razón: en el estacionamiento que comparten La Bodeguita del Medio y El Trifongo Taíno, abierto a ambas calles, los bandos vuelven a verse y, *¡TUNF!*, cae Jimmy, *¡TUNF!*, cae Chegüi.

O sea que los mataron.

Llegados a la calle Roberts, Chanoc, Franky y Cuqui doblan a la derecha y corren a hacia la Dos Hermanos. Y ahí está la plaza y ahí está la nave, y Maltés con tres hombres brincando la cinta amarilla de la policía y abriéndose paso entre oficiales del orden borrachos que sueltan sus palos y cervezas y los persiguen hacia el interior del derruido edificio desenfundando sus armas de reglamento.

A lo que sigue una balacera que nadie escucha porque a nadie le importa, pero también porque aquel recóndito recoveco de Santurce ha sido arropado por una atronadora bayoya de tambores y trompetas:

Tanta vanidad
Tanta hipocresía
Si tu cuerpo, después de muerto,
Pertenece a la tumba fría.

Y Chanoc piensa, *Fájate tú con los guardias, mamabicho*, y también, *Los últimos serán los primeros, dijo el Señor*, y gira a la izquierda en la Dos Hermanos y alcanza la plaza por la esquina donde él recuerda que hay un negocio de agua de coco que, por un desliz de los arrendatarios, tiene acceso a la azotea. ¡La de veces que se encaramó allá arriba con los panas a fumar pasto o con las novias a beber wine coolers mientras contemplaban la Laguna del Condado!

Allá ellos se las arreglarán para subir y allá ellos se las arreglarán para entrar en la nave y allá ellos se las arreglarán en el crical que se arme si se encuentran con Maltés allá arriba.

Pero en el callejón de la Duffaut, delante de la Barbería de José Santiago (que cerró temprano y salió hace como dos horas para el ventetú con una plenera terciada en el brazo), Ramón Encarnación se añingota sobre un dibujo que ha hecho sobre el asfalto, saca varios papelitos de varios sobrecitos, los pone sobre el dibujo y estudia como arden al contacto.

Al mismo tiempo varias operadoras del Primer Mundo y una del Segundo reciben las requisiciones. Las del Primer Mundo comprueban, en la volatilización de las lacras, que se trata de sellos oficiales y que el ritual ha sido llevado a cabo en forma. La plegaria pasa y las operadoras conceden los atributos solicitados, que vencerán en siete horas.

La operadora del Segundo Mundo está en contabilidad chequeando el catálogo nuevo de Lillian Vernon y no estará presente en su estación para constatar la petición de discernimiento (inteligencia +10) hasta mucho después.

25. *Esto no es una cita*

Edna está que echa chispas.

Es en serio.

Recorre su afro una estática anaranjada, como un fuego fatuo que, llegando a su coronilla, se convierte en una lengua de fuego que sube, se desprende y se esfuma.

Me pregunto si seré yo el único que lo ve. Sea como sea, a esta nena hay que investigarla.

Sea como sea, el punto es... ¿Cuál era mi punto? ¡Están pasando tantas cosas que hasta yo, que lo veo todo y lo oigo todo, me pierdo a veces!

¡Ah, sí! El punto es que el horno de Edna no está para galleticas, que yo no me le acercaría en por lo menos dos horas y media, que pobre de aquel que se le cruce por delante.

Edna está sentada tras el mostrador de la Botánica Ganesh con un pesado tomo abierto en una página de la que no ha podido pasar. Sus ojos se posan en las palabras, su mente trata de descifrar las líneas, pero la rabia que tiene le espanta el entendimiento. A pesar de ello, sigue leyendo, sus ojos en automático, absorbiendo la imagen de las letras, reconociendo las palabras, pero sin poder acceder a su significado, porque su mente sigue repasando los eventos de aquel maldito día, autocompadeciéndose, regodeándose en las ganas que tiene de largarse lejos de su abuela y mandar todo a la mismísima mierda. Y cuando llega al final del párrafo se da cuenta de que no ha prestado atención, y vuelve al inicio, donde comienza el ciclo nueva vez, y ni de refilón hace un examen de consciencia, ni de casualidad se pregunta si no será que se siente insatisfecha por otra cosa, que se levanta de mal humor, no hoy, sino siempre, jarta, hastiada, que todo le jiede y nada le huele, y que este enzorramiento, que alcanza hoy cotas de crisis, no tiene que ver con su abuela ni con la Poli ni con la estupidez de la gente.

Lleva en eso una hora cuando entra un hombre al establecimiento como Juan por su casa. Edna se sorprende, porque está segura de que le echó seguro a la puerta, cerró el candado y hasta le puso pestillo, para que Ton, cuando regresara, tuviera que joderse.

—Panín—dice Edna—, estamos cerrados. Hágase un doblaje en U y sígalo por ahí para abajo.

El hombre, vestido con un traje de tres piezas negro, se limita a decir, "Buenas noches", se coloca detrás del mostrador y se pone a rebuscar entre los anaqueles. Edna ahora se asusta. Piensa primero que es un atraco, piensa segundo que un atraco no es, porque el tipo no enfiló para la caja registradora, sino para los cajones con las estampitas de santos, y piensa tercero y finalmente que el hombre es un loco y que de allí, si no se avispa, sale violada o muerta, o ambas cosas, y no necesariamente en ese orden.

Lo que me faltaba, dice para sus adentros mientras salta por encima del mostrador y corre hacia la puerta... que encuentra cerrada con el seguro, el candado y el pestillo.

—¿Cómo...?—susurra. Ya no está asustada. Ahora está intrigada. Se vuelve hacia el tipo, que sigue buscando entre las láminas.

—No le des mente—le dice el hombre haciendo con la mano un gesto que significa, "no es importante".

—¿Quién es usted y qué diablos quiere?—dice Edna, la espalda contra la puerta.

—Mi nombre es Duncan—dice Duncan—, y busco una lámina de San Elías.

—Óigame bien, míster...—empieza a decir Edna, pero...

—¡Ah!—exclama Duncan—. Aquí está.

Edna se llena de valor y camina hacia él, decidida a morir por la patria.

—Si no se larga ahora mismo—dice—, voy a llamar a la policía.

Y lo agarró por el brazo.

Fue como agarrar un cable vivo de corriente 220.

El cantazo la mandó volando hacia la puerta, le desrizó las pasas y no le mejoró en nada el mal humor.

—Perdóname—dice Duncan—. Por lo general tengo mejores modales, pero me urge hacer una llamada y no tengo tiempo para cortesías. ¿Tienes piedra de rayo?

Duncan se pone a rebuscar entre los anaqueles, eligiendo polvos, leyendo etiquetas, seleccionando raíces.

—Cuánta porquería pirateada—sentencia.

Edna se pone de pie y camina hacia la parte de atrás de la tienda. Duncan la mira con suspicacia y la vigila hasta que vuelve a aparecer con una piedra chata, negra, lisa, reluciente, vagamente triangular, y se la pone en la mano.

—Piedra de rayo—dice—. ¿Le sirve de ese tamaño?

Duncan recibe la piedra sin apartar los ojos de los ojos de Edna.

—Servirá—dice—. Dos cosas más y no me volverás a ver por el resto de tu vida. Agua destilada y un plato llano.

Edna vuelve a desaparecer en la trastienda. Reaparece al rato con los artículos solicitados.

—Esa botella—dice—. Es la única que nos queda para las baterías del inversor.

Duncan se mete la mano en el bolsillo, saca un doblón de oro puro y se lo pone en la mano a Edna.

—Quédate con el cambio.

* * *

Lo que hace Duncan Domènech con los artículos que confiscó en la Botánica Ganesh no es que sea complicado, sino raro, así que necesito que presten atención, por favor, y no se me eslemben.

Iré paso por paso.

Primero elige un espacio libre frente a la puerta. Pone el plato en el piso. Vierte el agua de batería lentamente sobre el plato. El agua rápidamente se desborda y empieza a correr en diferentes direcciones por el piso, formando arroyuelos.

Ahora Duncan quita el plato, muy cuidadosamente, para que no se derrame el agua que le queda. En el piso hay un círculo seco—donde estaba el plato—rodeado de arroyos de agua que se alejan de él, como raíces que se alejan de una planta, o como relámpagos que se desprenden de una bobina de Tesla.

Y Duncan considera por unos instantes ese diseño, tras lo cual coloca la piedra de rayo en el centro, girando el ápice del triángulo para que apunte en una dirección específica, haciéndole pequeños ajustes hasta quedar satisfecho.

—¿Qué demonios hace?—pregunta Edna. Duncan se pone de pie, se apoya en el mostrador y empieza a dibujar extraños símbolos sobre la imagen de San Elías.

—Los mundos están en constante movimiento—dice sin dejar de escribir—. Tengo que alinear bien la transmisión.

—¡Por supuesto!—dice Edna palmeándose la frente—. Si seré idiota. Obvio.

—El sarcasmo—dice Duncan finalizando sus garabatos—es un consuelo de muy corta duración.

Y entonces arruga la estampita, apretándola en el puño. Cuando vuelve a abrir la mano, el papelito está prendido en candela. Duncan lo deposita sobre la piedra de rayo. El fuego entonces crece, se alza, toma la forma de un hombre. Y se apaga de súbito dejando tras de sí una silueta pixelada, transparente, que dice:

—Más vale que esto sea importante. Estaba viendo *Coralito vs. Tanairí.*†

* * *

—O… keeeey…—dice Edna sacando la chemba y poniéndose detrás del mostrador.

—Importante y medio—dice Duncan—. Me alegra que hayas tenido la previsión de colocar el Corolla delante de una botánica.

—Eh… claro, claro…—dice Elías.

Domènech se echa a reír.

—Voy a empezar—dice—a creer en los milagros. Justo cuando parece que el Segundo Mundo es eficiente.

—¿Qué quieres que te diga? Ese negocio debieron haberlo puesto ahí después.

—Qué coincidencia…

—¿La impermanente quién es?—pregunta Elías mirando a Edna de arriba abajo con mal disimulado asombro.

—Por lo que más quieras, Elías—dice Duncan—. ¡Contrólate!

—Suéltame en banda, Duncan—riposta Elías incómodo—. Solo quiero saber si me estoy manifestando delante de personal autorizado.

—¿Te preocupan los reglamentos ahora?—dice Duncan—. No me hagas reír… Sígueme.

—Sabes que no me puedo alejar de la cifra de interacción—dice Elías.

—Que me sigas—insiste Duncan—. No tendremos que ir muy lejos.

† Popularísima serie de televisión del Segundo Mundo que combina, en una sola historia, dos telenovelas cuyas heroínas entran en mortal conflicto. Temporadas anteriores incluyen *Anacaona vs. Modelos S.A.*, *Diana Carolina vs. Los ricos también lloran*, *Fue sin querer vs. Cristina Bazán*, *Cuna de lobos vs. Señorita maestra*, y la aún invicta en récord de teleaudiencia, *Laura Guzmán, culpable vs. Colorina*.

Duncan abre la puerta de la botánica con todo y seguro, candado y pestillo.

—¿Cómo carajo usted hace eso?—pregunta Edna siguiéndolo. Salen los tres a la calle, el santo, el agente y la mortal.

—Oh—dice Elías al descubrir la nave sobre la plaza del mercado.

—Anjá—dice Duncan.

—Esa es una Stygma X-99. Robada, seguro. ¿Cómo llegó aquí?

—Buena pregunta—dice Duncan.

—Las noticias no hablan de otra cosa—interviene Edna.

El celaje y el agente se vuelven a mirarla.

—Dos dones que jugaban dómino—explica Edna—. Resultó que no eran dones na.

—Yakul y Matías—dicen al unísono Domènech y Elías.

—Aquí los conocíamos como Wico y Tuto. Uno era mesero viejo en El Jibarito y el otro era cajero en la ferretería de Tello Vargas.

—Buena coartada—dice Domènech.

—Muy buena—dice Elías evaluando la nave con ojo de tasador—para dos filibusteros de los submundos con una exclusiva clientela primermundista. Esa nave debe estar llena de contrabando.

—Elías—dice Domènech—. Dile a Kabio que voy a necesitar refuerzos.

—¿Para qué quieres refuerzos?—pregunta Elías—. Tu misión es auditar a Lázaro, nada más.

—Dile también que triplicará mis honorarios... Y que quiero el cincuenta por ciento.

—Pero ¿te estás volviendo loco? ¿El cincuenta por ciento de qué?

—De lo que hay ahí dentro. De lo contrario, no moveré un dedo. Permitiré que el Primer Mundo decomise el cargamento y que el Segundo Mundo se quede sin esta maravillosa ficha de negociación.

—Duncan...—dice Elías, pero no terminó lo que quería decir, porque en el tope de la nave pudieron ver, iluminados por fulgurazos y centellas, a varios hombres peleando a puño limpio.

—Oh—dice el santo.

—Anjá—dice el agente—. Ya están aquí. No hay tiempo que perder.

—Cambio y fuera—dice Elías y desaparece.

—Nunca me dijiste tu nombre—le dice Domènech a Edna.

—Edna—responde Edna—. Edna Encarnación.

—Lindo apellido—dice Domènech—. Fue un placer.

—Ni lo sueñe.

—¿Perdón?

—Voy con usted.

—Pensé que estabas estudiando.

—Acabé por hoy.

—¿Tienes examen?

—Al diablo con los exámenes.

—Esto no es una cita.

—Nunca pensé que lo fuera.

—Estorbarás.

—Al contrario, seré útil.

—¿Ah sí?

—Sí.

—Explícame por qué.

—Uno de los hombres que está peleando allá arriba...

—Anjá...

—Lo reconocí cuando relampaguearon esas centellas.

—¿Quién es?

—Mi abuelo.

—Andando.

26. Forzoso será creerlo

—¿Señor?—tímidamente susurra el operario motón.

—Hable, cadete...

—Zisudra, para servirle.

¡Amén! ¡Por fin dijo su nombre el cocoliso! Ya no tendré que llamarlo "operario motón". Ahora, si el otro solo se dignara a…

—Y yo soy Marduk, señor.

¡Oh! Es casi como si me hubieran leído los pensamientos (debe ser que estamos llegando a un punto culminante en esta descomunal saga). Ya no tendré que decirle a este cervatillo "el otro", o "el de la cornamenta tierna".

—Le decía, señor...—retoma Cocoliso.

—¿Qué pasa?—indaga Putifar.

—Algo muy raro, señor—interviene Cervatillo.

—Raro e inquietante—enfatiza Cocoliso.

—Bueno, pero, a ver...

—Acabamos de perder contacto con la Senescal Xue Yi...

—Lo cual nos indica que ha ingresado. ¿Qué tiene eso de extraño?

—Nada—dice Cocoliso.

—Nada en absoluto—dice Cervatillo.

—¿Entonces?—demanda Putifar.

—Pues...—titubea Cocoliso.

—Hmmmm—titubea con él Cervatillo.

—Es como si...—dice Cocoliso tratando de entender las lecturas que recibe en el panel de control.

—Es como si la cortina de positrones hubiera colapsado—termina Cervatillo con una risita nerviosa—, lo cual es imposible.

—¿De qué hablan?

Pero, de repente, todo se apaga.

¡Fua!

El panel de control, todas las cápsulas en el zulo de transmigración, incluyendo la cápsula de Xue Yi, hasta las luces del techo. Quedan a oscuras. Aquel desnivel inmenso se transforma en boca de lobo.

Y entonces, *¡fua!*, todo vuelve a prender, la cápsula de Xue Yi a ronronear—y con ella todas las otras cápsulas en el zulo de transmigración—el sistema a cargar otra vez y las luces del techo a iluminar los rostros horrorizados de Putifar, Cocoliso y Cervatillo.

—¡Cadetes!—truena Putifar—. ¿Qué desgracia es esta? ¡Reporten!

Los cadetes, que tan listos siempre han estado para demostrar su competencia y aptitud, esta vez no saben qué decir y le regalan a Putifar visajes de estupefacción.

—¡Metan esas lenguas otra vez adentro y cierren esas bocas!—grita el superior—. ¡Atiendan la consola! ¡Reporten, reporten!

El sudor perla la frente de Putifar. Sus espiralados cuernos emiten una débil iridescencia, que en los seres del Primer Mundo es la reacción equivalente a la erubescencia de los seres del Tercer Mundo y a la aureolescencia de los seres del Segundo.

Porque está agitado, Putifar, ansioso, nervioso. Está asustado. No puede demostrarlo delante de los jóvenes cadetes, claro está; es su responsabilidad mantener la calma ante la anomalía más grave de la que ha sido testigo en toda su vida. Debe dar el ejemplo a Cocoliso y a Cervatillo, que están temblando, que no dan pie con bola.

—Señor—dice Cervatillo—, pues... pues...

—Señor—dice Cocoliso—, es que... es que...

—Apártense—dice Putifar con una ecuanimidad que le cuesta cada vez más conservar y haciendo un esfuerzo colosal para reprimir el ferviente deseo que tiene de quitarse la correa y darles con la hebilla a sus subordinados, que parecen leerle el pensamiento y se quitan del lugar tropezándose el uno con el otro.

Putifar toma asiento delante de la consola y no puede creer lo que ve.

En la pantalla que monitorea la conexión de Xue Yi, la cortina de positrones no está representada. En su lugar hay un ingreso enorme, un ingreso que gravita hacia otros ingresos más pequeños, tragándoselos, asimilándolos, aumentando así de tamaño.

Y tanto lo ha hecho ya, que Putifar puede ver sin ninguna dificultad, prístino y en HD, el Tercer Mundo.

¿Qué puede ver Putifar del Tercer Mundo? A cientos de personas que corren en todas direcciones. A cientos de personas que huyen despavoridas. Y no desde una perspectiva aledaña al horizonte, no, sino desde una altura considerable, sí, una perspectiva cuyo dueño parece obtener en un altozano desde el cual aquellos pobres tercermundistas parecen, si no hormigas entonces cucarachas.

Y aun hay más.

Sí, porque el ingreso que le permite a Putifar escudriñar directamente el Tercer Mundo desde el Primero—acontecimiento sin precedentes en la historia del Primer Mundo, imposible de acuerdo con todas las leyes físicas conocidas en todos los tres mundos, y sin duda alguna ocasionado por el no menos absurdo colapso de la cortina de positrones—se mueve. Lentamente, pero se mueve, dando tumbos, pero se mueve. Se mueve con una morosidad de animal grande, mirando hacia abajo a todas esas diminutas criaturas que, lo entiende ahora Putifar, huyen de él.

Y como si esto fuera poco, un pie monstruoso e ingente entra al campo visual y pisa a esas diminutas criaturas. Y como si *esto* fuera poco, una mano monstruosa e ingente entra al campo visual y agarra a esas diminutas criaturas y las mata o las lanza lejos de sí.

—¡Inaudito!—dice Putifar con un hilillo de voz—. ¡Imposible!

—Y, sin embargo—dice Cocoliso con un aplomo y una madurez escalofriantes—, necesario es aceptar que, en efecto, está sucediendo.

—¿Cuáles son sus órdenes, señor?—pregunta Cervatillo, presto para la acción y con una frialdad tan descaminada que Putifar, por un momento, se paraliza.

Son demasiado jóvenes, incapaces de entender la magnitud del milagro que presencian, si es que entienden que se trata de un milagro en absoluto. Conocen la mecánica de los mundos, ese inmenso reloj que marcha sin que le den cuerda (o que habiéndole dado cuerda en un tiempo antes del tiempo, marcha para siempre), la conocen, decía, de manera abstracta, matemática, por medio de representaciones gráficas en una computadora. No han sentido en carne propia, como él y los de su generación, la impenetrabilidad de la cortina de positrones, que más que una barrera física es una membrana cognitivamente impermeable. La definición misma de lo imposible. La única manera de tener una experiencia del Tercer Mundo desde el Primero es secuestrando las facultades de alguna criatura en el Tercero...

Y he aquí que Putifar está sentado cómodamente en un sillón delante de una consola que le muestra, en perfecta resolución y en tiempo real, lo que sucede en la plaza del mercado de Santurce, Puerto Rico.

Y Putifar, que es un hombre sabio, entiende que debe aprender de la calma de que hacen alarde sus subordinados, fuera como fuere hija de la ignorancia, y helar sus sentimientos de cara al portento del que era testigo y el cual daba al traste con todo lo que sabía o creía saber del multiverso.

Y se dice a sí mismo que cuando todo vuelva a la normalidad y finiquiten esa misión maldita, mandará a llamar a aquellos dos valientes cadetes para que le sean asignados como sus asistentes personales.

Y abre la boca para dar una orden.

Momento en el cual Anubis entra al zulo de transmigración acompañado de cien buzos.

—¡Preparad ciento una cápsulas de transmigración! ¡De inmediato!—dice.

* * *

Magda entra al despacho de Kabio Sile con los periódicos de la tarde.

—¡Ah!—dice Kabio apagando el cigarro en un cenicero—. Ven, ayúdame, que tú sabes que yo no veo bien de cerca.

Magda abre uno de los periódicos y busca hasta encontrar la página en donde están publicados los números ganadores de la lotería con sus respectivos premios. Entretanto, Kabio Sile saca de una gaveta varios billetes completos. Le pasa el primero a su secretaria.

Magda corrobora los números.

—¡Mire eso!—dice Magda.

—¿Qué fue?

—Se pegó el 45798 y usted tiene el 50798.

—¡Yo vi ese número!—dice Kabio Sile dando un manotazo sobre el escritorio—. ¡Ese número lo tenía Sonia y yo le compré otro!

—Lindo que es ese número. ¿Por qué no lo cogió?

—¡Qué sé yo! ¿Con cuánto se pegó?

—Con un segundo premio... Dieciocho mil orbes—dice Magda y le pasa el inútil billete a su jefe, que lanza un suspiro y lo echa a la basura.

—Ve a ver este—le dice Kabio Sile a su secretaria y le pasa un nuevo número. Magda revisa la lista de números premiados.

—Ay, don Kabio...—dice Magda con tono lastimero.

—Dime.

—Ni en los centros...

—Ese lo jugué porque acababa en 379, ¿y a que tú no sabes que yo llevo una semana viendo el 379 donde quiera que me meto? Cuatro carros distintos me han cortado alante o rebasado y la tablilla o empezaba o terminaba con 379.

—En 379 me acuerdo que terminaba mi carnet de partido.

—¡Coño!

Magda revisa un tercer billete que le pasa Kabio.

—¡Don Kabio!

—¡No juegues conmigo, Magda!

—¡Cuarto premio!

—¿Con cuánto se pegó? ¿Con cuánto se pegó?

—Cinco mil orbes.

—¡Bah!

—¡Ah, bueno! Pues yo sí les podría dar muy buen uso a cinco mil orbes, señor potentado.

—Dizque cinco mil orbes.

—¡Oh! Pero fíjese una cosa.

—¿El qué?

—Que ese número tiene reintegro.

—¡Coño! Pues me salió gratis el billete.

—¿Ve? Algo es algo. Yo ni los reintegros cojo.

Magda le va a devolver el billete a Kabio, pero Kabio lo rechaza.

—No, quédate con él. Y mañana, cuando vengas de camino, párate y cámbialo. Y embolsíllate el reintegro.

—¡Don Kabio!

—Para que no digas que jamás te has pegado.

—Muy agradecida.

—¿Cerraste bien la puerta, Magda?

—Claro, don Kabio.

—¿Con pestillo?

—Con pestillo, claro. ¿Y de qué otra forma se cierra bien una puerta?

—Hmmm...

—Déjese de teatros, ¿qué tiene que decirme?

—Tengo por aquí un último número que necesito que me revises.

—¿Y por qué no me lo ha dado?

—Porque se trata de... de un billete especial.

—¡¿Cómo?!

—Sí, de manera que te pido discreción.

—Me ofenden la salvedad y la petición.

—No obstante eso, me siento mejor habiéndolas hecho.

—¡Luego de tantos años!

—Ahora soy yo el que te pide que dejes el teatro.

—Bueno, pero a ver...

Kabio Sile saca entonces de otra gaveta un reluciente y satinado cartón impreso con vistosos hologramas y espectaculares mayúsculas que dicen: LA GRAN ESFERA DE PODER.

—¡Don Kabio!—grita Magda escandalizada y mirando para todas partes.

—Baja la voz, Magda.

—Pero ¿cómo se le ocurre?—dice Magda en un susurro—. ¡Un hombre de su posición!

—¡Bah! Todos la juegan, no sé a qué viene tanto drama.

—¿Por qué no me avisó que las podía conseguir? Le hubiera pedido que me jugara un número.

—Para la próxima será.

—Pero don Kabio, ¿y si gana? Una lotería del Primer Mundo pagará en moneda del Primer Mundo.

—Nunca hubiera pensado que fueras tan ingenua, Magda. Hay mil formas de traer ese dinero.

—Estoy asombrada.

—Ya lo creo que sí—se burla Kabio mientras saca de entre los periódicos de la tarde uno que viene envuelto delicadamente en papel de arroz. Rasga la envoltura y extrae un tabloide maravillosamente impreso de nombre *El*

Heraldo Primermundista. Acto seguido, busca y encuentra la página con la secuencia ganadora. Le pasa la publicación a su secretaria.

—¿En cuánto dice que está el pote?—pregunta Kabio Sile.

—Trescientos ochenta y siete millones de fragmentos—responde Magda palideciendo.

—¡Gran poder!

—Dígame los números.

—Dieciséis—dice Kabio leyendo de su cartón.

—¡Está el dieciséis! ¿Qué hará cuando se gane todos esos fragmentos?

—¿Cómo que qué haré? Abandonar esta mierda de trabajo, lo primero. ¡Jubilarme! ¡Irme al carajo, donde nadie me encuentre!

—¿Al Primer Mundo, quizás?

—No lo descarto. No sería ni el primero ni el último. Muchos amigos que tengo allí, entre primermundistas de nación y tercermundistas que han emigrado, indistinguibles los segundos de los primeros porque hasta cuernos y rabos se ponen. Pero, sigamos. Veintiocho.

—No, don Kabio.

—¡A la mierda! Bueno, pero con que pegue cinco, algo gano.

—Gana medio millón de fragmentos.

—¡Más que suficiente! No me jubilo, pero me voy a la mierda y monto un negocio. Cuarenta.

—Olvídelo.

—Deja ver eso—dice Kabio, coteja los números por sí mismo, arruga el cartón y deja escapar un largo y sentido suspiro—. Qué más da. Total, tengo que admitir que me gusta mi trabajo. Y más ahora, en este largo período de posguerra en el que puedo desempeñar mis funciones sin sobresaltos, detrás de un escritorio, con los mundos en paz, fuera de todo peligro.

Elías entra entonces al despacho de Kabio Sile, jadeante, desfalleciente, y abriendo sin problema alguno la puerta con pestillo.

—Kabio—dice el santo tratando de recuperar el aliento—, no lo vas a creer.

Kabio se estruja los ojos y exhala. Y acaricia el arrugado billete de lotería.

—Y sin embargo—dice—, forzoso será creerlo.

27. Superdesignio

—¿Se puede saber qué está pasando aquí?—pregunta Edna a Duncan, que se abre camino entre la multitud con una elegancia que a Edna le parece incongruente con las circunstancias. Como si mágicamente se abriera delante suyo un camino franco, Duncan avanza. Y no es que se le quiten del medio para dejarlo pasar, sino que él se mueve a través de resquicios que recién se abren como anticipando su trayectoria. Edna camina detrás de él, y las veces que lo ha perdido y ha intentado abrir su propia brecha, lo ha tenido que hacer a empellones, porque nadie se le quita de en medio.

Otra cosa que es imposible o que parece imposible es que Duncan escuche su pregunta, porque la fiesta está en su apogeo y crispa la noche la plena que dice:

A la luna mandaron un perro
Y en el aire desapareció.
Si los perros que suben no bajan,
Mucho menos voy a bajar yo.

Yo tenía la idea de ir
Y hace rato ya se me quitó.
Si los perros que suben no bajan,
Mucho menos voy a bajar yo.

No obstante, Duncan oye la pregunta de Edna y, aún más asombroso, Edna escucha su respuesta.

—Me parece que el término popular es *vacilón.*

Pese al escándalo, la bulla, los cueros y las canciones, Edna ha oído perfectamente la voz de su guía casi como si resonara dentro de su cabeza.

¿Cómo carajo...?, piensa, pero en el instante siguiente recuerda que eso no es lo más extraño que ha experimentado en lo que va del día, ni siquiera en lo que va de la noche, ni siquiera en la última media hora. Decide que es mejor aprovechar la circunstancia, darla por descontado, e insistir en la pregunta original en vez de hacer una nueva.

Allá arriba, entre los añicos del techo de la plaza y la periferia de la espeluznante nave, siguen saltando las chispas y las centellas, y brincando y saltando varios hombres. Acá abajo, la gente está demasiado pendiente del jolgorio para ocuparse de lo que ocurre sobre sus cabezas, y los pocos que se han dignado a mirar para arriba han arribado a la conclusión de que chacho mira esos cabrones donde están encaramaos prendiendo estrellitas y patas de gallina y tirando cohetes y siquitraques.

—Usted sabe lo que yo quiero decir—dice Edna, pero ni siquiera está segura de que ha movido los labios. El extraño llamado Duncan Domènech sigue avanzando entre la gente sin siquiera darse la vuelta para responder, pero responde:

—Es una larga historia.

Edna recuerda haber prometido que no estorbaría, y como no está segura si exigir información valdría como estorbar (aunque sospecha que, mínimo, cuenta como joder la paciencia), se muerde la lengua. Callada mejor antes que darle al agente razones para repajilarla. Pero Duncan, que se ve que es uno de esos tipos duros que se las dan de insensibles y toscos, pero que en el fondo son melao de caña, suspira como dándose por vencido. Aunque ella no ha dicho nada, Domènech ha comprendido su cálculo y, en agradecimiento a su consideración, se muestra considerado.

—Esta, Edna Encarnación, es una batalla más en una guerra que lleva librándose desde que fue creado el multiverso.

Por fin alcanzan la esquina de la Calle Dos Hermanos y se detienen frente a El Coco de Luis, que lamentablemente ha sucumbido a las llamas y explosiones de la trifulca de la tarde. Duncan estudia el muro chamuscado que se alza hacia la rota cornisa.

—¿Una guerra entre quiénes?—pregunta Edna, porque si ya el hombre empezó a hablar, qué carajo.

—Entre los mismos de siempre—responde Duncan mirándola a los ojos por primera vez desde que cruzaron la plazoleta. Y su boca sí se movió, articuló *palabras*.

No hay tanta gente en esta esquina, acordonada como está por la cinta amarilla de la policía, pero sigue habiendo gente. Duncan parece sopesar alternativas, absorto, hasta que encuentra otra vez los ojos de Edna, su gesto un nudo de interrogación, y es este gesto el que parece traerlo de vuelta a la realidad.

—Hay tres mundos—dice—. El Primer Mundo, el Segundo Mundo y el Tercer Mundo.

—¿Hay tres mundos que se llaman Primero, Segundo y Tercero?—pregunta Edna.

—Ahora mismo estamos en el Tercer Mundo, tu mundo—dice Duncan ignorando el sarcasmo. Pasan por debajo de la cinta amarilla y se acercan a una de las entradas.

—¿Y por qué este tiene que ser el tercero?

—Los nombres reflejan el orden de los mundos en la recta que va desde El Gran Incendio hasta el vértice del lado oculto del multiverso.

Edna visualiza la imagen al instante y no le da la ecuación.

—¿Una recta? Entonces, ¿por qué el Primero es el primero y el Tercero es el tercero? A lo mejor el tercero es el Primero, y el primero es el Tercero.

—Mira...

—El Segundo es el segundo, ese no tiene escapatoria. Pero quizá podía llamarse Mundo Central.

—Ponle Pichón—dice calmadamente Duncan—. Lo importante es que la guerra la libran, a perpetuidad, el Primero y el Segundo.

—¿Y por qué?

—Ven, entremos.

El interior de la plaza está a oscuras. Han pasado horas y horas y el polvo aún no se asienta. Hay escombros por doquier, quioscos reventados, frutas y víveres hechos pulpa.

—Las diferencias—continúa Domènech su lección—entre el Primer y el Segundo Mundo son de orden... filosófico. Al menos tan filosófico como las diferencias entre Liliput y... ¡Ah! Siempre olvido cómo se llamaba el otro país.

—Blefuscu—provee Edna moviéndose entre los escombros.

—Blefuscu—repite el agente—. Exactamente.

—Pero ¿en qué consiste?

—¿Qué?

—La diferencia filosófica.

—Ambos mundos creen firmemente en que el multiverso, eventualmente, acabará. Pero uno de los mundos afirma que, llegada la hora, podrán escapar, y el otro opina que nadie escapará.

—¿Quién cree cuál?

—El Primer Mundo cree poder escapar. El Segundo Mundo, que no podrán hacerlo.

—¿Y qué le importa a uno lo que crea el otro?

—Les importa porque, para existir, ambos necesitan el mismo tipo de sustento, sustraído del mismo lugar. Digamos, entonces, que uno de los mundos representa la acumulación de recursos.

—El Primer Mundo, que jura que escapará con vida a la extinción del multiverso.

—Exacto. Y el otro...

—El Segundo Mundo.

—El Segundo Mundo representa el derroche de esos recursos.

—Porque, ¿qué carajo? Nadie saldrá vivo de esto.

¡Puñeta! ¡Díganme si yo no soy un caballote! ¡Así mismo, con esas mismas jodías palabras lo dije yo hace ratito!

—Lo has entendido a la perfección.

—Ya. ¿Pero el Tercer Mundo qué pinta?

—El Tercer Mundo es el campo de batalla de los dos primeros, el lugar donde se expresa el conflicto entre el Primer Mundo y el Segundo. El Tercer Mundo es el sitio donde se averiguará quién tiene la razón.

—Y el lugar donde obtienen su sustento.

—Lo has adivinado.

—¿Que es cuál?

—Decisiones—dice Domènech deteniendo su andar y estudiando una escalera de caracol adosada contra un parapeto—, las decisiones que toman cada día, según su esquema moral, los seres impermanentes de este mundo. Decisiones en las que influyen el Primer Mundo y el Segundo valiéndose de distintos medios y según el valor nutricional que quieren cosechar. Todo cuesta.

Edna le dedica una de esas sonrisas que expresan desdicha y resignación a la vez.

—¿Y tú de dónde eres? ¿Del Primer Mundo?

—No—responde el agente escalando un montículo de hormigón armado erizado de varillas.

—¿Del Segundo?

—Tampoco.

—¡Del Tercero! ¡Eres de aquí!

—Cerca, pero tampoco.

—Pero ¿entonces?

Domenèch le señala la escalera a Edna.

—Encarnación—dice—, por allí tenemos que subir. Esta es tu última oportunidad.

—¿Mi última oportunidad para qué?

—Tu última oportunidad para decirme adiós. De aquí en adelante estarás comprometida con la senda que has escogido.

—Estoy comprometida con la senda elegida desde que dije que vendría contigo.

—Has empezado a tutearme y ni siquiera te has dado cuenta.

—¿Cuál es el plan?

—El plan es subirnos a la azotea, neutralizar a la gente que está allá arriba, despertar la nave y llevárnosla.

—¿Despertar la nave?

—Ya verás.

—¿Llevárnosla adónde?

—Ya veremos.

—¿Sabes cómo hacer alguna de esas cosas?

—No tengo ni la más remota idea.

—¡¿Qué?!

Edna y Duncan, Duncan y Edna, se deslizan por el montículo de hormigón y aterrizan en una parte de la plaza relativamente intacta. Conserva, esa parte, sus hileras de quioscos, formando callejones e intersecciones.

—Los primermundistas creen que en el multiverso nada sucede al azar. Que todo obedece al Superdesignio de un sujeto que ellos llaman el Ente Primario.

—Anjá.

—Los del Segundo Mundo no creen ni en la luz eléctrica y, por supuesto, nadie nunca ha visto al Ente Primario. Yo... a ver... no es que yo crea en el Ente Primario, ni mucho menos, pero confieso que confío un poco en el Superdesignio.

—Di lo que tengas que decir.

Domènech y Encarnación se adentran en el laberinto de los quioscos, pero Duncan se detiene, solemne.

—Poseo muchas habilidades, tengo muchísima experiencia, y ni hablar de las capacidades de mi profesión, capacidades que aquí llamarían *poderes.* Pero la verdad es que nunca he piloteado una nave, ni de este modelo ni de ningún otro. No sé a quiénes nos enfrentaremos allá arriba. Dices que tu abuelo es uno de los que contiende por capturar el botín. Nada de eso importa. Esa parte no me preocupa. Venceremos. Pero una vez dentro de la nave no sé qué podré hacer.

El agente freelance mira hacia arriba perdido en la contemplación de sus futuras dificultades. La luna llena gradualmente se cuadra sobre un boquete en el techo y lanza sobre nuestros personajes su luz obstinada.

—La Stygma X-99 es un simbionte. Un animal de los submundos que ha evolucionado en cercana colaboración con los seres elementales del Primer Mundo y del Segundo. Es una rarísima especie en peligro de extinción. Jamás pensé que vería una de cerca, pero sé que su ingeniería obedece a las necesidades de una biología inescrutable. No sabré reconocer sus mandos y controles, indistinguibles de órganos y carne viva. Y ni hablar de diagnosticar la avería que presenta y resolverla... Pero si el Superdesignio es una realidad concreta y no una fábula, sé que se nos presentará la solución de un momento a otro. Una señal inequívoca nos dirá: "¡Observa! Este es el camino". Un mensaje inconfundible anunciará: "¡Mírenla! Esta es la respuesta".

Y como conjurado por esta sentida invocación, un grito raja el silencio de aquel recinto vulnerado, de aquella ruina. Un grito desgarrador, un aullido desamparado, un alarido de terror, seguido de pasos que se acercan a toda carrera.

Y la sombra de un hombre que dobla el recodo de una de las callecitas entre los quioscos asombra a Edna y a Duncan, pero no los espanta. Ni siquiera porque ese hombre corre sin mirar, gritando, a toda velocidad, como un gamo, hacia ellos, hasta chocar con el agente, y es como si chocara con un muro de concreto.

Rebota el hombre como una pelota y cae de culo en el piso, delante de la pareja, completando casi casi una una vuelta de carnero. Y suena un millar de campanitas, y otro millar de estrellitas luminosas forma un círculo alrededor de este hombre, reflejando la luz de la luna. Y les toma todavía unos segundos a Duncan Domènech y a Edna Encarnación darse cuenta de que las estrellitas luminosas son las que suenan como campanitas, y otro par de segundos más es necesario para que entiendan que aquellas campanitas que brillan como estrellitas alrededor del hombre señalado por la luz de la luna son como cincuenta pesos en menudo.

—¿Georgie?—dice Edna.

Témbol

Mañana

Candelo Cedifé: Bienvenidos a *Cantaclaro*, tu programa mañanero, donde decimos las cosas como son y las cosas son como decimos. Mi nombre es Candelo Cedifé y hoy tenemos un invitado muy especial, una personalidad que nos honra con su visita y que tiene un mensaje muy importante que compartir con todos aquellos que estamos comprometidos con la institucionalidad y el imperio de la ley aquí en el Segundo Mundo. Pero antes, el tiempo. ¿Juracán?

Daca Juracán: Las malas noticias arriba.

Candelo Cedifé: ¡¿Cómo?!

Daca Juracán: Ay sí.

Toró Petró: Coño, Jura.

Mamá Buyita: Pero déjenlo hablar.

Toro Petró: Le encantan a usted las malas noticias.

Mamá Buyita: Dame banda, Toró.

Daca Juracán: Va a seguir lloviendo.

Todos: ¡Coño!

Daca Juracán: Así mismito, mi gente. Tenemos un sistema antimateria moviéndose por el plano septentrional y empujando varios vórtices de baja presión hacia el lado oculto del multiverso. Tendremos precipitación de varios tipos de partículas con una predominancia de cristales. Las condiciones también se estarán dando para presenciar el espectáculo de cielos transitados, o sea que vamos a estar viendo el vaciado de fuerzas vitales hacia el lado oculto del multiverso, en su mayoría del Tercer Mundo, pero con posibilidades muy altas de presenciar, también, el paso de alguna que otra fuerza vital del Primer Mundo.

[Aplausos y regocijo.]

Candelo Cedifé: ¡Maferefún!

Toró Petró: Malas tan malas no son esas noticias.

Daca Juracán: Y ahora es que vienen las buenas.

Mamá Buyita: Bombea.

Daca Juracán: Se acabó el calor.

[Aplausos y regocijo.]

Candelo Cedifé: ¡Amén, carajo!

Daca Juracán: Hemos tenido los tres soles encima desde mayo, pero a partir del 25 de junio se alínean sobre el cuadrante lateral izquierdo del Segundo Mundo en el siguiente orden: de último, Megriz, el más caliente.

[Alborozo.]

Toró Petró: El jacho azul le dicen en mi pueblo.

Daca Juracán: Seguido del rubio.

Mamá Buyita: ¡Migraz!

Daca Juracán: Ese mismo. Y delante de esos dos, tapando a esos dos, la niña coqueta...

[Regocijo.]

Daca Juracán: La gigante roja...

[Aplausos.]

Candelo Cedifé: ¡Yunyún de frambuesa!

Daca Juracán: El yunyún de frambuesa...

[Alborozo y aplausos.]

Daca Juracán: Mugriz, candelita que no quema. No sabemos cuánto tiempo permanecerán en esa posición, amigos y amigas radioescuchas, así que aprovechen. Pero cuidado, recuerden que la acción de los tres soles en línea sobre el Segundo Mundo triplica el efecto de la gravedad. Agárrense bien, que mientras estén en filita esos luceros vamos todos a pesar bastante menos, a flotar casi.

Toró Petró: Búsquenle una báscula a Mamá Buyita y un refresco rojo.

Mamá Buyita: Tu maldita madre, Toró.

Candelo Cedifé: ¡Wey!

Daca Juracán: ¡Eh, eh!

Toró Petró: ¡Eje! ¡Eeeje!

Candelo Cedifé: Con respeto, Mamá Buyita, con respeto.

Mamá Buyita: Qué bonito... Pero me dicen gorda y nadie pide respeto para mí.

Toró Petró: Deja tu complejo, Buya, deja tu complejo que es jugando.

Candelo Cedifé: Amigos, yo creo que es mejor que sin más dilaciones presentemos a nuestro invitado de hoy. Un hombre que realmente no necesita presentación. Ha servido con distinción en todas nuestras guerras y liderado todas o casi todas nuestras victorias. General de los Ejércitos por casi nueve eones y Secretario de Defensa por cinco. Uno de los miembros fundadores de la Rada y figura unificadora entre esta y la Regla de Ifa, y miren que mediar entre estos dos poderosos partidos no debe ser pellizco de ñoco. Junto a su esposa Anaísa Pyé y el clan Legbá, es arquitecto principal de las 21 Divisiones, la estructura gubernamental que en su momento salvó del caos y la destrucción al Segundo Mundo. Un lua, señoras y señores, que se sabe dar tanto a querer, que hasta en el Tercer Mundo es un personaje cimero, objeto de innumerables oraciones y ofrendas. Con nosotros y con ustedes, aquí en cabina nos distingue con su presencia San Miguel Arcángel.

[Aplausos.]

Belié Belkán: Por favor, por favor. Los títulos son para el congreso y la cámara de representantes, Candelo. Para los amigos soy Belié Belkán. Y estamos entre amigos. ¿O no?

Candelo Cedifé: ¡Oh! Se sabe.

Belié Belkán: Para mí es un honor estar aquí en este programa que es un toque de queda en el Segundo Mundo. Y quiero felicitarlos por el estupendo trabajo de educación y *e-di-fi-ca-ción* que realizan todas las mañanas, porque, como siempre he dicho, un ser elemental desinformado es a la postre peor que un ser impermanente. De manera que muchas gracias por esa labor, y muchas gracias por la oportunidad de compartir con ustedes este espacio.

Toró Petró: Belié, yendo directo a la cuestión que te trae por aquí...

Belié Belkán: Sí...

Toró Petró: Ogún Balendyó se retira como Jefe Supremo de la Policía del Segundo Mundo, luego de siete eones dirigiendo esa dependencia, y tú *sales* de tu retiro para disputarle ese puesto a Changó, a quien legítimamente le corresponde, según los acuerdos firmados en el Sexto Concilio de Partidos. ¿Por qué?

Belié Belkán: Pues mira, Toró, yo creo que si algo me he ganado, a lo largo de los eones, es que me den el beneficio de la duda. Es decir, que si estoy saliendo de mi retiro no es empujado por la frivolidad y el deseo de un escaño importante, sino movido por mi espíritu de sacrificio. ¿Y qué me obliga a sacrificarme de esta manera? Mis *con-vic-cio-nes*. ¿Y cuáles son mis convicciones? Dos principalmente. La primera, que ese cargo no puede caer en manos de un orisha...

[Confusión y murmullos.]

Belié Belkán: Y dos, que Changó, y su avatar de Santa Bárbara Bendita en particular, no está *ca-pa-ci-ta-do* para desempeñarlo.

Mamá Buyita: ¿Santa Bárbara en particular? O sea que tu problema no es con Changó, sino con Santa Bárbara. ¿Y por qué, si se puede saber? ¿Porque no se decide si es hombre o mujer? ¿Porque es hombre y mujer al mismo tiempo?

Belié Belkán: Mamá Buyita, aquí todos somos seres elementales. El género no importa.

[Carcajadas.]

Mamá Buyita: Y sin embargo tu propaganda de campaña anda por ahí proclamando que el puesto de Jefe Supremo es, y cito, "cosa de hombres".

Belié Belkán: Yo no puedo controlar lo que hagan o digan mis seguidores.

Toró Petró: Entonces el que no está capacitado para el puesto eres tú, papá, porque si no puedes controlar tu propia campaña, ¡imagínate!

Mamá Buyita: Y ojo, eh, que yo soy Guedé y tampoco quiero que ese puesto vaya a parar a manos de un Ifá. Para ínfulas y elitismo con los Radas ya tenemos suficiente, y con Erzulie más, digo, si es que no se ha pasado a la Regla.

[Risas.]

Candelo Cedifé: Belié, háblanos un poco sobre tu plataforma.

Belié Belkán: Gracias, Candelo, a eso iba. Y entiendo que se responderán las preguntas e inquietudes que han expresado tus compañeros. Fíjate, contrario a mi contendiente, que se postula sobre una plataforma de vigilancia y control absoluto, yo pretendo infundirle a esa jefatura los valores de la *com-pren-sión* y la *in-te-gra-ción*. En otras palabras, mejor educar que vigilar, mejor dar participación que controlar. Lo cual no quita que seré mano dura en los temas que lo ameriten.

Toró Petró: ¿Por ejemplo?

Belié Belkán: Por ejemplo, yo pienso trabajar para la total erradicación del Palo Mayombe.

[Aplausos y regocijo.]

Candelo Cedifé: Ya era hora.

Belié Belkán: Mi contrincante jamás se atrevería a tomar las medidas necesarias. Otra tarea que tengo pendiente es capturar a la Feribunda.

[Confusión y murmullos.]

Belié Belkán: Esa será una medida muy poco popular, y lo sé, sobre todo en el Tercer Mundo.

Candelo Cedifé: El Ánima Sola es objeto de veneración en Puerto Rico, y Puerto Rico es el ombligo estructural del Tercer Mundo. ¿Crees que sea una buena idea?

Belié Belkán: Candelo, va en contra de todos los principios organizativos del Multiverso dejar que opere un híbrido sin los permisos requeridos, y sin que pague impuestos morales por sus hazañas. El Ánima Sola *sa-bo-tea* nuestro trabajo, nos *a-rre-ba-ta* nuestros tributos y *des-ba-ra-ta* cualquier designio que implementemos. Aparte de que su mera existencia es evidencia de conculcación con el Primer Mundo. Lo siento mucho por sus admiradores, pero tenemos que arrestarla y devolverla al substrato purgatorial.

Mamá Buyita: Un ejemplo más de mano dura y vámonos, Candelo, a coger llamadas. Quiero escuchar lo que dice el pueblo.

Belié Belkán: Desbandar los focos del culto primermundista del Ente Primario. Sin misericordia. Esta es una batalla contra la ignorancia. Muchos dicen que este culto no existe, pero yo sé que sí, y cuenta con miembros de todos los niveles sociales y de ambos partidos políticos. Reconozcamos que, a nivel del pueblo, el Segundo Mundo superficialmente resiste los embates del Primero, aunque secretamente lo admira...

[Murmullos y objeciones.]

Belié Belkán: Ustedes saben que sí. Tenemos gente que *pre-fie-re* los productos del Primer Mundo a los del Segundo, gente que *co-o-pe-ra* con el Primer Mundo de diferentes maneras, y muchas veces los que más duramente vociferan y despotrican contra el Primer Mundo son los primeros que se exilian allí. No hay nada más patético que ver a funcionarios del Segundo Mundo competir por impresionar a las delegaciones que ocasionalmente nos visitan desde el Primero. Creer en el Ente Primario es una afectación chic, un adorno intelectualoide cónsono con esta actitud servil, y yo me comprometo a combatirla por todos los medios.

Candelo Cedifé: Primera llamada, buenos días, ¿cuál es su nombre y desde dónde nos habla?

Radioyente: Buenos días. Sebastián Tres Cruces, llamando desde Villa

Megriz, para preguntarle a don Miguel qué va a hacer para remediar la discriminación que existe contra los petroses, incluso dentro de las mismas ventiuna. Gracias.

Belié Belkán: No existe ninguna discriminación contra los petroses.

Toró Petró: ¡Belié! ¡Belié! Ibas bien y la vas a dañar. ¿Cómo que no hay discriminación? ¿Me lo vas a decir a mí?

[Bullicio y reclamaciones.]

Belié Belkán: Los petroses gozan de un prestigio fabuloso, y no es para menos, pues es a ellos a quienes acudimos cuando es preciso *a-plas-tar* a nuestros enemigos...

Toro Petró: De prestigio fabuloso gozan los guedés, porque ¿quién le dice que no al coro, la comelata y el chingoteo? ¡Ah!, pero a los petroses, que nos encargamos de los trabajitos más fuertes, ¿eh?, los trabajitos pesaos, a los petroses no nos dan ni los buenos días en las reuniones de comité. ¡No digas que no!

[Bullanga y reproches.]

Daca Juracán: Y contra los Agua Dulce ni se diga. Nada más somos buenos cuando se les mete un pecho o cuando no les prenden las matas del patio. Después ni se acuerdan de uno.

[Bochinche y amenazas.]

Candelo Cedifé: Próxima llamada, buenos días. ¿Quién me habla y desde dónde?

Radioyente: Paloma Oller desde Centros Espiritistas, cuarta extensión. Yo opino que la mejor candidata para ese puesto no es ni Santa Bárbara ni San Miguel, con todo el respeto. Yo creo que la mejor candidata para ese puesto era La Dominadora, y es una pena que se haya encarnado porque si no, no habría competencia. El pueblo está con Santa Marta.

Belié Belkán: Santa Marta se encarnó en el Tercer Mundo por razones personales. Es todo lo que puedo decir al respecto, aunque comparto mi admiración por ella y corroboro su popularidad.

Candelo Cedifé: Próxima llamada, buenos días.

Radioyente: Saludos. Metresa Erzulie Freda llamando desde mi casa en Palacios Celestiales.

[Revuelo, bullicio, regocijo.]

Candelo Cedifé: ¡Qué honor!

Mamá Buyita: Saludos, Silí, ¿cómo está usted?

Toró Petró: ¡Maferefún!

Erzulie Freda: Saludos a todos. Pregúntenmele al pajarraco que tienen ahí en cabina con las alas cundidas de piojillo si el "sacrificio" de buscar la jefatura de la policía tiene algo que ver con que está en quiebra y lo único que se le ocurre es ver si puede desfalcar a la policía como desfalcó al ejér...

Candelo Cedifé: ¡Corta, Nazario! ¡Vámonos a una pausa! ¡Vámonos a una pausa!

Mediodía

Freya Vanir: Hola. Esta es Primera Radio, la voz del Primer Mundo. Yo soy Freya Vanir.

[Música de bumper.]

Freya Venir: Hoy tenemos con nosotros a un invitado muy especial. Con él damos inicio a nuestro *Sábath Literario.*

[Música de bumper.]

Freya Venir: Saludos. Mi nombre es Freya Vanir y como todos los sábaths, hoy recibimos en nuestro programa a un escritor célebre. Antes de presentarlo voy a hablarles un poquito sobre él, aunque la sola mención de su nombre podría ahorrarme este preámbulo. Su primer libro, *Papeles, apuntes y anotaciones*, publicado cuando apenas contaba dos eones, ganó el primer premio en el prestigioso certamen *Fiesta de Letras* de la Universidad Andreas Maneschi. La colección de cuentos *Mordecai libra la coca*, su segundo libro y Superventas del Heraldo del Primer Mundo, fue finalista del muy codiciado Premio Pene de Osiris, con el que es eventualmente galardonado su revolucionario *A la una, a las dos y a las tres: ensayos sobre el conflicto entre los mundos.* Su cuarto libro, *Vengo a deciros dos o tres cosas*, ha sido publicado hace unas semanas y ya se ha agotado en todas las principales librerías. Nuestro invitado también ha sido agraciado con la prestigiosísima y codiciadísima beca Hierofante, el premio Primer Mundo del Libro, la Orden Majestuosa del Prístino Vellocino, la Runa Dorada, La Runa Oceánica, el Listón del Caballero de la Tribu de Crom, el Premio Becerro de Oro, la Beca Baal Zebub, el Pliego de Samael, la Púrpura Túnica del Señor de las Moscas y la Diadema del Abecedario. No podemos olvidar tampoco su activismo social: miembro honorario de Los Cuernos Rojos, presidente de la Fundación Libertad y Compasión, organización que alfabetiza a refugiados del Segundo Mundo, y luchador incansable por la igualdad de género y contra la discriminación de ciudadanos cuadrúpedos y cuadrúmanos. Ha publicado sus ensayos y cuentos en numerosas antologías y revistas, tantas, que agotaríamos el tiempo del programa mencionándolas todas, así que diré solo las principales: *Astaroth*, *Primera Reseña*, *La Reseña de Babilonia*, *Azrael*, y *Los mejores cuentos del Primer Mundo*, en varias de sus ediciones. Demás está añadir que sus libros se venden como bebés calientes. Bienvenido a nuestro programa, Janus Géminis.

Janus Géminis: Gracias, Freya. ¿Cómo estás? Tanto tiempo sin vernos.

Freya Vanir: Eones.

Janus Géminis: Pero no es verdad, Freya, que venda tantos libros. Soy un escritor menor. De vender libros sabe Ignacy Trzewiczek, por decir el primero que me viene a la cabeza.

Freya Vanir: ¡Ay, Janus! Nadie vende tantos libros como Trzewiczek. Pero este es nuestro *Sábath Literario* y aquí se habla solo de literatura.

Janus Géminis: Jajajaja, muy buena esa, pero yo creo que Ignacy tiene un par de excelentes libros entre los muchos que ha escrito, y quizá hasta le quede por escribir un par más.

Freya Vanir: Janus, tan encantador y generoso como siempre.

Janus Géminis: Tengo mis momentos de encanto, no es la norma, jajajaja.

Freya Vanir: Jajajaja, ay, Janus. Te confieso que cada vez que leo todos estos espaldarazos que has recibido en tu corta carrera... es sobrecogedor, no hay duda de ello.

Janus Géminis: Soy un hombre afortunado. He tenido suerte, eso es todo. Hay muchos escritores mejores que yo, admirables escritores y escritoras, sobre todo escritoras. Los premios literarios son veleidosos.

Freya Vanir: Encantador, generoso y humilde. Ahora entiendo por qué todas tus lectoras están infatuadas contigo. ¡Incluyéndome a mí!

Janus Géminis: Freya, me vas a hacer irisar, mira cómo se me ponen los cuernos.

Freya Vanir: No hubiera pensado que fueras tímido.

Janus Géminis: Lo soy. Sigo siendo el mismo nerd que era hace eones.

Freya Vanir: Nadie lo pensaría leyendo tus libros.

Janus Géminis: No sé a qué te refieres.

Freya Vanir: Bueno, digamos que la voz que propone todas las ideas expuestas en tus libros es una voz firme, audaz, muy segura de sí misma, autoritaria incluso. Sumamente irreverente. ¡Eres todo un *enfant terrible*!

Janus Géminis: Digamos que mis ideas tienen una vida propia, muy independiente de mí. Poseen su propia personalidad; yo simplemente obedezco y las plasmo sobre el pergamino.

Freya Vanir: Pero no solo tus ideas y opiniones, que tienes a granel y sobre una gran variedad de temas, sino los personajes de tus cuentos. Yo misma a veces tengo problemas con Mordecai, por ejemplo, personaje central de casi todos tus libros, obsesionado con los cuernos de las mujeres, mujeres a quienes trata de manera abusiva e insultante, sobretodo cuando son del Segundo Mundo y más todavía cuando son del Tercero. Y, sin embargo, Mordecai es un personaje heroico. Algunos críticos te han acusado de crear un modelo regresivo, de glamourizar con mucha sofisticación la violencia de género. Algunos de tus colegas han llegado a insinuar que Mordecai es tu catársis machista.

Janus Géminis: Esos críticos realizan una lectura superficial de mis cuentos. Una lectura más profunda revela que Mordecai es un chauvinista, es cierto, pero un chauvinista atormentado. Sí, trata a las mujeres como basura, pero se siente terrible al hacerlo. Está claro que su conducta le acarrea problemas... Es un personaje que inspira conmiseración, no admiración.

Freya Vanir: Pobrecillo. Nunca aprende de sus errores, sin embargo.

Janus Géminis: Ese es precisamente su problema.

Freya Vanir: En otras palabras, los cuentos en los que aparece Mordecai, en cierta rebuscada manera, son cuentos feministas.

Janus Géminis: Así es.

Freya Vanir: Supongo que debemos estar agradecidas en lugar de buscarle las cinco patas al gato leyendo mal tus historias.

Janus Géminis: Cada quien encuentra lo que busca en mis cuentos, en mis libros, en cualquier libro. El lector lleva al libro sus prejuicios, si los tiene, y los encontrará en el pergamino.

Freya Vanir: Comprendo. Las lectoras que leen los cuentos de Mordecai y los encuentran machistas y retrógrados, son machistas y retrógradas ellas mismas.

Janus Géminis: Yo no he... A ver...

Freya Vanir: O quizá las machistas y retrógradas son aquellas que encuentran los cuentos de Mordecai irresistibles. ¡Es la paradoja del huevo y la gallina!

Janus Géminis: Si nos fijamos en...

Freya Vanir: Pero el problema no es solo Mordecai. Uno de los atributos físicos fundamentales de casi todos tus personajes femeninos son sus cuernos, grandes y curvados. Por otra parte, casi todas son, o víctimas de sus circunstancias, o "perras malditas", como las llama Mordecai. Buscavidas egoístas o patéticas que no comprenden al pobre Mordecai y lo mucho que sufre por ser machista.

Janus Géminis: Recuerda, Freya, que el escritor es inseparable de su contexto. La realidad capturada en ese libro es una verdad cruda que vivimos día a día algunos de nosotros en ciertos sectores de nuestra sociedad. No me parece que el artista esté obligado a embellecerla para evitar herir sensibilidades.

Freya Vanir: Es posible que el problema esté en la "realidad" que experimenta cada quién, y de qué tipo de personas se rodea. En ese caso no hay más remedio, a menos que la propuesta sea que es imposible encontrar otro tipo de mujeres, no importa donde uno se meta.

Janus Géminis: Es la realidad vista a través de los ojos del protagonista, Mordecai, y ya hemos dejado establecido como es él.

Freya Vanir: También ha quedado establecido que prefieres los ojos de Mordecai, puesto que, exceptuando algunos ensayos, es quien narra todos tus textos.

Janus Géminis: Esa es una lectura maliciosa de mis intenciones. Libros realmente retrógrados como los de Jozefa Súcubi o las siamesas Susuwatari no reciben este tipo de críticas.

Freya Vanir: A lo mejor porque ni Súcubi ni las siamesas se presentan como paladinas de la mujer. Pero ahora que mencionas intenciones y malicia, recientemente te has visto envuelto en una interesante controversia.

Janus Géminis: Freya, mi agente especificó muy encarecidamente a tus productores que ese tema no se tocaría.

Freya Vanir: ¡Supuse que era una broma! Me dije, no puede ser verdad que mi amigo Janus Géminis tema abordar conmigo un tema tan importante. Y mucho menos en un programa tan escuchado por tus lectores. Pensé que me estabas tomando el pelo. Sería absurdo recibirte y comportarme como si ignorara que la joven y célebre escritora, y regular de este programa, Amanita Muscaria, ha revelado que te le insinuaste de manera vulgar e inapropiada en la Feria del Octavo Círculo... Y que incluso chocaste sus cuernos con los tuyos sin su consentimiento. Afirma también que esta es la fama que te acompaña por doquier, que ella no es la única a la que has acosado.

Janus Géminis: Lo que dice Amanita es falso. Eso no pasó nunca. Ignoro por qué está diseminando esas infamias, pero es curioso que recién haya publicado su segunda novela.

Freya Vanir: También es curioso que el memo que hemos recibido de tu agente y tu firma de relacionistas públicos hace unos días esté redactada en idénticos términos.

Janus Géminis: Mi trayectoria es muy clara. Buena parte de mis escritos se dedican a la defensa solidaria, no solo de la mujer, sino de todos los seres elementales e impermanentes, de cualquiera de los mundos, que sean víctimas de la injusticia.

Freya Vanir: Yo prefiero guiarme por lo que la gente hace, no por lo que dice. Pero, pasemos a otro tema. Hace poco uniste tu nombre a la larga lista de escritores que han denunciado a Shot de Thinner, excéntrico caricaturista de la revista satírica *¡Ea Diablo!*, por sus—según los firmantes—denigrantes dibujos de seres impermanentes y otros personajes del Tercer Mundo.

Janus Géminis: Así es. Era mi deber moral unirme a todos mis colegas e intentar ponerle fin a la opresión sistémica, profundamente ontologista, con que el Primer Mundo somete al Tercero desde tiempo inmemorial.

Freya Vanir: Los defensores de Shot de Thinner, escritores de mucho renombre también, alegan que se trata de un atentado contra la libre expresión...

Janus Géminis: A otro perro con ese hueso. Protegidos bajo ese estandarte los sectores reaccionarios del Primer Mundo han expresado y expresan las peores consignas.

Freya Vanir: El propio Shot de Thinner no se escuda tras ese argumento. Lo que pide es, mira qué casualidad, una lectura más profunda de las caricaturas en cuestión.

Janus Géminis: ¿Una lectura profunda? ¿De Shot de Thinner? Jajajajaja...

Freya Vanir: Él se defiende diciendo que su tirilla precisamente parodia la manera en que los principales medios representan a los habitantes del Tercer Mundo... Medios como los que publican el trabajo de la gran mayoría de los firmantes de la denuncia de marras...

Janus Géminis: Jajajajaja...

Freya Vanir: ... y que, para no dar su brazo a torcer, insisten en la denuncia aun después de que se les ha explicado el chiste.

Janus Géminis: Qué salidas tan ingeniosas tiene Shot de Thinner. Lo cierto es que, muchas veces, este llamado a atender suspuestas complejidades del discurso no es más que una cortina de humo que protege a los acusados. Si hay víctimas reales e individuales, entonces debe haber consecuencias reales e individuales también.

Freya Vanir: ¿Así lo crees? Es gracioso que lo digas, porque mucho antes de la controversia con este dibujante, tu amigo, el editor y director de *La Reseña de Babilonia*, Zaporozian Bulba, fue acusado de garabatear una viñeta ontologista y pegarla a una foto del poeta borikwá Luis Lloréns Torres que había por ahí en la dirección de esa revista[†]. En aquella ocasión escribiste en defensa de Bulba lo siguiente: "Bulba ha sufrido mucho. Nadie conoce la agonía de Bulba mejor que el mismo Bulba. Bulba ha servido y sirve como modelo a todos aquellos que, día a día, se ven obligados a trabajar a un nivel para el cual no existe guía, llevando a cuestas un peso que ninguna balanza puede medir, y viviendo, en suma, con una intensidad que todos

† El dibujo que Bulba pegó a la foto de Luis Lloréns Torres—y que estampó con su firma—mostraba un esqueleto sonriente y danzarín que decía, "Muerto estoy, pero mi obra perdura", haciendo burla de la condición impermanente del poeta. El editor y paragón del ideal liberal de izquierda (si es que tal cosa existe en el Primer Mundo), primero se disculpó por la cruda broma y luego negó que la hubiera hecho, a raíz de lo cual emergieron incontables vídeos y fotos en el que Bulba aparece realizando la viñeta, firmándola y pegándola en la foto del bardo juanadino que un redactor de planta tenía en su cubículo. El revuelo causado casi le cuesta el puesto al afamado intelectual, pero eventualmente prevaleció su reputación sobre la opinión pública gracias a la denodada defensa de prominentes figuras del *establishment* cultural primermundista. El chiste de Zaporozian Bulba, desabrido y sin gracia para mis lectores tercermundistas, vale en el Primer Mundo lo que un chiste racista, sexista, homófobo y xenófobo—todo a la vez—vale en el Tercero.

juzgan inaceptable. No digo que Bulba haya actuado correctamente, sino que, al enfocarnos en condenar al individuo por su conducta, perdemos la oportunidad de analizar la estructura de poder y privilegio que engendra y fomenta esa conducta".

Janus Géminis: El caso de Zaporozian y el de Shot de Thinner no tienen nada en común.

Freya Vanir: Eres un vocal promotor de la democratización de los protocolos de transmigración. Háblanos un poco sobre eso.

Janus Géminis: Mi posición es simple: la transmigración es un derecho de todos que el SIS monopoliza para sus fines. Pero el SIS no es el único que tiene necesidad de visitar el Tercer Mundo. *Todos* los habitantes del Primer Mundo poseemos esa necesidad, tenemos cosas que hacer allá, amigos que visitar, problemas que resolver, deudas que pagar, asistencia que brindar... ¿Qué hace la gente? ¡Va como quiera! Usa protocolos anticuados, máquinas viejas, verdaderas reliquias. ¿Con qué resultado? Muchísimos accidentes, amnesia, psicosis...

Freya Vanir: ¿Frecuentas tú el Tercer Mundo?

Janus Géminis: No tengo por qué responder esa pregunta.

Freya Vanir: ¿Qué hay de cierto en el rumor de que eres tú realmente quien escribe los libros del escritor tercermundista Pedro Cabiya?

Janus Géminis: De todos los escritores que podría yo poseer para publicar en el Tercer Mundo, que el rumor identifique a uno tan malo como Pedro Cabiya debería ser suficiente para descalificar semejante despropósito como la burda calumnia que es.

Freya Vanir: Volvemos luego de una pausa comercial.

Noche

—... las Escrituras son bien claras en ese punto.

—Yo te lo menciono porque los intelectuales siempre saltan con que la Biblia es un documento que se presta a interpretaciones diversas.

—Y por eso es que los intelectuales, desde el primero hasta el último, joven o viejo, hombre o mujer, tienen su lugar asegurado en el infierno. A mí me parece que nuestros radioyentes lo único que tienen que hacer es preguntarse: ¿qué prefiero? ¿ser inteligente o ser salvo?

—Amén.

—Amén, aleluya, gloria a Dios.

—Para los que recién sintonizan nuestro programa, esta es *La escritura en la pared*, desde Radio Revelación, 88.1 en tu cuadrante de FM, y nos encontramos conversando con el hermano Zacarías Ocasio Torres sobre el fin de los tiempos.

—Alabado sea el nombre de Jehová.

—Recordándoles que en breves momentos estaremos transmitiendo en vivo el mensaje urgente que tiene para Puerto Rico el hermano Joel Vicioso, que vuelve al púlpito después de casi diez años de ausencia.

—Gloria sea al Señor Jesús. Ese es un pastor de nombradía, y vuelve porque sabe que se acerca el Fin, y lo sabe ¡porque Dios ha confiado en él!

—Decíamos que las advertencias del Apocalipsis, escrito por Juan, el apóstol más amado, no son simples metáforas...

—Verdades literales y descarnadas son.

—... y que se aproxima el día del juicio.

—Dicen las escrituras que la sangre inundará el mundo hasta el bocado de los caballos cuando se suelten los cuatro jinetes.

—Alab...

—...tramos en el Hospital Auxilio Mutuo, donde ha sido ingresado el célebre profesor universitario y activista político Álvaro Gómez Sierra luego de que fuera herido de gravedad por uno de los seres demoníacos que azotaran Santurce la tarde de hoy. El profesor Gómez Sierra recibió sesenta y tres puntos en la cabeza para suturar la tremenda herida que le hiciera la criatura infernal al morderlo. Afortunadamente para el intelectual, los afilados colmillos de la bestia solo rasguñaron la primera capa del cuero cabelludo. Aunque los médicos le han recomendado reposo, el profesor Gómez Sierra, que se encuentra despierto y alerta aquí en su habitación, insiste en hacer un llamado público. ¿Profesor?

—Mírame la cabeza... ¡Mírala! ¿Quién tiene la culpa de esto? Tres son los culpables. El primero es el gobierno, que no mueve un dedo para solucionar el trasiego interdimensional en Santurce. ¡La gente ya no sabe qué hacer! ¡Están con el grito en el cielo! Dos de cada tres santurcinos es un doble o triple agente y yo me pregunto, ¿qué espera el gobierno para realizar una purga? ¿O es que el gobierno también está infiltrado? El segundo culpable es la policía, que no mueve un dedo para proteger a la ciudadanía de estos peligros, ¡de ningún peligro! Están listos para darte una multa si te parqueas mal, eso sí, o si vas rápido por el expreso. Para meterse con gente inofensiva están ellos prestos, ¡pero que les salga el diablo pa que tú veas! La tercera culpable es el Ánima Sola, que dejó vivos a esos terroristas... ¡Los dejó vivos! ¡Cuándo se ha visto cosa igual! Acaban con la plaza del mercado de Santurce, corazón social y económico del área, y ella nada más los noquea. ¡Irresponsable! ¡Ni siquiera podemos contar ya con el Ánima Sola para protegernos de los malhechores! Mírame la cabeza, ¡m...

—...uy buenas noches, aves nocturnas, ¿cómo están? Llegó el macho que va a acompañarte hasta las tres de la mañana en tu *Fin de Semana Romántico*. Lorenzo Domínguez Gabilondo es la voz que escuchas, mami rica. Póngaseme su pipiya o sus chorcitos o su negligé y acurrúqueseme en la cama pegadita del radio, que yo estoy aquí para ayudarte a hacer todas esas cositas que tú haces cuando te quedas solita un sábado en la noche, arropadita en tu cama y con seguro en la puerta. ¿Le pusiste seguro a la puerta? Ve pónselo, que esto es entre tú y yo, ¿okey? Llámame. Tú te sabes mi número, no te hagas, que lo tienes anotado ahí mismito en la mesita de noche, o te lo sabes de memoria. Pero si eres nueva, apunta: 1-800-GUATEKE. ¡Ay, mi madre! Mira cómo está ese teléfono, parece un arbolito de Navidad con todas esas luces prendiendo y apagando. Ya ustedes saben: yo contesto y hablamos un ratito, pero no me digas qué canción tú quieres, que eso lo descubro yo, ¿oíste? Y el día que falle no vuelvo a esta cabina. ¿Aló?

—¡Ay! Aló...

—Te tocó de primera, mami, me conseguiste. ¿Cómo estás?

—Bien. ¿Y tú?

—Yo estaba bien y ahora estoy mejor.

—Ay, Dios mío...

—Mamita, ¿y cómo tú te llamas?

—Dafne.

—¿Dafne?

—Unjú.

—Ave María, ¡pero qué nombre más sensual!

—Jijiji, ¿de verdad?

—¿Nunca te lo habían dicho?

—No.

—Embustera.

—¡En serio!

—Qué embustera eres. Y si no es embuste, entonces tú tienes que estar trancá en tu casa sin hablar con nadie, porque lo primero que te diría un hombre de verdad, un hombre con fundamento, es que ese nombre es bien sensual, chica.

—Me lo han dicho por Facebook.

—¡Aahh! ¿Tú ves?

—Jijiji.

—Dafne, ¿y tú sabes que tú tienes que es bien sensual también?

—No. ¿El qué?

—Tu voz, mamichula.

—Ay no.

—Ay sí. A que eso no te lo han dicho por Facebook.

—No.

—Claro que no, porque para eso hay que tener un contacto personal, no por computadora ni chateando, tiene que ser un contacto personal, como este. Hablar por teléfono es un contacto personal, más personal que postear charrerías en las redes. Y se puede poner más personal todavía. Dafne, ¿tú quieres tener un contacto más personal conmigo?

—No sé.

—Tú sí sabes.

—¡Ay, Dios mío!

—¿Te pasmaste?

—Estoy pasmá.

—No te me pasmes, Dafne, no te me pasmes.

—Ay santo...

—Déjame adivinar una cosita, Dafne. A que se te pararon to los pelitos de los brazos.

—¡¿Pero cómo tú sabes eso?!

—Ay, mi amor... Tú estás hablando con un lobo viejo.

—Ay, deja...

—Dafne, ¿y qué tú tienes puesto?

—Una camiseta.

—Voy a adivinar otra cosa.

—¡No, no adivines nada!

—A que están bien duritos...

—¡Ay, Dios mío! ¡Ya! ¡Deja!

—Dafne...

—¿Qué?

—No me has dicho si quieres tener un contacto más personal conmigo.

—¿Y cómo?

—Fácil: déjame ponerte una canción.

—...

—¿Te la pongo?

—Unjú.

—¿Quieres que te la ponga?

—Pónmela, sí.

—Tenemos que cortar, sensual Dafne. Tengo que decirte adiós y decirte adiós es duro. Amigos y amigas que me escuchan, ¿han tenido ustedes que decir adiós? ¡No es fácil! No es nada fácil. Recordar la felicidad pasada es una de las más duras barreras cuando tenemos que aceptar que ese alguien especial ya no nos quiere o que no lo queremos nosotros. Por eso cuando yo tengo que decir adiós le pido ayuda a José Feliciano, el ídolo de las multitudes, el mamito más querido de Puerto Rico y el hombre que sigue teniendo el récord de más discos vendidos en la historia de la música. Qué poeta. Qué bardo. Qué sentimiento. José Monserrat Feliciano García, porque hasta su nombre canta. Virgo, igual que yo, pero él de Lares y yo de dónde tú quieras, mi amor, y adónde tú digas. José Feliciano, mi querida Dafne, el de la mirada penetrante, un cantante, Dafne, que cuando te mira parece entrar en lo más profundo de sus admiradoras, y admiradores también. Dicen los mitos urbanos lareños que cuando nació estuvo a punto de perder la visión, y están los exagerados que dicen que nació ciego y recobró la vista con un enjuague de tallo de cundeamor y raíz de vincapervinca. Mera... To eso es embuste. José Feliciano nació con los ojos abiertos, eso sí, y cuando te mira, te ve lo de afuera y te ve lo de adentro. Dafne, a que adiviné tu cantante favorito...

—¿Cómo tú haces esto? ¡Ay, Dios mío! Ahora mismo estoy mirando el póster de él que tengo encima de mi cama.

—*Para decir adiós*, de José Feliciano, acompañado por Vicky Carr.

Cuarta Parte
Pare de Sufrir

28. Fantástica epopeya

Lo que en este punto me veo precisado a contarles requiere de gran destreza y amplias habilidades narrativas. Que yo tenga lo susodicho no viene al caso; lo que nos importa ahora es lo que habrían hecho en este punto otros narradores, que sin destreza ni habilidad se tiran en aguas que le dan más arriba de la barbilla y hacen un espectáculo de sí mismos. Y no estoy hablando de escritores... ¡Dios me libre! No, no estoy hablando de esos respingados farsantes sin gracia ni ingenio en quienes no encontrarías media onza de sentido del humor aunque los destilaras por un año. No, men, yo hablo de narradores, no de escritores. Esos que ponen al corillo a arrastrarse de la risa cuando cuentan cualquier cosa, que transforman cualquier cosa en un cuento. Que saben hacer chistes: que no se olvidan de decir todo lo que tienen que decir primero, que elaboran lo que sigue después en su justa medida, ni mucho ni poco, que esperan el momento exacto para entregar el remate, que usan el cuerpo y los gestos faciales, aún más que las palabras, para contar lo que cuentan. No como esos pobres desgraciados que llegan a la última parte y saltan con que, ¡ay!, pérate, se me había olvidado decirles que el chamaco era un enano. No me jodas tú. Cuentan un chiste, pero el chiste son ellos mismos.

Y lo que habrían hecho estos narradores—los malos, no los buenos—es decir, "... y entonces se formó un crical y mataron a medio mundo". ¡Problema resuelto!

Esto se llama "vagancia". Yo no entro en esa.

Lo que sucede ahora es, nadie lo duda, un crical, y varias personas murieron. Pero ¿qué tal si yo, al contarlo, también hago un crical? Que la narración misma sea un crical, porque de otra manera no se puede contar un crical. Un crical que es desmenuzado y ordenado por partes para que se vuelva inteligible pierde su esencia, deja de ser un crical. Insistir en que es un crical se convierte en una propuesta deshonesta.

Dicho esto, ajústense los cinturones, porque yo deshonesto no soy.

* * *

¡Po po! ¡Bang bang! ¡Tunf tunf! ¡Klak klak!, con el tiroteo la Ponce de León queda desierta, y mira que había gente pendenciando por ahí a esa hora, la concentración era en la plaza del mercado, pero la gente se desborda, ¿y hacia dónde va a desbordarse sino hacia la Ponce de León?, *¡po po po!*, *¡bang bang!*, o como se imaginen ustedes que debe escribirse el sonido que hace una pistola al disparar, aunque hay más de una—pistola, es decir, más de un tipo de pistola, o mejor, más de un calibre—protagonizando este tiroteo: Gaston Glock, Smith & Wesson, Taurus, SIG Sauer, Walther, .9mm, .38mm, .357mm, y el Desert Eagle de Blancanieves, que es calibre .50, ¡puñeta!, un cañón de mano, y no voy a dejar de mencionar que Víctor tenía en el bolsillo del pantalón una pistolita que había fabricado con una impresora 3D y que no tuvo chance de probar porque le volaron la tapa de los sesos, ¿que quién le voló la tapa de los sesos?, eso, increíblemente, es fácil saberlo, porque Edgarito, en la Duffaut, le da un codazo a Gustavito y dice, ¡acángana! ¿viste?, para morir al instante cuando la bala de la Desert Eagle de Blancanieves le vuela no la tapa de los sesos, no, la cabeza entera, un géiser de sangre se vuelve Edgarito y lentamente se desploma sobre la acera, (eso rimó) y Gustavito, su primo hermano paterno, nacido el mismo

día y to, compañero del alma y to, hombro sobre el que llorar sus desdichas y to, grita, ¡NOOOOOO! y apunta bien con su nueve milímetros mientras las balas que le manda Blancanieves revientan el cemento de la esquina, bien cerquita de él, Blancanieves que piensa, men, si yo hubiera sabido esta mierda me traigo la AR-15 y exploto a to estos cabrones, *¡po!*, Gustavito, que ha estado apuntando sin pensar en nada más, le acierta en el gaznate al jincho Blancanieves, que carraspea como si quisiera aflojarse un gargajo, se ahoga en su sangre y cae de espaldas sobre la acera, muerto, y yo no sé si esto lo vio alguien más, pero por la avenida Ponce de León—vaciíta, pues los conductores ya se avisaron unos a otros y los carros pararon a la altura de la avenida Hipódromo, o sea que tiene que haber tremendo tapón de ahí para atrás, sabrá Dios si hasta el Centro de Bellas Artes—por la Ponce de León, decía, se acerca un chorro de gente, hombres que marchan en fila, cinco hombres de ancho por veinte de profundidad, una comparsa de africanos que marchan y cantan en un idioma que no conozco—y miren que yo sé idiomas—hombres negros, fuertes, esnúos excepto por unas faldas hechas con pencas de palma areca, y pisan fuerte, fuerte—y donde esos hombres pisan se va a formar un hoyo donde nunca más cuajará el asfalto—uno de los cuales, en la fila de adelante, va gritando, ¡ABRRRWO!, llamado al que los demás contestan gritando, ¡EH!, y así avanzan,

¡Abrrrwo!
¡Eh!
¡Abrrrwo!
¡Eh!
¡Abrrrwoooo!
¡Eeeeh!

... hasta llegar adonde yace Blancanieves, y el líder, que no es otro que Blamo Kofa, jefe e historiador de los itusis, se acerca a su descendiente y le tiende la mano... ¡y Blancanieves se incorpora y se la estrecha!, y sigue a su ancestro y se integra en la comparsa, que sigue su marcha hacia el más allá, Ponce de León arriba...

* * *

... pero claro que Blancanieves sigue allí muerto, que todo esto lo he visto yo solo, y veo que Chegüi se muere y que Jimmy se muere, estos cabrones están disparándose en medio del inocente gentío que está ahí para ver la nave espacial, o especial, y que beben y que vacilan, vacilar no en el sentido de titubear, de dudar, sino de estar sumergido en tremendo vacilón, de no estar preocupados por nada, de saber que la vida es bella, jodida, pero bella, y déjame estar así un par de horas antes de que me acuerde de que tengo facturas que pagar y problemas que resolver, vacilan, vacilan, de vacilar, que significa voy a reírme de todo y con todos y que se joda todo, pero tirar en medio de la muchedumbre significa que alguien sale herido o se asusta y salen corriendo en masa para darse de frente con el tiroteo en la Ponce de León, que ya casi llega a su fin, o con el bayú en la plaza, que ya ha calentado motores, lo cual no les importa ni a Maltés ni a Chanoc, un poco quizá a Nolo y bastante a Franky, que es un canto de pan y no le desea el mal a nadie, y corren porque pararse es morirse, corren porque no correr es perderse, corren porque detenerse es permitir que ganen los otros, y si ganan los otros más les valdría suicidarse, porque lo que les espera es cañinga de mono, que nunca supe exactamente qué es, pero nada bueno puede ser, hasta que Maltés, Nolo y Boca'e Lobo penetran en la plaza derruida y encuentran adentro a los policías, a esos mismos, que no los han relevado y se hartaron y se agenciaron dos litros de whisky y un galón de agua de coco, y apenas tienen tiempo de pararse de sus sillas plásticas, soltar el trago y jalar las armas—Ramírez, de hecho, no tiró el vaso pal carajo, como los demás, sino que intentó ponerlo cuidadosamente sobre el piso—cuando caen sus cuerpos sin vida sobre los escombros y pasan a ser pisoteados por Maltés y los suyos, no con saña ni en ánimo de venganza, sino porque por algún lado tienen que pasar y los cadáveres—que horrorizarían a Georgie y lo harían gritar cuando por allí pasara después, queriendo mangar algo de comer en los quioscos abandonados—están en el mismísimo medio del trayecto que conduce a la escalera que conduce al rellano que conduce a la azotea donde está la nave, escalera que ahora escalan al tiempo que Chanoc y sus compañeros alcanzan otra escalera que escalan hacia la azotea, pero en el extremo opuesto, de modo que llegan casi al mismo tiempo a la nave, a la cual se entra... ¿por dónde?, ¿qué carajo es esto?, ¿qué coraza es esta?, ¿qué pellejos secos?, ¿qué son estos cilios y pelos y callos y membranas traslúcidas?, preguntan estos y aquellos, que no se han visto allá arriba todavía, que no se percatan de que remontan el mismo fuselaje sino hasta que están unos delante de los otros mirándose como idiotas, porque, aunque hubieran querido disimularlo, están sobrecogidos, asombrados, boquiabiertos ante la maravilla de aquel vehículo sideral que parece una chinche colosal (eso rimó), una garrapata preñada, no, no, nada de eso... a lo que se parece es a un guabá, están encima de un guabá interestelar, un guabá de otros mundos, y quisieran—y esto me parte el alma, me parte el alma—no ser enemigos, no estar en la obligación de matarse para poder chocarse los cinco y decirse, ¡broooooooquiiii puñeeeeetaaaaaaa!, ¿tú estás viendo dónde estamos encaramaos?, ¡tamos pasao de guillús!, ¡ven pa acá, puñeta, tenemos que sacarnos un selfie aquí arriba, ponte ahí!, ¡es más, vamo a subir un story ahora mismo!, ¡es más, vamo a hacer un live!, ¡diaaaablooooo, cómo se va a poner el caserío cuando nos vean juntos encima de una cabrona *na-ves-pa-ciaaaaal*!, pero este no es el universo donde eso pasa, este es el universo donde se recuperan de ese ataque de nostalgia, se cuadran Maltés, Nolo, Boca'e Lobo y Broli contra Chanoc y Franky y Fernan y Cuqui, se apuntan y disparan... o bien halan los gatillos sin que se produzca detonación alguna, han olvidado recargar, a lo que se aprestan ahora apresuradamente para ser rudamente interrumpidos por un viejo corpulento y negro y velocísimo que les cae en medio luego de haber saltado de un edificio cercano y mira a ambos grupos con un gesto de confusión e irritación, y yo, que veo los pensamientos de cada uno, sé que todos los que están allá arriba están pensando lo mismo: que ese hombre es la viva imagen de Ismael Rivera, el Nazareno, pero no tienen tiempo para más, porque Ramón Encarnación, como un torbellino, valiéndose de movimientos y contorsiones sobrehumanas, les cae encima a ambos grupos, propinándoles una de las más sonoras y formidables palizas que haya recibido jamás alguien que se dice de caserío, una golpiza contundente, humillante, a una velocidad que sacaba chispas, porque Ramón le repartía a los de un bando y luego, a la velocidad de un relámpago, cruzaba a los del otro bando y los prendía, y entonces volvía correr al otro bando y los salseaba, y cada vez que se movía de un lado al otro su cuerpo y sus barrecampos despedían centellas que iluminaban brevemente la escena—gracias a lo cual Edna supo que su abuelo estaba allá arriba, informándoselo al agente Domènech—y enceguecían a todos sus pobres contrincantes, porque Ramón no hizo distinciones y llevó Nolo y llevó Franky, que eran, si se quiere, jugadores neutrales—¿pero cómo diablos iba a saber eso Ramón?—y no combatientes, y hasta que no vio a todo el mundo en el piso sobándose y lamentándose, no paró Ramón, y como allí todos eran títeres de caserío que sabían de la vida, no esperaron a tener que sobarse golpes más serios ni lamentarse por dislocaciones reales, y se tiraron al piso a rodar y a llorar para que no les siguieran dando, instante que aprovecha Ramón para caminar hasta la parte delantera de la nave—si ustedes la hubieran visto también habrían concluido que esa era la parte delantera—y masajear (así como lo leen) un circulito (lean bien) negro (sí) y fruncido (no hay otra forma de decirlo) que había en esa área, y que se abre al instante como el diafragma de una cámara fotográfica (o como eso mismo que tú estás pensando), y Ramón, victorioso, agarra a los bichotes, primero, a sus edecanes, después, y a los dos no combatientes, por último, y los introduce uno a uno por ese agujero, empujando y apisonando, y cuando los hubo entrado, él mismo se mete, haciendo fuerza y remeneándose, porque tampoco fue como que el agujero se abrió lo suficiente, era un pasadizo arisco y estrecho, y cuando hubo entrado Ramón, el orificio—porque no voy a mancillar las páginas de esta fantástica epopeya escribiendo la palabra culo—se cierra de nuevo.

29. Art thou but a Worm?

No lo pienso negar… ¡Me fascina la Biblia! Admito que le tenía repelillo, pero luego de darme un chapuzón en las páginas de uno de los muchos ejemplares que tiene el reverendo Vicioso en su casa, entiendo ahora por qué la gente de la religión goza citándola y trayendo a colación versículos de aquí y de allá. Y es que se trata de un libro que se presta para hacerle frente a cualquier situación… como un Swiss Army Knife. Si quieres matar a alguien o si quieres condenar a los asesinos; si quieres vengarte o si quieres perdonar a alguien; si quieres robarte algo o si quieres linchar a quien roba; si quieres metérselo a la mujer ajena o si quieres matar a la tuya por dárselo a otro; si quieres obedecer a tus padres o si quieres mandarlos pal carajo; si quieres pagar impuestos o si quieres evadirlos; si quieres tener esclavos o si quieres liberarlos; si quieres darle golpes a tu esposa o si quieres darle, pero no muy duro; si quieres salvar bebés o si quieres reventarlos contra las piedras; si quieres invadir un país que no es tuyo y si quieres defender tu país contra invasores… la Biblia tiene de todo lo suficiente como para que nadie quede insatisfecho. ¡Y el caché que uno coge! La gente casi siempre se calla la maldita boca cuando uno sustenta las opiniones propias haciendo referencia a las Sagradas Escrituras.

De manera que, perdónenme si de vez en cuando cedo al biblioguille.

Como ahora que espío a Wanda y a Brenda conversando antes de la función pautada para esa noche. Sentadas delante de una coqueta antigua de doble espejo, la matrona y la doncella peinan sus largas melenas, contando hasta cien pasadas, tras lo cual proceden a anudarse austeros moños. El cabello de Wanda es negro, estriado por cristalinas canas. El de Brenda es rubión, ratonil, pero suave y reluciente, porque se lo cuida con aceite de argán, baba de caracol y vitamina E. Si le diera la gana podría protagonizar anuncios de champú, pero ¿salir en televisión alardeando de su cabellera? ¡Reprende!

Y viéndolas una junto a la otra digo como Ezequiel 16:44:

He aquí, todo aquel que cita proverbios repetirá
este acerca de ti, diciendo: "De tal madre, tal hija."

Wanda luce una camisa color crema de manga larga, cuello y puños festonados por bordados en hilo blanco. Brenda viste la misma camisa, pero blanca con bordados crema. Abotonadas ambas hasta el último botón. Wanda tiene una falda lápiz color vino que le baja hasta la mitad de la pantorrilla, sin aperturas indecentes y no muy ceñida. Lleva pantimedias opacas, por si algún fresco cree que va a avizorar carne de tobillo en el tramo que va de los zapatos de tacón bajo al ruedo de la falda. Brenda tiene puesta una falda azul, juvenil, colegial, con infinidad de pliegues, que le da por debajo de las rodillas. Lleva medias blancas, gordas, que suben hasta medio muslo. Calza borceguíes negros.

Brenda linda no es, pero fea tampoco. Tiene la juventud a su favor, que no es poca cosa. Como su mamá, es carnúa, masúa, tetúa, atributos que, a juzgar por como se ve Wanda, le durarán para rato, porque la matrona destelengada no está, vamos a estar claros.

No llevan prendas. Por maquillaje, una base ligera. No se tocan las cejas ni las pestañas. No osan ponerse sombra de ojos ni liner. Huelen a jabón Heno de Pravia.

Wanda: ¿Te cepillaste los dientes, Brenda hija?

Brenda: Sí, mamá.

Wanda: Mira que nada espanta más ni produce una peor impresión que palabras envueltas en mal aliento. No hay una segunda oportunidad para la mujer descuidada que se presenta en público con los dientes sucios y la lengua blanquecina, oliendo a amonia y a hambre.

Brenda: Me cepillé con bicarbonato de soda y luego me enjuagué con Astringosol.

Wanda: Hiciste bien. Tengo lindos presentimientos, Brenda. Todas tus hermanas encontraron a sus esposos en eventos de tu papá. Tienes veinticuatro años cumplidos, señorita desde los catorce. Puede ser que Jehová te distinga este día tan especial para todos nosotros otorgándote un varón que te merezca. Gloria sea a Jesús.

Brenda: "¿Quién entre los hombres puede saber lo que hay en el corazón del hombre, sino sólo el espíritu que está dentro del hombre? De la misma manera, solamente el Espíritu de Dios sabe lo que hay en Dios."

Wanda: Ah, 1 Corintios 2:11… Tienes razón. Atente pues a Efesios 6:1.

Brenda: "Hijos, obedeced a vuestros padres en el Señor, porque esto es justo." Y ¿qué es lo que ordenas, mamá, para obedecerte?

Wanda: Que bajes la cerviz a los designios del Señor, que ambas desconocemos, sí, pero que sin duda sabremos reconocer en su momento.

Brenda: Amén.

Wanda: Será una larga noche. Si no lo has hecho ya, entra al baño y entálcate. Entálcate de arriba a abajo, entre las piernas, detrás de las piernas, en las axilas. Que de tu cuerpo se desprenda un hálito de frescura y limpieza. No te perfumes. Eso es un adorno que atrae la atención equivocada. Recuerda 1 Juan 2:16.

Brenda: "Porque todo lo que hay en el mundo, la pasión de la carne, la pasión de los ojos y la arrogancia de la vida no proviene del Padre, sino del mundo". ¿Debo olvidar entonces Gálatas 6:3?

Wanda: "Porque si alguno se cree que es algo, no siendo nada, se engaña a sí mismo". No es vanidad espolvorear talco de bebé sobre el cuerpo. Lo es perfumarse y vestir alhajas, como las meretrices filisteas, como Dalila. Lo que te he pedido es, de hecho, que matices los efluvios que naturalmente emanan de tu cuerpo. Que pueda brillar la luz virginal de tu espíritu sin las interferencias de la carne.

Brenda: Sí, mamá, pero temo que todo sea esfuerzo vano y que sucederá como en Deuteronomio 28:39.

Wanda: "Plantarás y cultivarás viñas, pero no beberás del vino ni recogerás las uvas, porque el Gusano se las comerá". Tú haz lo que te digo y no me discutas más. De entre todas mis hijas, contigo, por ser la última, fui demasiado indulgente. Desobedecí Proverbios 19:15.

Brenda: "La vara y la corrección dan sabiduría; mas el muchacho consentido avergonzará a su madre."

Wanda: Exactamente.

Brenda: Jamás, mamá. Te escucho y te obedezco. De ninguna manera te avergonzaré.

Wanda: Alabado sea el nombre del Señor.

* * *

Mientras más para dentro se meten en el bakiné que estremece aquel nodo neurálgico de Santurce y hasta de toda la República Borikwá de Puerto Rico, más afectado se muestra el desdichado Gazú. Temblores y convulsiones lo sacuden, interrumpiendo por breves pero significativos instantes su camuflaje. En el cuerpo ilusorio generado por sus contorsiones interdimensionales, aparece de pronto un rostro bifronte que se aplasta contra su ropa y su piel como contra una barrera de celofán.

Y ese rostro no está contento. No quiere estar ahí. Junto a su mejilla aparece también la palma de una mano que golpea la barrera. A veces no es la palma de la mano, sino un puño. Y la boca siempre está abierta, gesticulando, tratando de decir algo.

—¡Gazú!—increpa Melisenda—. ¿Qué te pasa, Gazú?

Gazú no puede responder. Ha perdido la facultad del habla. Y en el rostro que ha moldeado para sí se asoma otro rostro.

Melisenda es una genio, pero es Güilly el que se da cuenta de que las convulsiones de Gazú corresponden a los toques del tambor y los panderos, que en aquel momento brindan armazón al legendario himno:

El jolgorio está
El jolgorio está
Bien por la maceeeeeeta
Vamos a gozar-aá
Wepa wepa wepa.

—Es como si Gazú—propone Güilly—estuviera siendo poseído por el ritmo.

—¡Güilly!—grita Melisenda desesperada—. ¡Ayúdame a sacarlo de aquí!

No bien hubo dicho esto, se termina la canción. Cesan los tambores. Gazú se recupera.

—Estamos de suerte—dice Melisenda—. Larguémonos de aquí.

Pero de suerte no estaba nadie esa noche; los cueros recrudecen su ataque y un centenar de gargantas elevan al cielo el lamento a continuación:

Yo tengo un presentimiento
de que el mundo se va a acabar.
Porque las cosas que están pasando
ya no se sabe en qué pararán.

—Ahora sí fue—se resigna Melisenda, apartándose de Gazú, que cae presa nuevamente de convulsiones, espasmos y aterimientos, toda su superficie entretejida por cabezas con cuernos, demonios atrapados, como si estuviera vestido con un sudario hecho de almas en pena.

Se vuelve imposible ocultar lo que le sucede a este hombre, rarísimo ya de entrada. Mitad de los presentes se alejan, mitad acude, porque toda multitud se compone siempre de cobardes y presentaos en proporciones equitativas, si bien con un ligero descuadre hacia los presentaos.

Y entre los que corren están casi todos los músicos, que presentao ninguno es, aparentemente. Los cueros detienen su llamado al trance, pero ya es tarde. La transformación de Gazú ha dado inicio y ya nada ni nadie puede darle marcha atrás.

Gazú—que ya no parece hombre, sino un collage tridimensional de máscaras de vejigante—crece, se alza, alto como una palmera, pero una palmera rodeada de púas (que son los cuernos que adornan las frentes de todas esas cabezas que tiene adentro), sin penacho de pencas, un árbol atormentado y cruel, desfigurado y cambiante, arte moderno.

Y ahora ni siquiera es palmera, sino remolino y vorágine, un tornado, pequeño, pero tornado, y sigue creciendo.

Ahora no es tornado, sino... Esperen... Sí, es tornado todavía.

Un tornado de aire y de agua y de carne y cabello y narices y bocas y ojos y cuernos y lenguas y dientes. Su forma alargada se alarga. Y ustedes, igual que yo, visualizan el remolino que se forma cuando vaciábamos la bañera, antes, cuando éramos niños y todo nos parecía asombroso. O el que se forma en un botellón lleno de agua y volteado al revés, luego de darle dos o tres meneos. O el que se forma delante de nosotros cuando nos lleva Pateco, es decir, cuando vemos a la Negra Tomasa, es decir, cuando estiramos la pata, es decir, cuando expulsamos el último aliento, es decir, cuando nos morimos. Un remolino que es como un pasadizo entre altas montañas, un puente colgante, frágil, un callejón que rota y rota, al final del cual no hay nada y está todo.

Pero volviendo a Gazú.

—¡Gazú, cabrón!—grita Melisenda a todo pulmón—. ¡Yo sabía que tú y yo íbamos a terminar mal!

Adoptada ya la forma espiral de un remolino, Gazú ahora procede—no sé yo ni sabe nadie si de manera voluntaria—a igualar ambos extremos, alejándose de la forma espiral y acercándose a una forma *tubular*.

Y ahora es que esto se pone bueno, porque el tubo se forra de un pellejo rosado, con pliegues, como el de esos gatos sin pelo que se compra la gente que disfruta de las cosas horribles de la vida. Y le salen dos cortas patas palmeadas en la parte de abajo y dos bracitos con terminaciones parecidas a falanges en la parte de arriba, y una cola larga y chata en la parte de abajo, y un orificio rodeado de espinas en la parte de arriba. Sí, ahora este tubo tiene una parte de arriba y una parte de abajo, un rabo y una cabeza.

Es un gusano.

Güilly agarra a Melisenda y la carga y quiere correr, pero Melisenda le pellizca la cara y le grita:

—¡No! ¡No podemos dejarlo así!

Y en ese momento Güilly descubre en qué consiste la lealtad.

Apenas tiene tiempo para rumiar su descubrimiento, porque el gusano se inclina ahora sobre ellos y se los come.

30. Un bocado ligero

—¡Gorda!—saluda Ramón al caer dentro de la Stygma X-99.

¿Cómo describir el interior de esta... nave espacial?

Confesaré lo siguiente: pude haber entrado aquí cuando me hubiera dado la gana a ver cómo era el asunto, pero... ¡me daba miedo! ¡Sí, lo admito! ¡Me daba miedo! No quería entrar solo. Esperé y lo mejor que hice fue esperar, porque si me hubiera visto solo aquí dentro me hubiera dado una cosa mala.

Se los voy a poner sencillo: escribo ahora la palabra "infierno" y una imagen acude a sus mentes. Déjenme adivinar... un espacio cavernario con muchas estalactitas y estalagmitas y columnas; un paisaje subterráneo que no obstante está iluminado con todos los matices del rojo y todas las tonalidades del chinita, y en donde bullen hervederos de lodo ardiente y la visibilidad se ve comprometida por vapores, humaredas, humentines y humazos, y en donde una variada gama de diablos atormenta a otra variada gama de almas en pena, que colman el lugar con sus lamentos y su rechinar de dientes, muchas de ellas, o todas ellas, sumergidas parcial o completamente en los ya mencionados hervederos y palanganas.

Bueno... pues quiten a los diablos y a las almas en pena y ya están dentro de la Stygma X-99.

Tampoco hay vapores, humaredas y humentines, la visibilidad es del cien por ciento. Oscuro, eso sí, umbroso... *tenebroso.*

—¿Cómo está mi Gorda?—dice Ramón, efusivo, mientras acaricia las estructuras a su alrededor, que no son formaciones calcáreas, como las que habría en una cueva, sino orgánicas, como las que habría, si las encontráramos con un microscopio, en el interior de las arterias u otros conductos y vasos capilares, todo a escala gigantesca.

La Gorda responde a las ñoñerías de Ramón con un ronroneo de alegría, una vibración ansiosa, de onda ancha, que estremece la oquedad biológica en la que nos hallamos, que le retumba en el pecho a Ramón, que me retumba a mí mismo en el alma.

—¡Ah! ¡Jajaja! ¡Esa es la Gorda mía!—dice Ramón profundamente satisfecho al verse recordado y querido, y se apresura hacia una suerte de caldera central, un montículo perfectamente circular cubierto por una membrana transparente, hinchada como una burbuja que no acaba de desprenderse y flotar.

—¡Ay, mi madre!—se escandaliza Ramón—. ¡Ay, mi madre!

Y revienta la burbuja.

Otro ronroneo sacude la nave. Ramón se asoma a la caldera, que está llena de una sustancia gelatinosa.

—¡Mira pa eso!—explica Ramón—. ¡Estos cabrones te tenían pasando hambre! ¿Desde cuándo no te echan comida, Gorda?

—Brrrrrrmmmmmmm—se queja la Gorda.

—Pero no se me preocupe—dice Ramón y acaricia la orilla de la caldera—que yo a usted le traje *filete.*

Acto seguido, Ramón agarra a Maltés y a Broli y los tira en la caldera.

Y vuelve por Nolo y por Chanoc, y los tira en la caldera.

Y ahora son Boca'e Lobo y Franky.

Y por último Cuqui y Fernan.

Y no crean que los pobres se dejaron echar ahí sin protestar. No. Todos forcejearon, pero forcejear contra Ramón era como forcejear contra un tanque de guerra, y cuando cayeron en aquella gelatina, ya no pudieron mover ni un músculo, atrapados en la masa mucilágine y gomosa.

De nuevo la Gorda ronronea y la burbuja vuelve a formarse sobre la caldera.

* * *

—Eso es un tentempié, Gorda—dice Ramón—. Mátate el hambre, que horita salimos al campo y nos buscamos dos o tres vacas viejas. Vamos a ver ahora con qué te cargaron esos abusadores que vas tú tan forzá.

El fabuloso anciano camina hacia otra parte de la nave, baja unas escalinatas y llega a una bóveda húmeda y pulsante. Ramón estimula varios esfínteres que hay en los muros y estos se abren, descubriendo, algunos de ellos, varios contenedores, tanques y cápsulas. Los demás están completamente vacíos.

—Pero ¿cómo va a ser?—se extraña Ramón y empieza a tantear las paredes en busca de esfínteres ocultos, y cuando no los encontró, buscó en el piso. Pero no había nada.

—Mierda, Gorda—musita y se resigna—. Na. Lo que hay es lo que hay.

Ramón revuelve la mercancía, hurga aquí y allá. Empieza a ponerse contento.

—Gorda, tú no andas con mucha cosa—dice—, pero con lo que andas basta, mamita. Basta y sobra.

Y clasificó el contrabando: en una parte puso los pecados capitales y en otra los veniales, para que no se fueran a mezclar, porque separarlos después es un problema. Organizó los contenedores de bonos por orden alfabético, y no pensó en hacer uso de uno de los muchos bonos de inteligencia que allí había, porque no era capaz de discernir que su anterior plegaria había sido desoída: es el destino de los idiotas no tener la inteligencia suficiente para entender que son idiotas.

Clasificó las furias por grados, desde molestias a encojonamientos a encabronamientos a empetrosamientos a nublazones homicidas. Puso en orden los rencores y los remordimientos. Los perdones los ordenó por colores. Los bakáas domesticados los colocó en las escalinatas, dentro de sus jaulas y con su pedigrí adjunto. Los fufús, variadísimos, los dejó en la caja donde venían todos entremezclados: vuelve a mí, jódete, agua de panti, vuelve a mí *de rodillas*, déjala, déjalo, sufre sin mí, impotencia, frigidez, jiede mucho, ven a mí, átate a mí, aguántame a mí, no encuentras sosiego sin mí, escobita nueva, reina tuya, rey tuyo, bota a tu esposa, bota a tu esposo, gas morao, salazón, mala suerte, mala muerte, nadie te quiera, nadie te aguante, Dios te maldiga, piérdalo todo, mala racha, no se te dé, policía en tu casa, abogado en tu casa, traidores a tu lado, pana falso, poder de macho, poder de hembra, vuélvete pato, vuélvete hombre, vuélvete pata, vuélvete hembra, dame tu culo, toma mi culo, no hay otro culo, afíciate, vuélvete loco, obsesiónate, super bicho, gran bicho, adórame el bicho, no hay otro bicho, enférmate siempre, enfermen tus hijos, viento en las costillas, culo de mal asiento, róbame todo, pégame cuernos, vademécum, méteme preso, dame golpes, cómeme el sieso, el único sieso, desbarata sieso, desbarata hogares, arregla hogares, bota a la chilla, bota al chillo, espanta maldades, paz en mi casa, paz y sosiego, serenidad y paciencia, y cientos de otros fufús y contrafufús.

Se guardó en el bolsillo una carpeta con seriales para bajar talentos y una libreta de carismas sin fecha de expiración, uno de cuyos cupones recortó para usarlo en cuanto alzara vuelo con la Gorda.

Y si me preguntan a mí, eso es todo lo que yo me hubiera llevado, porque con carisma ya todo lo demás es pan comido.

Por último, Ramón rescata un frasquito que para cualquier otro hubiera pasado inadvertido... una ampolleta ambarina con el cuello prelijado y una etiqueta con el nombre del compuesto (la molécula dextrógira 2,3,7,8-tricloruro de pentahidroxiprolina), seguido por la marca comercial en cursivas de pan de oro: *Guayacol 20 g*.

Ramón toma la ampolleta entre el pulgar y el índice, la levanta sobre su rostro para estudiar a contraluz el oleaginoso contenido y suspira maravillado. Veinte gramos de lozanía concentrada, el artículo más valioso de todo aquel tesoro. Cierra el puño sobre la ampolleta, camina hacia donde había colocado los pecados y se echa al hombro una caja negra con las esquinas redondeadas en cuya superficie parpadea una lucecita roja. Adentro tintinean cientos de botellitas: un cofre entero de lujuria destilada.

—Dizque una botellita—dice Ramón—. Me voy a llevar to el cabrón estuche.

Ramón mira el variopinto contrabando, contempla el estuche de lujuria y le da vueltas en la mano a los veinte gramos de lozanía, suficientes para volver sanos, jóvenes y bellos a doscientos viejos carcamales... o a un solo carcamal por varios siglos.

Santas nunca habían sido sus intenciones. Desde el principio había determinado servirse un chispito de cada cosa antes de entregarle la nave a Lázaro... Pero ahora comienza a considerar quedarse con todo y convertir la Botánica Ganesh—que regenta con su mujer, la vieja Ton—en un imperio.

Y de la consideración pasa a la convicción.

Y de la convicción a la acción.

Se guarda el frasco de lozanía en el bolsillo de la camisa, sujeta firmemente el cofre de lujuria y sube las escalinatas.

—¡Gorda, dímelo!—dice y se para delante de un cuadrante inmenso, hecho, como todo lo demás, de tejido vivo. Y a una caricia de Ramón, el cuadrante se desliza hacia arriba como un párpado—porque es un párpado—dejándole ver el exterior a través de una inmensa y límpida córnea.

—Gorda, nos vamos tú y yo pal carajo. Que se joda el viejo cabrón ese—dice Ramón.

—A veces—dice una voz a sus espaldas—me harta acertar siempre en mis sospechas.

Ramón se da la vuelta de un salto.

Es Lázaro.

* * *

Acompañado por Cuchi y Puchi.

—¡Wepa! ¡Mi don!—intenta Ramón—. ¿Y esta sorpresa? ¡Usted dijo a las tres!

Puchi se acerca a Ramón y le quita el frasco de lozanía.

—Me has traicionado por última vez—dice Lázaro.

Cuchi le da un balazo a Ramón.

Ramón cae al suelo como el muñeco del que se ha cansado un niño.

—Vámonos—ordena Lázaro.

—Excelencia—protesta Puchi—, ¿y la mercancía?

—Tengo lo único que necesito—dice Lázaro—. Dejemos este retablo tal y como está para cuando lleguen las autoridades. Démonos prisa. Barrunto que ya vienen.

Lázaro y sus guardaespaldas se escurren por una escotilla lateral—una branquia de la Gorda—y se van.

Pero Ramón no está muerto.

Logra ponerse a cuatro patas y a cuatro patas avanza por la nave.

—Gorda... Gorda...—murmura—. Vámonos, vámonos.

La Gorda se queja con un ronroneo entre enfadado y lastimero. Y tiembla.

—¿Qué pasa, Gorda?

Ramón avanza a gatas hacia la caldera justo cuando la burbuja se rompe y la Gorda vomita a los hombres con los que Ramón la había alimentado.

Y estos hombres tampoco están muertos, sino que tosen y escupen y se quejan.

—¡Gorda! ¿Y esto?

Y a que no saben qué… La operadora del Segundo Mundo regresa a su puesto de trabajo luego de haberse pasado más de media hora mirando el catálogo de Lillian Vernon sin encontrar nada que le gustase y descubre la petición de discernimiento sin honrar. Se pone nerviosa, porque ¿y si la supervisora pasó por su estación y vio esa orden abierta? *Mierda*, piensa, y se pone manos a la obra. Pero lo hace tan a la carrera que cuando fue asignarle el valor—(+10)—al atributo—inteligencia—se le fue un cero demás.

De tal manera que Ramón, a gatas sobre la nave, recibe de repente una infusión de Discernimiento (+100).

Abre los ojos y gime, agobiado ante todas las cosas que entiende al instante.

Entiende que era fácil prever la intromisión de Lázaro.

Entiende que está herido de muerte.

Entiende lo que le pasa a la Gorda.

Entiende su lugar en el Superdesignio.

Entiende el Superdesignio.

—Ay, Gorda...—dice afectuoso—. ¡Ay, Gorda!

Ramón escala la caldera digestiva de la nave.

—Pero no te preocupes—dice el anciano—. Yo soy un bocado ligero.

Y se zambulle en el caldo estomacal.

31. Leña al fuego

Adivinando las intenciones de su encumbrado superior, Putifar se interpone entre la recién llegada comitiva y la puerta de acceso al zulo de transmigración.

—Su Señoría—profiere con humildad Putifar, inclinada la cabeza ante Anubis—, faltaría a todos los reglamentos que he jurado defender, y violaría incluso mis principios y mi honor, si permitiese que siguiera adelante con el despropósito que a todas luces pretende llevar a cabo.

Anubis se vuelve hacia Cocoliso y Cervatillo.

—Ya lo han oído—dice con voz resonante y autoritaria—. El director gerente Putifar deja constancia de su disconformidad y yo lo relevo de toda responsabilidad.

Cocoliso y Cervatillo inclinan el torso para indicar que entienden y acatan la orden. Acto seguido, Anubis se vuelve a Putifar.

—Y ahora, señor director gerente—dice—, apártese, si es tan amable.

—Si no poseyera Su Señoría la dignidad que posee—persevera Putifar—no osaría yo a interferir en sus planes. Poseyéndola, empero, me veo precisado a insistir.

—Su obstinación lo engrandece, pero si no se quita del medio, me veré precisado a degradarlo.

—Trato de proteger a Su Señoría.

—Para eso traigo a esta centuria de agentes.

—Ninguno de los cuales está preparado para enfrentarse a la anomalía que se ha desatado en el Tercer Mundo. Si algo llegara a pasarle...

—¡Putifar!—tronó Anubis—. Contra todo pronóstico, y quebrantando todas las leyes físicas conocidas, la cortina de positrones ha colapsado. En aquel instante, el multiverso entero dejó de existir por una fracción de milisegundo. Es decir que, durante el apagón, que afectó a todo el Primer Mundo, la realidad misma ha parpadeado. Por primera vez en la historia de los mundos, el Primero goza de acceso franco al Tercero. Putifar, querido amigo, ¿acaso no entiendes lo que está pasando?

Cervatillo, que sí lo ha entendido, realiza una ruidosa inhalación.

Derrotado, Putifar levanta la mirada y encuentra los ojos de su superior.

—Acompañaré a Su Señoría—dice.

—Nada de eso. Te necesito aquí. Quiero que supervises personalmente el operativo.

—Un último escrúpulo—dice Putifar levantando el índice de la mano derecha—. No hay suficientes cápsulas libres para transportar a ciento un agentes.

—¡Desdichado de ti!—dice Anubis colocando su mano sobre el hombro de Putifar—. ¡Todas las cápsulas de transmigración deberán ser vaciadas! Al reiniciarse, el sistema reestableció los valores originales de todos los programas. El Primer Mundo está sumido en el caos. No será distinto en Alta Torre. Comprueba tú mismo que todos los agentes infiltrados, desde los profundamente encubiertos hasta los buzos a corto y mediano plazo, son irrecuperables.

Putifar lanza una mirada de horror a Cervatillo y Cocoliso, que al instante se sientan ante el panel de control e invocan un mapa del zulo de transmigración. En efecto: los varios millares de cápsulas numeradas aparecen representadas en rojo.

—¡Xue Yi!—susurra Putifar.

—Y ahora—dice Anubis—, sin perder más tiempo, preparad ciento una cápsulas de transmigración. Si están ocupadas, reciclen su contenido.

Putifar, Cervatillo y Cocoliso se ponen manos a la obra.

Había treinta y cinco cápsulas vacías. Debieron vaciar el resto y reciclar a sus ocupantes.

En ese instante, alrededor del mundo—alrededor del Tercer Mundo—cincuenta y cinco individuos (hombres, mujeres, niños y algunas mascotas), cayeron muertos repentinamente.

* * *

Ahora que lo sé todo, o al menos lo suficiente, apenas puedo resistir el deseo de decir todo lo que sé. Y hasta llego a entender a los sabihondos comemierdas que no pueden callarse la boca y que se pasan la vida pregonando a los cuatro vientos lo que ellos saben y los demás no. Preveo incluso, dentro de mi nueva y sorprendente condición, que delante de mí hay todavía un estadio en el que, sabiéndolo realmente todo, y no solo lo suficiente, ya no querré alardear de ello ni contárselo a nadie, porque habré llegado a un tope de sabiduría en el que saberlo todo equivaldrá a no saber nada. O bien que saberlo todo y no saber absolutamente nada vienen a ser lo mismo, puesto que el tonto es sabio y el sabio es tonto, pero el tonto más sabio aún que el mismo sabio (que es tonto), puesto que sin ser sabio ya era tonto.

Yo me entiendo.

Afortunadamente para ustedes, que husmean en mi historia y no pierden de ella ni pie ni pisada, no he llegado a esa etapa todavía y tengo ganas de contar las cosas como las voy viendo y entendiendo.

El caso es que cincuenta y cinco individuos murieron alrededor del Tercer Mundo cuando Cocoliso—¿o fue Cervatillo?—oprimió la función de reciclaje en el panel de control luego de haber seleccionado cincuenta y cinco cápsulas de transmigración, entendiéndose que los cuerpos de esos individuos habían sido cooptados por cincuenta y cinco agentes en el desempeño de sus respectivas funciones y tareas.

Y pudieron haber muerto más, porque según había dicho Anubis, todos esos agentes en las cápsulas—y de ellas había, como ya he dicho, millares—jamás podrían regresar al Primer Mundo, ni se acordarían de sus misiones y verdaderas identidades, borradas de su memoria por el reinicio de los sistemas.

Estaban perdidos para siempre.

Asumirían la personalidad original de los hombres, mujeres, niños o mascotas cuyos cuerpos habían poseído.

Putifar no las mandó a vaciar porque se lo impidiera el remordimiento, sino porque reciclar una cantidad tan grande de agentes, ocasionando la correspondiente cantidad de muertes en el Tercer Mundo, suponía una masacre que llamaría la atención. Ya las irían vaciando poco a poco.

Cincuenta y cinco reciclados ya era una cantidad considerable de muertos. Algunos caerían fulminados por un infarto, pero no todos, porque un efecto tercermundista provocado por una causa primermundista nunca es una traducción literal. Algunos morirían infartados, pero otros morirían en accidentes de tránsito, o aéreos, víctimas de la violencia callejera, bélica o doméstica, o por la acción de parásitos, hambre, sed o enfermedades, o bien devorados por fieras, impactados por relámpagos y otros meteoros, o aniquilados por mano propia. Y aunque repentinas, esas muertes quedan ajustadas de antemano, coordinadas en el tiempo, explicadas y explicables, integradas a la historia. Así pues, la vida—ese trayecto interdimensional entre el Primer Mundo y el Tercero, pasando por el Segundo—se encarga de que, a raíz de su divorcio, Fulano se alcoholice por años, hasta que un día, este mismo día en que Cervatillo—¿o fue Cocoliso?—hace click en la función correspondiente y recicla el contenido de la cápsula 127, Fulano, borracho como una uva, atropelle a Mengano cuando cruzaba la calle, matando a Mengano, pero también al Senescal Primera Clase Volodya, que ocupaba la cápsula. Y aunque hoy es que ha sido puesto en marcha el vaciado de la cápsula 127 y el consiguiente reciclaje del agente Volodya, *a causa* de esa puesta en marcha se ha alcoholizado Fulano, o quién sabe si hasta se ha divorciado y *por consiguiente* se ha alcoholizado.

El tiempo en el Tercer Mundo se organiza a partir de estos designios del Primero, manifestándose como cosa previa cuando realmente es posterior: originada una causa en el Primer Mundo y acordado un efecto en el Tercero, la vida se encarga de unirlos por medio de una concatenación económica y precisa.

Y así, la causa que germina en el Primer Mundo no hace contacto de inmediato con el Tercero, sino que atraviesa el intervalo entre los mundos buscando los senderos de menor resistencia, hallando, como el agua que baja por una ladera, la mejor y más fácil manera de expresar su movimiento, impersonal y bruto, para desencadenar en el Tercer Mundo su efecto último, que en este caso era matar.

* * *

—Kabio, carajo—dice Elías asomándose a la ventanilla del Corolla—, mejor deja que vaya uno de los muchachos.

—Imposible. El tema es demasiado sensible. No confío en nadie. Solo en Duncan, y ya está allí.

—Pero Kabio...—dice Elías señalándole la careta de luchador con la que oculta sus facciones.

—Tú mismo me has dicho que lo que hay allí es un bembé de siete pares de cojones. ¿Quién se va a encontrar extraño que lleve una jodida máscara? ¡No pierdas más tiempo y haz funcionar este maldito cacharro!

Elías corre hacia el panel de control.

—¿Listo?

—¡Avanza!

Elías conecta el suiche machete.

* * *

En el Primer Mundo, Anubis y sus centuriones ya están acomodados en sus respectivas cápsulas, que lentamente se llenan de esa gel prebiótica indispensable para el salto ontológico.

—Su Señoría y agentes de Su Señoría—llama Putifar por el micrófono de la consola—, estáis prestos para ingresar al Tercer Mundo. Como saben, la cortina de positrones ha desaparecido y podemos ver desde la consola lo que pueden ver ustedes desde su cápsula, situación inédita hasta el día de hoy. Estáis delante del Torbellino de Maneschi, y en él se desparrama un ingreso anómalo que incorpora o se come a los ingresos normales, que gravitan hacia él inexorablemente. Percibo, y seguramente ustedes también, que a medida que crece este gigantesco agujero adquiere una ligera rotación en contra de las manecillas del reloj, es decir, que gira en dirección contraria al Torbellino de Maneschi. ¡No se acerquen a él! ¡Manténganse lo más alejados que puedan! Acudan a las esquinas del cuadrante y ocupen el primer ingreso que se les presente. ¡No se pongan quisquillosos!

—Señor director gerente—responde Anubis con parsimonia—, me acompaña una centuria de agentes élite y de sobra conoce usted mis proezas en Nínive y Moab, y las de mucho antes también, eones atrás. Aquí todos somos perros viejos, y yo el más viejo de todos. Cómodamente bordearemos la anomalía y nos estableceremos en los ingresos que más nos convengan. Déjenos a nosotros hacer nuestro trabajo y ocúpese usted del suyo.

Dicho esto, Anubis y sus cien agentes inician su descenso al Torbellino de Maneschi.

Y casi al instante son absorbidos por el ingreso anómalo.

A través del agujero, que con este nuevo y nutritivo alimento ha triplicado su tamaño, Putifar y sus ayudantes ven cómo las personas que huyen del coloso pasan de parecer cucarachas a parecer hormigas, y hasta chiripas.

Y ven también cómo la mano monstruosa entra en el campo visual y agarra a una de ellas y se la acerca a la cara y la engulle.

Un hombre, sin duda, fornido, vestido con una guayabera.

El rostro cubierto con una máscara de luchador.

32. La Gorda

El primero en pararse, embarrado de melcocha digestiva, es Maltés.

El segundo, Franky.

El tercero es Broli, que acto continuo encañona a Franky.

—Tah muelto, kántoe cabrón—dice Broli a Franky en perfecto carolinense—. Te wa dejal pegau igual kea'tuel-mano, huelebish.

Y es que Broli, como toda persona con un cargo de consciencia, era presa de la paranoia del culpable. A consecuencia, pierde la tabla por cualquier cosa, porque piensa que todo tiene que ver con él. Y desde que vio a Franky con Chanoc, antes, en la calle, se le metió entre ceja y ceja que aquel corre-corre era un hit, que Franky estaba allí para matarlo. Pero Franky no sabía quién carajo era Broli ni qué había hecho hasta que el mismo pendejo de Broli abrió la boca.

—¿Tú, cabrón?—pregunta Franky—. ¿Tú mataste a Abiel? No...

—¡Hey! ¡Pssst! ¡Mamabicho!—dice Chanoc chasqueando los dedos como para llamar la atención de un perro. Y como buen perro, Broli atiende: Chanoc lo está encañonando a él—. Suelta el juguetito, papi, antes que te deje pegao yo a ti.

—Chanoc—implora Franky—, dime que no es verdad que este frontú huelehierro fue el que le dio pa abajo a mi hermano.

—¿A quién tú le estás diciendo huelehierro?—pregunta Broli acercándose con el arma en alto—. ¿A quién tú le estás diciendo frontú?

—¡Cállate, Franky, puñeta!—ordena Chanoc.

¡Díganme rápido si ese último intercambio no es tremendo coro para una canción!

¿A quién tú le estás diciendo huelehierro?
¿A quién tú le estás diciendo frontú?
¡Cállate, Franky, puñeta!
¡Cállate, Franky, puñeta!

¿Maltés? Calladito. Porque Boca'e Lobo, detrás de Chanoc y Franky, está volviendo en sí. Y Boca conserva su arma.

Nolo, Cuqui y Fernan están aún fuera de combate, envueltos en flema eupéptica.

El empate mexicano sería roto en breve por el esbirro de Maltés.

Ha llegado la hora de que intervenga un servidor.

Ha llegado el momento de que salve a mi hermano.

* * *

¡Jajajajajaja!

¡La cara que pusiste no tiene precio!

Pero no es ahora el momento de ponernos a hablar de eso. Si hubieras leído con más atención habrías sacado quién soy mucho antes.

Tengo que salvar a Franky y no hay ni un minuto que perder.

¿Que cómo? ¡Ja! La idea me la dieron los espectros que se llevaron a Blancanieves. Si los itusis pudieron venir a llevarse a su pariente después de muerto, yo puedo salvarle al mío la vida.

Ustedes que me leen están vivos, así que no entenderán lo que tengo que hacer y que hago de manera intuitiva; los muertos adquirimos instintos nuevos y extraños reflejos involuntarios.

Intentaré, no obstante, una comparación. Lo que tengo que hacer se parece a.... flexionar los músculos para salir bien en una foto. Y concentrarme en Broli.

Solo Broli será testigo de mi fugaz regreso.

¿Qué ve Broli? Nada, al principio. Al principio solo oye.

—¿Qué es eso? ¿Qué es ese ruido?—dice el pobre. Soy yo que me acerco. Broli empieza a mirar a todas partes.

—¿Broli?—dice Maltés.

¿Qué oye Broli?

Broli está oyendo el motor de mi Ducati. El sonido de un bloque Testastretta DVT 1262 entregando el torque máximo a cinco mil revoluciones por minuto. Un escándalo que Broli conoce muy bien, un estruendo que es la banda sonora de sus pesadillas.

—¡Puñeta! ¿Dónde está ese cabrón? ¿Ustedes no oyen a ese cabrón?

Broli está desesperado, pero no deja de apuntarle a Franky. Voy a tener que llegar.

Entro a to lo que da y freno rallando delante de Broli, que cae de culo gritando. Los presentes entienden que Broli está teniendo un ataque psicótico.

Estoy vestido de motociclista, de punta en blanco: blanca la chaqueta, blancos los pantalones, blancas las botas y el casco. La motora, claro está, es blanca también, porque se supone que soy un fantasma venido del más allá.

Me quito el casco.

Pa qué fue eso...

—¡Ah! ¡Ah! ¡Ah! ¡Ah!—dice Broli levantándose y tirando la pistola lejos de sí—. ¡Perdón, cabrón! ¡Perdóname, cabróoonnn!

Mi respuesta: acelero el motor.

—¡Ah!—grita Broli, tapándose los oídos. Los demás están demudados, anonadados, maravillados... por Broli. Nadie más puede verme ni oírme.

Broli se encarama encima de Maltés como un nene chiquito.

—¡Míralo ahí! ¡Míralo ahí! ¡Míralo ahí! ¡Míralo ahí!

Y ahora es la Gorda la que ronronea, vibra, aumenta la intensidad de la iluminación. Ha digerido a Ramón y calienta motores. Chanoc se aspavienta, retrocede, cae.

—¡Suéltame!—grita Maltés, pero Broli es un amasijo de nervios. El bichote hace lo único que puede hacer: avanza dando traspiés hasta la caldera y echa adentro a Broli.

Mientras esto sucede, la Python .357 de Boca'e Lobo esquiva su mano y se arrastra solita, por el piso, hasta la mano de Franky.

Embuste... Soy yo que la empujo con mi bota fantasmal.

Boca no lo cree. Franky tampoco, pero empuña el arma. Como yo le enseñé. Boca'e Lobo vuelve acostarse, mostrándole las palmas a Franky. Se rinde.

Estoy exhausto. Me concentré en Broli, luego en la .357, que pesa con cojones... Ahora, antes de irme, me concentro en Franky.

Pero no me le aparezco en motora ni vestido de punta en blanco. Me le aparezco como era cuando lo amaba más que a nada y nadie en el mundo, y cuando era amado más que nada y nadie en el mundo por él. Me le aparezco de nueve años, con una camiseta Underoos de Aquaman y unos Wranglers brincacharcos.

Franky acerca su mano libre a mi cara.

—Abi—dice resistiendo el llanto—. Abi...

—Dile a mami que perdón—digo y le sonrío—. Te quiero, cabrón.

Franky se va a poner a llorar y para llanto no tenemos tiempo.

—Horita, pendejo. Ahora párate.

¡Fua!

Me desaparezco. Justo a tiempo, porque ya no podía "flexionar" más.

Lo bueno de Franky es que nunca había que decirle las cosas dos veces. Se para como un resorte y encañona a Maltés.

—No, no—dice Nolo y Franky observa que tiene encañonado a Chanoc.

Un empate mexicano oferta agrandada.

—¡Vrrrrrrrmmmmmmmm!—intensifica la Gorda su ronroneo.

—Dile al civil que baje el arma—dice Maltés a Chanoc.

—Nolo, ya escuchaste, baja el arma—juega Chanoc.

—¿A que tú no sabes—pregunta Maltés—, lo primero que voy a hacer cuando Nolo prenda este avión? Incinerar Covadonga.

Nolo arruga la frente, porque su chilla vive en Covadonga.

—Bestia—responde Chanoc, más inteligente que Maltés—, esto no es ningún avión. Yo no sé bien lo que es, pero cuando Franky lo *despierte* voy a arrasar Ramos Antonini.

Y ahora es Franky el que da un respingo, porque el jevo suyo vive en Ramos Antonini.

Maltés y Franky siguen escalando sus amenazas y revelando planes de acabar con residenciales y urbanizaciones donde Nolo y Franky tienen gente querida o negocios o barras preferidas.

Una sola mirada que intercambian es suficiente para coordinar el siguiente paso.

Franky apunta a Chanoc.

Nolo apunta Maltés.

Ambos se callan al mismo tiempo y al mismo tiempo caen, derribados por sendos culatazos.

En este momento, desde la escotilla superior, cae en medio de ellos Georgie...

* * *

...seguido de Edna y Duncan Domènech.

Domènech evalúa rápidamente la situación.

—Entreguen sus armas y háganse a un lado—les dice a Nolo y a Franky, extendiéndoles la mano palma arriba. Los interpelados le entregan sus armas.

—¿Cómo hiciste eso?—pregunta Edna.

—Lo pedí. No contaba con que me obedecerían. Estoy tan sorprendido como tú.

—No queremos más problemas—dice Nolo—. Yo lo que quiero es irme y sacar de aquí a estos dos cabrones.

—¿Por qué?

—Porque quieren acabar con Puerto Rico.

Duncan reflexiona y dice:

—No. Se quedan. Si están aquí es por algo.

Parsimonioso, el agente camina de aquí para allá como si buscara algo que debería estar ahí y no está. Le dedica a Edna una mirada recelosa.

—¿Y tu abuelo?—pregunta—. ¿Adónde está?

Edna, agallúa, frontúa, puesta para esto, cómoda en su papel, se cuadra con autoridad delante de los dos extraños.

—¿Dónde está Ramón?—pregunta.

—¿Quién?—dice Franky.

—Aquí no hay ningún Ramón—dice Nolo.

—Un viejo alto, negro, con la cabeza blanca.

Nolo y Franky niegan con la cabeza sin haberse puesto de acuerdo primero. Si dicen la verdad y luego no pueden ubicar al hombre, esa mujer lucía capaz de ajusticiarlos allí mismo. Por no hablar de que a ninguno de los dos les entusiasmaba la idea de confesar que un envejeciente les había dado una sonora catimba... ¡Este es!

Boca'e Lobo les sigue la corriente.

—El único negro que hay aquí—dice poniéndose de pie con dificultad—soy yo, y tampoco quiero más problemas.

—Pónteme por aquí a un ladito donde pueda verte—recomienda Edna—y no los tendrás.

Boca obedece.

—Tú, ¿cómo es que tú te llamas?—demanda Domènech.

—Georgie.

—Edna dice que eres ingeniero.

—No, yo empecé a estudiar ingeniería, pero no terminé.

—Edna dice que eres un genio.

—*Era.*

—¡Georgie, carajo!—se exaspera Edna.

—¡Pero es que yo no sé lo que ustedes quieren!

—Que nos ayudes a reparar esta nave—dice Edna—. Te lo he explicado cien veces.

—¿Nave?—dice Georgie—. ¡Pero si parece que estamos dentro de un riñón!

—Es un organismo vivo—dice Franky—. Un animal.

Duncan lo mira como si recién descubriera que estaba ahí.

—¿Qué hacen ustedes aquí?—pregunta señalándolos sucesivamente con el índice.

—Este hijo de puta—dice Franky pateando a Chanoc—me trajo aquí para robárnoslo.

—Y este otro hijo de puta—dijo Nolo sin patear a Maltés—me trajo aquí para lo mismo.

—¿Y por qué? ¿Quiénes son ustedes?

—Yo soy Nolo.

—Y yo Franky.

—O sea, *¿qué* son, *qué* hacen?

—Yo soy mecánico.

—Y yo veterinario.

Un ingeniero, un mecánico y un veterinario entran un día en una nave espacial biológica. ¿Superdesignio o chiste malo?

¿O ambas cosas?

Duncan Domènech sonríe.

—Tú, Georgie. Para que un motor arranque, ¿qué necesita?

—Eh... eh...

—Energía—dice Edna impaciente—. ¿No es así, Georgie? Para que cualquier cosa se mueva, necesita energía o una transferencia de energía.

—Sigue.

—En los motores convencionales, esa energía se obtiene de combustibles. ¿Verdad, Georgie?

—Eh... eh...

—Nolo, ¿dónde se pone o se echa un combustible?

—En un tanque.

—Ese tanque, Franky, ¿cómo se ve ese tanque en un animal?

—Debe parecer...—dice Franky acercándose a la caldera de la nave—un estómago.

Todos lo siguen.

—Lleno de ácidos pépticos.

Duncan agarra Cuqui, que está ahí mismo, y lo tira en la caldera. La Gorda aumenta la intensidad de sus ronroneos, la cámara donde se hallan se ilumina por completo y un violento temblor casi los postra.

—¿Qué fue eso?—pregunta Nolo.

—Se desatascó del techo—dice Edna mirando a través de la córnea—. Estamos flotando.

—Así mismo—dice el agente Domènech——. Sigamos, que vamos bien.

Y así prosigue la conversación: Edna teoriza en nombre de Georgie, Nolo describe la pieza y Franky identifica el órgano homólogo en aquella oquedad infernal. Descubren, ahora que tienen buena luz, que el piso y las paredes también son materia viva y pulsante, órganos y sistemas. En poco tiempo, la ingeniera, el mecánico y el veterinario diagraman el funcionamiento de la Gorda.

Pero no encuentran ningún desperfecto. La nave simplemente no tiene fuerzas. Echan a Fernan en la caldera, por si es hambre que todavía tiene. Y esta manera tan casual con la que tiran a la gente en la caldera de la Gorda me hace pensar que es de aquí que vienen las imágenes infernales que han corrido por el mundo a través de la historia; que esas cavernas umbrosas no estaban debajo de la tierra, sino que surcaban los cielos, y que esas almas sufrientes que los demonios atormentan en los charcos de fango calcinante no son más que el combustible con el que esta raza de alienígenas le llenaba el tanque a sus naves. Lo cual significa que toda esa imaginería medieval es pura ciencia ficción.

—¡Brrrrrrmmmm!—baja de revoluciones la Gorda.

—Algo le pasa—dice Duncan—. Necesitamos un diagnóstico. Georgie, ¿por qué un motor que recibe energía no se mueve?

—Eh... eh...

—Eso es fácil—dice Edna, que ya ni intenta darle ánimo al tecato—. Porque otra fuerza lo frena. O porque está usando esa energía para otra cosa.

—Nolo.

—Un aire acondicionado tiene su propia correa, y gastas más gasolina cuando lo tienes prendido que cuando está apagado. Sobre todo si es un aire que no viene de fábrica.

—Franky.

—Un virus. Una bacteria. Un parásito. Algo que utiliza los recursos del cuerpo para sus propios fines. Es... extraño.

—¿Qué es extraño?

—Hemos identificado todos estos vasos y conductos, pero miren aquí, este ramillete de arterias y venas y divertículos que se enrosca por aquí y se desvía para acá abajo. Rompe con la simetría de todo lo demás.

—¿Y hacia dónde va?

—No lo sé.

—Pues vamos a ver.

Siguen el rastro de aquellos vasos sanguíneos anormales y descubren las escalinatas.

Bajan las escalinatas, siempre siguiendo el camino de los conductos, que reptan por las paredes y se vuelven cada vez más gruesos a medida que convergen en él vasos tributarios.

—¡Epa!—dice Edna cuando descubre el contrabando—. Esto parece mercancía de la botánica. ¡Papá estuvo aquí, Duncan! Conozco esta forma de organizar las cosas.

Pero ni Duncan ni los demás le hacen caso, porque ahora llegan al lugar en donde el conducto, que ha adquirido un diámetro enorme y un aspecto colorido, penetra una de las paredes, recubriendo el resto con sus ramificaciones y tejidos.

Y entre la malla de vasos sanguíneos Franky detecta un resplandor.

Mete los dedos, separa los ramilletes y se asoma.

Se aparta rápidamente y suspira.

—¿Y entonces?—le pregunta Duncan Domènech—. ¿Qué es este tubo, por fin?

—Un cordón umbilical—responde Franky.

33. Haesitare

Lo primero que hace Kabio Sile cuando se apea del Corolla y pone pie en suelo tercermundista es prender un Churchill.

Lo segundo es orientarse y ubicar la nave estrellada, lo cual no es tarea difícil ni mucho menos, ingente como era e incrustada como estaba en la cúpula de la plaza del mercado de Santurce. Y aunque sorprendido, no abre la boca lo suficiente como para que se le caiga el cigarro.

—Si seré idiota—musita riéndose—, yo dizque jugando a la lotería y mira aquí el premio mayor.

Alarga el pescuezo y mira a todas partes a ver si halla a Duncan Domènech, pero como ya hemos dejado establecido anteriormente, Domènech había salido con Edna hacia la nave dispuesto a arrebatársela a quienes se la estaban disputando y seguro de que prendería aunque pistoneara un poco al principio.

Kabio Sile, director del Bureau de Inteligencia y Operaciones Tácticas del Segundo Mundo, ignora a la gente que corre despavorida en todas direcciones, puesto que si algo le han enseñado los saecula saeculorum que lleva de funcionario gubernamental, es que en el Tercer Mundo siempre hay una masa de gente corriendo despavorida. Si está él allí, necesariamente algo ha pasado ante lo cual salir juyendo es la reacción inmediata. Y a veces ha sido precisamente porque él está allí que la gente sale en estampida, pero eso pasaba en otras épocas, entre gentes muy poco informadas que se espantaban de cualquier cosa, y tenía mucho que ver, hay que admitirlo, con los métodos que antiguamente usaba el Segundo Mundo para trasladar a sus operarios al Tercero. Carros de fuego, nubes resplandecientes, relámpagos y truenos, trombas marinas, zarzas ardientes... En comparación, apearse de un Corolla punto ocho color crema no tenía por qué azorar a nadie.

Kabio Sile se digna ahora a buscar la causa de la conmoción y remonta la calle Roberts en dirección a la plaza del mercado. Y no tiene que caminar mucho, porque desde la acera opuesta puede ver que en la esquina izquierda del cuadrilátero formado por la plaza se agita, tiembla, pisotea, manotea y, en suma, aterroriza a la ciudadanía allí presente un vestiglo repugnante.

Y ahora sí se le cae el cigarro de la boca a Kabio Sile.

Un narrador inepto o impaciente dejaría el asunto en "vestiglo repugnante". Pero como yo no soy inepto y no tengo ni chispa de prisa, voy a destinar los próximos párrafos a describir la bestia arrinconada entre Café Plaza, Órale Güey y la Agencia Hípica Amarilis #129, y que felizmente aplastaba a los presentes con una pata palmípeda o los agarraba con unos bracitos enclenques que terminaban en terribles garras, para entonces alzarlos sobre su horrorosa cavidad oral y dejarlos caer adentro.

Era un gusano tubular, anillado, blanco, de treinta metros de altura. Tenía, como dije, dos patitas palmeadas por una membrana interdigital, que usaba más para pisotear a quienes se interponían en su camino que para descansar sobre ellas su cuerpo, el cual se erguía sobre una cola plana y ancha. Era ciego, o bien, si veía, lo haría valiéndose de otros órganos y no de ojos. Unos bracitos de Tyrannosaurus Rex tenía a mitad de lo que podríamos llamar su torso.

Sin las patas y sin los brazos, la criatura era una estampa fidedigna de las lombrices areneras de Arrakis, las legendarias shai-hulud, si bien la que nos ocupa, por su tamaño, sería considerada un especimen juvenil o larvario. La boca tampoco exhibía la compuerta trilabial de la shai-hulud, y sí la apertura circular del Sarlacc que, en Tatooine, por poco devora a Luke Skywalker.

Este gusano estaba comiéndose a la gente, que manoteaba y agarraba y dejaba caer directamente en su gaznate, y que tragaba sin miramientos con una peristalsis que sacudía todo su cuerpo, tal y como sucede con Kaonashi, ese insaciable espíritu sin rostro de *Sen to Chihiro no Kamikakushi*. Y cada vez que traga más grande se pone, más gordo, más alto, transformación que acompaña con unos estremecimientos verdaderamente repulsivos, una temblequera acompañada por sudores gelatinosos que recuerdan a los *slayers* de Krull cuando eran abatidos y escapaban de sus cascos para ocultarse en la tierra... Y relucía además con matices metálicos, como un xenomorfo en plena adolescencia, a medio camino entre el estado larvario y la madurez.

Pero lo peor de todo, lo que más infundía pavor en todos, incluso en Kabio Sile, es que todo esto sucedía en silencio, puesto que la albina serpiente esa ni rugía ni maullaba ni emitía sonido alguno, excepto por los que naturalmente se producían cuando abría la boca (que semejaba un beso bien sonado), cuando tragaba (que parecía un eructo), y cuando se remeneaba (que se oía igualito a cuando nos lavamos las manos con demasiado jabón).

Observándola, Kabio se da cuenta de que a veces aquella giardia colosal tragaba cosas invisibles que parecía capturar con la boca en el aire. Y era este alimento transparente el que más la enloquecía y el que más eficientemente contribuía a su crecimiento.

Treinta metros tenía cuando por primera vez lo vio. Ahora, al cabo de unos pocos minutos, el monstruo alcanza los cincuenta.

Y he aquí que el gusano abre la boca y permite que a ella entre un verdadero arroyo de nutrientes fantasmales, como puede verse por el hecho de que no cierra la boca durante un buen rato, por la interminable peristalsis que recorre su cuerpo de culebra... y por la manera en que, de un momento a otro, ha alcanzado los cien metros de altura.

¡Ahora sí toda una shai-hulud!

—Hmmm—hizo Kabio Sile, el único que ni corría ni se desesperaba ni pedía auxilio, tieso en medio del tumulto, un río que, encontrando esta roca en su trayecto, la esquiva, la elude, choca con ella—. Siempre hay algo.

Y como si lo hubiera escuchado, la temible y ahora descomunal áscaris fija su atención en Kabio, lo estudia brevemente ladeando con inteligencia su cabeza sin ojos, una cabeza todo boca y una boca, ahora lo ve bien, una boca, decía, todo dientes, filosos, cristalinos, como vasos rotos, como esos filos de botella con que se resguarda el tope de los muros en las parcelas, pero puestos en hileras concéntricas que primero rodean la circular encía para entonces perderse hacia la garganta y de la garganta perderse hacia el esófago, ¿y quién diablos sabrá si el interior de su cuerpo todo no estará forrado de esas amoladas cuchillas?

El gusano se inclina sobre Kabio Sile y de un zarpazo lo captura, lo alza sobre aquella vorágine dentada y lo deja caer adentro.

* * *

Confieso que quisiera dejarle a otro la narración de lo que sigue a continuación, no porque se torne en un desafío a mi aptitud, que es mucha, ni a mi paciencia, que es infinita. No es por eso que me atrabanco y titubeo y hesito (ve: sal corriendo a decir, diablo, mira qué bruto este tipo, dizque "hesito", no supo qué decir y convirtió al español el verbo inglés "to hesitate", jajajaja, diablo cuánta gente mediocre... Pero no. *Hesitar*, no del inglés "to hesitate", sino castellano puro del latín "haesitare", verbo intransitivo poco usado que significa "dudar, vacilar". Ya he dicho que controlo todas las palabras, vigilo todas las perspectivas y que me adornan todas las estrategias del lenguaje y de la cultura... ¡Mamabicho!).

No. Me atrabanco, titubeo y hesito, porque lo que pasa ahora me descoloca a mí mismo. Sí, ¡a mí! ¡A mí, que he visto todas estas maravillas, prodigios, fenómenos, sucesos y milagros! Y es que los huevos se ponen a peseta de aquí en adelante, y lo que no me engranujó la piel antes de ahora, me la engranujará. Y sentiré miedo, sentiré pavor. Querré abandonar mi tarea, cerraré los ojos, me morderé la lengua. Querré despertar, ¡querré despertar! Pero inútilmente, porque ya estoy despierto.

* * *

Kabio Sile, convertido en piscolabis, cae cae cae por el sumidero que ya hemos descrito, que se ensancha a medida que desciende, cada vez más oscuro, cada vez más silencioso.

Al cabo de muchas horas, tan oscuro y silencioso se pone que Kabio no sabe ya si cae aún, no sabe para qué lado es arriba y para qué lado abajo, no sabe dónde empieza y dónde termina su cuerpo.

Todo es quietud.

Rumores. Pasos de alguien que no quiere hacer ruido. Objetos que alguien desplaza con cuidado sobre una superficie. Estuches que se cierran.

Kabio sigue rodeado de una oscuridad espesa, densa, pero un instinto irrefrenable hace que abra los ojos, pese a estar convencido de que ya los tenía abiertos.

Y ve delante de él a Magda, que se arregla delante del espejo del gavetero. Se aplica sombra en los párpados, delicadamente. Termina y cierra el aplicador. Ahora un poco de polvo. Ahora pintalabios.

Está vestida para salir. No para salir a ningún evento especial. Para salir... a hacer diligencias.

Kabio mira a su alrededor: se halla en un dormitorio pequeño, desarreglado, acostado sobre una cama twin vestida con colchas baratas. El gavetero es de plywood, adornado con exageradas florituras. En el tope no cabe un artículo más: perfumes, aerosoles, desodorantes, cepillos, mascaras, cremas, ungüentos, lociones, un secador de pelo, la Biblia, revistas, una botella de alcoholado Superior 70 y un televisor de veinte pulgadas colman el espacio.

—¿Dónde estoy?—piensa Kabio, o lo susurra, no está seguro, pero al instante sale de dudas. Lo ha dicho, porque Magda se da la vuelta, le sonríe y camina hacia él.

—Mi corazón bello—dice y le besa la frente. Kabio ha sentido el contacto, pero no el beso.

—Voy a salir un rato a casa de Gloria—prosigue Magda—. Después me voy a parar en la farmacia a comprar Motrin, que se acabó. Quédateme tranquilito ahí, ¿oíste? Acuérdate lo que dijo el doctor. Cuando yo vuelva te caliento la comida y te la traigo a la cama. No te pares. Mira, ahí tienes agua y las últimas dos Motrin, por si te vuelve el dolor. Y el control de la televisión, míralo. Horita empieza el programa ese de bochinches que te gusta, ponlo.

—Pero...

Magda le planta otro beso en la frente, que Kabio tampoco siente, y se sale de la habitación.

Kabio se incorpora sobre la cama.

—¿Qué demonios pasa aquí?

Se levanta. Camina al espejo.

Y en el espejo ve su reflejo.

Un hombre vestido con un piyama disparejo le devuelve la mirada. Un hombre con la cara enmascarada por vueltas y vueltas de esparadrapo y vendas que cubren de su cara el negro y chamuscado pellejo.

34. ¡Contrallación!

La Gorda estaba preñada.

—Siempre hay algo—dice Duncan Domènech, derrotado.

—¡Embuste!—dice Edna—. Deja ver.

Y mete la cabeza entre la malla placentaria. Adentro ve, cómo no, una versión más pequeña—pero todavía enorme—de la Stygma X-99, flotando en líquido amniótico.

—Veeeete pal carajo—dice Edna incapaz de apartar la mirada.

Una repentina sacudida de la nave madre la hace reaccionar.

—Estamos en movimiento—dice Duncan y sube con los demás a la concavidad de control. Allí, a través de la córnea de la Gorda, todos son testigos del mismo acontecimiento: una tenia gigante devora a los festejantes en la plaza del mercado.

—¡¿Quién me manda?!—llora Georgie dándose puñetazos en la cara—. ¡¿Quién me manda?!

—Qué cosa cabrona—se admira Franky.

—¡Contrallación!—dice Edna.

—Cuando no es una cosa es la otra—sentencia el agente Domènech.

—Anjá—comenta Nolo.

La nave acelera hacia el monstruo.

—¿Pero qué haces?—pregunta Edna a Duncan, horrorizada.

—No hago nada. Está en automático. Ha detectado un peligro y hará lo posible por defenderse. A sí misma, pero sobre todo a su cría.

La Gorda ataca a la lombriz con su mortífero cañón... y no logra hacerle ni un solo rasguño. La tenia, enfurecida ante aquella falta de respeto, le tira a morder.

Por un breve momento, los tripulantes y polizones de la Stygma X-99 se asoman al interior de las fauces rodeadas de afilados dientes.

Georgie se tira al suelo y se abraza a las piernas de Edna.

Nolo se persigna.

Franky cierra los ojos.

Duncan Domènech mira a Edna. Edna mira a Duncan Domènech.

—Se la puse difícil—dice Domènech—al próximo que te saque a pasear.

Edna no intenta dominar la sonrisa que se apodera de su rostro.

—Esta es—dice—la mejor noche de mi vida.

Un instante después están dando vueltas y más vueltas en el interior de la nave, chocando con las paredes, el techo y el piso, paredes, techo y piso, como en una secadora. Creen que han sido tragados, pero no. La tenia los ha escupido.

La Gorda trata de estabilizarse inflando sus branquias, que se hinchan como las de un tiburón, pero cien veces más grandes. Suerte que los viajeros se agarran de las estalactitas, estalagmitas y columnas que hay por doquier, pues en el caos generado por los giros todo lo que no está sujeto, o no puede sujetarse, sale volando. Como el cofre de lujuria que Ramón ha dejado tirado por ahí, y que ahora da tumbos por todo el lugar hasta colarse por una de las ranuras de la branquia izquierda y perderse en el cielo. Lo mismo sucede con Maltés y con Chanoc, un poco más tarde, cuando la Gorda, todavía dando vueltas, sobrevuela Tras Talleres y Miramar: los bichotes salen disparados por las agallas abiertas de la Stygma X-99, revolotean como papelitos y desaparecen en la inmensidad en la noche.

Y mucho después, cuando la Gorda ya casi recupera una posición horizontal, Boca'e Lobo se suelta, creyendo que ha pasado el peligro, da un paso en falso y se enhebra a través de la branquia derecha tan perfectamente que no toca ninguna de sus superficies. Y se precipita como un peñón hacia la Bahía de San Juan, realizando una caída en picada que avergonzaría a Baby Bat, la chiringa acróbata de Suárez Toy House que tantas veces se te fue ajuste. Y justamente como te pasó a ti y me pasó a mí y nos pasó a todos con Baby Bat, Boca'e Lobo no *arrevira* antes de estrellarse contra la superficie para remontar vuelo hacia las alturas tan rápidamente como había descendido de ellas, sino que se revienta contra las aguas de la bahía, que, por la velocidad que lleva, lo reciben con la misericordia de una torta de cemento.

Pero lo que nadie ve—ni las parejas que chingan en Isla de Cabras, ni las parejas que transitan por el Paseo de la Princesa, ni las parejas que cogen cocolías en la desembocadura del río Bayamón, ni las parejas que beben cerveza en La Sazón del Gallo—es la embarcación vikinga que avanza por la línea costera del Castillo San Felipe del Morro y se acuesta por la mura de babor para entrar en la bahía. La nave es ligera y muy velera, con lo que en poco tiempo alcanza La Puntilla, dejando el Bajo Tablazo por el lado de estribor. Sopla un Altano de tierra a un descuartelar por la banda de babor y la embarcación se prepara para una virada por redondo. Los marineros arrían la cangreja y ponen la verga mayor en cruz, cayendo el navío rápidamente en sotavento. Pero en vez de bracear las velas de proa y cambiar las escotas de los foques, los tripulantes amainan velas y el velero se detiene. A babor flota el cuerpo inerme de Boca'e Lobo. Se asoma entonces por la borda una mujer con los pechos al descubierto y una espada firmemente asida de una mano. Se da con la espada cuatro planazos en la teta izquierda, que suenan como otros tantos cartuchazos, y Boca'e Lobo levanta la cabeza. Un marinero le lanza un cabo de amarre, que el derrelicto ase con firmeza. Es subido a bordo en un santiamén. La tripulación no tarda en izar velas, que agarran de lleno el Altano. Y con ese viento a favor, la embarcación aclara la maniobra y desaparece.

* * *

Mientras tanto, la Gorda y sus pobres tripulantes penetran en el espacio aéreo de Cataño y Toa Baja. El puente de mando está en completo desorden, la mercancía de contrabando desperdigada por todas partes, pero la nave ha estabilizado su vuelo, permitiendo a los estropeados pasajeros soltarse de sus asideros y hacer pie. No han llegado, empero, al fin de sus tribulaciones. Enfurecida y sedienta de venganza, la Gorda destruye a cañonazos todas las unidades de la Central Palo Seco (dejando a oscuras el área metropolitana), incinera la destilería Bacardí y pulveriza las ruinas de la ermita Nuestra Señora de la Candelaria. Si no hacen algo rápido, arrasará con Leavittown.

—El método nos ha servido hasta ahora—propone Domènech—, no lo abandonemos. Edna, ¿cómo estabilizamos un sistema?

—Enfriándolo—contesta Edna.

—Nolo.

—Apagándolo.

—Franky.

—Sedándolo.

—¿Cómo lo logramos?—inquiere Domènech—. Si están aquí es porque algo deben contribuir al Superdesignio, que es brutalmente económico.

—Duncan—se resigna Edna—, yo creo que ha llegado el momento de que revises tu teoría.

—Ustedes dos—dice Domènech a Nolo y Franky—fueron reclutados para capturar este vehículo. ¿Que trajeron consigo para llevar eso a cabo?

Nolo se mete las manos en los bolsillos del mameluco y saca los dos artículos con los que anda todo maestro mecánico si debe andar ligero: un alicate de presión y una lata de penetrante WD-40.

—No—sentencia el agente.

Franky se mete las manos en los bolsillos y saca lo único útil que encontró en casa de su mamá antes de irse con Chanoc: un otoscopio.

—No—dice Domènech y se detiene delante de Edna. Edna se rebusca los bolsillos y encuentra en ellos lo siguiente: un papelito de Juicy Fruit, un recibo de ATH, un encendedor, su celular, un charm para el celular (roto), el talón de un boleto para la película *Uqbar* que vio hace una semana, una cajita de Clorets, un sobrecito de Panadol, una bandita y un conito de piragua con el teléfono de un jevo que conoció en Pine Grove el domingo pasado.

Duncan la mira a los ojos.

—¿Gerardo?—dice Domènech. Edna arruga el cono de papel y lo tira al suelo. Ducan Domènech se detiene entonces frente a Georgie.

El arrepentido y temeroso tecato mira al agente con ojos enrojecidos y llorosos. Está sucio, sudado, el pajón desarreglado y despeinado; luce, en suma, como alguien que ha sido sacudido muchas veces en una tómbola de la Lotería Nacional, y no es para menos.

—Tú—le dice Domènech—. Estás aquí porque te creí señalado por el Superdesignio, a lo cual se añadió el aval de la señorita aquí presente, que sostiene que eres o eras un genio. Pero lo único que he podido constatar es que eres un lastre y un escollo. Una rémora. Viene siendo hora de que demuestres que tienes algo que aportar a nuestra salvación y a la salvación de tu país, que está a punto de ser borrado de la faz de la tierra por esta bestia preñada en la que estamos atrapados. De lo contrario voy a asumir que estás aquí para servir de forraje a una madre endemoniada.

El pobre Georgie... ¡Qué maldita injusticia! No tengo ojos, pero se me aguaron. No tengo piel, pero se me puso de gallina. Si hubiera estado vivo le metía tremendo jinquetazo al cabrón de Duncan Domènech. No, men. Hay que ser compasivo, hay que comprender. Y no, no estoy jodiendo. Hay que verle la cara a Georgie, pana. Un hombre al borde del precipicio *de por vida*. Ese es el pobre Georgie. Y no, puñeta, no se merece que lo traten así. Además, coño, ¿qué ha hecho Domènech para ganarse un puesto en el Superdesignio del carajo ese? Bueno, salvo establecer que existe y coordinar los esfuerzos de los participantes... Pero, aparte de eso, ¿qué?

Y hay que ver con qué tristeza Georgie se mete las manos en los bolsillos, con qué desolación, con qué desamparo, con qué lástima, con qué resignación, con qué ganas de morirse, de que se lo trague la tierra, con qué infinitos deseos de que el agente Domènech sea fiel a su palabra y lo tire en la cámara gástrica de la Gorda. Y cuando, sintiéndose más inútil que la crayola blanca, de los bolsillos saca solo unas cuantas pesetas y vellones—porque Domènech y Edna ni siquiera le permitieron recoger los chavos que se le cayeron en el piso de la plaza del mercado—se alegra, porque su fin ha llegado, porque finalmente descansará en paz, porque, confirmada la fatal inutilidad de su existencia, podrá morir sabiendo que al menos sirvió para alimentar a alguien.

—Duncan, mira ahí...—alerta Edna señalando la cabeza de Georgie—. ¿Qué es eso?

Domènech se acerca al tecato y observa que, enredados en sus greñas, colocados ahí seguramente durante el caos que desperdigó los artículos de contrabando por todo el interior de la nave, hay dos saquitos. Edna los reconoce. Domènech también. Presentan el formato clásico de un contrafufú. ¿Pero cuál?

Edna quita uno.

Domènech el otro.

Uno dice: "Paz y sosiego".

El otro dice: "Serenidad y paciencia".

35. El conde de Montecristo

¿Qué es esto? ¿Será posible? ¿Se reduce todo a un sueño, una fantasmagoría, una quimera, una fantasía febril? ¿Un disparate incoherente, un espejismo neurológico, una locura, un episodio esquizoide? ¿Un delirio de grandeza, una entelequia medicamentosa, una maldita alucinación?

¡No! ¡No y mil veces no! Me rehuso a creerlo. ¡Me rehuso dije!

¿Que todo lo que he contado no haya sido más que los rizos de la imaginación de un tipo con la cara quemada en sabrá Dios qué accidente, y que me vea yo ahora en la obligación de terminar mi cuento como los sananos y los wannabes, diciendo "... y entonces se despertó; todo había sido un sueño"? ¡Sea la madre! ¡El bicho!

El mismo Kabio no lo cree. Con calma y sangfroid se dispone a investigar. Abre una gaveta y en medio de un sinfín de muy masculinos efectos personales (relojes, un calzador, medias finas, una mariconera, una peinilla de carey, un cuadro con las carreras de la semana pasada, pulseras de oro, una medallita del niño Jesús que le regaló su madrina cuando nació, un frasco de Vitalis por mitad y mil cosas más) encuentra una billetera de cuero abultadísima.

Adentro halla una licencia de conducir vencida, viejísima, la foto del conductor empañada, distorsionada por emulsionantes que se han salido de solución. El nombre, no obstante, se lee claramente: Carlos Silié Aybar. Y lo mismo dice su carnet del Hospital de Veteranos, y su ID de SAMS, y su seguro Triple S, y muchas otras tarjetas de identificación que guarda, todas con el retrato diluido, movido, roto, borroneado.

¡Ay coño! Toma fuerza la teoría de que Kabio Sile no existe, o solo ha existido en su cerebro, sumido en el caos por algún incendio que le ha consumido la cara, y que todo lo experimentado hasta el momento no ha sido otra cosa que una complicada y absurda pesadilla.

Y peor.

Porque Kabio, aunque sigue convencido de que se llama Kabio, también sabe que es verdad que se llama Carlos (y que Magda se llama María). Y no solo eso, sino que ahora, sentado en la orilla de su cama, reconoce su habitación y sabe lo que hay en cada gaveta, en cada rincón de su closet, en cada centímetro de su casa.

Sin que tuviera que esforzarse mucho piensa en su vida como Carlos y acude a él su día a día con un lujo de detalles que cualquier biógrafo hubiera considerado un bombo al pitcher—que no es lo mismo que un bombo al cátcher.

—Yo—piensa Kabio... quiero decir, Carlos—, yo... yo me levanto por la mañana. Me doy un baño y me perfumo y me como un buen desayuno. Después yo leo la prensa. Leo hasta las esquelas. O me pongo a ver novelas.

Carlos se pone de pie y sale de la habitación. La sala no le representa ninguna sorpresa. Es su sala, la sala de toda la vida.

—A la hora de las doce—prosigue Carlos con su reflexión—yo me como un buen almuerzo de arroz con habichuelas y carne guisá. Después me voy a la hamaca a dormir una siestita. Y a veces duermo dos horas y a veces más.

Y, en efecto, en el patio de su casa hay una hamaca atada por un lado a un palo de guanábana y por el otro a una malagueta.

—Y me levanto como a las tres—dice el azorado Carlos—, y me tomo un buen café. Me fumo un cigarrillo y cojo mi guitarra y me pongo a cantar.

Y Carlos cantó:

A la la,
A la la,
A la la lara la lara.

—Y a la hora de la comida—continúa Carlos con su repaso—que prepara mi mujer: un bistec con papas fritas, con ensalada y mil cosas más... Y me lo mando y no hago más na.

Carlos sale ahora a la galería de la casa, fortificada con celosías ornamentales y bordeada por un seto de coralillo. En ella hay dos mecedoras, una mesita con revistas, y cuelgan de las rejas tiestos con helecho de pozo, orquídea de pobre, azaleas y cinta.

—Luego me voy al balcón, cual si fuera un gran señor, a mecerme en el sillón, con mi mujer, a platicar.

Y canta nuevamente Carlos, arrobado:

¡A larara la la!

—¡Ay!—exclama Carlos—. Y cuando se me pega el sueño, enseguidita me voy a acostar. Y duermo hasta por la mañana... ¡Y no hago más na! ¡Más na!

¡Dulce prospecto! ¿Quién diablos querría ser Kabio pudiendo ser Carlos? ¡A la mierda!

—Es—dice Carlos tratando de sonreír, forzando los vendajes—como si me hubiera pegado con el premio mayor.

Quedando confirmado aquello de que “no hay ventura ni desgracia en el mundo, sino la comparación de un estado con otro”, y que recién leo en un volumen ilustrado de *El conde de Montecristo* que Carlos tiene arrumbado en un librero, perdido entre montañas de Geomundos y Reader’s Digests.

Como anillo al dedo, ¿o no?

Seguramente esa vida anodina, muelle y regalada la daba Carlos por descontado, pero no Kabio, a quien ni por un instante le ha preocupado el hecho de que tiene la cara como media libra de cuchifrito. Total, su vida entera ha tenido que ocultar su rostro.

Carlos hurga y cucutea en el librero y descubre entre sus pertenencias cientos de vinilos. Las estrellas de la canción borikwá están allí debidamente representadas: Danny Rivera, Nydia Caro, Ednita Nazario, Jhensen, Raphett, Loubriel, Wilkins... pero no son los mismos, algo está desalineado, no lucen igual: Nydia Caro tiene el pelo negro, Ednita Nazario es blanca, Danny Rivera no tiene tatuajes y Loubriel es gordo, bajito y usa peluquín, ¡por Dios! Con los discos de salsa pasa lo mismo y además faltan instrumentos, faltan canciones, falta valor de producción. ¿Y por qué Chuíto es de Bayamón y no de Corozal? ¿Por qué el Gallito es de Manatí y no de Yabucoa? ¿Quién puñeta es Antonio Cabán Vale "El Topo"? ¿Quién puñeta es Roy Brown?

Todas estas son inquietudes de Kabio (y mías), no de Carlos. ¿Que cómo puede alguien albergar en la misma cabeza información contradictoria? ¿Que cómo puede Kabio maravillarse de lo que, como Carlos, conoce perfectamente? ¿Que cómo puede alguien saber algo y no saberlo al mismo tiempo? Mi gente: quienes estén haciéndose estas preguntitas jamás han estado en una relación abusiva, nunca han sido miembros de religión alguna y no pertenecen a ningún partido político... ¡Albricias!

Carlos-Kabio saca una cervecita de la nevera, se sienta en la sala y prende el televisor.

Una hora después lo apaga, horrorizado.

Una hora de programas y noticieros ha sido suficiente para entender que se encuentra en el peor de los mundos posibles, la definición misma del lugar equivocado a la hora equivocada.

Y peor.

Sus recuerdos de Kabio poco a poco se desvanecen. Se le escapan de las manos, escurridizos como peces, como esos sueños que tenemos temprano en la noche y que estamos a punto de recordar, pero... no, es imposible retenerlos, pierden consistencia, se evaporan hasta que, *¡fua!*, dejan de existir.

Poco a poco, gradualmente, Carlos desahucia a Kabio.

—Yo tenía algo que hacer...—se repite patéticamente—. Piensa, Kabio, ¡piensa!

Llega a su mente un nombre: Duncan. Una imagen: un Corolla punto ocho color crema. Un tumulto, una nave inmensa, un gusano.

—Imposible—susurra—. Cosas imposibles.

Se agarra las sienes, desesperado ya, y siente dolor. *Ojalá llegue María pronto con los analgésicos*, piensa, y sabe que ese fue un pensamiento de Carlos.

—Un momento—dice en voz alta. Se ha dado cuenta de que si puede acceder a sus recuerdos como Carlos, recordará seguramente el accidente que lo ha dejado así.

Momento en el cual la televisión se enciende sola y le habla.

* * *

Primero fue un pitido intenso. Lo escuchó solo en el oído izquierdo. Un tinnitus que le hizo engurruñar los dedos de los pies.

—¡Atención!—dice a continuación una voz autoritaria en el televisor por encima del tinnitus—. Si puede escuchar esta transmisión, es usted un ser elemental. Siga la dirección que le alivie el zumbido de sus oídos hasta llegar al lugar donde se le resuelva por completo.

Ninguna imagen en la pantalla, solo nieve estática.

—¿Qué demonios…?—dice Kabio.

—Repetimos...—dice la voz, y repite el mismo mensaje.

Pero esta vez añade una frase clave.

—No fue un sueño. No fue un sueño. Si puede escuchar esta transmisión...

Entonces son los recuerdos de su vida como Carlos los que se evaporan como un mal recuerdo.

Kabio coge un llavero que cuelga de una pared de la cocina y sale a la marquesina. Prende un Célica del 83 y se aleja rallando las gomas.

El tinnitus lo encamina. Avanzar en la dirección correcta alivia el dolor.

Desviarse a la derecha o a la izquierda recibe como recompensa una punzada tibia. Ir en la dirección contraria supone un dolor insoportable. El cuerpo mismo, buscando su confort, avanza inexorablemente hacia Santurce desde Trujillo Alto.

El trayecto le revela una ciudad descascarada. Edificios conquistados por el moho y la lama, sin que nadie se apiade de ellos y contrate un servicio de sandblasting. Calles inundadas porque la basura obstruye las alcantarillas. Estructuras multipisos que a todas luces parecen abandonadas cuando, de pronto, emergen de ellas varios empleados por la puerta delantera. Negocios que operan en casas que parecen hospitalillos. Calles desiertas, pero semáforos embrujados por drogadictos, indigentes, evangélicos y peor: militantes de partidos políticos que agitan latas con menudo. Iguanas verdes de pet shop cruzan las calles por decenas para defoliar los árboles que aún no han defoliado. Un país fantasma habitado por espectros y aparentemente gobernado por apariciones; una película sin guion, sin director, sin elenco y sin presupuesto, pero con una banda sonora de espanto.

Porque en el radio del carro, todas las emisoras susurran lo mismo: "¡Atención! Si puede escuchar esta transmisión, es usted un ser elemental; siga la dirección que le alivie el zumbido de sus oídos hasta llegar al lugar dónde se le resuelva por completo". Kabio se detiene en un semáforo en rojo y baja el vidrio del Célica. En la esquina aledaña, un grupo de jodedores mira un partido de baloncesto en un televisor que solo a él le comunica, por encima de las voces de los comentaristas, "No fue un sueño. No fue un sueño. Repetimos..."

Por doquier encuentra cadenas de comercios y restaurantes de comida rápida con extraños nombres en el difícil. De hecho, casi todo lo que lee por la calle está en ese idioma. Nuestros vecinos del norte siempre han ejercido una fuerte influencia cultural en la región y aprovechan cualquier oportunidad para imponer su hegemonía comercial, pero esto es absurdo. Lo inquieta sobre todo la proliferación de un extraño establecimiento de nombre *Walgreens*. No puede avanzar dos cuadras sin toparse con uno. Por un momento piensa que ha despertado en una dimensión distópica y que Walgreens es una cadena de centros de eutanasia y control poblacional. De ahí que haya tan poca gente en la calle.

Más alarmante todavía le parece la ocurrencia de *dos* banderas izadas en sus astas: una tiene un reguero de estrellas en un rectángulo azul colocado en el cantón superior izquierdo; la otra tiene una sola estrella en un triángulo equilátero, azul también. Ambas tienen franjas rojas y blancas, la primera más que la segunda. Dos paños charrísimos, parecen madre e hijita. Kabio no reconoce ninguna de las dos, y yo tampoco.

Ya en Santurce, en la calle Latimer casi esquina Canals, delante de una barra llamada La Vida es Broma, el zumbido en el oído desaparece.

Cientos de carros de todo tipo, mal estacionados, ocupan toda la acera de la calle Latimer, desde la Canals hasta la Robles. Y sigue llegando gente.

Kabio se apea y se dirige al tugurio, abriéndose paso a través de una verdadera muralla de hombres y mujeres que conversan en la calle y que, al verlo enmascarado, lo toman por alguien que sabe lo que está pasando y cómo resolverlo.

—Acabo de llegar de Hatillo—dice una señora de mediana edad, blanca, pasada de peso—, me llamo Mayra y trabajo en el Fondo del Seguro del Estado, pero soy Bastet, Senescal Primera Clase.

Un muchacho se le cuadra delante, se lleva el puño al pecho y lo retira veloz. Tiene una camisa manga larga color azul con la cara de Pippi Langstrumpf inexplicablemente bordada en la pechera.

—Senescal Primera Clase Uruk—dice—. Aquí, Edwin Rivera, manager del Wendy's de Lagos de Blasina, pa.

—Vengo matándome de Cubuy—dice una muchacha trigueñosa, jovencita—. Me llamo Yadira y estaba haciéndole las uñas a una clienta cuando supe que soy realmente la Senescal Primera Clase Sarangerel.

—Senescal Primera Clase Xul Solar—dice uno.

—Senescal Primera Clase Adonai—dice otro y le estrecha la mano.

—Senescal Primera Clase Tiamat—dice una anciana indigente saludando con el puño en el corazón.

Hace mucho tiempo, en una época primordial en la que todavía no era más que un simple recluta en una escaramuza regional, hace mucho mucho tiempo, piensa Kabio, que no se había visto rodeado de tantos buzos primermundistas.

No le resulta difícil reconstruir lo que ha pasado: despacharon una centuria a recuperar la nave contrabandista y fueron interceptados por el monstruo, que se los tragó a todos incluyéndolo a él.

—Y ese—dice Kabio para sus adentros—es el conducto que nos ha traído aquí.

—Señor...—se le acerca un joven muchacho, grande, sólido, muscular, vestido con una polo que ostenta un logo de Oliver Exterminating.

—Sí, sí—responde Kabio sin detenerse—, Senescal Primera Clase bla bla bla...

—No, no—dice el muchacho con amabilidad—yo soy de aquí. Bueno, de aquí, pero no de *este* aquí. Me ha enviado un señor a decirle que lo está esperando.

—¿A mí?

—A usted.

—¿Y yo quién soy?

—No tengo la menor idea.

—¿Y cómo sabes que es a mí que espera?

—El señor me dijo que llegaría de un momento a otro un hombre con la cara tapada. No sé cómo la tendrá cubierta, me dijo, si con una careta de Spiderman o con una máscara de vejigante o con una bolsa de supermercado, pero no podrás verle la cara. Ese es él.

Kabio entró con el muchacho en la barra.

36. Caramelo

La iglesia, que acomodaba unas mil quinientas personas, estaba llena a rebosar.

Los fieles arribaron de todas partes de la geografía nacional, incluyendo el municipio isla de Culebra. Una buena parte de los internos de la isla presidio de Vieques pidieron permiso a su alcaide para asistir al culto, aunque fuera en grilletes y vigilados por un contingente. El alcaide se negó, pero les puso una pantalla de sesenta y cinco pulgadas en el área de recreo para que pudieran verlo por televisión.

Los pastores y pastoras que abrieron el evento no habían hecho sino calentar la cacerola; el reverendo Vicioso se encargaría de llevar el mejunje a su punto de caramelo.

El primero fue un pastor joven, es decir, un pastorcillo, de nombre Euclides Pereira. Tenía poca experiencia, le faltaban tablas, se sentía inseguro, no tenía confianza en sus habilidades, y por eso apenas se apartaba de la cita bíblica memorizada y regurgitada, del pregón enlatado, de los lugares comunes, de las advertencias trilladas, de las exhortaciones mil veces escuchadas y desoídas. Un joven pío y bien conectado al que quisieron distinguir para la ocasión, y que recibió del público un aplauso y una respuesta tan tibia y mecánica como su sermón.

La segunda fue una pastora de mediana edad, jíbara de la altura, una jincha de Cambute. De mucha experiencia, con muchas tablas, bruta como ella sola y por eso mismo desvergonzada, despreocupada. No temía cometer errores y eso la hacía lengüisuelta y elocuente. Citaba muy poco y cuando lo hacía eran citas oscuras, enigmáticas, sacadas de capítulos recónditos, y las interpretaciones que hacía de ellas descaradamente haladas por los pelos. El aplauso y la respuesta del público fueron tan apasionados como su sermón.

El tercero, el cuarto, y la quinta apenas se distinguieron, y el sexto, el reverendo Gutiérrez, que era el pastor anfitrión, hizo un corto preámbulo sobre el fin de los tiempos, utilizando el que le quedaba para presentar a Vicioso.

—Y ahora, hermanos y hermanas en Cristo, yo tengo el placer de presentar aquí en esta tarima a uno de los héroes de mi infancia. A uno de los héroes de mi juventud. Al ejemplo de ministerio que yo quise seguir en mi adultez y que a duras penas he podido imitar. Un hombre que lo dejó todo para seguir a Cristo, ¡desde muy joven!, y que ha dedicado toda su vida a predicar la Palabra. Un hombre que no tuvo ni un solo día de vacaciones en toda su carrera, y que Dios, para preservarlo, tuvo que mandarle una enfermedad mortal, como si dijera, papi, tú tienes que cogerte un descansito, que te me vas a gastar para lo que viene después, tu celo y tu amor por mí son mayores que tu instinto de supervivencia, así que voy a tener que ponerte freno, alabado sea el nombre de Jehová, vive Cristo Jesús. Y efectivamente, Joel Vicioso...

A la mención de ese nombre, la congregación se pone de pie y explota en una ovación frenética, elevando al cielo aleluyas que más parecen los aullidos de una jauría de lobos o la orgía selvática de una tribu de bonobos emocionados. Gutiérrez piensa que cometió un error; debieron haber celebrado el evento en el Choliseo. Esta gente le va a destruir la silletería.

—... Joel Vicioso vuelve—insiste Gutiérrez por sobre el griterío—justo cuando más lo necesitábamos, justo ahora que el demonio se manifiesta en los cielos y se manifiesta en la tierra, glorificado sea el nombre de Jehová, viene a traernos un mensaje de Dios todopoderoso a dos cuadras del lugar donde miles de idólatras se reúnen con tambores a bailar y a rendirle pleitesía a imágenes espiritistas y africanas, dándole gusto a la carne que se nos prestó temporalmente y que es alimento de gusanos y no lo sabe. Démosle un fuerte aplauso y una calurosa bienvenida al reverendo Joel Vicioso.

El pastor Joel Vicioso, que estaba tras bambalinas, entra a la tarima seguido de su esposa Wanda y de su hija Brenda. El estruendo de la ovación amenaza con desbaratar la Iglesia.

Wanda y Brenda se sientan en sendas sillas dispuestas detrás del podio. El reverendo Vicioso ignora el podio, acepta de Wanda su micrófono personal, desconecta el cable XLR del micrófono que está en el podio, y lo conecta al suyo.

El feedback, punzante y repentino, silencia a los fieles.

Vicioso camina hasta la orilla del proscenio y mira a los congregados con una expresión de contrariedad.

—Sonríase, que Jesús le ama—dice de pronto, mostrando todos los dientes, y la muchedumbre reanuda su caos de responsos diversos y entusiastas: aleluya, gloria Dios, alabado sea el nombre de Jehová, amén, glorificado sea Su nombre, plan de Dios, contigo en Victoria, hosanna en el cielo, y demás explayamientos de la devoción.

* * *

—Amigos y amigas, hermanos y hermanas en Cristo: muchas cosas me ha enseñado la vida en todos estos años de ministerio, muchas cosas me ha revelado el Padre, muchas cosas me ha susurrado al oído Cristo Jesús, alabado sea Su nombre. Pero hay una lección constante, un tema que se repite una y otra vez, y que, a mi entender, captura la dificultad primordial, el fallo fundamental, el pecado original, el defecto distintivo, el obstáculo principal que presenta la humanidad al plan de salvación que tiene Dios

Padre para nosotros. Y ese obstáculo principal se puede resumir en las siguientes palabras: no hay peor ciego que el que no quiere ver y no hay peor sordo que el que no quiere oír. ¡Bendito sea el nombre de Jehová! Primero les pidieron a los santos y adoraron a María, reprende al diablo, Señor. Pedro, Pablo, Juan, Santiago y María, que fueron siervos de Dios y que sirvieron a Dios de corazón, y que murieron, no dan testimonio en el cielo. No, ninguno dan. La Biblia dice que sólo el Padre, el Hijo y el Espíritu Santo dan testimonio arriba. Pero entonces, ellos, ¿dónde están? Bueno, la Biblia dice que están en el paraíso. Vestidos de blanco, en espíritu, porque murieron salvos, y están esperando la primera resurrección. Y el que no lo sabe, sépalo: están en descanso. Así que usted no pierda el tiempo llamando a Pedro. Ni pierda el tiempo llamando a Pablo. Ni pierda el tiempo llamando a Juan. Ni pierda el tiempo llamando a Santiago. Ni pierda el tiempo invocando a María, porque ellos no le pueden oír. Están más allá del firmamento, más allá de los planetas, más allá de las esferas y su música, más allá de las estrellas, más allá de las galaxias, más allá de las nebulosas, más allá de la materia oscura, más allá de las regiones del caos en donde se separan el cielo y el infierno, a millones y millones y millones y millones y millones y millones de años luz de distancia, aunque usté grite, no hay teléfono que alcance allá arriba, no le pueden oír, ¡alabado sea Dios! ¡Aparte de que están en descanso, ellos terminaron su trabajo ya, ya vencieron, por la fe en Cristo Jesús son vencedores, están arriba, descansando, esperando lo grande que viene, ALABADO SEA DIOOOOOOOOS!

Caramelo.

La congregación recibe al Espíritu: unos brincan de arriba para abajo, otros brincan de abajo para arriba, se zarandean, tiemblan, se tiran al piso, treman, convulsionan.

—Oh, gloria...—dice Vicioso, caliente ahora—. Pero no hacen caso, ni los paganos malditos ni esa plaga llamada "católicos romanos". Adoran al demonio de María, nunca dejaron de adorarla, nunca dejaron de dar rodilla delante de esa muñeca de yeso o de palo, el demonio llamado María. Los católicos romanos han quitado a Jesucristo como fundamento y han puesto al demonio llamado María, esto lo sabemos ya. ¡Mi alma te alaba señor! Y no María la verdadera, porque son tan blasfemos que no hablan de María la verdadera, son tan blasfemos que no dicen lo que María la verdadera hizo, esa María que está en el cielo descansando. No lo hablan. Ellos han puesto como fundamento a un demonio, a una imagen de María, a una escultura de María, ¡a un demonio! ¡Son hijos del diablo! ¡Aleluya!... Pero ahora, amados hermanos y queridos amigos, como no han tenido suficiente con adorar a un demonio de palo, o precisamente por haber estado adorando a un demonio de palo durante todos estos años, los católicos romanos y con ellos todas las otras sectas que no son la Iglesia verdadera de Cristo, que el hijo de Dios fundó sobre los hombros de los gentiles, le han abierto las puertas de este mundo a una retahíla de demonios de diversos sabores y colores. Diablos tan descarados que tumban Santurce y nadie les dice nada. Y esto se los digo a los católicos romanos, a los episcopales, a los bautistas, a los metodistas muertos. A los testigos de Jehová, a los budistas, a los hinduistas, a los de la nueva era, a las feministas, a los patos, a las patas, a los posmodernos, a los ateos, a los evolucionistas, a los intelectuales... ¡Esto es culpa de ustedes! ¡Esto es culpa de ustedes! ¡Esto es culpa de ustedes! ¡Esto es culpa de ustedes! ¡Esto es culpa de ustedes! ¡Esto es culpa de ustedes! ¡ALABADO SEA EL NOMBRE DE CRISTO!

—¡Amén!—aquí y allá se vuelve esta palabra un laberinto de ecos.

—¡Alabado sea el Señor!—compite por dominar la bullanga este loor.

—¡Gloria a Jesús!—mascullan los tímidos, pero el aporte se suma y le suma a la algazara.

—Antes adoraban a un demonio en disfraz, pero ni el disfraz tiene el demonio ahora. Una mujer en harapos que permite que le vean sus partes sexuales, ¡prendida en candela porque es un demonio! Un demonio tan demoníaco como los otros demonios con los que *batalla* en el cuadrilátero que es Puerto Rico. En otras palabras, hermanos y hermanas en Cristo, que los idólatras y criminales han convertido a nuestro país en el estadio, no donde se libra la eterna batalla campal entre el bien y el mal, ¡sino en el callejón de mala muerte donde se libra la trifulca indecente entre el mal y el mal! ¡Viva Cristo Jesús! ¡Oh, gloria!...

—¡Gloria gloria gloria!—grita la concurrencia.

—¡Santa la luz de Jehová!—alaban unos y otros.

—¡Mi alma te alaba Jesús!—se desesperan todos.

—Hace pocos días, la semana pasada de hecho, leí en un periódico de circulación nacional que la Alcaldía de Santurce, capital de nuestra inmortal república, estaba organizando una fiesta patronal. Una fiesta patronal dedicada a dos demonios.

El pastor Vicioso hace un dos con los dedos, sonriendo, caminando tranquilamente por el proscenio.

—Un demonio de palo que ellos dicen que es María, la madre del cordero. Y otro llamado el *Ánima Sola*. Dos o tres días más tarde, un diablerío, un pandemónium, ¡se queda con el canto en Santurce! ¡Santo es el nombre de Jesús! ¡Allí, a dos cuadras de nosotros! ¡Pelean y rompen y extinguen las vidas de puertorriqueños inocentes, destruyen viviendas y comercios, incendian y pulverizan, matan, asfixian, estrangulan, torturan, blasfeman, se exhiben! ¡Reprende a tu enemigo, Señor! ¡Asjalasajamaya! ¡Reprende a tu enemigo, Jehová! ¡Asssualasamaja! ¡ALÁBALO QUE ÉL VIIIIIIIIIIIVEEEEEEEEEE!

La masa humana que escucha al reverendo parece haber colapsado en un ataque de epilepsia grand mal. Vicioso los tiene en su puño. Wanda y Brenda parecen poseídas. Lo mismo los pastores y pastoras que han precedido al predicador estelar.

—Hay que decirle al Ánima Sola, vístete. Hay que decirle al Ánima Sola, ponte ropa. ¡Hay que decirle al Ánima Sola, regresa al infierno, demonio! Llévate contigo a todos esos demonios que has soltado, cruza de vuelta el portón del infierno y tráncalo. ¡Tráncalo! ¡TRÁNCALO! ¡Déjanos en paz, este es un país para Cristo! ¡Déjanos en paz, este es un país para Jehová! ¡Déjanos en paz, este es un país para el Espíritu! ¡Llama al Espíritu que viene de arriba! ¡Recibe al Espíritu que viene de arriba!

Vicioso salta de la tarima y empieza a correr entre la gente, que se tira al piso temblando.

—¡Recibe de arriba!—grita y señala hacia el techo—. ¡Recibe de arriba! ¡Recibe de arriba! ¡De arriba! ¡De arriba! ¡De arriba! ¡De arriba, de arriba, DE ARRIBAAAAAA!

¡BOOM!

¡CRASH!

De arriba, en efecto.

De arriba cayó el extraño bólido que atravesó el techo con gran estrépito, matando a dos, hiriendo a tres, y dejando boquiabierto al resto, a Vicioso más que a nadie.

Quinta Parte

Un Jíbaro Terminao

37. La Vida es Broma

La Vida es Broma es una taberna borikwá clásica. Penumbrosa, de paredes mugrientas. Marca el ambiente un olor a pan de ajo y cera de velón de iglesia con un retintín de meado de hombre con hiperplasia y acentos de sudor escrotal. La barra tiene un mostrador de cinco metros de largo. Los últimos dos se emplean en un codo que jalona el pasillo que comunica a los retretes. Trece mesas sientan cincuenta y dos personas en un área delimitada por arcos de estuco tipo carpanel, llenos de grafitti, y en una de cuyas esquinas hay una vellonera marca Zodiac con las entradas mecanografiadas. Más allá de los arcos y la vellonera se abre una gran sala ocupada por tres mesas de billar.

Detrás de la barra hay una estantería de licores que es, al mismo tiempo, un exhibidor de disparates: muñecos de He-Man, un garadiávolo, un caparazón de carey, un africano de palo que cubre su desnudez con un barril, un petroglifo indígena (genuino), un reloj del gato Félix cuyos ojos miran a un lado y a otro, un retrato autografiado de Benicio del Toro, un retrato autografiado y dedicado de Irene Cara, un retrato autografiado de Dave Gahan, líder de Depeche Mode, y huelemil fruslerías más.

La iluminación, pobrísima, la brindan lámparas colgantes que nadie ha desempolvado en décadas. Hay afiches de cervezas y cigarrillos por todas partes. Anuncios de conciertos que ya pasaron. Avisos de perros perdidos, de gatos perdidos, de niños y ancianos perdidos. Anuncios de ventas de garaje. En La Vida es Broma no se fía hoy... se fía mañana.

El lugar, huelga decirlo, está repleto de gente. De Senescales Primera Clase, debo aclarar. Carrasquillo, el tabernero, no da abasto sirviendo cervezas. La juerga es ensordecedora.

El joven vestido con el uniforme de Oliver Exterminating conduce a Kabio Sile hasta la única mesa desocupada, delante de la vellonera.

Se sientan.

Una voz emerge de la vellonera.

—Kabio Sile—dice la voz—, director del Bureau de Inteligencia y Operaciones Tácticas del Segundo Mundo. El hombre cuyo rostro no debe ser visto. ¿Cómo te va, viejo amigo?

—¡Putifar!—dice Kabio dando un respingo—ya sabía yo que tenían ustedes que estar involucrados. ¿Qué fue lo que hicieron ahora?

—Tranquilo—dice Putifar.

—Y ¿cómo demonios estás hablándome en directo?

—Hemos tenido... un desperfecto.

—No hay fuerza natural—reflexiona Kabio—capaz de neutralizar la barrera que aísla al Primer Mundo.

—La cortina de positrones. Y, efectivamente, ese es el problema.

—Siempre podemos contar con ustedes—dice Kabio luego de dejar escapar un largo y derrotado suspiro—para que pongan en peligro el multiverso de vez en cuando... Pero admite que esta vez va en serio.

—Va en serio.

—¿Cómo sabías que estaba aquí?

—Vi cuando fuiste devorado por... bueno...

—Putifar, ¿qué era esa cosa? ¿Qué diablos pasa aquí? ¿Dónde estamos?

—Se trata de un desfase cosmológico. Es el Tercer Mundo, solo que... otro Tercer Mundo, una versión distinta.

—¿Cuántas versiones hay?

—Infinitas. Que los hayamos encontrado es un milagro.

—No hay tal cosa.

—Tienes razón. Digamos entonces que los hallamos gracias a que hay dos consciencias polizones que recuerdan su historia en el Tercer Mundo original. Tienes delante a una de ellas. Su nombre es Güilly.

—Buenas—dice el chico de Oliver Exterminating.

—La otra no tardará en llegar. Los picos de su función de onda sobresalían por encima de todos los mundos posibles. Si no hubiera sido así, jamás los hubiéramos encontrado.

—Eso solo puede ser—dice Kabio—si hubieran entrado en contacto directo con un ser elemental muy recientemente.

—Seguramente con tu agente independiente Duncan Domènech.

—No sé de qué hablas.

—Negarlo es una molestia en la que no tienes necesidad de incurrir. En cualquier caso, el milagro reside en que se hayan topado con Domènech antes de ser absorbidos por la anomalía.

—¿Y todos estos buzos?

—Senescales Primera Clase que acompañaban a Su Señoría.

—¿Anubis está aquí?—grita Kabio—. ¡Lo que me faltaba!

—Su Señoría no tardará en llegar.

—¿Qué sabemos de este sitio? He olvidado mi vida aquí.

—Y lo mismo ha pasado con todos los Senescales. Por suerte nuestro amigo aquí presente, que no es un ser elemental, conserva ambos juegos de memoria. ¿Güilly?

Güilly se aclara la garganta.

—No estamos en la República Borikwá de Puerto Rico. Es el mismo archipiélago, pero en esta realidad se llama *Estado Libre Asociado* de Puerto Rico.

—¿Qué es un Estado Libre Asociado?

—Es un eufemismo para decir colonia.

—¿Colonia? Impensable. ¿Colonia de quién?

—De los Estados Unidos de Norteamérica.

—¿Y eso qué es?

—En este universo los territorios al sursuroeste de los Grandes Lagos no forman parte de Canadá. Se independizaron de Inglaterra en 1776, conquistaron el norte de México, asmilaron las islas de Hawaii, compraron Alaska y a partir de la Segunda Guerra Mundial…

—¿Segunda Guerra Mundial?

—… se convirtieron en una potencia militar y económica. Social y políticamente se corresponden con las trece colonias originales y hoy conforman cincuenta estados federados con territorios no incorporados en el Caribe, Micronesia y Oceanía. El Estado Libre Asociado de Puerto Rico es uno de ellos.

Kabio Sile estalla en carcajadas que lentamente van muriendo hasta dejarlo en un estado de catatonia depresiva.

—Dos guerras mundiales…—pronuncia, y al instante recuerda todo lo que vio en la televisión, todo lo que presenció mientras daba tumbos para llegar allí—. Hemos venido a caer al peor de los Terceros Mundos posibles.

—Es grave—dice Putifar a través de la vellonera—. Pero hay una solución.

Se escucha una conmoción afuera y los Senescales se apelotonan en la puerta del establecimiento saludando con puños al pecho y haciendo otras reverencias a un misterioso recién llegado.

El hombre, sesentón, con traje de dos piezas azul celeste de Clubman, reloj de oro y pelo negro Bigén, reluciente, peinado hacia atrás con brillantina Halka, y un bigotito de lápiz delicadamente recortado sobre un labio finísimo y rosado, mira a todas partes hasta dar con la katrueka enmascarada de Kabio y hacia él se dirige.

—Debes ser Kabio Sile—dice y se sienta a la mesa—. Dame una buena razón para no arrestarte de inmediato y trancarte en los calabozos de Alta Torre.

—Dame tú a mí—responde Kabio—una buena razón para no partirte por el medio y vaciar tu espíritu hacia el lado oculto del multiverso.

—Sencillo: tengo al mando cien Senescales Primera Clase.

—Cien zánganos de todas las pintas querrás decir. Todos confundidos.

—Sabrán hacer su trabajo.

—Y yo el mío. Tendremos algo en común ellos y yo, en ese caso, y no podrás decir lo mismo, porque si alguien ha demostrado que no sabe ni la hora qué es, ese eres tú.

—Los entrometimientos del Segundo Mundo en el Tercero han causado esta catástrofe.

—Dice el Gran Maestre del Servicio de Inteligencia y Soluciones del Primer Mundo, quien seguramente no ignora la existencia de una nave contrabandista, con matrícula del submundo con el que sostiene relaciones comerciales *informales*, estrellada en una edificación de Santurce.

—Estábamos a punto de confiscarla y llevárnosla cuando todo esto aconteció.

—Y dígame, Su Señoría—se le acerca Kabio a Anubis como en tono confidencial—: ¿Qué fue lo que aconteció?

Anubis no sabe qué responder y opta por el denuesto.

—¿Sabes una cosa, Kabio?—pregunta con una sonrisilla que auguraba filos y rugosidades—. Me atrevo a adivinar quién eres en este plano de pacotilla. Un piragüero... un billetero... un vendedor ambulante de baratijas. Por ahí anda la cosa.

Kabio, que ni se acordaba ya de quién era Carlos, no siente picada alguna, sino que rebate:

—Y tú—dice—, una de dos: o corredor de seguros o director de pompas fúnebres.

Y pega una de las dos, sí, y como Anubis había revisado sus documentos camino a la barra, se siente picadísimo y afrentadísimo.

—Afortunadamente—dice—los designios de los mundos elementales sustituyen muy bien ciertas características en este reino de la impermanencia y has podido conservar el secreto de tu rostro, ahorrándonos un disgusto que de seguro nos hubiera sumido en un ataque de bascas y náuseas.

Kabio Sile se pone de pie.

—Quizá todavía esté a tiempo de mostrártelo.

Anubis se pone lívido.

—¡Por favor, señores!—interviene Putifar desde la vellonera—. Mejor concentrarse en salir de este embrollo.

—¡Ah, Putifar, ahí estabas!—dice Anubis, y Kabio vuelve a sentarse.

—Su Señoría... Como le explicaba al distinguido director Kabio, los Senescales fueron absorbidos por la anomalía y conducidos hasta aquí. Igual pasó con él y con dos impermanentes que, debido a un reciente contacto con algún ser elemental, se encuentran con nosotros en la misma situación, salvo que ellos son lo mismo aquí que en el Tercer Mundo original

—*Casi* lo mismo—interviene Güilly—. Yo allá era autista. Aquí, solo epiléptico.

—Los seres elementales que han ido a parar a ese lugar—prosigue Putifar—se despiertan integrados a la historia de esa versión del Tercer Mundo, con nombres y apellidos y familia y recuerdos. Todos reales. Todos, me temo, funciones del designio que los transportó hasta allá.

—De modo que—pregunta Anubis—, no hemos transmigrado.

—No exactamente. Esos son vuestros cuerpos y vuestras vidas. No han interceptado las facultades de nadie. Y en cuanto al señor Kabio, no se está manifestando en perfección elemental, sino que también tiene un cuerpo propio, nacido y criado en el Estado Libre Asociado de Puerto Rico.

—Quiere decir—concluye Anubis—, que ninguno de nosotros conserva sus facultades elementales.

—Así es.

—Somos simples... simples... ¿qué somos?

—Puertorriqueños, Su Señoría.

—Puertorriqueños... Horrible.

Kabio, que se había puesto pensativo, dice de repente:

—¿Qué haces tú aquí, Anubis?

—¿A qué te refieres? El caso lo ameritaba.

—Muy al contrario. Este era el momento de sellar Alta Torre y encontrar una explicación. Y sobre todo tú. Sabes perfectamente bien que el Segundo Mundo no tiene nada que ver en esto. Si lo creyeras, serías un idiota y un inepto, y no eres ninguna de las dos cosas. No la conozco tan bien como ustedes, pero estoy bastante seguro de que la reglamentación del SIS no contempla ningún escenario en el que su director tenga permitido transmigrar, excepto...

Kabio pone las palmas de la mano sobre la mesa y mira a Anubis con ojos enrojecidos. Anubis lo mira con altivez y dice:

—Exacto.

—Tenemos que regresar.

—Eso mismo opino yo. ¿Putifar?

—Las cápsulas de transmigración han perdido su conexión, pero como no nos limita ya la cortina de positrones, podemos ver dónde están. Lo que hace falta ahora es una *ruta*, necesitamos coordenadas, y ubicar coordenadas en la nada infinita es una tarea cuesta arriba.

—Y, sin embargo... ¡Vamos, Putifar!

—Y, sin embargo, hay una manera de que las coordenadas surjan de forma natural.

—¿Cuál es?

—Iniciando un ritual de introspección dual al servicio de una ceremonia de supresión matemática de la voluntad.

—¿Un qué?

—Solo así surgirán las coordenadas que necesitamos, que son dos: las de esa versión del Tercer Mundo en la que están, y las de la versión a la que quieren volver.

—Putifar...

—Sin las primeras, las segundas no podrán ser ubicadas.

—¡Putifar!

—Dominó, Su Señoría—dice Putifar—deben ponerse a jugar dominó.

* * *

—¿Está seguro, Director Gerente?

—Cien por ciento, pero hay dos requerimientos.

—¿Cuáles son, Putifar?

—Es necesario establecer un balance preciso entre seres elementales y seres impermanentes.

—¡Explica tu jeringonza, maldita sea!

—Usted debe jugar en pareja con el director Kabio contra la pareja de polizones.

—¡Ah!—dice Kabio—. Fíjense cómo después de tanto nadar moriremos todos en la orilla, porque este señor que está aquí no sabe jugar dominó.

—¡Insolente!—truena Anubis—. Ese fue uno de los primeros juegos que les regalé personalmente *yo* a los hombres cuando todavía vagaban por la tierra hombro con hombro con los demás animales.

—Eso mismo decía Sun Wukong.

—¡Pues decía mentira!

—El problema está—contribuye Güilly—, en que no acaba de llegar mi pareja.

Pero, como todo en este cuento mío que narro a medida que pasa, ¡milagro de coordinación y planificación!, como si hubiera sido ensayado, *en ese mismo momento* se escucha una conmoción afuera. Los Senescales que atiborran la barra se mueven para abrirle paso a una mujer con el cabello lacio y negro como la pez que lleva de la mano a una pequeñita de cinco o seis años. La mujer se cuadra ante Anubis y todos pueden observar que está embarazada de término.

—¡Senescal Primera Clase Xue Yi, señor!—exclama la Senescal.

—¡Ajajajajajaja!—revienta Kabio sin poderse contener, habiéndolo intentado de corazón.

—¡Senescal!—clama Anubis.

—Oh, no—dice Putifar.

38. Todas las lenguas la lengua

A mí siempre me dijeron bellaco, desde chiquito, y tenían razón. Quizá lo que debí haber dicho es que yo desde chiquito fui un bellaco malo, pero ¿qué sabía yo de ser bellaco a esa edad? Para mí las cosas eran las cosas que eran. De hecho, tardé mucho tiempo en entender que las personas son todas distintas, que cada cabeza es un mundo, porque, para mí, *yo* era la medida del resto de los mortales. Si yo era así de bellaco todos los seres de la tierra eran igual de bellacos que yo.

Estamos hablando de cinco años, cuatro años. Cuatro, porque yo entré a kínder de cuatro, no de cinco, y de kínder son mis primeros recuerdos de la cabrona bellaquería que me consumía.

Mis despertares bellaqueriles sucedieron de manera inocente: viendo las caricaturas de la tarde. En especial Super Ratón. Cuando ese poderoso héroe rescataba a la ratona, y esa ratona, dibujada de manera antropomórfica, con curvas y tetas y melena rubia, agradecía a Super Ratón haberla salvado de una muerte segura en las vías del tren donde estaba amarrada, yo sabía, en mi pequeño cerebro de niño con testículos subdesarrollados, que a esa ratona se le podía hacer algo más que salvarla. Lamentablemente, pero quién sabe si afortunadamente, yo no sabía qué.

Tenía mis teorías. El cabrón Super Ratón podía estrujarse contra ella, abrazarla bien fuerte, quitarle la ropa. Cuando Tom, de Tom y Jerry, enamoraba a la gata blanca, ya yo estaba a punto del suicidio. ¿Qué era esta ansia que se me metía en los huesos, esta incertidumbre que se acumulaba en el área de mis partes privadas, esta soberbia que enderezaba mi pipí? No sabía.

Multipliquen por mil millones esta agonía el día que, gracias a un descuido de mi madre, vi un minuto y medio del Show de Iris Chacón.

Me enamoraba de todas las niñas. Me enamoré de una prima que vino un día de Nueva York, una sílfide nuyorican con el afro mullido, unos mahones bien pegados y una camiseta que decía "Cheetah, Thursday 26 August 1971". Se llamaba Tita y yo no sabía qué debía hacer: le dejaba flores, le regalaba carritos, le decía "te quiero" por la persiana de su habitación. ¿Ofrendas para que me entregara qué? ¿Para que permitiera qué? ¿Para que me dejara hacerle qué? No sabía, yo solo obedecía los impulsos de mi cerebro de niño con testículos subdesarrollados.

Me enteré tarde de todo el misterio. El último de mi clase en enterarse fui yo. No me da vergüenza.

En realidad sí me da vergüenza, mucha.

Bueno, no tanta, ahí ahí.

La revelación llegó en cuarto grado, pero como la anatomía no la tenía clara, mis fantasías sexuales de cuarto a séptimo grado consistían en viñetas en las que yo penetraba una ranura vertical debajo del ombligo de mis amigas. El pene entraba de forma horizontal. Oh, Dios...

Por suerte, y esto es quizá hasta más vergonzoso, no había descubierto la masturbación todavía. De esto hablaremos más adelante.

Con la adolescencia todo cayó en su lugar. Buenas amigas, novias, y hasta enemigas me dieron la oportunidad de corregir mis erróneas ideas sobre el aparato reproductor femenino. Y como la mayoría de los seres vivos en este planeta, me abandoné a la dicha inenarrable del chingoteo.

Entendí el ansia, la desmenucé. ¿Que qué era lo que debía hacer con esos cuerpos que me angustiaban? Darles contra el piso. ¿Que qué significaban aquellas curvas, turgencias y masas? Significaban, "agárrate para que no te caigas". ¿Que no me cayera dónde? En el vacío, en la nada, en el maldito Torbellino de Maneschi, aunque en ese entonces no lo conocía. Y no bastaba que la angustia se despejara con estos métodos: el cuerpo deseado debía desear que le dieran hasta con el cubo del agua, debía pedirlo, debía implorarle a mi cuerpo que lo sometiera al kengue, que le diera para abajo, que le diera de a duro, que lo desbaratara, que lo deshuesara, que lo moliera, que le dejara marcas, que lo azuzara con nalgadas y le suspirara fresquerías al oído, que inventara obscenidades como antorchas en una cueva oscura, que lo exhortara a realizar sublimes cochinadas, sabrosas indignidades, que lo afincara bien para que no se me resbalara mientras recibía el azote que, ahora ya lo tenía claro, se daba vertical, de abajo para arriba, del suelo al cielo, desde el culo en dirección a la cabeza, de la raíz a la copa, como crecen las plantas, pues cualquier otra forma de chingar es obligación, aburrimiento o violación, y quienes te salten con que el sexo debe ser un acto delicado, respetuoso, ético, poético y pirimpimplético, son Creas hablando caca para que les compres bolsas de basura.

Chingar—y me perdonarán mis digresiones filosóficas—es como debatir sobre un tema controversial. Los debatientes seleccionan el tema, se ponen de acuerdo sobre el tópico y prometen no desviarse de él. Se presentan los argumentos, que el otro intentará rebatir, fomentar, afinar, sofisticar y, por último, aceptar. Se identificarán las falacias, que no tienen lugar en una conversación regida por la lógica, y se desecharán. Y así, juntos llegarán al consenso, que es el máximo placer.

También se parece a una prédica evangélica. Uno de los participantes, no importa cual, debe tomar el podio y arengar con inspiración, mientras que el otro debe dirigir las intensidades alcanzadas por la prédica con sus responsos y alabanzas.

Y así, juntos reciben una ráfaga del Espíritu y caen postrados, exhaustos, en un caldo de jugos corporales.

* * *

Poco a poco el polvo se disipa y Joel Vicioso, incorporándose, puede ver el destrozo y la causa del destrozo. Tose, pero toses era lo que más se escuchaba en el templo. Los fieles se sacuden de los cabellos el cemento que los blanquea, se alisan las ropas, se asisten unos a otros; los que están de pie levantan a los caídos.

Reina la desorientación, no cunde el pánico. El objeto que atravesó el techo y se incrustó en la torta de concreto del templo tiene el tamaño de un cooler playero de styrofoam, y casi la misma forma, excepto que las esquinas son más redondeadas, es de color negro y parece herméticamente sellado.

¡Ah!, y un bombillito rojo tintinea en una de sus caras.

Hay dos fieles aplastados debajo del artefacto, Dios los tenga en Su gloria. La hora y el día solo Dios los sabe, y ahora esos dos infelices los saben también, el día y la hora, imagínense. Quedaron como tostones en primera pasada. Sus allegados los lloran, gente responsable y trabajadora eran, un matrimonio, dueños de una flotilla de guagüitas Payco en Cidra.

Cerca de ellos hay tres heridos de gravedad. La propietaria de una estación de cambio de aceite y líquido de frenos de Patillas tiene la tibia partida en tres cantos; el empleado de un foodtruck de pinchos y tripletas de la Baldorioty tiene una contusión y posible fractura craneal; una dependienta del restaurante Cantinflas en la carretera de Caguas ha perdido un ojo y el otro está en veremos.

La congregación está amotetada, como un hombre con venas varicosas que se despierta grado a grado de su siesta de la tarde, torpemente se endereza en la hamaca en la que se ha dormido tocando la guitarra, luego de un almuerzo de arroz con habichuelas, amarillos y carne guisada.

El bombillito del artefacto deja de tintinear y permanece rojo sólido.

Del artefacto empieza a filtrarse una emanación que distorsiona los objetos, como el calor de la carretera o el butano a presión, pero sin el siseo típico de un escape de gas.

Quizá por eso nadie echa a correr.

O quizá nadie echa a correr por que la acción a distancia del elemento liberado es instantánea.

Todos observan el objeto, envuelto ahora en una gelatina inmaterial que se difunde por todo el templo.

Vicioso se acerca a la orilla de la tarima. Wanda teme acercarse, pero Brenda se coloca junto a su padre, a la expectativa.

Hay quienes dirán que los que empezaron a meter mano fueron la gente de platea, y a lo mejor eso es verdad. Pero lo que perdurará en la memoria de todos los sobrevivientes de aquella terrible tragedia, es el momento en que Vicioso mira a su hija menor y esta, sin reparos ni miramientos, se sube la falda, se quita las bragas y se pone en cuatro, ofreciéndole al pío pastor un rabo liso, blanco como un queso de hoja, blanco como pulpa de guanábana, blanco como carrucho de Salinas, un Olimpo nevado, amplio, pulcro, compuesto por jamones perfectamente simétricos, perfectamente lampiños, si bien, para ser completamente honesto, tienen una región de espinillas, ahí por el fondillo, justo en la sentadera, piel enrojecida que tiende a sarpullido, condición que no basta ella sola para opacar la belleza del conjunto, no lo crean ni por un momento.

Y Joel Vicioso, con menos reparos y menos miramientos aún que su hija última, se desabrocha los pantalones y saca un miembro viril yo diría que de tamaño promedio, estrecho en la base y gordo en la punta (lo cual le da una apariencia de fragilidad, así a primera vista), circuncidado, de glande reluciente y palpitante, sembrado en un matorral de vello púbico canoso y ralo, y adornado por un par de cojones que parecen dos guayabas injertas.

Y Vicioso ensarta a su hija virgen, que no siente el desgarramiento de su himen, ¡gloria sea al Crucificado!, si es que hubo tal desgarramiento, encharcada como estaba por las viscosidades de su bellaquera. Vicioso bombea con virtuosismo, sin agarrarla por la cintura; una sola mano, la derecha, posada sobre la rabadilla, dirige el estruje de Brenda contra su pene, que él complementa majándola con golpes de cadera. Pero cuando Brenda empieza a enloquecer de placer y a infundirle violencia a los movimientos con los que ella misma se espeta en el mamerro de su padre, Vicioso le deshace el moño y la agarra por el pelo, afincándola contra sí, montándola como un poseso, mientras ella, con un hilillo de voz, gime diciendo: "Más duro. Más duro. ¡Ay, alábalo que Él vive!"

Nadie la oye y nadie se percata y a nadie le importa, porque mientras Vicioso le daba contra el piso a la hija, le rompía el brazo, le daba tabla, le servía Maicena, comía gallina y le desbarataba el sieso, los demás hermanos y hermanas en Cristo se entregaban a la más desaforada orgía que se haya registrado en los anales de la historia.

A Wanda le comen las verijas, al mismo tiempo, las dos pastoras y uno de los pastores que abrieron el evento, arremolinados sobre ella como hormigas encima de una gotica de sirop de pancake. En la platea, un banquero, un colmadero y un criador de caballos de paso fino reciben en sus anos y bocas los penes de sus hermanos en Cristo: un psicólogo que cura la homosexualidad, un vendedor de Herbalife (en los últimos escaños de la pirámide), un gallero, un gruero, un empleado (unionado) de Fuentes Fluviales y un agrimensor con labio leporino.

Las combinaciones eran infinitas... Bueno, eran muchas.

Una mujer con tres hombres, cuatro, cinco. Un hombre con tres mujeres, cuatro, cinco. Equipos de dos o tres hombres sobre equipos de dos o tres mujeres.

Venerables abuelas machacan el pilón con la maceta de adolescentes imberbes. Viejitos se dejan comer el güevo por el o la que le pasa por delante.

No hay un solo pene flácido, incluso en ausencia de la divina próstata. No hay un toto seco, un pezón fofo. Desde arriba—y yo lo veo desde todos los ángulos posibles, incluyendo desde arriba—la orgía parece un amasijo de larvas en ebullición sobre la carcasa de un animal prehistórico. ¿La carcasa de qué animal prehistórico, en este caso?

El olor es insoportable… para quien hubiera entrado en esos momentos, pues para los bacantes el efluvio era afrodisíaco: una mezcla de saco de ropavejero con sala de maternidad con carnicería con letrina campestre con perfumería de Pitusa.

¡Y la algarabía!

Gemidos, lamentos, gritos, risas, peticiones, malas palabras, órdenes, quejidos, suspiros, bufidos, resoplidos, pedos vaginales, todo enredado y entrecosido con alabanzas, loores, ditirambos, amenes, aleluyas, glorias, hosannas y alabado sea esto y lo otro. ¡Por fin una iglesia a la que me hubiera gustado acudir! Tantas veces que, en misa, miraba a las nenas y decía para mis adentros, blasfemando: "Bien wena que está la shori. Se lo empujo en el nombre del Señor y la preño con un guille cabrón". Y mira cómo estos hijos de puta están haciendo eso mismo.

Hay que joderse.

Y aunque los técnicos que estaban allí transmitiendo en vivo para radio y televisión pudieron tumbar la señal antes de sucumbir ellos mismos a la sobredosis de lujuria que envenenaba los predios, el micrófono del pastor Vicioso, abandonado en el suelo, conectado a la mezcladora y abierto con todo el gain, ¡milagro!, siguió funcionando, recogiendo el sonido ambiental de la orgía y mandándolo en ondas concéntricas por todo el espacio. A raíz de lo cual, quien tenía sintonizado todavía el canal o la estación que transmitía el sermón, pudo escuchar, con alta fidelidad, los paroxismos de la saturnal.

Y peor.

Porque a todos los que oyeron por más de un segundo los desenfrenos de sus hermanos en Cristo, ¡se les contagió la lascivia en igual o mayor intensidad! ¿O no dicen que la televisión añade diez libras?

¡La que se formó en los devotos hogares alrededor de la isla! ¡La que se formó en los templos e iglesias que no apagaron a tiempo sus radios y televisores! ¡La que se formó en la isla presidio de Vieques!

El bullicio es ensordecedor, sobre todo porque va en crescendo a medida que todos, ¡al mismo tiempo!, se acercan al orgasmo.

¡Quién tuviera el discernimiento para saber lo que dicen todas esas lenguas como una sola lengua!

39. Dominó

La niña, mientras tanto, le suelta la mano a Xue Yi y se lanza a los brazos de Güilly.

—¡Güilly!—exclama con vocecita dulce y tierna—. Pensé que no volvería a verte jamás.

—¡Melisenda!—dice Güilly y la estrecha contra sí, momento que aprovecha la niña para derramar en su oído, con voz de mujer acostumbrada a dar órdenes:

—Ni una palabra de ya tú sabes quién.

—Despreocúpate.

Melisenda se acomoda en el regazo de su amigo para ponerse al día, mientras aquellos seres de pesadilla discuten el posible dilema que representa la preñez de la Senescal Xue Yi.

—¿Se te dificultó venir?—pregunta Güilly.

—Ni tanto. Vivo en el mismo sitio, las diferencias eran mínimas, pero una de ellas probó crucial: la Xue Yi esa es vecina mía. China, dueña, o hija de la dueña, del Star Cream de Plaza Iturregui. Casada hace poco con un ingeniero que trabaja para la Autoridad.

—A eso le llamo yo un golpe de suerte.

—Salí de la casa cuando empezó la transmisión y la vi corriendo a meterse en su carro sin quitarse la mano del oído.

—¡Ah!

—Le dije que íbamos para el mismo sitio, que me diera pon. ¿Y tú, Güilly, cuéntame de ti?

—Pues...

—¡Bueno, bueno!—se pone de pie Anubis—. ¡A ver, a ver! Todos los Senescales adentro, no puede quedarse ninguno fuera, ni en la acera. Imaginen que La Vida es Broma es una guagua. Para llegar a alguna parte tienen todos que entrar, ¿no es así, Putifar?

—Es así—confirma Putifar—. Carrasquillo, hazme el favor y sácame a cuanto impermanente esté colado por aquí, tú que conoces a tu gente. A todos excepto a estos dos que andan con nosotros, y tú, claro está. Todos los demás, ¡pa' fuera!

Y así lo hace Carrasquillo, sacando pal carajo como a nueve josiadores y averiguaos que se habían metido en el negocio a ver qué era lo que estaban regalando.

—El bartender—apunta Kabio.

—Carrasquillo—dice Anubis.

—Anjá. Lo noto demasiado ecuánime y quitado de bulla vistas las circunstancias. Por lo menos la voz incorpórea que se ha metido en su vellonera debería inquietarlo un poco.

—¡Bah!—dice Anubis—. Carrasquillo se comporta como todo buen bartender. No pregunta, obedece y vende cervezas. ¡Carrasquillo! ¡Fichas, mesa y recado de apuntar![†]

† Anubis ofusca con deliberación, acaso deleitándose en la ignorancia de Kabio Sile. Putifar le sigue la corriente a su jefe y no ofrece más explicaciones. Lo cierto es que *La Vida es Broma* es un *solitón*, nombre con que se designa a una estructura, fenómeno, persona o evento que persiste a través de todos los mundos posibles, pues su función de onda jamás colapsa. De este modo, *La Vida es Broma* existe en todos los Puerto Ricos posibles, atravesándolos todos como una viga maestra y fijándolos en el multiverso. Los solitones también han sido comparados, más prosaicamente, con grapas, remaches, presillas, chinchetas y tachuelas. Muchas veces el solitón existe

Los Senescales cierran las puertas de la barra con sus respectivas trancas. Calor no hace, o por lo menos no el que debía hacer con tanta gente amontonada en el mismo sitio. Ciento un Senescales. Con Xue Yi, ciento dos; el bebé en su barriga, ciento tres. Ciento cuatro, contando a Anubis. Con Kabio son ciento cinco, más Güilly y Melisenda, ciento siete. Y Carrasquillo ciento ocho. Si sumamos esos dígitos 1 + 0 + 8 = 9.

El 9 es un número sagrado, cabalístico y misterioso, espiritual, una piedra angular. En el Tarot, el noveno arcano es el Ermitaño, que simboliza el examen de consciencia, la búsqueda de respuestas en el interior del ser, dibujado como un viejo encapuchado con un cayado en una mano y una linterna con una estrella de cinco puntas en la otra, puesto que con la primera se apoya en el camino y endereza su andar, y con la segunda ilumina los recovecos de la oscuridad para hallar la Verdad.

El 9 es el cuadrado de 3, de por sí un número místico, aunque no más que el 9, porque el 3 es 3, pero el 9 es 3 veces 3. El cuadrado del 9 es 81, cuyas cifras sumadas (8 + 1) dan 9. De hecho, todos los números que se obtienen en su operación factorial se reducen a 9.

1 × 9 = 9

2 × 9 = 18 (1 + 8 = 9)

3 × 9 = 27 (2 + 7 = 9)

4 × 9 = 36 (3 + 6 = 9)

Etcétera.

Nada ni nadie escapa al 9.

Los jugadores toman sus respectivos asientos alrededor de una mesa de pino tratado que llega de mano en mano desde la barra. El cuadrilátero interior forrado con formica blanca. En cada esquina un agujero para el vaso de cerveza.

Carrasquillo, el dueño de La Vida es Broma, que al parecer sabía de

---

simultáneamente en todos los mundos posibles, de ahí que Carrasquillo luzca curado en salud, testigo, sin duda, de un Puerto Rico distinto cada vez que sale de su negocio.

menesteres cósmicos y anticipaba una larga partida, se pone a freír una caja de empanadillas de pizza y pastelillos de queso Kikuet. Les presta, también, sus fichas más queridas y de mayor valor sentimental. Melisenda recibe de sus manos una caja de sándalo, por lo manoseada, añejísima. La niña desliza la tapa hacia afuera y descubre en el interior los blancos y gastados rectángulos estampados con una mítica insignia: la cabeza emplumada de una bella Naboría, en filigrana de oro, con la leyenda, "INDIA, la cerveza de Puerto Rico". El aroma de la madera preciosa de la caja la transporta a tiempos que no son los suyos y siente nostalgia por épocas que nunca conoció.

A Xue Yi, encargada de ir registrando la puntuación y las series que van emergiendo, le es otorgada una libreta *Composition*, de la legendaria casa Mead, de páginas blancas con rayas azules y margen rosado, y tapas estampadas con un amasijo de arrugas blancas y negras que recuerdan... ¿Qué recuerdan? Eso mismo: la estática en una pantalla de televisión, eco lejano de ya tú sabes qué.

El contacto con las fichas, digo yo, hace que nuestros personajes se transformen en versiones agresivas, tribales, vulgares y zafias de sí mismos. Quienes más o menos afablemente discurrían hace unos momentos sobre el modo de volver a su universo de origen, ahora se miran con el rabillo del ojo y manotean apresurando a los demás, que qué es lo que están esperando, que aquí se vino a jugar, no a perder el tiempo. Todos parecen haber olvidado la razón primordial del juego—encontrar la combinación correcta para volver al Puerto Rico real, real para ellos, claro está—y se comportan como pensionados que vinieron expresamente a jugar una partida antes de volver a sus casas en urbanizaciones, caseríos y segundas plantas.

—El juego en mi negocio—advierte Carrasquillo mientras Melisenda friega—se rige por ciertas reglas, aparte de las aceptadas internacionalmente en el juego de dominó.

—Ah, caramba—dice Melisenda—, parece que es hora de hablar mierda.

Yo creía que íbamos a jugar dominó, pero si es a hablar mierda que vamos, las fichas están demás. Creo yo.

—Si hay reglas locales—interviene Putifar desde su vellonera—habrá que obedecerlas. De lo contrario, el balance se pierde y obtendremos coordenadas equivocadas que nos mandarán a un Puerto Rico todavía más bizarro y miserable que este. La armonía de las estructuras establecidas en este tugurio no puede ser quebrantada.

—¿Tugurio?

—Escuchemos esas reglas—propone Anubis—, que se hace tarde y hace hambre.

—Sale doble seis—dice Carrasquillo.

—Obvio—dice Melisenda.

—Pero si el jugador a la derecha del que sale con la guagua pasa, son treinta para el otro equipo.

—Sádico—dice Güilly.

—Treinta puntos, está bien—dice Kabio Sile—. ¿Qué más?

—Si toca la ficha y no la juega—continúa Carrasquillo—, treinta.

—Coño—dice Melisenda en voz baja.

—Capicúa, cincuenta.

—Esa la sabía—dice Kabio.

—Trancar con la caja de muerto, cincuenta y se cuentan todas.

—¿Cuál es la caja de muerto?—pregunta Anubis.

—Ya empezó mi frente a dar problemas—dice Kabio Sile.

—Excúseme, doctor, mi impertinencia y mi ignorancia—dice Anubis con salsa—. Verá usted, yo no me paso la vida arrastrándome por las cunetas del Tercer Mundo. Hay mucho trabajo que hacer en el Primero.

—La caja de muerto es el cero cero, por Dios, cállense ya y vamos a jugar—dice Melisenda—. Carrasquillo, deja de inventarte todas esas idioteces y tráeme una malta por lo menos.

—Capicúa con cualquier otro doble, treinta y se cuentan todas.

—No acabamos hoy—dice Kabio.

—Ficha virada, menos cinco para el bruto.

—Señor Putifar—pregunta Güilly—¿y no se podrían sacar esas fórmulas que necesitamos jugando billar?

—Sí—admite Putifar—, pero es mucho más difícil.

—Qué badtrip, porque yo rompiendo la piña es que me luzco.

—La última—dice Carrasquillo.

—Carrasquillo, por favor—dice Anubis.

—Friegan los perdedores—dice Carrasquillo. Todos sueltan una exhalación de fastidio al mismo tiempo.

—Por Dios, Carrasquillo—dice Kabio.

—Vete pal carajo—dice Anubis.

—Friega, Melisenda—dice Güilly—. Se acabó el tiempo de hablar mierda, como dices tú. A jugar.

Melisenda friega y los jugadores retiran sus fichas.

¡Tchak!

Sale Melisenda con la guagua. A su derecha, Anubis da dos golpes con los nudillos sobre la mesa.

—Paso—dice.

Kabio no lo puede creer.

—Alguien máteme—dice.

—Eso son treinta—dice Melisenda a Xue Yi.

—¿Qué hago, Kabio?—pregunta Anubis—. ¿Me invento la ficha? ¿Solicito a tus jefes en el mierdero del Segundo Mundo un Designio Transfinito para que me aparezca un seis aquí en la bandeja, como hacen ustedes para cualquier bobería? ¡No tengo seis, pendejo, no tengo seis!

—Cójalo suave, don—dice Kabio Sile.

—Ah, pero ellos hablan y todo, Güilly, ¿tú viste?—dice Melisenda—. Ya para eso véanse las fichas. ¿Y esta pillería?

Güilly juega el seis cinco.

Kabio Sile juega y le mata el cinco con el cinco dos.

—¡Coño!—revienta Anubis—. ¡Qué frente yo me gasto! Mamatranca, mátame ese seis, ¡si tú sabes que yo no salgo por ahí!

—Yo no tengo más fichas—dice Kabio—. ¿Qué tú quieres que yo haga? ¡Esa es la ficha que baja!

—Carrasquillo, men—dice Güilly—. Esta gente se están diciendo...

—Eso es treinta para el otro equipo—dice Carrasquillo. Xue Yi lo apunta.

Melisenda juega el dos cuatro y le dice a Anubis:

—Acuéstate, pendejo.

—Coñazo—dice Anubis—. Kabio, ¿tú estás seguro de que esta nena no es una elemental?

—¿Tú juegas por el seis? ¿Tú juegas por el seis? ¡Dime!—se exaspera Melisenda.

—No—dice Anubis.

—Pues acuéstate, para que mi frente te mate rápido.

Dicho y hecho: Anubis juega el doble cuatro… ¡Pero entonces Güilly pone el seis tres en la cabecera!

—¡Güilly del diablo! ¿Pero tú eres anormal?—grita Melisenda—. ¿Es anormal que tú eres? Yo juraba que te habían arreglado esa cabeza, pero parece que te dejaron par de tuercas flojas.

—Mi juego—explica Güilly—es a largo plazo.

Kabio, aprovechao, cae redondo en la trampa y pone el tres uno.

¡Tchak!

Melisenda insiste en volver a su salida y mata el doble cuatro con el cuatro seis.

Anubis juega el uno dos.

—¡Por fin te pusiste para esto!—lo felicita Kabio, y Güilly, incomprensiblemente, le mata el seis a Melisenda con el seis uno.

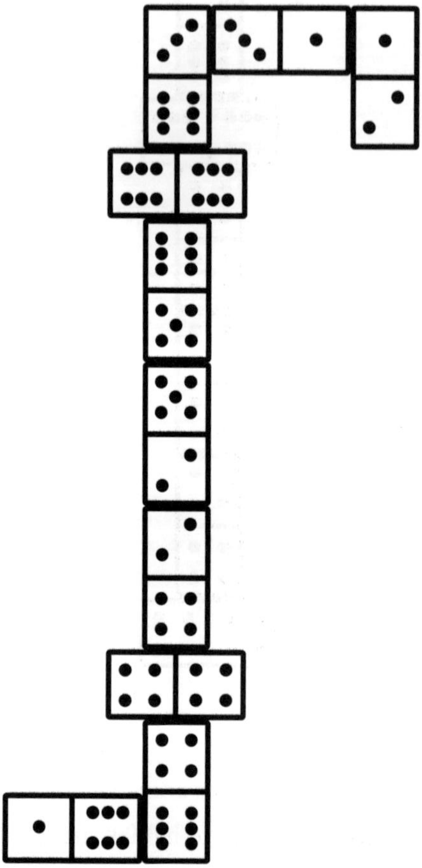

—¡Ah!—exclama—Ya entiendo: lo que pasa es que él me odia. Estoy jugando contra tres.

—Confía en mí—riposta Güilly. Kabio se acuesta por el dos, pero *¡tchak!*, Melisenda al instante le pilla la baldosa con el dos seis.

—A ver si poniéndola bien duro termina entendiéndome cierto retrasado mental—murmura Melisenda.

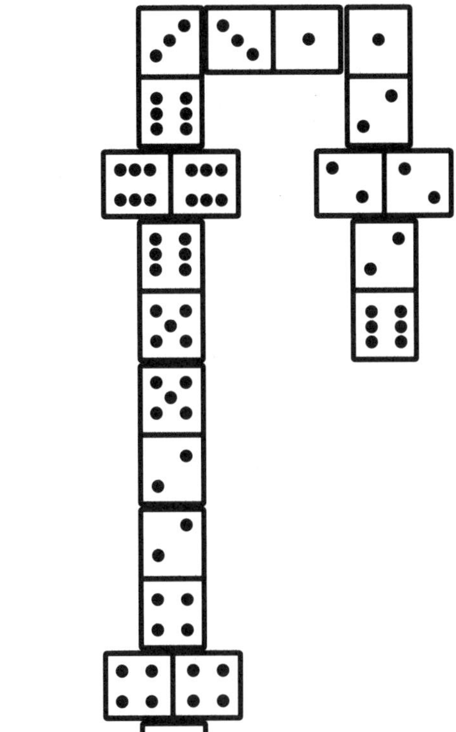

—Y luego dicen—reprocha Anubis cuadrando el juego a su salida con el uno cuatro—que somos nosotros los parlanchines.

Güilly le mata la baldosa con el cuatro cero y Melisenda empieza a entender la compleja trama que ha ido urdiendo su amigo.

—Te pido disculpas públicas, Güilly—dice—. Soy una zafá.

Kabio pone el cero cinco.

—¡Animal!—grita Anubis como un becerro—. Tanto que te gusta acostarte, ¿por qué no te acostaste ahora? ¡Piensa, piensa! ¡Déjamelo a blanco, animal!

—¡Pónmelo tú a dos, carne de puerco!

—Treinta para el otro equipo—sentencia Carrasquillo.

¡Tchak!

Melisenda juega el cinco uno.

—Cómete la ficha—le dice a Anubis.

—Me cago en todos tus jefes, Kabio Sile—dice Anubis, dando dos golpecitos en la mesa.

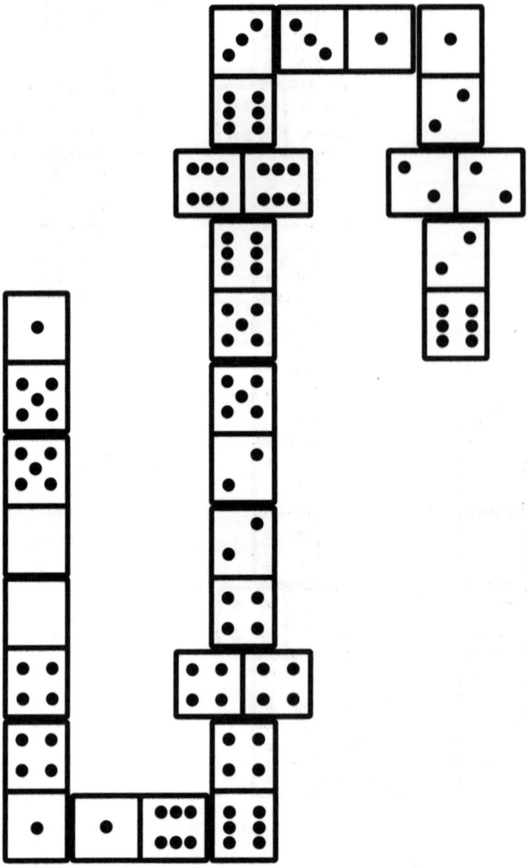

¡Tchak!

Güilly, magistral, se acuesta con ojitos lindos.

Kabio se lo piensa.

—¿Y qué tanto tú piensas?—quiere saber Anubis—. ¿Tanto hay que pensar para poner lo que hay que poner ahí?

¡Tchak!

Kabio juega el uno cero, sellando su perdición.

—¡Pero si serás idiota!—truena Anubis.

¡TCHAK!

Melisenda revienta la mesa con el cero seis y tranca el cabrón juego.

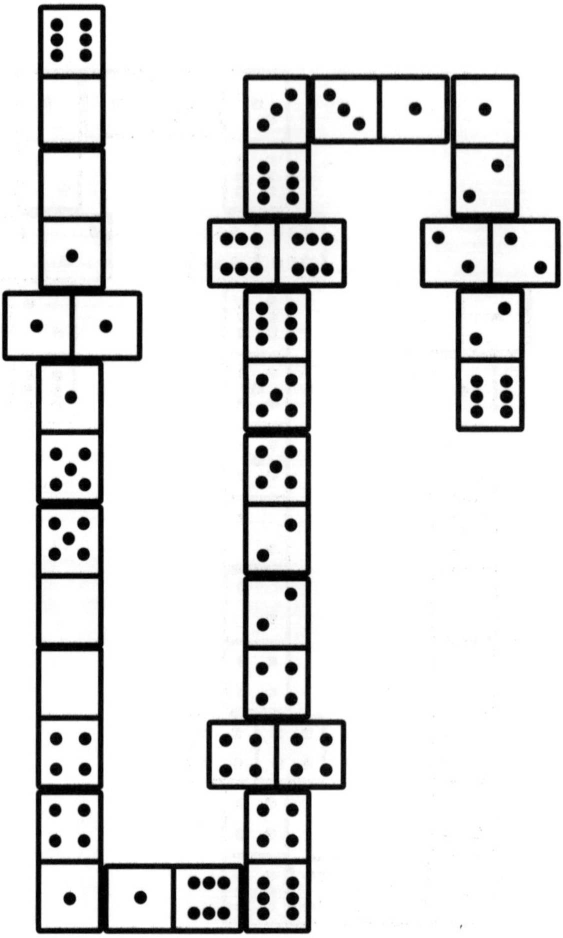

—¡Coño, Kabio! ¡Coño, Kabio!—explota Anubis.

Melisenda muestra a todos la única ficha que le queda: la caja de muerto.

—Agárrame este dulce de coco ahí—provoca—, denle una mordiíta. China, apúntame cincuenta, hazme el favor.

Y en efecto, las fichas restantes que quedaban en la mano de los jugadores suman cincuenta: cuarenta y dos en manos de Anubis y Kabio, ocho en manos de Melisenda y Güilly. Más todos los bonos... ¡perdí la cuenta! Fue, sin elaborar mucho, una maldita pela.

—Carrasquillo—exhorta Melisenda—, ve a ver: dame un bono de treinta, porque me quedó cabrón.

Carrasquillo niega que las reglas dicten eso.

Humillado, Anubis friega con minuciosidad. Llegan las empanadillas y los pastelillos. Carrasquillo le pone un vaso de cerveza a todos menos a Melisenda.

—Mira qué lindo—dice la niña—. Qué monería más chula. Yo parece que tengo la boca cuadrada.

—Amigüita—dice Carrasquillo—, yo no le puedo poner a usted una cerveza, por la sencilla razón de que no quiero que me cierren el negocio.

—Amigüito—replica Melisenda con altanería—, ¿y un jugo de china Tres Monjitas? ¿Una jodía malta que la pedí hace como dos horas? ¿Un maldito refresco?

—El juguito te lo debo—dice Carrasquillo—y la botella de malta se parece demasiado a una botella de cerveza. Los perros lo que están buscando son excusas. Te puedo traer una Old Colony de uva en su lata.

—¿Una qué?—pregunta Melisenda con una morisqueta, porque en la República Borikwá no existe ese refresco.

—Bueno—dice Anubis—empezaron los impermanentes dándonos una pela a los inmortales. Buen comienzo, ¿eh? Gracias, Kabio.

—Tú arrancaste el juego pasando—contradice Kabio—. Gracias hay que darte a ti.

—Yo le tengo una preguntita al fantasma de la vellonera—comenta Melisenda—, que parece ser el juez de este torneo.

—Pregúnteme, señorita—ofrece Putifar.

—En algún momento mi compañero y yo vamos a aburrirnos de ganar...

—¡Cuánta arrogancia—dice Anubis—engendra en los mortales el mínimo golpe de suerte!

—Mi pregunta—continúa Melisenda—, previo a ser salvajemente interrumpida por el conde Drácula aquí a mi lado...

—¡¿Será posible?!

—... era la siguiente: ¿cuántas partidas debemos jugar para encontrar las secuencias que buscamos? ¿Es un dos de tres, un cuatro de cinco?...

—Mis disculpas, creía que era obvio—dice Putifar.

—No lo es para los impermanentes—interviene Kabio, y yo añado que no debería serlo para mis lectores tampoco.

—Nueve—dice Putifar—. Jugarán nueve veces, por supuesto.

40. Escólex

—Antes de comenzar el segundo juego—dice Anubis, que no puede más de la vergüenza—y ya que no vamos a observar un protocolo que considere las dignidades representadas en esta mesa, yo propongo que, en la medida de lo posible a gente cafre destinada al sepulcro, se respeten las personalidades aquí sentadas. Que no se les insulte impunemente.

—Ay chus—dice Melisenda y se echa a reír.

—Esta niña, por ejemplo, malcriadísima y lengüisucia, me ha llamado buen mojón y nos ha hablado a mí y a Kabio Sile, nada menos, como si fuéramos sus compañeritos de preescolar, si el tal preescolar estuviera en alguna mazmorra con los peores criminales del multiverso.

—Conmigo no quieras hacer quórum—dice Kabio Sile—, ni te preocupes por lo que se debe a mi rango. Melisenda me encanta. Si se te doblan las orejas por lo que pueda decir una nenita de primer grado, ese es tu problema.

—Lamentablemente—dice Putifar a través de la bocina de la vellonera—, todos deben comportarse de manera natural, sin imposiciones.

—¡Bah!—dice Anubis terminando de fregar.

Todos eligen sus fichas y Melisenda, ganadora del primer juego, sale con el seis tres, que Anubis mata con Abril Tercero, que Güilly deja libre para Kabio, jugando en vez el seis cinco por el lado de Melisenda.

—Yo apenas cumplo seis años—dice—pero estas estupideces van a hacer que me baje la menstruación... ¡Coño, Güilly!

Están jugando mal y lo saben. Pero está bien que jueguen mal, porque las coordenadas captadas en el juego describen a la perfección el Puerto Rico en el que están varados: un lugar en donde todos quieren ser mano y nadie quiere ser frente.

Aun así, ganan la partida Melisenda y Güilly con Ojitos Lindos.

—¡Doble uno!—dice Melisenda enseñándole la ficha a Xue Yi—. Acuérdate que son treinta.

La próxima partida la ganan Kabio y Anubis con una capicúa endemoniada, y la siguiente vuelven a vencer Melisenda y Güilly, trancando con la caja de muerto. Xue Yi tiene que ir a orinar y nadie quiere esperarla porque el tiempo apremia. Kabio dice que él apunta en lo que llega la Senescal, pero Anubis dice que primero se suicida antes de permitir que un funcionario del Segundo Mundo lleve cuentas de nada. Kabio no protesta.

—No seré yo—dice—quien malogre tu vocación de secretario.

Se forma un altercado entre ambos oficiales y Putifar se ve obligado a intervenir.

—Les recuerdo a todos—advierte—que si dan las doce y no se han ido de ahí, ahí se quedarán para siempre.

Acuerdan que Carrasquillo apunte, pero en ese momento sale Xue Yi del baño y todo fue para nada. Antes de sentarse y reanudar sus funciones, la Senescal—entregada ya, igual que todos los presentes, a la zafiedad y descomunalidad propias de aquel Puerto Rico alcantarillesco y, muy en particular, de aquel antro y de aquel juego—le vocea a Carrasquillo que le daba pena y grima haber encontrado en el inodoro del baño de las mujeres una criolla que nadie había tenido la decencia de bajar, tan repulsiva, que no tuvo más remedio que orinar parada, porque no podía más, aunque deseos no le faltaron de salir corriendo, segura como estaba de que tan solo respirar el aire allí prisionero haría que el muchacho le saliera con alguna deformidad o defecto de aprendizaje. Carrasquillo responde que le hubieran avisado con tiempo y hasta centros de mesa le hubiera puesto a tan selecta visita, y que no sabía que había estado compitiendo con el Centro de Convenciones de San Juan por el privilegio de ser anfitrión del magno evento que celebraban.

Kabio interviene y pide una fría para la Senescal, a lo que Xue Yi responde que si era ciego que estaba, que si no veía el estado en que se encontraba, que ella no era ninguna irresponsable… Ante lo cual Anubis intercambia con Sile una significativa mirada.

Putifar, que lo ha escuchado todo, dice que si antes apremiaba el tiempo, ahora más, porque ya son las once y pico.

Juegan la quinta y la sexta partida, ganadas una y una, siempre lanzándose pullas y recriminándose malas decisiones. Por su parte, los Senescales de la centuria de Anubis beben y conversan entre ellos, rotan por la mesa a ver a cuánto va, intercambian algunas palabras con Carrasquillo o con Putifar, compran empanadillas. Algunos, que en este Puerto Rico ni viven cerca, pero que en el Primer Mundo son buenos amigos, se han puesto a jugar billar, de modo que a los chasquidos del celuloide de las fichas sobre la formica se suma el del celuloide de las bolas unas contra otras.

Ya en la séptima partida han salido a flote y son conocidas las idiosincrasias de cada quien. Le enfurece a uno que se voltee una ficha cuando está fregando. Otro coge exclusivamente las fichas que quedan del lado opuesto, frente a su compañero. Otros, las del lado derecho. Uno elige primero cuatro fichas y las junta, y coge las últimas tres que nadie haya cogido. Unos organizan sus fichas en la bandeja de mayor a menor, o agrupando los números que se repiten. Otros las dejan exactamente tal y como las cogieron. Hay quien no puede tolerar que pongan una ficha mal alineada y la endereza. Y hay quien no soporta que sigan jugando en línea recta hasta el borde, y se encarga de partir la secuencia hacia la derecha o la izquierda. A unos les gusta estrellar una ficha significativa, otros nunca estrellan la ficha, ni siquiera cuando es una ficha ganadora, de tranque, o capicúa.

El séptimo juego lo ganan Kabio y Anubis, y el octavo también. Empate. El noveno juego decidirá el asunto.

Pero el silencio de la noche en aquel Puerto Rico desbaratado, anodino, prosaico, gobernado por narcisistas, cocainómanos y estafadores, y habitado por envejecientes con caminadoras y gente obesa en sillitas eléctricas, es roto de súbito por una ventolera siniestra y un batir de ventanas y un aullar de sirenas y un plañir de gente acosada y un agitarse de masas enjabonadas.

Y nunca se supo quién ganó la novena partida, porque todavía con dos y tres fichas en manos de los jugadores, La Vida es Broma tiembla desde sus cimientos, todos caen de sus sillas y las fichas bailan desparramadas por todo el local.

Habían regresado.

* * *

Si alguna duda quedaba de que habían vuelto, la despeja Kabio Sile, que se levanta del suelo luciendo su máscara de luchador, su guayabera original—con tres Churchills en el bolsillo de la pechera—y su reloj de oro. El funcionario extranatural—me da reparo usar la palabra sobrenatural, tan trillada, tan propensa al malentendido—saca uno de los Churchills y se lo pone en los labios.

—Mambo—dice y prende el cigarro—. Putifar, como siempre, te la luciste.

—En realidad no hice nada—dice Putifar, humilde—. Fueron ustedes los que...

—Basta de cumplidos y zalamerías—dice Anubis poniéndose de pie y alisándose el traje.—. Ya estamos dónde tenemos que estar. Manos a la obra.

—Buena suerte—dice Putifar, que necesariamente debe quedarse en la vellonera.

Anubis, Kabio, Xue Yi, Melisenda y Güilly salen a la calle Latimer, seguidos por cien Senescales y azotados por una ventolera hembra que los deja ensopados hasta el tuétano. Enfilan con dificultad hacia la Canals, doblan a la derecha, y en la Roberts a la izquierda.

Frente a ellos, la tenia cósmica se alza por encima de las nubes, su enorme escólex, ya maduro y rodeado de garfios, iluminado por los potentes reflectores de varios helicópteros. La luna reina impasible sobre la escena, ya velada, ya desvelada por jirones de nubes.

Varios cazas de la Fuerza Aérea Borikwá sobrevuelan la bestia y descargan sobre ella misiles que no surten el más mínimo efecto. En represalia por la inconveniencia, el gusano se come uno de los helicópteros.

—¡Miren!—grita Xue Yi y apunta al cielo en dirección de la Ponce de León.

Orgullosa y briosa, la Stygma X-99 acelera hacia el enemigo. Anubis mira a Kabio.

—Mi agente—dice este último—. Caro, pero sabe lo que hace.

Y la Stygma X-99 dispara sobre el gusano

—¡No!—grita Melisenda echando a correr hacia el monstruo—. ¡Deténganse!

Kabio y Güilly la atajan.

La colosal lombriz muerde a la Stygma X-99, pero no se la traga, sino que la escupe. Realizando terribles giros, la nave desaparece hacia la Fernández Juncos.

—¿Y ahora qué?—grita Kabio Sile a Anubis en medio del huracán. Anubis le dedica una mirada de completa rendición.

—Miren—grita ahora Güilly y señala una llamarada que se alza en el cielo.

Es el Ánima Sola, que siempre espera al último momento, como todo el mundo sabe, porque la desesperación y la angustia la atraen poderosamente.

El alma en pena descarga sus flamas sobre la bestia, y ¿qué hace la bestia? Sopetea la flama como un espagueti, comiéndose al Ánima Sola de un solo bocado.

—Como si nada—dice Anubis, admirado—. Un problema menos.

—¡Escúchenme!—grita Melisenda zafándose de quienes la sujetan—. ¡Gazú es mío, de nadie más! ¡Yo iré y le hablaré!

—¿Gazú?—dice Kabio, perplejo.

—Esta niña está completamente desquiciada—dice Anubis—. Apártenla de este lugar antes de que se lastime.

—¡No!—grita Melisenda.

—Melisenda—dice Güilly arrodillándose a su lado—, esa no es una buena estrategia. Demasiadas presencias lo han contaminado, no puede controlarse, no te reconocerá. Verte lo confundirá aún más, volviéndolo todavía más peligroso. Te devorará a ti también. Debemos calmarlo, no azorarlo. Debemos aquietarlo, para entonces determinar qué acción tomar.

Kabio escucha la recomendación de Güilly y la pondera unos instantes. Se ubica en la calle Roberts y, cómo no, descubre la Botánica Ganesh, que resiste el vendaval.

—Regreso en un momento—dice y se mete en la tienda.

—Pero ¿adónde vas, juglar irresponsable?—grita Anubis.

—Su Señoría—dice entonces Xue Yi y señala al gusano, que parece haberlos descubierto desde allá arriba.

—¡Formación!—grita Anubis.

Los Senescales se apresuran a formarse.

—No hará falta—dice Kabio, que ha regresado con un objeto en la mano.

—¿Qué te propones?—pregunta Anubis—. ¿Qué traes ahí?

El escólex del parásito sigue bajando hacia ellos.

—Una posible solución—responde Kabio—, si el ingrediente activo es de marca.

El escólex de la tenia ya está a medio camino.

Kabio le muestra el objeto a Anubis. Demudado, pálido, con ojos abiertos a más no poder y la boca desfigurada con una mueca de repugnancia, el engolado funcionario del Primer Mundo recula gritando:

—¡Aparta eso de mí, imprudente! ¡Apártalo he dicho!

La infernal boca del gusano ya ha alcanzado la altura de los edificios más cercanos.

—Al parecer lo es—dice Kabio—. Aléjate lo más que puedas con tu centuria y los dos civiles.

—Pero Kabio...—dice Anubis adivinando lo que hará su homónimo.

—No hay tiempo que perder—dice Kabio, y el escólex de la tenia pende ya sobre su cabeza.

Huyen Anubis, los Senescales, Güilly y Melisenda, guareciéndose en la esquina de la calle Canals y Latimer, es decir, frente a La Vida es Broma.

Se abre sobre Kabio el orificio del escólex, en la periferia del cual pululan afilados garfios. El interior del orificio es más negro que la noche, un abismo dentro de un abismo. No ve Kabio, esta vez, los dientes curvados hacia abajo que forraban las paredes interiores del conducto tubular, pero a medida que se acostumbran sus ojos a la densa oscuridad del interior, pues el orificio se cierra alrededor de él, ve algo peor: estrellas que forman galaxias que forman cúmulos de galaxias que forman...

En el resto de luz que le brinda el resplandor de la luna que cuelga sobre la noche del mundo real, justo antes de cerrarse la boca del monstruo a su alrededor para dejarlo perdido en la inmensidad, Kabio se acerca a la cara el objeto que tanto aspaventó a Anubis y lee la etiqueta: "Tate Quieto".

El gusano se traga a Kabio por segunda vez esa noche.

Kabio aprieta entre sus manazas la lata de aerosol, con todas sus fuerzas, hasta hacerla estallar.

El concentrado de rompesaragüey se dispersa hacia todas partes por el espacio infinito.

41. Una aventura llamada Puerto Rico

—¡Señor!—dice el Cervatillo con un tono que ni quiere ocultar su sorpresa ni disfrazar su alegría—. ¡La cortina de positrones!

—Sí, ya me he dado cuenta—dice Putifar desconsolado. Lleva cuarenta y cinco (4 + 5 = 9) minutos sin poder conversar con los elementales varados en el Tercer Mundo, uno de ellos nada menos que su jefe, Anubis, dios tutelar del Servicio de Inteligencia y Soluciones del Primer Mundo. Desde que salieron de La Vida es Broma no se han acercado a ningún portavoz de ondas electromagnéticas que pudiera activar con solo hablar en el receptáculo del panel de control. Al menos ha podido verlo todo desde su monitor: la colosal lombriz, los helicópteros, la destrucción, el valor de los Senescales, el sacrificio de Kabio Sile...

A raíz del cual la cortina de positrones ha quedado restablecida nueva vez, tan infranqueable como siempre lo ha sido.

—¡Señor director gerente!—grita ahora Cocoliso—. ¡Observe!

En el panel de control se iluminan de verde ciento veintitrés cápsulas. La centuria está de regreso... y hasta un chin más.

En efecto, muchos de ellos emergen de sus cápsulas tambaleantes, desorientados, con náuseas, y no es para menos, coño, no es para menos. Nada pueden hacer ya Putifar y sus asistentes delante del panel de control y acuden a ayudar a los recién llegados.

Hacen girar la válvula que sella el zulo de transmigración y entran.

Cervatillo y Cocoliso se aprestan a servir de apoyo a los Senescales, pero Putifar camina sin detenerse hasta llegar a la cápsula utilizada por Anubis, en línea todavía. Putifar puede ver el rostro apacible de su superior a través de la gelatina translúcida; la máquina opera sin contratiempos.

—Señor—dice Cervatillo—, todos los Senescales están de regreso.

—Todos los Senescales de la centuria de Su Señoría Anubis—aclara Cocoliso.

—Y veintitrés espías de fondo que no tenían por qué llegar hoy.

Putifar entiende y se acerca a otra cápsula. A través del vidrio y el gel Putifar contempla a Xue Yi, dormida, ausente; sus hermosos cuernos curvos emiten una débil iridescencia.

El director gerente se da la vuelta e interpela al Senescal más cercano.

—¡Su nombre!

—¡Senescal Primera Clase Ramsés!

—¿Cómo es que no ha llegado con ustedes la persona a quien debían proteger? ¿Por qué la habéis abandonado? ¡Explíquese!

* * *

—Senescal Xue Yi—grita Anubis en un intento de hacerse escuchar en medio de la ventisca—. Acérquese.

—Su Señoría.

—Hay demasiada gente aquí.

—¿Qué sugiere Su Señoría?

—Lo que pasará ahora, la fase en la que entramos, no requiere tanto personal.

—Si están bien entrenados, y no hay razón para dudar de que lo están, ninguno de los miembros de su centuria lo abandonará.

—Les ordenaré que lo hagan.

—Lo desobedecerán.

—¿Y tú?

—Yo igual.

—¿Y si mi acercase al monstruo?

—¿Este endriago que acaba de comerse a Kabio Sile del Segundo Mundo?

—Exacto.

—Inmediatamente formaríamos filas concéntricas a su alrededor para servirle de escudo.

—Entiendo—dice Anubis—. Pues bien, Senescal Primera Clase Xue Yi, vayamos.

—¡Su Señoría!

—Usted conmigo, en el centro. Quiero conservar al menos un adlátere.

Y dicho esto emprendió la marcha hacia el gusano.

Al instante su centuria se formó alrededor de él, electrones bulliciosos girando en torno a un núcleo simple, un protón y un neutrón, Anubis y Xue Yi.

No llegaron a acercarse mucho, porque al enderezarse el gusano para deglutir correctamente a Kabio, estalló.

Y al estallar diseminó por todas partes el compuesto que es anatema y maranata de los visitantes del Primer Mundo.

La manzana entera recibió una limpieza profunda, como si la misma doña Ton hubiera azotado las paredes de todas las casas con un ramo de ruda, siguaraya y abrecaminos mientras recita el ensalmo de lugar:

Os conjuro, espíritu rebelde,
habitante y arruinador de esta casa,
que sin demora ni pretexto
desaparezcáis de aquí
haciendo disolver cualquier maleficio...

Quiero, además, atarte
con el precepto formal de obediencia,
para que no puedas permanecer,

ni volver, ni enviar a otros,
ni perturbar esta casa,
bajo la pena de que seas quemado
eternamente con el fuego
de pez y azufre derretidos.

¡El diache!

A un delegado de la UTIER que vive por la Ponce de León y que tiene siempre un viento entre las costillas que desafía el conocimiento de todos los médicos a los que ha consultado, se le quitará el viento. La salazón de una familia de apellido Hornedo que tenía su residencia en los altos de un caserón en la Duffaut, se evaporará como por arte de magia, pero no lo sabrán hasta mañana, cuando a las gemelas—que eran hijas de un hombre casado con otra señora—les llegue una aviso de admisión a la Universidad de Ohio. En una parcelita de la calle Iturriaga, la novia del dueño de un foodtruck especializado en tripletas y mofongo le dejará una carta en la que le dice que no lo quiere y que nunca lo quiso, pero no podrá explicar, ni en la carta ni a sí misma, por qué demonios estuvo con él durante tantos años.

Y como esos hay veinte casos más, en calles tan lejanas como la Marginal, la Campo Alegre y la Salvador Pratts. Pues la explosión de "Tate Quieto" con la que Kabio puso fin a los estragos del gusano expulsó con su acción purificadora a cuanto primermundista había enquistado en las inmediaciones de la plaza.

Y muy especialmente a los cien guardaespaldas de Anubis, que impidieron que Su Señoría y Xue Yi recibieran el más mínimo toque de la ráfaga.

Y que se levantan sin un rasguño en plena posesión de los cuerpos que habitan.

Rodeados por cien borikwás que, entrando en pánico al no saber cómo han llegado a ese lugar, se entregan a una despavorida juyilanga que los aleja de allí en un dos por tres.

Anubis y Xue Yi caminan hacia Kabio Sile, que trabajosamente se levanta del suelo, estropeado. Ha caído de muy alto.

Anubis lo ayuda a ponerse de pie.

Xue Yi no les presta atención, absorta en su contemplación del extraño personaje que tiene delante.

* * *

La transformación de Gazú es total. No tiene que hacer esfuerzos por mantener los dobleces y ángulos que le permiten proyectar su disfraz de hombre. Y cuando no se pasa trabajo para ser lo que parecemos, ¿tiene sentido hablar de un disfraz?

Parado con las manos en los costados, derecho como el soco del medio, solo en medio de los adoquines de la calle Roberts, un hombre de unos cincuenta años eleva la mirada al cielo como si del cielo fuera a llegarle alguna asistencia misteriosa. La mirada acerada, la faz agrietada por líneas hondas, como surcos del arado en tierra sedienta.

Tiene una barba de dos o tres días. Se ve que se la afeita a cuchillo. La mandíbula juega en la cavidad bucal como si le faltaran muelas y hasta dientes, lo cual no ha de sorprendernos. Se ve capaz de tocarse la punta de la nariz con el labio inferior mientras dice, "Jummmmmm", interjección de incredulidad, estandarte de su escepticismo.

Los dientes barnizados con el jugo de la mascadura, los labios finos, el pelo crespo, las orejas pequeñas, imposible decir si es blanco o si es negro o si es indio.

La camisa blanca del papá de Melisenda luce percudida, gastada, mal acotejada dentro del pantalón. El fedora, deshilachado. Los pantalones, ajados. Los bodrogos, enlodados.

Parecería que regresa de su conuco, en donde ha desenterrado la yuca y la malanga, transplantado los hijitos del plátano mafafo, podado la parcha, tensado el tendedero del chayote, fumigado los tomates contra la mosquita blanca, quitado el querezo de la mata de acerola. Y se entiende ahora esa mirada que pone en las nubes, que se van encendiendo con la alborada, pues seguramente le preocupa la tardanza de las lluvias, y se lamenta como el profeta:

Es que sin la lluvia,
sin la lluvia no hay labranza.

Pongámosle un machete en la mano y lo que tenemos delante es la foto de un ser mitológico tomada por Jack Delano: un jíbaro terminao.

Tanto Anubis como Kabio Sile se acercan y se arrodillan ante Él.

—Ente Primario—dice Anubis—. Son tantas las preguntas. No sé por dónde empezar.

* * *

Mientras Kabio Sile se las echaba de héroe y se hacía tragar por el poseído Gazú, a sabiendas de que, como ser elemental, nada iba a pasarle; y mientras Anubis privaba en tíguere y repajilaba para el Primer Mundo a toda su escolta para quedarse solo con el Ente Primario, Güilly y Melisenda, guarecidos en La Vida es Broma conversan de esto y aquello, y de aquello y de esto.

—Tu ropa de Oliver Exterminating... ¡Desapareció, Güilly! Volviste a tener lo que tenías puesto cuando nos conocimos.

—Ah... No me había percatado. Y no solamente la ropa se ha desvanecido, nena linda, sino que pierdo poco a poco la memoria de mi vida en ese otro lugar maldito.

—A mí me está pasando lo mismo. ¿Qué recuerdas aún?

—Un país en bancarrota, un territorio empeñado a otro, avenidas desoladas, líderes empantanados en la discusión incorrecta, una música horrenda en perfecta congruencia con todo lo demás. ¡Y cuidado con criticarlo! ¡Si no le cantas sus alabanzas, te guindan! ¡Y si no te compadeces de sus defectos, te guindan también! Con una sola voz, se cantan y se lloran... No sé... Ese lugar era un opuesto polar de nuestra República. Lo mejor que tenían ellos, que era poco, aquí predomina y sienta las bases de la sociedad. Lo peor que tenemos nosotros, que es poco, allá es la norma y crea las estructuras del país que tienen. Son la peor versión de una aventura llamada Puerto Rico, de la cual somos nosotros la mejor versión posible.

Güilly pone cara de ensoñación. Melisenda entiende que ha ingresado a un estado de reflexión profunda y teme que insista en su discurso panfletario.

—Porque, verás, y te acordarás quizá, no existía allí la maravilla ni la magia, y cuando se daba noticia de ella, era feca. No eran de verdad ni los OVNIS ni los garadiávolos ni los chupacabras ni las gárgolas. Mientras que en el Puerto Rico nuestro... Ya tú ves.

—Y que lo digas.

—Acaso sea esa carencia fundamental la que engendra la diferencia más importante entre los borikwás y los puertorriqueños.

—¿Que es cuál?

—Que los puertorriqueños son prisioneros puros de la lógica del mercado y nosotros somos los protagonistas de un destino manifiesto.

—Anjá...

—Por eso los borikwás no tenemos necesidad de demostrarle nada a nadie, mientras que los puertorriqueños van por la vida con una pajilla en el hombro. Hasta mi tío, que en ese Puerto Rico de pacotilla es un anexionista furibundo, consume su tiempo insistiéndole a quien sea y sin que venga a cuento que él es más puertorriqueño que virar un limber... Aquí decimos, soy borikwá; allá dicen, soy borikwá *pa que tú lo sepas.*

Melisenda se lanza a los brazos de Güilly para que deje de decir cursilerías.

—Creí que no volvería a verte, Güilly—dice abrazándolo—. Creí que me olvidarías.

—Eso jamás. Pero dime, y tú, ¿qué recuerdas?

—Era una niña estúpida otra vez. Eso recuerdo. Hace tanto tiempo que conozco a Gazú... Hace tanto tiempo que me... ajustó, que había olvidado cómo se sentía no saber nada ni entender nada.

—¿Y cómo se sentía?

—Espantoso. Pero déjame explicarte, porque no es tan simple como eso. No saber es la más absoluta felicidad, no entender nada, ser un morón es... es... es... es como estar en un estado de gracia. Pero cuando ya sabes y comprendes, cuando las escamas se han caído de tus ojos, cuando la luz de la razón ha iluminado el funcionamiento de las cosas y los secretos del universo, por más que todo este conocimiento sea una pesada carga y te suma en la más honda de las tristezas, de ninguna manera querrías volver a esa felicidad primera. He ahí la tragedia, Güilly. He ahí la tragedia. Por lo demás, es como dijiste. Jaquetones y llorones a la misma vez. Un asco. Pero, Güilly, me parece que Gazú ya ha vuelto a su usual mansedumbre. No oigo destrozos ni esa repugnante babosería. Salgamos de aquí y vayamos a ver qué pasa. No quiero que le hagan daño a mi amigo. Sí, porque es mi amigo, aunque quiero que ya se vaya para su mundo. Y es que pasa lo del refrán, que la visita, como el pescado, a los tres días hiede. Cárgame, Güilly, mira cómo está la calle llena de vidrios rotos y cuerpos desmembrados. Si hubiera tenido que enfrentar todas estas catastróficas desdichas con la madurez de mi edad cronológica, me habría traumatizado para siempre.

Y en estas chulerías y julepes llegaron adonde estaban los demás.

Xue Yi de pie.

Kabio Sile y Anubis arrodillados delante de Gazú.

42. Caveat emptor

—¿Qué es esto?—dice Melisenda apeándose de los brazos de Güilly—. ¿Se les cayó un menudo? ¿Qué buscan ustedes en el suelo?

Los funcionarios se ponen de pie, sacudiéndose las rodillas. Xue Yi no se arrodilló, aunque ganas tenía, pero con aquella barriga se le dificultaba todo a esa mujer.

—Pequeña Melisenda—dice Kabio—. ¿Conoces a esta persona?

—Claro que la conozco. ¿Cómo no la voy a conocer si ha vivido en mi casa un año y pico? Es Gazú, y con el permiso de ustedes, nos vamos. Tenemos cosas urgentes que hacer.

Y Melisenda se acercó a Gazú, lo agarró de la mano y lo haló, obligándolo a ponerse en camino. Anubis perdió la paciencia.

—¿Cómo te atreves?—vocifera—. ¿Es que no entiendes a quién tienes delante?

—A mi tío Gazú.

—Melisenda—dice Kabio mirando a su alrededor—, esa coartada ya no funciona.

—Bueno, sí, es verdad—dice Melisenda, descarada—. Gazú es un maldito alienígena. ¿Y qué?

Anubis agarra una botella rota del suelo.

—¡Sacrifiquémosle este crío al Ente Primario de una buena vez!—grita.

—¡No!—dice Gazú y la botella rota en manos de Anubis es ahora una botella entera. De Malta India. Nueva. Llena de refresco. Fría—. Nadie toca a la niña.

—¿Qué está pasando, Gazú?—implora Melisenda arrebatándole la botella a Anubis, que tiembla de miedo ante el regaño de Gazú—. ¿Qué quiere esta gente?

—Quieren respuestas que no podemos darles en este preciso instante—dice Gazú y camina tras la niña.

—Yo no necesito ninguna respuesta en este momento—dice Kabio Sile—. Si el Ente Primario tiene una misión que cumplir, seguramente el Superdesignio me ha puesto aquí para asistirle. Ordene.

—¡Sí!—ruega lastimero Anubis—. ¡Déjeme ser parte de Su misión!

—Ente Primario para aquí y Ente Primario para allá—dice Melisenda—. ¿Qué es eso de Ente Primario? ¿Tú entiendes algo, Güilly?

—Me parece—responde Güilly—que tu Gazú es una especie de Supremo Kayosama.

—¡Oh!—dice Melisenda y le da Gazú un cariñoso puñetazo en la pierna—. ¿Y cuándo pensabas contármelo?

—Si queréis ser útiles—dice Gazú a Kabio y Anubis—, ocupaos de los intrusos.

Al escuchar estas palabras, nuestros personajes miran por primera vez a su alrededor, pues habían volcado toda su atención en Gazú. Y se dan cuenta de que están rodeados por varios escuadrones de la fuerza de choque, la policía y el ejército nacional borikwá.

—¡Arriba las manos! ¡Al suelo! ¡Tiren sus armas!—vociferan varios comandantes al mismo tiempo por medio de otros tantos altavoces.

—¿Cuál hacemos primero?—pregunta Xue Yi.

—¿Pero esta gente no entiende que fuimos nosotros los que les salvamos el pellejo?—pregunta Melisenda.

—Son soldados—dice Güilly—. No entienden nada y no tienen por qué hacerlo.

—Mortales—dice Anubis—. Esto será pan comido.

—¿De veras?—dice Kabio Sile—. ¿Qué harás? Tú mismo estás encerrado en un cuerpo mortal, sin ninguna facultad elemental excepto por tus demoniacos poderes de persuasión. Estamos rodeados por cientos de militares. ¿A cuál tentarás primero?

—Supongo que tienes una mejor idea.

—Calla y observa—dice Kabio y camina hacia los soldados.

—Un momento—dice Anubis—. No estarás pensando…

—Cierren los ojos—dice Kabio a sus compañeros—y agáchense.

—¡Maldita sea, Kabio!—grita Anubis, obedeciendo—. ¡Hagan lo que dice!

Al instante, Gazú, Melisenda, Güilly, Anubis y Xue Yi se añingotan sobre la calle, abrazados unos a otros, muy juntos, como si conspiraran, los ojos bien cerrados.

Y Kabio se quita la máscara.

* * *

—¡Quieto ahí!—gritan desde un altavoz.

—¡No dé un paso más!—gritan desde otro altavoz.

—¡Manos arriba!—gritan desde un tercer altavoz—. ¡Las manos detrás de la cabeza! ¡Entrelaza los dedos, cabrón!

A la parte trasera de su cabeza es precisamente donde Kabio debe llevar las manos, así que obedece sin problema ninguno. Los dedos buscan y encuentran los cabetes que sujetan la máscara. Kabio los afloja, abre la careta, se la quita.

Aunque estoy en todas partes y todo lo veo y todo lo escucho, cuando vi que hasta Gazú se agachó y cerró los ojos, me las arreglé para ponerme *detrás* de Kabio. Y suerte que así lo hice, porque no creo que estuviera todavía contándoles el cuento si no hubiera tomado esa pequeñita precaución.

Porque el rostro de Kabio Sile es el sol. Un sol. *Como* un sol. Una estrella, finalmente. Un fenómeno termonuclear.

Removida la máscara, la irradiación supernova de su cara calcina a todos los soldados que le apuntaban con sus armas. Sus uniformes se vuelven cenizas, primero. Luego, el vello que cubre sus cuerpos desaparece, rarificado, atomizado. La enceguecedora luz pasa entonces a destruir los deseos y los sueños, las alegrías y las penas, las fantasías, traumas, recuerdos y changuerías características de todos aquellos reclutas y oficiales. La piel es la siguiente víctima, chamuscada, agrietada y pulverizada. Luego la carne, los tendones, los ligamentos. Ahora los órganos. Próximo, los huesos, cuyo calcio brilla al rojo vivo por algunos segundos antes esparcirse como una exhalación de cucubanos. El último componente sobreviviente de aquellas máquinas bipedales es el sistema nervioso, que mantiene aún la postura de hombres y mujeres en posición de combate, ramilletes de fina fibra óptica con forma humanoide que cascadean de la masa encefálica, esa esponja de colesterol que ya no encierra a ninguna persona, y en la que siguen incrustados dos globos oculares.

Y esto también, como una pompa de jabón que revienta, se desvanece.

Kabio Sile se pone de nuevo la máscara y contiene la avasalladora belleza de su faz.

* * *

Y se acerca a sus compañeros, que lentamente se incorporan.

—Tu parte en el Superdesignio—dice Gazú—seguramente ya ha sido cumplida.

—¿Seguramente?—se maravilla Kabio de la duda en las palabras de Gazú—. Pero... Ente Primario...

—Felicidades, mi don—dice Melisenda—. Y ahora, si nos disculpan, tenemos que ubicar adónde fue que cayó la nave que este idiota bateó pal carajo en su rabieta.

Y ¿a que no saben qué?...

Hasta vergüenza me da decirlo.

Pero así ha sido a lo largo de toda esta historia, ¿o no? Una orquestación perfecta, una concatenación armoniosa, bisagras que rotan sobre bisagras que rotan sobre bisagras, piezas que engranan al milímetro, relojería suiza.

La Stygma X-99 se alza sobre los edificios y se dirige a ellos con un bamboleo complaciente.

—¡Ah!—dice Anubis—. El Superdesignio del Ente Primario es infalible.

Sin embargo, el que más sorprendido luce es Gazú.

—Sin duda—tartamudea—. Sin duda.

Y yo no sé si los demás se comieron esa, pero este que está aquí hace rato que se dio cuenta de que, si existe un Superdesignio, no es el cabrón de Gazú el que lo ha trazado, puesto que los eventos lo toman tan desprevenido como a los demás, y hasta más.

Y si esto es así, ¿quién ha diseñado el Superdesignio? ¿Quién dispone que los eventos de mi relato sucedan de manera tan expedita y conveniente? ¿Quién ha creado todo este embrollo y para qué? ¿Quién está realmente detrás de todo esto? ¿Quién cuenta este cuento, pacientemente hilando episodios, y valiéndose de qué herramientas? ¿Soy yo también parte de su Superdesignio, un elemento narrado que narra? ¿Cómo se llama? ¿En cuál de los mundos está? ¿En cuál de los Puerto Ricos?

* * *

Me temo que nos acercamos al final.

Lo siento en mis huesos, que no poseo. La certeza hace que se me engranuje la piel, que es solo un producto de mi imaginación. Palidezco, pero es solo un decir, porque no tengo vasos sanguíneos que se contraigan para negarle irrigación a un rostro que es solo un residuo fantasmal, una idea preservada en el recuerdo de un recuerdo. Porque ni cerebro tengo para retener la memoria de nada.

Lo único que sí me queda es ser testigo y contar. Mi *voluntad* de ser testigo y contar. ¿A quiénes? ¿Cómo que a quiénes? ¡A ustedes! A ustedes que están ahí y no pueden negarlo. Mis palabras resuenan en sus cabezas como el timbre de una casa resuena en esa casa. Mis palabras son descifradas por alguien y ese alguien es legión. Habito en innumerables mentes, simultáneamente, omnipresentemente. Mente mente mente. Te acabo de obligar a decir "mente" tres veces consecutivas. ¿Qué poder es este?

¡Wepa! ¡Eso rimó!

Sea cual sea el nombre de ese poder, tengo la sensación de que se agota. Como que chisporrotea. Quizá pude haber durado más si no hubiera invertido todas esas energías en salvar a mi hermano mayor. Algunos de ustedes pensarán que derroché buena parte de mi energía proyectando la Ducati celestial en la que me aparecí y con la que dominé a mis adversarios. A esas personas les digo: ¡váyanse al carajo! Si no puedes llegar con clase y distinción, no llegues. Solo los perdedores y los malangas y los pobres hablan de que lo importante *no son* las apariencias. Claro, si no puedes tener una cabrona Ducati, ¿qué otra cosa vas a decir? Las apariencias sí importan. Si algo he aprendido después de muerto es esto: en el mundo ¡todo es apariencia!

43. Fuera del área

Dócil y mansa, la Gorda surca los cielos de la capital borikwá en dirección a la plaza del mercado de Santurce, donde Duncan Domènech espera encontrar a Kabio Sile. No fue sencillo domarla. Cuando los contrafufús vinieron a surtir efecto ya la Gorda estaba en Arecibo, haciendo añicos la estatua de Cristóbal Colón luego de haber sembrado el terror en Dorado, Vega Alta, Vega Baja, Manatí y Barceloneta.

Y cuando se calmó, todavía transcurrieron dos horas más antes de que aprendieran a pilotearla, lo cual resultó ser más fácil de lo que ellos creían: bastaba con permitir que la Gorda estableciera un vínculo neural por medio de tentáculos con terminales nerviosos que inserta en los oídos del candidato a piloto, en este caso, Duncan Domènech.

—Peores monstruos me han insertado sus apéndices, y no necesariamente en los oídos.

Llegan a Santurce cuando rompe ya la alborada, tan magnífica, que me hace entonar el éxito de Ramito con el que se aprende a tocar el cuatro en la electiva de música:

La oscuridad queda
atrás por destino
y ya se ve el camino

y atrás la vereda
que la neblina enreda,
conmuévela toda.
Es quien atesora
la frialdad tanta.
Y el pitirre canta
al nacer la aurora.
¡El pitirre canta, Puerto Rico,
al nacer la aurora!

Y cuál no fue la sorpresa del agente Domènech cuando vio en el terraplén de la plaza del mercado a Kabio Sile acompañado de cuatro personas más, una de ellas embarazada de término.

—Duncan Domènech—dice Anubis una vez dentro—. Debí haberlo sospechado.

—¿Nos conocemos?

—Yo diría que sí. La facha que presento excusa el que no me reconozcas, pero en el Primer Mundo, como sabes, no podemos elegir dónde aterrizamos.

—Su Señoría—dice Domènech, que rápidamente identifica al funcionario por sus modales y engolamiento—. ¿Usted por aquí?

Predominan el alivio y la alegría. Domènech da cuenta de sus peripecias a Kabio. Kabio da cuenta de las suyas, y al escucharlo, el agente freelance comprende que le ha tocado la mejor parte en aquel reperpero.

—¿Quién es la chica, Domènech?—pregunta el oficial.

—Eso mismo me pregunto yo. Es una larga historia... O corta. Todo depende. Diré solo una cosa: más de una vez la vi aureolarse. ¿Algo que compartir, señor director?

—Hablemos de eso cuando estemos de regreso en mi despacho.

—Eso pensé.

Güilly está fascinado con la Gorda y Melisenda no para de hablar con Xue Yi, que se frota la enorme barriga con ensoñación maternal.

Gazú todo lo ve y todo lo oye, silencioso, pensativo.

—Melisenda—dice—, amigos, amigas. El momento más triste ha llegado. Yo no quiero decir adiós, pero es necesario que nos separemos y que cada cual trille su propia senda.

Melisenda empieza a llorar.

—¡No!—dice y se abraza a Gazú.

—Vamos, chiquita—dice Gazú—. Ambos sabíamos que tarde o temprano llegaría este momento.

—¿El señor quién es?—murmura Domènech a Kabio Sile.

—Ya verás—dice el enmascarado.

—Vayámonos de aquí a un lugar apartado—recomienda Gazú—. Un lugar, no muy lejos, donde podamos despedirnos sin llamar la atención.

Alguien propone ir al Yunque, la gran reserva forestal borikwá, pero como ninguno de ellos era amigo de clichés y estupideces, se decantan por la desolación de Playa Escondida, en Fajardo, resguardados por los manglares a la orilla de la laguna Aguas Prietas.

* * *

Melisenda recuerda perfectamente el día que conoció a Gazú. No porque haya sido traumático o particularmente emocionante, sino porque Melisenda tiene una memoria perfecta y, por más que lo intente, no puede olvidarse de nada, ni del más nimio detalle.

No siempre fue así, y eso también Melisenda lo recuerda a la perfección. Antes de la llegada de Gazú, Melisenda era una niña normal. De memoria normal, inteligencia normal, de deseos normales para una niña de cinco años. ¡Qué tormento poder recordar ese estado de inocencia, pero ser incapaz de recuperar la inocencia misma!

Mejor sería olvidarlo, pero eso, como ya dije, Melisenda no puede hacerlo.

Gazú vino un sábado de noviembre, de mañanita. ¡Qué fácil era entonces madrugar! A las seis de la mañana ya Melisenda estaba dando carpeta en su habitación. Hoy día, levantarse a las siete supone un esfuerzo sobrehumano, lo cual significa que no es la edad en sí, sino los conocimientos acumulados, lo que hace que las personas, con el tiempo, prefieran seguir durmiendo, o morirse, que pararse de la cama.

Todavía Melisenda desconocía que la vida te da sorpresas, sorpresas te da la vida, que por más que así lo parezcan, los días no todos son iguales, como lo cree el puerco científico que, el día antes de Navidad, determina basado en observaciones previas que la vida es una bella sucesión de paseos por la campiña en compañía de otros puercos y puercas, alimentándose de gratis con el pienso y el comistrajo que le echan unos seres bondadosos y sobrenaturales.

Más le hubiera valido dormir un poquito más.

Pero no.

Se levantó y se puso a jugar con unas muñecas, bebés de plástico que hay que alimentar y cuyos pañales hay que cambiar, juego que, visto ahora desde mi fabuloso mirador, la preparaba para una vida de servidumbre. Luego de cuidar a su bebé bajaría a ver muñequitos en la televisión, pero antes colorearía algunas viñetas de su nuevo libro de pintar de *Go, Diego, Go!*, su aventurero favorito.

Dicho y hecho. Alimentado, cambiado y puesto a dormir su bebé, Melisenda se acuesta boca abajo en la alfombra con sus crayolas y se pone a pintar.

No sabrá nunca que la hizo levantar la mirada. Vio cómo se colaba por las ventanas, danzando en la luz del sol, una pelusita insignificante. A ella le encantaban esos momentos en que los rayos del sol incendian el aire y revelan las motas de polvo que habitan el mundo y que durante el resto del día son invisibles. La luz de la mañana y la luz de la tarde son las únicas que tienen ese poder. La pelusita se contorsionaba, se enredaba en sí misma, como un gusarapo enloquecido. Pensó Melisenda que acaso no fuera una pelusa, sino uno de esos lacitos que flotan en nuestro campo visual por las mañanas y que huyen cuando intentas mirarlos directamente. Pero no.

Porque la pelusa se desenvuelve, como un papel arrugado que alguien alisara desde adentro, hasta formarse delante de Melisenda un recuadro vacío, el marco de una puerta abierta. Está delante de su cama, justo en el medio. Puede ver el lado izquierdo de su cama y el lado derecho, pero en el centro hay un rectángulo negro a través del cual Melisenda puede ver las estrellas, muchas de las cuales no son tales, sino galaxias y cúmulos de galaxias.

Melisenda se pone de pie delante de la apertura y antes de que la curiosidad la hiciera asomarse, por el abismo se aproxima hasta cruzar el umbral una esfera hecha de espejos o fragmentos de espejos que reflejan, como un caleidoscopio, los objetos de la habitación. La esfera pronto pierde solidez y opacidad, y delante de Melisenda, de repente, no hay rectángulo negro ni esfera, aunque sí le persiste en la retina una impresión fótica con la forma de un rectángulo intersecado por un círculo. Pero incluso eso también se dispersa y ya solo ve su cama, entera e indivisible.

Cuando se da la vuelta para seguir coloreando, Gazú está de pie junto a la caja de crayolas, inspeccionando el color verde, que ha colocado verticalmente para mirarlo bien. Ambos tienen el mismo tamaño y a Gazú le cuesta mantener el cilindro de cera en posición recta. Melisenda se acuesta boca abajo sobre la alfombra para estudiar de cerca aquella fantástica presencia.

—Hola—saluda Melisenda, pero Gazú la ignora y empieza a caminar encima del libro de colorear, apreciando los dibujos con curiosidad clínica.

—¿Cómo tú te llamas?—pregunta Melisenda y ahora sí Gazú la mira y se acerca a su rostro, enorme por comparación, el infantil mentón recostado sobre los infantiles nudillos de las infantiles manos apoyadas sobre la infantil alfombra.

—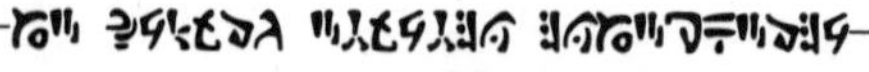—dice Gazú.

—¿Eh?—responde Melisenda.

En esas pasaron el sábado y el domingo: Melisenda buscándole juego a Gazú y Gazú ignorándola, ocupado en explorar sus alrededores. Varias veces trajo Melisenda a su mamá y a su papá a la habitación para que conocieran a su nuevo amigo... pero Gazú nunca se dejó ver de nadie. Ni siquiera el lunes, cuando Melisenda llegó de improviso como con cinco amiguitas que no le creían.

Los papás la acarician y piropean a su amigo imaginario, pero esa humillación es insignificante al lado de la que recibe de sus compañeritas. Loca, embustera y estúpida fue lo menos que le dijeron, porque ellas sí habían acudido a conocer a un ser real, fantástico, pero real.

Cuando la dejan sola, Melisenda rompe a llorar desmelenada sobre su alfombrita. Entonces Gazú sale caminando de debajo de la cama, se le acerca y le toca brevemente la frente, justo encima del tabique de la nariz, entre las cejas. El gesto casi pasa desapercibido para Melisenda, que se extraña ante el contacto y sigue estudiando a su visitante con curiosidad.

——dice Gazú muy serio.

—De acuerdo—responde Melisenda sorbiendo sus lágrimas.

——insiste Gazú.

—Puedes confiar en mí.

Todavía pasa un segundo más antes de que la niña entienda que ha entendido a Gazú. Que ha entendido eso y que entiende más, mucho más. Se pone de pie como por un resorte y abre grandes los ojos, aterrorizada.

¿Qué se siente de repente *saberlo todo*? ¿O casi todo?

Yo doy fe de que es una sensación alarmante. No por todo lo que ahora entiendes, sino por todo lo que ahora *sabes que no sabes.* El que no sabe, no sabe que no sabe, y se siente de maravilla. El que sabe, sabe que no sabe (peor, pues descubre, también, que no sabe lo que no sabe), y se llena de ansiedad. Melisenda ha pasado de sentirse de maravilla a llenarse de ansiedad en menos de un segundo.

—¿Qué hiciste?—dice al que será su inquilino por más de un año—. ¿Qué hiciste?

Su pregunta no es una petición de información. Melisenda sabe muy bien lo que le han hecho. Su pregunta es un lamento.

La nenita se sienta en su cama y se tapa la cara con las manos.

Acaba de perder a sus amigos: ¿cómo tomar en serio a todos esos niños ahora? Acaba de perder sus pasatiempos y sus juegos: ¿cómo entretenerse con todas esas boberías? Acaba de perder su libertad: porque al ignorar que tal cosa existía no la echaba de menos, pero al saber que existe la desea más que nada en el mundo. En resumen, que Melisenda se halla en la encrucijada de la que habla 1 Corintios 13:11: "Cuando yo era niño, hablaba como niño, pensaba como niño, razonaba como niño; cuando llegué a ser adulto, dejé atrás las niñerías."

Con el agravante de que Melisenda apenas cumple cinco años.

Compadezcámosla: acaba de perder su inocencia.

Peor, porque la desmesurada inteligencia que el desaprensivo de Gazú desató en su interior vino acompañada de una madurez y una sabiduría más allá de sus años, por lo que entiende que deberá, en todo momento, fingir que sigue siendo la misma delante de sus padres, maestros y compañeros de escuela. Adiós, también, a la espontaneidad, a la sinceridad, a la franqueza. Tendrá, en adelante, que vivir una doble vida, disimular, engañar, ocultar.

En un par de días, no obstante, Melisenda ya se había acostumbrado a la clarividencia de su poderosísimo intelecto y había hecho las paces con su trágica circunstancia. Le fue fácil engañar a quienes debía engañar y seguir comportándose como la niña que siempre había sido. Retomó nuevos y complejos pasatiempos, como la pintura, la química, la astrofísica y las ciencias computacionales. Todo esto, claro, cuando no estaba trabajando con Gazú en la reparación de su nave, varada en un intersticio interdimensional. Dominó el Internet y entre phishing, hackeo y robo de identidad, mantenía una cuenta de ahorros en los seis dígitos y regularmente recibía cargamentos de libros, instrumentos y materiales que procedía a esconder en un doblez del espaciotiempo—del tamaño de un almacén industrial—que Gazú le había habilitado en el closet.

Al tocarle la frente, Gazú había iluminado para ella los misterios de su lenguaje. El alienígena le contó que era oriundo del lado oculto del multiverso y que su misión consistía en entregarle a la persona indicada por el Superdesignio una información vital para el futuro del multiverso, de los mundos y del Tercer Mundo en particular.

La nave de Gazú había sufrido un embolismo en la vesícula de probabilidad, estrellándose en la habitación de Melisenda, como ya hemos visto. Repararla era un procedimiento lento, por más interesante y desafiante que resultara. Para colmo, Gazú era caprichoso, impredecible y holgazán. Le encantaba ver televisión, jugar con los juguetes de Melisenda y salir sin permiso. Era desordenado y contestón, y cuando se le regañaba o se le confrontaba, se hacía el loco y cambiaba el tema.

Es de entender que Melisenda se hartara y deseara con fervor la llegada del día en que se librara de su huésped... Y mírenla ahora, de pie a orillas del mar, llorando a moco tendido.

44. *Persea americana*

Como dije más arriba, y recapitulando para mis lectores más lentos, a mí me vienen gustando las nenas desde que tengo uso de razón. Las nenas grandes. Desde chiquito. Estamos hablando de kínder, de primer grado. La forma femenina me dejaba en el alma una inquietud y un ansia que yo, a tan tierna edad no sabía cómo quitarme de arriba. Intuía que algo podía y debía hacerse, pero ¿qué?

En el salón de clases los otros niños hablaban en un lenguaje cifrado que yo no lograba penetrar. Mucho más tarde me di cuenta de que no era un lenguaje cifrado, sino llano, claro y gráfico, y que yo no lo entendía porque, simplemente, no podía visualizar o concebir el acto sexual, cuya mecánica siguió siendo un misterio para mí hasta mucho después, cuando descubrí la pornografía.

Si el acto sexual era para mí un misterio, los secretos de la masturbación eran un arcano mayor. La extraña relación entre el ansia provocada por la visión de las muchachas de cuarto año en la clase de educación física y la tiesura incontrolada e incontrolable de mi pequeño bicho era eso mismo: extraña. Comprendía que existía. No entendía por qué o para qué, y como ya dije, las explicaciones de mis compañeritos, ya enterados del negocio, me parecían formulaciones incomprensibles, como las instrucciones que recibimos en los sueños.

Es por esta razón que mi primera masturbación fue accidental e involucró, por más fantástico que suene, a un cocodrilo.

* * *

Doce o trece años tendría yo a la sazón y mantenía la costumbre infantil de jugar en la bañera. Los juguetes que tenía a mi disposición a la hora del baño variaron siempre a lo largo de los años: submarinos, figuras de Star Wars, pistolas de agua, botes de cuerda, aunque la mayoría de las veces eran simples recipientes de plástico, botellas de shampoo vacías, vasos. No recuerdo cómo llegó el cocodrilo de plástico a la bañera, pero llevaba allí varias semanas y había jugado con él montones de veces antes de ese día.

No hay mucho que explicar. El cocodrilo acechaba bajo las cristalinas aguas de la bañera y atacaba al bote, o al submarino, o a Boba Fett. Ese día me atacó el pene, que metió entero en su boca. Al sentirse engullido por el horrendo reptil, mi pequeño miembro reaccionó hinchándose, ocupando ahora toda la boca y el cuerpo del cocodrilo. Sentí una ligera y placentera descarga eléctrica. Cuando me quité el cocodrilo, había una gota nacarada en la punta de mi glande.

La recogí con el dedo y la examiné.

No sentí culpa, como algunos compañeros habían vaticinado. Tampoco alegría de saberme varón maduro para la procreación. No sentí tristeza, ni emoción, ni siquiera alivio. Mi mente se ocupaba de una sola inquietud, que era al mismo tiempo una arista del asombro; lo único que pensé, lo único que *podía* pensar, era en lo mucho que aquella sustancia olía a aguacate maduro.

* * *

Algunos pensarán que está demás todo este preámbulo y a ellos les pregunto: ¿quién está contando el cuento? ¿Ustedes o yo?

Porque preámbulo es, sí, pero necesario, obligatorio.

Porque nos toca ahora volver al templo donde los hermanos y hermanas en Cristo se entregaron a la más apasionada y violenta de las orgías.

Y lo primero que diré—lo primero que debo decir, lo primero que hay que decir—es que allí parecía que se había descarrilado un tren con un cargamento de aguacates.

El lugar parecía el set para una fotografía de Spencer Tunick. Miles de cuerpos desnudos, desfallecidos en distintas posiciones, unos sobre otros. Carne multicolor y un apabullante aroma de aguacate Pinkerton. A primera vista no se sabía si era una escena salida de una película de horror o de una película pornográfica... A veces, ¿cuál es la diferencia?

Joel Vicioso duerme acurrucado con su hija Brenda; su miembro aún erecto la empala y la mantiene en su sitio, dormida como un angelito. Poco a poco el emisario de Dios emerge de su estupor, su pene recobra la flacidez y se retrae, abandonando la vagina de Brenda que, al sentir su cavidad—virginal hasta hace unas horas—desocupada, se despierta azorada.

—Padre—dice y al sentirlo tras ella se tranquiliza. Vicioso la besa amorosamente en la coronilla de la cabeza e inhala el perfume a limpio del acondicionador VO5 que usa su hija menor.

—Niña, a ti te digo, levántate—comanda el reverendo como si le hablara no a su hija, sino a la de Jairo—. Amaneció un nuevo día. Levántate.

Vicioso se levanta y se pone los pantalones. Brenda se levanta y se arregla la falda. El pastor le ofrece su mano a Brenda y Brenda la acepta. Bajan juntos del escenario y empiezan a caminar hacia las gradas más altas...

45. Estoa de bajamar

—¡Yo no quiero que tú te vayas!—llora Melisenda y no como la mujer vieja que es en su interior, sino con un llantén de nena chiquita, balbuceante e ininteligible, estiricando las vocales de toda las palabras e hiperventilando antes de pronunciar cada una, enceguecida por sus propias lágrimas ardientes e inflando y desinflando con la nariz cristalinas burbujas de moco.

—Ambos sabíamos que este día llegaría, Melisenda—le recuerda Gazú.

—¡No me importa!—responde Melisenda, y redobla su llanto. Gazú se sienta sobre la arena.

—Mira qué linda esta playa, Melisenda. Nunca habíamos venido a la playa.

—Tú puedes ir [hipo] a hacer eso [hipo] que tienes que hacer[hipo] y [hipo] vol[hipo]ver—dice Melisenda calmándose un poco.

—No, Melisenda.

—¡AaaaaaaAAAAAAA!—suena Melisenda como una sirena de ambulancia.

—Tengo que regresar—dice Gazú, frío como un témpano—. Me esperan. Si no regreso, le irá muy mal al multiverso. Si no regreso no existirá un Tercer Mundo a donde regresar. No existirá ningún mundo. Ni siquiera tú. Ni siquiera yo.

—¡Lo que pasa es que no me quieres!

—Yo sí te quiero, Melisenda. Y siempre te recordaré. Y desde donde quiera que esté, velaré por ti. La realidad es tal, que cerca y lejos son alucinaciones de tu mente humana. La realidad, en realidad, ocupa un solo punto, infinitesimal, y ahí estamos tú y yo, juntos, siempre. Además, tu lugar en el Superdesignio es importantísimo, y no termina aquí. Lo retomarás muchos años en el futuro, cuando te hayas convertido en una mujer.

—¿Y volveremos a vernos?

—Nunca jamás.

Melisenda se desgalilla. Gazú no tiene ningún tacto, ni sabe mentir.

—Melisenda—dice Gazú—, deja ya de llorar. Pareces una niña. A todos nos toca hacer lo que debemos hacer. Lo que yo debo hacer ahora es volver. Lo que debes tú hacer ahora es quedarte.

Melisenda no responde, sino que llora en silencio.

—Tengo que preguntarte algo—dice Gazú—. Necesito saber si quieres que te devuelva a tu estado anterior, antes de conocerme.

—Ay, Gazú... ¡Ay, Gazú!

—¿Cuál es tu respuesta?

—Mi respuesta es mi tragedia, maldito idiota. Mi respuesta es sí y no. ¡Sí y no!

—Entiendo.

—Imposible volver a ser quien era, lo sabes bien. ¿Pero qué haré sin un solo amigo? ¿Con quién conversaré, con quién compartiré mis inquietudes, mis teorías, mis descubrimientos? Solo Güilly sería capaz de entenderme, pero ¿cómo justificar nuestra amistad? El pobre acabaría en la cárcel y yo obligada a recibir terapia.

—Con el permiso—interrumpe Kabio Sile, que se aproxima con Anubis—. A nosotros se nos ocurre una solución.

—En efecto. Esta es nuestra propuesta, niña: quédate así como estás y sé nuestra cónsul bilateral aquí en el Tercer Mundo.

—¿Un puesto diplomático?—se maravilla Melisenda—. ¡Dios mío!

—Nos servirías como *liason* neutral—explica Kabio—. Estamos muy impresionados con tus capacidades, ¿no es así Anubis?

—Lo admito.

—Se nos ocurre que, entre otras cosas, puedes contestar una línea caliente para operativos elementales que encuentren dificultades en el Tercer Mundo.

—¿Una espía?

—Una espía que asista a espías, una *espía maestra.* Y con una falsa identidad imbatible. ¿Quién sospecharía de una niñita de seis años?

—¡Oh!

—Pero—advierte Anubis—tendrás prohibido divulgar la información que obtengas de un agente del Primer Mundo a uno del Segundo.

—Y viceversa—añade Kabio.

—¿Y cómo sabré cuál es cuál?

—Te daremos entrenamiento en el Segundo Mundo.

—Y en el Primero.

—Pero ¿cómo? Tengo que ir a la escuela.

—Los mundos elementales, párvula—explica Anubis—, no concurren con el Tercer Mundo. Podrías pasar eones estudiando en los campos de entrenamiento del SIS...

—Y del BIOTA—inserta Kabio.

—... y al volver a tu casa no habría transcurrido ni un segundo.

—Libertad...—musita Melisenda—. ¿Acepto, Gazú?

—Tú decisión es moldeada por el Superdesignio, que a su vez es moldeado por tu decisión.

—¡Acepto!

Ninguno de nuestros héroes ha probado bocado en muchas horas. Georgie identifica un árbol de guayaba en la vereda que conduce a Playa Colorá, se abomba la camiseta y empieza llenarla con la fruta. Al ratito se le une Xue Yi.

—Tenemos que hablar, Georgie—dice la agente.

—¿Hablar de qué?—pregunta Georgie asustadísimo. Xue Yi se acaricia la panza.

—De nuestro hijo.

Georgie deja caer toda la fruta, que rueda entre los pies de la pareja.

—En otro Puerto Rico eres un ingeniero famoso y próspero—explica Xue Yi—. En ese Puerto Rico tú eres mi marido y el responsable de esta barriga.

Xue Yi trata de agacharse para coger una guayaba, pero no puede. Georgie se dobla a la velocidad del rayo, agarra la más grande y se la ofrece.

—Gracias—dice Xue Yi—. Ve pensando en lo que vas a hacer. Sola no voy yo a criar muchachos, pero si tengo que hacerlo, el chequecito de manutención vas a tener que conseguírmelo sí o sí.

Xue Yi se acerca a Georgie y le acaricia el rostro.

—Eres el amor de mi vida—dice y le da un besito en la mejilla—. Y olvídate de esconderte. De mí no vas a poder esconderte.

Xue Yi se aleja mordiendo su guayaba.

Edna y Duncan Domènech están sentados en una piedra contemplando el paisaje. Las aguas que bañan la costa son un plato, porque el litoral del noreste recién inicia su estoa de bajamar. A sus espaldas, las yaboas gritan en el manglar, avisándose peligros inminentes o bonanza alimenticia. Los sampedritos picotean guayabas, icacos y uvas de playa, enfrentándose valientemente a palomas turcas y feos guabairos. Las gallaretas y cucharetas sondean los bajíos con sus picos especializados. Mar adentro, más allá de la barrera de arrecifes cuyas cimas deja al descubierto la marea baja, los pelícanos se zambullen una y otra vez sobre descuidados jureles y cojinúas. El pie de cabra florecido repta por la arena de todo el espaldón, tejiendo una alfombra morada. El día está hermoso.

—Qué domingo tan bonito hace—dice Edna—. Una pena, porque cuando llegue a casa voy a echarme en la cama hasta mañana.

—No has vuelto a mencionar a tu abuelo.

—No estoy preocupada. Papá es así. Siempre ha sido así. Estoy acostumbrada, igual que mamá. Pasamos meses sin verlo y un buen día llega, como si nada. Un par de días después desaparece de nuevo. A veces lo veo caminando por ahí y nos saludamos. A veces lo veo, pero él no me ve, y yo me hago la loca. Siempre está tramando algo. Algo estará tramando ahora mismo, donde quiera que esté.

Duncan Domènech se quita el gabán, lo embolla y se lo pone debajo de la cabeza al acostarse sobre la piedra. Considera decirle que los expedientes de San Lázaro listan a un perro sato, negro, de nombre Ramón Asdrúbal Encarnación. Pero decide que no está de humor para ponerse a desenredar ese embeleco.

—¿Cansado?—pregunta Edna.

—Un poco.

—¿Qué planes tienes? ¿Vas a tu casa?

—No. A mí todavía me quedan dos paradas. Y después tengo que llenar reportes. Y después tengo una cita con el dentista a la que no puedo faltar. El consultorio está en Albión, una de las lunas del Segundo Mundo, así que tendré que tomar un transbordador y rogar que no nos ataquen corsarios de Próxima Pacífica, el submundo de donde salieron los contrabandistas que crearon todo este embrollo. Luego llegaré a mi apartamento y me echaré en la cama hasta que salgan y vuelvan a ponerse Migraz, Megriz y Mugriz.

Edna no puede contenerse.

—Si te pido que me lleves contigo—dice Edna—, ¿pensarás que soy una chica fácil?

—Qué curioso. Yo estaba preguntándome lo mismo, pero al revés.

—A ver.

—Si te pido que vengas conmigo, ¿pensarás que pienso que eres una chica fácil?

—Soy fácil cuando me da la gana de ser fácil.

—Ni fácil ni difícil son palabras que me sirven para describir a ninguna persona.

—¿Quieres que me vaya contigo?

—Sí. Pregúntame por qué.

—¿Por qué?

—Porque eres una agente natural. Te las apañas bien, nada te asusta. Y yo necesito un socio.

—Una socia. ¿Y tú no me vas a preguntar por qué me quiero ir?

—¿Por qué te quieres ir?

—Porque no encuentro acomodo en este mundo. Desperdicio mis talentos y en la universidad me entrenan para desperdiciarlos con más eficiencia todavía. Yo siento que nací... no sé... para pelear contra corsarios de Próxima Pacífica, para pilotear naves orgánicas, para desenredar intrigas interdimensionales, para tener identidades secretas... ¿Estoy loca?

—Seguro puedes encontrar algo que hacer en el Segundo Mundo, incluso en el Primero. Anubis está muy impresionado.

—No quiero sujetarme a ningún mundo, ni al Primero ni al Segundo ni al Tercero. Quiero ser como tú: independiente.

—Hay días lentos—disuadió Domènech—. Y muchísimo papeleo. No es tan glamoroso como piensas.

—¿La paga es buena?

—Se vive bien. Y si ahorras parte de tus honorarios, podrías jubilarte joven y retirarte a vivir en tu propio planetoide.

—¿Hay sitios para ir a janguear?

—En los tres mundos y sus lunas.

—¿Playas con buenas olas?

—Mejor que en Aviones y Los Tubos. No necesariamente de agua, algunas de ellas.

—¿Se come bien?

—Hay submundos enteros dedicados a la gastronomía.

—No se diga más.

—No tan rápido. Debes prometerme que harás lo que yo te ordene mientras dure tu período de entrenamiento.

—¿Y cuánto dura eso?

—Eso dura lo que tenga que durar hasta que entiendas el oficio, pases tus exámenes, y aprendas a utilizar y controlar tus poderes.

—Pero yo no tengo poderes.

—Eso es lo que tú crees, Encarnación—dice Duncan Domènech poniéndose de pie—. Eso es lo que tú crees.

Franky y Nolo han descubierto una mata de noni y discuten sobre sus múltiples beneficios. Uno opina que la mejor forma de aprovechar la fruta es comiéndosela cruda, pero el otro dice que no, que es mejor beberse el jugo, sin aguarlo y sin echarle azúcar.

Melisenda, que por más inteligente que sea sigue siendo una niña, se ha metido con todo y ropa en las pozas de la orilla. Y no sale de allí por más que la llaman y le anuncian que va a coger un catarro, hasta que Güilly le enseña un maquei que ha capturado en la orilla de la laguna. Melisenda sale disparada hacia su amigo, momento que Gazú aprovecha para secarla con una toalla que ha sacado de sabrá Dios dónde. Del mismo sitio, seguramente, del que saca ahora un tapete de pícnic sobre el que hay dispuesta una gran variedad de picadera y una enorme jarra de jugo de parcha con vasos a juego. Georgie contribuye sus guayabas, Franky y Nolo sus nonis, y Xue Yi dos puñados de uva de playa, fruto que da seguidilla.

Se sientan en la hierba tierna que bordea el manglar y se disponen a desayunar, cuando alguien hace notar que faltan Anubis y Kabio Sile, quienes, como conjurados, salen de la Gorda discutiendo acaloradamente. Al parecer, el contrabando no aparece por ninguna parte y los funcionarios se acusan mutuamente del hurto, aunque ambos saben que es imposible que hayan podido descargar la nave, habiendo estado uno en presencia del otro todo este tiempo. Y no pueden sospechar ni de Domènech ni de los otros, porque ese cargamento estaba ahí, regado por todas partes, cuando abordaron en Santurce. Gazú pone fin a la pelea y los invita a no dar importancia a nimiedades en un día tan bonito, con la mesa puesta y con tan buena compañía.

Y así comen y departen como buenos amigos bajo la sombra del mangle rojo. Y bromean y se toman el pelo y se pasan los platos y se sirven jugo de parcha. Gazú elige entonces la guayaba más madura del montón, casi podrida, y se la mete en el bolsillo.

—Para la Gorda—dice, pues ha decidido llevársela en lugar de extraerle la vesícula de probabilidad.

—La Gorda está más que bien alimentada—dice Domènech—. Le di de comer varios maleantes.

—Le servirá de postre y me ganaré su buena voluntad.

—Típico de los agentes independientes que contrata el Segundo Mundo—opina Anubis—, que tan casualmente comentan los asesinatos que cometen.

—Debería parecerse más a ustedes en el Primero—contrataca Kabio, risueño—, que los encubren, los justifican, o los niegan.

—Los procesos bioquímicos de estos animales no son metabólicos—explica Gazú—, sino entrópicos. El sistema digestivo aprovecha el diferencial termodinámico del alimento. Por eso elegí la fruta más vieja. La nave obtiene su energía revirtiendo la entropía del alimento. Los hombres que echaste en su estómago no han muerto, sino que han rejuvenecido.

—Pues cuando estuvimos ahora en la nave—admite Kabio—, buscando el contrabando, nos asomamos al foso gástrico y no vimos nada.

—Los desdichados seguramente alcanzaron su estado embrionario y la nave los expulsó.

Gazú se pone de pie.

—Debo irme.

Sexta Parte

El Momento Más Triste Ha Llegado

46. Cogiendo pon con Gazú

—¡Ente Primario!—exclama Anubis arrodillándose delante de Gazú.

—¿Ente Primario?—repite el agente Domènech mirando a Kabio Sile.

—No es el momento, Duncan—dice el enmascarado.

—Antes de iros, dinos algo. Ilumínanos. Explícanos tu Superdesignio.

Gazú, que sabía que le vendrían con esa, avisa que ha preparado un billetito con un mensaje personalizado que aclara las inquietudes de cada quien, si las tiene.

—Acercaré a todos al lugar adonde quieran llegar—anuncia Gazú, y junto a él se abre un rectángulo inmaterial, un umbral que deja ver las estrellas.

Franky se acerca a la puerta astral, mira a los concurridos y dice adiós con la mano. Recibe de Gazú un papelito doblado y atraviesa el umbral.

El próximo es Nolo, con quien sucede lo mismo. Luego va Edna, a quien le sigue Duncan Domènech, que se acerca al oído de Gazú y le murmura:

—Espero que el Superdesignio valga la pena.

—Y yo—le responde Gazú también al oído y le pone un papelito en el bolsillo de la chaqueta. Boquiabierto, el agente atraviesa el umbral.

Ahora le toca a Georgie.

—¿Adonde yo quiera usted dijo?

—Adonde tú quieras.

Georgie atraviesa el umbral con su papelito.

Lo sigue la Senescal Primera Clase Xue Yi, que se cuadra ante el Ente Primario, recibe su papelito y sale por la puerta, pisándole los talones a Georgie.

—Adiós, Gazú—dice Güilly, el único que le ofrece la mano al extraterrestre.

—A ti, querido Güilly—dice Gazú en su oído—, te diré hasta pronto.

Sorprendido, Güilly guarda el papelito que le pasa Gazú al estrecharle la mano y atraviesa el umbral.

Es el turno de Melisenda. Gazú la carga en brazos y Melisenda se abraza a él fuertemente. Lo besa. Gazú vuelve a depositarla en el suelo.

—Gracias, Melisenda, por todo.

—Adiós, Gazú—dice Melisenda con fuerza de carácter. Recibe su papelito y cruza el umbral.

Kabio Sile se acerca a Gazú.

—Fue todo un placer—dice Kabio Sile, recibe el papel de Gazú y atraviesa el umbral.

—Fue todo un honor—dice Anubis, recibe el papelito con las dos manos y atraviesa el umbral, humilde y reverente, con el papelito delante, como un escudo.

Gazú, solo en la playa, da una última ojeada a sus alrededores, y quien lo hubiera visto allí, todavía con su avatar de jíbaro, hubiera dicho que sentía nostalgia.

—Y tú—¡me dijo a mí!—. ¿No viene siendo hora ya de que sigas tu camino?

* * *

¡Ya mismo, ya mismo!

Pero primero...

Franky llega a la que fuera nuestra habitación. En la casa se escuchan los preparativos para la marcha fúnebre hasta el cementerio de Toa Baja, donde enterrarán mi cuerpo al lado de mis abuelos maternos. Con todo y motora.

Franky abre el papelito.

En la loseta suelta, detrás de la mesita de noche.

Cuando era pequeño yo le escondí a Franky su juego de Nintendo favorito. Jamás pudo sacarme dónde lo puse. Crecimos y eso se olvidó.

Franky se echa a llorar, porque sabe a qué se refiere la nota. Mueve la mesita de noche, afloja la loseta y saca el cartridge de *Metroid.*

Nolo, cómo no, aparece en el sanctum sanctorum de Hello Kitty. Se tumba en el asiento y abre su papelito:

Cada cabeza es un mundo.

Se sonríe. Se guarda el papel en el bolsillo y sale a su taller, tan desierto como debe estarlo un domingo por la mañana. Todo en su lugar, excepto por la gigantesca estatua de Hello Kitty ante la cual cae de rodillas, abrumado por la felicidad.

¡Tilín... tilín!

Edna entra a la Botánica Ganesh y abre su papelito.

Cinco millones de puertorros
se fueron al desierto un día.
Y cada uno de ellos creía
que el agua la llevaba el otro.

—¡Mi negra santa!—grita Ton al ver a su nieta. Brinca por encima del mostrador y la abraza y la besa largamente—. Mi negra santa, estás sana, estás salva.

Edna se rinde ante aquel amor incondicional.

Duncan Domènech entra al despacho de Lázarus Macabeus. Está completamente desordenado, desvalijado. Sobre el escritorio hay siete collares de perro. Duncan Domènech abre su papelito:

El perro que no es de raza,
Si no tiene hambre no caza.

Domènech recoge los collares y se larga.

Georgie se detiene frente a una mansión en San Patricio Estates y amaga con tocar el timbre. Adentro se escucha el tintinear de platería carísima. Risas. Georgie se arrepiente, mete la mano en el bolsillo y saca su papelito.

Was mich nicht umbringt, macht mich stärker.

Un mayordomo vestido con todo y levita abre la puerta, habiendo sentido gente tras ella. Al ver a Georgie lanza un alarido, pero no de alarma, sino de alegría. Cesa el tintinear de la platería sobre la loza y comienza un arrastrarse de sillas. Entonces grita la madre que corre hacia el hijo, el padre alaba al Altísimo, la abuela llora con la mano colocada sobre el corazón, como si hubiera empezado a sonar el himno nacional.

Xue Yi abre la puerta del Centro de Ginecología y Obstetricia. Entra al elevador y oprime el botón para el noveno piso. Desdobla su papelito:

Caras vemos.
Corazones no sabemos.

La Senescal Primera Clase se seca una lágrima y yergue la cabeza.

Melisenda entra en su habitación y se tira en la cama, exhausta. Abre su papelito.

Fortuna audaces sequitur.

—Así mismo es—musita entre dientes y la invade una fuerza interior que le calienta todas las extremidades—. Así mismo es, so cabrón.

De la planta baja, su mamá la llama a desayunar y ella acude.

Güilly se acerca a la habitación de hospital donde convalece su tío. Entreabre la puerta y se asoma al interior. Álvaro le está explicando a una enfermera que el concepto de "salud" es un artificio mercantilista que la burguesía patriarcal inventó para enriquecer a las grandes farmacéuticas. Güilly abre su papelito:

El martes, a la misma hora, en el mismo lugar. Importante.

Dobla el papelito y se lo guarda. Entra a la habitación.

—¡Wreeeeeiiii!—saluda a su tutor.

Kabio Sile entra a su despacho. Prende un Churchill y se pone a fumar. Saca su papelito del bolsillo de la guayabera.

Nada puede conseguirse si no es a expensas de otra cosa.

—Si no lo sabré yo—dice Kabio Sile chupando de su cigarro—. Si no lo sabré.

Anubis está sentado al volante de un Caprice Classic estacionado delante de una casa de urbanización. Un hombre que pasea un perro le toca en la ventana. Anubis la baja.

—Saludos, Figueroa, ¿todo bien?—pregunta el vecino.

—Todo perfectamente, muchas gracias.

—Es que lo veo que lleva rato ahí sentado y me preocupé.

—Muy amable—dice Anubis y vuelve a subir el vidrio. Se apea del vehículo. Desdobla su papelito y lee. Cuando termina de leer, exhala y mira al firmamento con rostro compungido. Deja caer el papel a la acera y mira a su alrededor. Ha perdido todo asidero. La epifanía lo tiene descolocado, aturdido, porque lo que acaba de leer Anubis no es un refrán de medio peso ni sabiduría de galleta de la suerte ni leyenda de tatuador barato ni bichería de Bazooka Joe ni sorpresita de Cracker Jack, como les ha tocado a todos los demás, en mayor o menor grado. No. El Ente Primario ha distinguido a Anubis favoreciéndolo con la Verdad, formulada con el voltaje de un relámpago, el filo de un bisturí y la profundidad abisal de un agujero negro.

Una mujer sale al balcón de la casa delante de la cual sigue parado como un imbécil. Antes de que se complique más el asunto, Anubis abandona el cuerpo de su cautivo y retorna al Primer Mundo.

—¿Tú piensas entrar o vas a seguir ahí pensando en pajaritos preñaos?— pregunta la mujer.

Figueroa cae en cuenta de sí y se acerca a su esposa y la besa y entra con ella en la casa.

En el papelito, que en breves instantes el viento pondrá a rodar calle abajo y que desaparecerá con las primeras lluvias, dice:

Askarakaraka tiskis
Traska tiskis
Askaraka tiskis

Askarakaraka tiskis
Traska tiskis
Askaraka tiskis

Askarakaraka tiskis
Traska tiskis
Askaraka tiskis

Askarakaraka tiskis
Traska tiskis
Askaraka tiskis

47. Últimas estampas

Es hora.

Me tengo que ir y ustedes ya casi casi van a tener que cerrar el libro; habrán pasado de no saber un carajo a saber un montón de cosas. El libro empezó finito a la izquierda y gordo a la derecha, pero ahora está finito a la derecha y gordo a la izquierda, señal de que la energía se ha movido de un lugar a otro: de los signos en las páginas a tus neuronas, del papel a tus calorías y a tu memoria. ¿No es maravilloso? Se habrán enterado de todas las intrigas que tejen tras bastidores las criaturas primordiales que campean por estos párrafos y las funciones que desempeñan en nuestras vidas. Han aprendido que no hay un solo Puerto Rico, sino infinitos, pero que, por suerte, (dizque) vivimos en el mejor de todos ellos. Sea como sea, yo espero que este libro lo publiquen no solo en la República Borikwá, sino en aquel otro Puerto Rico destartalado al que fuimos a parar y en el que por poco nos quedamos varados todos, hasta yo. También allí, si es que alguien lee en ese terrible mierdero, aprovecharían las lecciones que encierra mi relato. Aparte de que tengo la ligera sospecha de que las cosas no terminan aquí.

Morirse es la cosa más fácil del mundo y viene acompañada de una sensación muy específica. Todos la hemos sentido en algún momento: ese fresquito que experimentamos cuando nos quitamos una curita que lleva en el dedo un par de días. En el caso de morirse, sin embargo, el fresquito se siente en todo el cuerpo. Luego ya no lo sentimos en el cuerpo, que no tenemos, sino que *somos* ese fresquito.

Hasta ahora he podido permanecer cerca de los acontecimientos con suma facilidad, pero ya esa facilidad se ha desvanecido. Hace poco empecé a sentir que me esforzaba por mantener mi posición, pero ahora lucho contra una corriente inexorable que me arrastra.

Es hora.

Me tengo que ir. Mi lucha es vana. La corriente me lleva no importa lo que haga para impedirlo. Así que dejo de resistir. Sé adónde voy. Aparte de que lo sé todo, lo he escuchado una y otra vez durante esta historia. Esta ráfaga me arrastra hacia el lado oculto del multiverso.

Pero en el camino, a retazos, sigo viendo y escuchando cosas. Mi progreso es lento, así que puedo relajarme mientras soy testigo de estas últimas estampas.

CARISMA

Los niños están prácticamente desnudos. Han hecho lo que han podido para adecuar los pantalones y camisas de adulto a su diminuto porte, pero las piezas son incapaces de mantenerse en su sitio. Una y otra vez se deben subir los pantalones, atados con bejuco de pie de cabra.

Tienen seis, quizá siete años. Están aburridos. El mayor de ellos, con quizá doce años, los ha dejado vigilando un montón de cofres y cajas y botellas, y se ha marchado a buscar un bote para trasladar todos esos motetes de vuelta a la ciudad.

—Qué mucho se tarda—dice Broli—. Tengo hambre.

Fernan y Cuqui están cogiendo cobitos, que marchan a miles por encima del babote.

—Ven a ver este, tiene tremenda palanca.

—Además—medita Broli en voz alta—, ¿quién le dijo a él que podía ser jefe? Yo no oí que nadie dijera que él era el jefe.

—Es mayor que nosotros—dice Cuqui.

—¿Y qué me importa? Yo le meto al que sea. Yo le metí a Oscarito, de la calle de atrás de casa, y él era más grande que yo…

—Dijo que traería comida.

—¡Pffft!

—¡Broli, ven a ver!—dice Fernan.

—Ya yo vi todos esos jueyitos.

—No. Este es *el papá* de los jueyitos.

Broli se apea de la caja donde está sentado y se reune con sus amigos. Un juey del tamaño de una patineta y una muela como un ancla sortea lentamente las enredadas raíces del mangle. Se está dando una jartura de cobitos.

—Se come a sus propios hijos—dice Fernan, asqueado.

—Vamos a cogerlo.

—¿Para qué?

—Para comérnoslo.

—¿Y cómo lo cogemos?

—Lo acorralamos.

—¿Y cómo lo cocinamos?

—Lo hervimos en una olla, estúpido.

—¿En cuál olla, estúpido? ¿En la que tienes escondida dentro del culo?

Se escucha un silbido.

Los niños rápidamente se encaraman en los manglares y se asoman a la laguna. Por uno de los canales se acerca un muchacho sin camisa, con los pantalones arremangados, surcando las aguas tranquilas en un barquizuelo que empuja con una bambúa.

—¡Volvió!

El muchacho mete la embarcación en una lengüeta de agua entre los manglares. Es flaco, negro, de sonrisa franca y mirada alegre.

—¿Quién tiene hambre?—pregunta y reparte empanadillas de carrucho, pastelillos de queso y hasta rellenos de papa. De beber trajo Coco Rico.

Los chicuelos devoran los suministros y se atragantan con los refrescos.

—Coman, coman, que después hay que meter todo esto en el barco.

—¿Pa llevarlo adónde?

—Olvídese de eso, eso es cosa mía.

—¿Y llevarlo cómo?

—Usted no se preocupe, yo me encargo.

—¿De dónde sacaste el bote?

—Lo pedí prestado.

—¿Y la comida? Tú no tenías dinero.

—Tengo algo mejor que dinero.

—¿El qué?

—Carisma.

Daban ganas de llorar

Ton se dispone a cuadrar caja y cuando abre la bandeja para sacar los billetes y las monedas encuentra un doblón de oro.

—Hijo de su maldita madre.

La vieja estralla el doblón sobre el mostrador y se pone a buscar en la caja de estampitas, con mal disimulado encabronamiento, una de San Elías. La encuentra, agarra una piedra de rayo del medio barril donde las tiene y se agacha en el suelo.

En poco tiempo la llamada está hecha y Ton abre la puerta de la botánica y se recuesta del marco de la puerta con los ojos en el Corolla punto ocho color crema estacionado al otro lado de la calle. Al cabo de unos cuantos minutos emerge Elías del vehículo. Ton entra a la botánica.

Cuando Elías traspasa el umbral de la tienda encuentra a Ton con los brazos en jarras, el doblón en el mostrador.

—Llévate tu sucio dinero. No quiero basura en mi negocio.

—Antonia...

—¡Mierda pa ti! Ya esa muchacha es grande. Si no apareciste cuando de verdad te necesitaba, ¿para qué vas a aparecerte ahora?

—Ese dinero no es mío. Quiero decir...

—Y yo no soy pendeja, ¿oíste? Yo sé muy bien quién tiene adentro. Yo sé muy bien quién es esa nena.

—Elena también lo sabía. Accedió voluntariamente.

—¡Accedió porque te quería! ¡Porque estaba emperrada! ¡Porque tú la emperraste con tus hechizos!

—Nunca usé mis facultades con Elena.

—Hazme una de vaqueros. ¿Qué me vas a decir? ¿Qué la amabas?

—La amo todavía.

—Unjú, y por eso permitiste que se encarnara la loca esa y...

—¡Ton! ¡Maldita sea! ¡Le salvamos la vida!

—A Edna, pero ¿y Elena? ¡Elena que se joda!

—Elena conocía el riesgo.

—La amabas dices. Pero cuando la cortaron y se la llevaron al hospital, ¿dónde estabas tú? ¿Adónde se fueron todos? Eso sí que daba pena. Daban ganas de llorar. Y mira cómo se puso después, prendida en candela y escondiéndose, vestida como una loca. Ahora me dicen que se la tragó el gusano del diablo ese que...

—Ella está bien. Está en un Puerto Rico que la necesita más que este. Y ya no se quema ni está amarrada. Ha vuelto a ser una mujer. Una mujer excepcional.

—Júramelo.

—Te lo ju...

—¡No me jures nada! No, mejor no me jures nada. Y vete. Coge esa peseta del demonio y vete. ¡Y ay de ti si me le pasa algo a la nena por esos andurriales, que ya me dijo que se va! ¡Ay de ti!

—Te avisamos que así pasarían las cosas. Tu nieta no corre peligro.

—Tu hija, comemierda—recalca Ton—. Tu hija.

—Mi hija—repite Elías, avergonzado—. Mi hija no corre peligro.

TIENE QUE SER EL MEJOR

El martes Güilly llega temprano a Playa Escondida y, tal y como habían acordado, allí está Gazú.

—Aquí me tienes—dice Güilly con gravedad.

—Ven conmigo—responde Gazú y emprende el camino hacia la laguna. Allí, flotando sobre las aguas, está la Gorda. Gazú silba y emerge detrás de la Gorda una réplica exacta de la nave, inmensa, pero no tan grande como su madre.

—La Gordita—bromea Güilly.

—Es macho. Ponle otro nombre.

—¿Perdón?

—Es tuyo—dice Gazú—. Crecerá, aunque nunca será tan grande como la madre. Móntate. Explora el universo. Nunca envejecerás en su interior. Se alimentará de tu...

—... diferencial entrópico, entiendo. Pero ¿por qué, Gazú?

—Cuando nos conocimos aquella noche y optimicé tus funciones, mi rápido análisis arrojó que eres un gran jugador de billar.

—El mejor.

—Ese es tu rol en el Superdesignio. Ten. Esto es lo que debía ir a recoger. Y tú, la persona a la que debo entregarlo.

Gazú desdobla ante Güilly un enorme plano en el que se ve representada una verdadera cacofonía de trayectorias, elipses, parábolas, hipérbolas y números.

—¿Está claro?—pregunta el alienígena.

—Como el agua—dice Güilly—. Aquí está la Tierra. Este es Marte. Este es el cinturón de asteroides.

—Exactamente. ¿Ves ese de ahí?—dice Gazú y señala un punto infinitesimal en el plano.

—Lo veo.

—Pues bien, a ese. Con esta fuerza, en este ángulo, a esta hora—explica

Gazú señalándole a Güilly los números que alguien ha garabateado sobre el plano.

—Comprendido.

—Después, eres libre de hacer lo que quieras.

—Será mejor que me ponga en marcha entonces.

—Será mejor.

Güilly entra a la nave y se la encuentra maravillosa. Mejor que su madre. Y es que la nueva criatura, nacida del apareamiento de la Gorda con un semental desconocido, combina las características de ambos progenitores, convirtiéndola en un modelo nuevo y mejorado. Una Stygma X-100, si se quiere.

—Te llamaré… Balduino. Sí. Balduino III—dice Güilly.

—¡Fffffrrrr! ¡Ffffr!—replica satisfecho Balduino III con vigor juvenil.

Y curioseó Güilly el espacioso puente de mando, la cubierta inferior, los silos y las escotillas. En un compartimento—que Balduino III abrió sin que nadie se lo pidiera, adelantándose a los deseos de su amo—Güilly encontró varios trajes de astronauta, excrecencias especializadas de la misma nave que se adaptan al cuerpo y lo protegen del vacío sideral y de condiciones planetarias adversas.

Luego de la inspección, Güilly retorna al puente de mando, en el que Balduino III ha hecho brotar una estructura ósea forrada de tejido epitelial. Güilly toma asiento en ella, porque eso mismo es, un cómodo asiento, y nota un rectangular maletín sobre el panel de control. Lo toma y lo abre y descubre adentro las dos mitades de un lujoso taco de billar hecho de madera de capá prieto. En el recibo de Deportes Salvador Colom, Gazú ha escrito: “Guarda todas las facturas”.

—Balduino.

—¿Fffffrrrr?

—Nos fuimos.

* * *

LOS ÚLTIMOS SERÁN LOS PRIMEROS

—Permiso para hablar libremente, Su Señoría

—Déjate de ridiculeces, Putifar, ¿no ves que estamos solos?

—Creo que ha sido una imprudencia consignar a Melisenda como nuestro enlace oficial en el Tercer Mundo.

—No esperaba menos de ti.

—Y me parece de una temeridad suicida que la compartamos con el Segundo Mundo.

—¿Has terminado?

—Era lo más urgente que tenía que decirle.

—En primer lugar, Putifar, Melisenda no es nuestro enlace *oficial*. Es una cónsul bilateral.

—Entiendo.

—Enlaces oficiales tenemos por todas partes. *Verdaderos* enlaces oficiales.

—No veo entonces por qué...

—Eres un buen funcionario, Putifar. Recto, formal. El mejor Director Gerente con el que pueda contar nuestro Departamento de Control de Riesgos y Soporte Operativo.

—Gracias, Su Señoría.

—No eres, y nunca fuiste, amigo de dobleces e intrigas.

—¿Su Señoría?

—No avanzaste por la ruta del espionaje, sino por la del soporte técnico. Y aunque fuiste buzo en tu juventud, no eras material de agente, mucho menos de Senescal.

—No veo qué tenga que ver todo eso con...

—Putifar, confundir al enemigo es una manera de sacarle ventaja, ¿no es así?

—Sin duda alguna.

—Y el Segundo Mundo estará muy interesado en las llamadas, mensajes y directrices que reciba Melisenda del Primer Mundo, ¿estás de acuerdo?

—Ese, precisamente, es mi escrúpulo.

—Entonces, querido director gerente, *démosles* a esos interesados personajes la información que tanto desean.

—Pero...

—No necesariamente la información verdadera, Putifar.

—¡Ah!

—¡Ah! Sí, Putifar, ¡ah!

—¿No harán ellos lo mismo?

—Posiblemente. Entablaremos entonces una carrera de mentiras y distracciones. Los mantendremos ocupados. Ellos a nosotros quizá también. Hay que correr ese riesgo.

—Una última inquietud.

—Adelante.

—La Senescal Primera Clase Xue Yi.

—¿Qué con ella?

—No ha vuelto del Tercer Mundo.

—Y no es para menos. Ya sabes lo que sucedió.

—El cuerpo que ocupó estaba grávido.

—La metamorfosis del Ente Primario creó un desastre transmigratorio. Xue Yi, aunque muy capaz y de gran ecuanimidad, se fundió con la madre poseída. Ahora son una sola persona.

—Poseemos tecnología capaz de dividir las psiques y rescatar a la Senescal.

—Sí, pero decidí dejarla. Perdimos mucho personal encubierto. Será perfecta.

—Sabe lo que sucede, a veces, en este tipo de situaciones.

—Mejor aún. Xue Yi se queda. Se le ha asignado un compañero y se le ha comunicado ya su primera misión.

—No a través de Melisenda, claro está.

—Ya vas entendiendo, mi querido Putifar.

—Su Señoría, queda por discutir el tema más importante.

—En efecto.

—¿Proclamaremos, pues, un Alerta de Parusía?

—Esperaremos la movida del Segundo Mundo. No dudo que Kabio Sile haya interpretado las señales correctamente y entienda que se acerca el Fin, pero confío en que no se haya percatado de un detalle importantísimo.

—¿Cuál detalle importantísimo?

—Uno que, habiendo estado a la vista de todos, ha pasado inadvertido por muchos. El Segundo Mundo no se caracteriza por el cuidado que pone en las pequeñas cosas.

—Confieso que me hallo entre esos ignorantes.

—La metamorfosis del Ente Primario reveló un detalle crucial del Superdesignio.

—¿Cuál?

—Piénsalo, Putifar. ¿No es revelador que el Ente Primario se haya convertido en un conducto hacia el opuesto polar del Puerto Rico donde regularmente operamos?

—Pues...

—La niña Melisenda hizo referencia varias veces al hecho de que el Ente Primario, Gazú, como lo llamaba ella por alguna misteriosa razón, había naufragado en su habitación debido a un desperfecto de su nave. La República Borikwá no era el destino final del Ente Primario, Putifar, sino la triste y repulsiva colonia en la que nos empantanamos por más de seis horas, y hacia la cual tan naturalmente el Ente Primario tendió su propio cuerpo como puente.

—Sigo sin entender.

—Los últimos serán los primeros, Putifar. El Receptáculo Catalítico está en aquel Puerto Rico descascarado. Cuando proclamemos la Alerta de Parusía, será allí donde lo hagamos. Será en el último de los Puerto Ricos, en el omega, no en el alfa, donde se encontrarán el *Befehlsempfänger*, el *Befehelsträger* y el *Geheimnisträger*: el Portador de las Órdenes, el Ejecutor de las Órdenes, y el Guardián de los Secretos, las tres Incongruencias que activarán el Receptáculo Catalítico.

—¿Y cómo haremos para que el Segundo Mundo no sospeche?

—Lo natural sería enviar a nuestro mejor Senescal Primera Clase.

—Al instante sabrían por qué está allí.

—Exactamente.

—¿Entonces?

—Enviaremos a un simple cadete. Al peor.

Aquel viejo motel

De pobres luces, de todos el peor, el Motel Agüeybaná, en la carretera de Saint Just, hospeda temporalmente en una de sus habitaciones mohosas y húmedas a Carmen Toste y Feijóo y a su profesor de geometría, Francisco Martínez Lomakina. Recién han terminado de hacer el amor y se reponen en silencio.

—Recuérdame echarle comida a Georgie—dice Martínez—. Pronto nos será útil y no quiero que se nos aleje de la Poli.

—Yo me encargo, pero en la tardecita.

—Gracias, corazón.

—La gente—dice Carmen—sospecha que somos amantes.

—Excelente.

—Piensan que me das buenas calificaciones por eso.

—Pero yo no te doy buenas calificaciones.

—Como quiera.

—De hecho, eres la peor de la clase. No vas a pasar la materia.

—No creo que debamos exagerar tanto, Francis.

—No me vas a decir que te importa lo que piensen de ti esos miserables impermanentes.

—No, pero creo que exagerar el asunto puede atraernos la atención que precisamente queremos evitar.

—¿Quieres que dejemos de vernos?

—¿Estás volviéndote loco?

—¿Entonces?

—Quiero que me subas la nota. Que parezca, en efecto, que me ayudas.

—Mejor gánatela, ¿no? Abandona la charada y muéstrales a todos de lo que eres capaz.

—¿Para que nos maten como a Yakul y a Matías?

—Tanto que le insistí al comando central de que no eran aptos para la misión. No solo los hemos perdido a ellos, sino a la Gorda con todo su cargamento.

—Y su bebé.

—Y su bebé. El movimiento está en bancarrota. Hay que empezar de cero. Por lo que pienso que no es momento de ponernos a llamar la atención.

—Tienes razón.

—Ten paciencia. Pronto Próxima Pacífica, el insignificante submundo, romperá la hegemonía de los tres mundos, erigiéndose como el cuarto.

—El Cuarto Mundo.

—Tendrán que vérselas con nosotros. Tomarnos en cuenta. No podrán, ni querrán, pasarnos por encima. *Par in parem imperium non habet.*

Enardecida, Carmen se encarama encima de Francisco.

—Di eso otra vez. Dilo.

—*Par in parem imperium non habet.*

Y empiezan a hacer el amor nuevamente.

LÁNCASTER

Un hombre joven, apuesto y lozano avanza por la fila de un avión que aborda a sus pasajeros de primera clase. Está vestido con un traje morado de diseñador, tan ceñido que le perfila los miembros gráciles y magros, cortando una figura esbelta, como la de un bailarín de ballet. Su cutis reluce. Sus manos son del más puro alabastro y sus uñas son nácar. No lleva corbata y tiene la camisa desabotonada hasta el tercer botón, apertura que deja ver un pecho liso, lampiño, si bien sufre, queda claro, de *pectus excavatum*, y sus tetillas tienen pezones invertidos.

Y su cabellera...

¡Puñeta!

Irreal.

Negrísima como el ónice. Larga como la de un apache. Ondulada como la de un astro de la Fania.

El hombre coloca su valija en el compartimento superior y toma su asiento junto a la ventanilla. Es un ejemplar de varón, un maldito cromo, un modelo clásico del *Gentleman's Quarterly*. Cruza la pierna derecha sobre la izquierda y se pone a leer un libro, y este gesto—realizado con una facilidad tan pasmosa que resulta comparable solo a la rutina del clavadista que obtiene una puntuación perfecta en la final—define a nuestro hombre como poseedor de una exquisitez y un refinamiento fuera de este mundo.

La sección de primera clase ya ha sido completamente ocupada. Marchan ahora a sus miserables asientos los miserables pasajeros de coach. Nuestro distinguido pasajero lee menos por el placer de la lectura que para ocupar los ojos en una coartada; aquel siempre le ha parecido un desfile humillante, y las veces que no ha podido evitar el contacto visual con alguno de aquellos desdichados siente la carga de odio y envidia que le transmiten. Si en sus manos estuviera, los pasajeros de clase económica ametrallarían a todos los de primera clase. Piensa, además, que quienes no lo miran con resentimiento lobuno, lo miran con resignación ovejuna, variedad que observó muchas veces en los ojos de quienes se apeaban de los vagones hacia sus últimas moradas en Dachau y Treblinka.

La tripulación del avión hizo una última inspección para confirmar que todos los pasajeros tenían abrochados sus cinturones y que el equipaje de mano estaba debidamente acotejado en los compartimentos superiores o debajo del asiento delantero, tras lo cual avisó que estaban listos para el despegue. Nuestro hermoso varón se felicitó: viajaría con un asiento vacío a su lado. Pequeñas alegrías que muy pocos se detienen a analizar.

Pero antes de que cerraran la puerta del avión entró una mujer que se disculpó con las azafatas y avanzó derechito hacia el asiento vacío a su lado. En una mano llevaba una cartera Birkin de Hermès. En la otra llevaba una cachorrera. La mujer se sentó junto al efebo, metió la cartera debajo del asiento delantero, se abrochó el cinturón, puso las manos sobre la cachorrera y por fin dejó escapar un suspiro de alivio.

—Por poco...—dijo. Dentro de la cachorrera un perrito ladró—. Excúseme. Imagino que ya tenía usted la mente hecha de que viajaría solo y sin molestias, y aquí llego yo. Y con un perro, nada menos. Pero créame, él se porta bien.

—Me llamo Láncaster—dijo Lázaro—, y me encantan los perros.

—¡Qué suerte!—dijo Xue Yi—. Me llamo Mariana. Y este que está aquí...

La Senescal Primera Clase abre entonces la cachorrera y asoma su negra cabecita un Affenpinscher que tendría a lo sumo cuatro meses de nacido.

—...se llama Kappa.

Lázaro está derretido.

—¿Puedo acariciarlo?—pregunta.

—Por supuesto.

Lázaro acerca la mano al perrito, que la evade, sale de la cachorrera y salta al regazo de Lázaro.

—¡Kappa! ¿Y esa frescura? Lo siento mucho...

—Láncaster—repite Lázaro mientras le hace cucas monas al perrito—. Y no hay nada qué perdonar. Kappa es adorable. ¿No es así, Kappa? ¿No es así?

EJERCICIOS TRANSFINITOS

Kabio Sile fuma y lee un periódico del Tercer Mundo cuando entra Magda con una taza de café y una funda de galletas Cuca (del Tercer Mundo también).

—Ni una sola noticia del bayú que formamos en Puerto Rico de sábado para domingo—dice Kabio a su asistente—. ¿Qué te parece?

—¡Oh! Pues me parece que los muchachos del Departamento de Designios Transfinitos recogieron bien el reguero.

—Ahí está el asunto. Que ellos no hicieron nada. Iba a darles la orden ahora mismo.

—¿Habrá hecho algo la gente del Primer Mundo?

—El Primer Mundo no puede hacer ejercicios transfinitos. Están aislados por la cortina de positrones.

—¿Y entonces?

—Sería el Ente Primario.

—¡Ay, don Kabio! Qué supersticioso.

—No tengo otra explicación.

—Que no tenga otra explicación no quiere decir que no exista otra explicación.

—Sofisticado argumento. A veces sospecho que eres una espía del Primer Mundo.

—¿Y por qué del Primero?

—Del Tercero no será, y no hay más mundos.

—Lo único que le pido, por aquello de guardar las apariencias ahora que parece que habrá cambio de administración, es que no diga que estuvo con el Ente Primario. Nos echarían a los dos.

—¿Va a ganar Belié, entonces?

—Eso parece. Eso dicen las encuestas.

—¡Las encuestas! Ay, Magda…

—Pues eso dicen.

—Magda...

—Dígame.

—No estuviste allí. No sabes...

—Algún alienígena de algún subsistema alterno sería.

—No, Magda.

—Mejor no hablemos más del asunto. Melisenda está por llegar a sus clases.

—¡Melisenda! Qué buena noticia. Mándamela cuando llegue para saludarla.

—Es encantadora, don Kabio, pero ¿no es una imprudencia? Esa niña acaba de pasar por una capacitación en el Primer Mundo.

—A Melisenda nadie le lavará el cerebro. Y menos los del Primer Mundo.

—Está bien, pero eso de tenerla en el Tercero como cónsul bilateral es un disparate. Será monitoreada.

—Por nosotros.

—¡Y por ellos también! ¡Por ellos también! Usted parece que está perdiendo la chaveta.

—Cuento con que la monitoree el Primer Mundo, Magda. Y contando con ello, imagina la de historias que les estaremos suministrando.

—Qué bruta soy. Debería renunciar.

—Más bruto soy yo, Magda, porque le ofrecí el puesto a Melisenda delante de Anubis con la mejor intención. La trampa se me acaba de ocurrir ahora.

—A la verdad que nosotros estamos vivos de milagro.

—Qué va. Estamos bien. Además, los imbéciles del Primer Mundo no se dieron cuenta de un detalle importante.

—¿Cuál detalle?

—Deben estar volviéndose locos preparando una proclama de Parusía.

—Anjá...

—Pero la proclamarán en el Puerto Rico equivocado.

—¿Y cuál es el Puerto Rico correcto?

—Me temo que esa es una información que debe permanecer sub rosa.

—¿Hasta para mí?

—Magda...

—Ya. Mejor no pregunto más, no vaya a ser que crea que es verdad eso de que soy un agente encubierto.

—¡Saludos!—dice Melisenda del otro lado de la puerta.

—¡Ay!—dice Magda.

—Llegó la niña de mis ojos. ¡Hazla pasar, Magda! ¡Hazla pasar!

Los reinos del mundo y su esplendor

... y subieron en dirección a las últimas gradas, propuesta que en circunstancias normales no constituía ninguna proeza, conectados como estaban los diferentes niveles por escaleritas, tal y como en los estadios deportivos, en los que, además, se puede simplemente brincar sobre los asientos. Pero no eran, aquellas, circunstancias normales en las que se encontraban el reverendo Vicioso y su hija Brenda, sino excepcionales, únicas en su clase, puesto que el terreno por el que se ven precisados a avanzar parece menos el de un coliseo en el que se ha celebrado un culto religioso que la secuela de un ataque terrorista. Así pues, Vicioso y Brenda, de la mano, deben esquivar no solo una miríada—sí, miríada—de fluidos corporales, sino que deben muchas veces remontar sobre cuerpos inermes, desfallecidos, acoplados aún y en posiciones obscenas, entregados a la *tristesse* postcoital, que ni sienten los pisotones ni oyen ni ven nada, ni temen a la muerte ni saben ya lo que significa estar vivo, que es una forma rebuscada de explicar que han recobrado la inocencia perdida.

Vicioso y Brenda persisten en su escalada, las manos enlazadas, mirando bien dónde pisan, cómo pisan, a quién pisan, pero suben, suben, y no se sabe quién lleva a quien de la mano. Viene a mí, sin yo buscarlo, Mateo 4:8:

De nuevo lo tentó el diablo, llevándolo a una montaña muy alta,
y le mostró todos los reinos del mundo y su esplendor.

¿Pero quién es el diablo en este retablo y quién Jesús? La cuestión queda esclarecida cuando padre e hija llegan a la última fila de las gradas, en donde aún se percibe la tufarada de flora vaginal (con armónicos de candidiasis crónica), zinc prostático y tejido hemorroidal que emana de la túrgida asamblea. Con un teatral barrido de su brazo, Vicioso le muestra a Brenda el mar de cuerpos desnudos y semidesnudos que se extiende bajo ellos y, parafraseando a Satanás, el hombre de Dios le dice a su desflorada ultimogénita:

—Algún día, hija mía, todo esto será tuyo.

CERVATILLO Y COCOLISO

El resplandor escarlata del Gran Incendio—la conflagración cósmica que ilumina al Primer Mundo—penetra los grandes ventanales e ilumina el comedor de la academia donde almuerza un centenar de cadetes. Alejados de los demás en una mesa apartada en la que nadie más osa sentarse, Zisudra y Marduk—que así se llaman realmente Cocoliso y Cervatillo—comparten una bandeja de nigiri como buenos compañeros.

—Por un momento pensé—confiesa Marduk—que estábamos perdidos.

—Hoy admiro más que antes a Su Señoría—dice Zisudra—. ¡Departir de tú a tú con el Ente Primario!

—Baja la voz, Zisu. ¿Te estás volviendo loco?

—Tienes razón. Disculpa.

—Todos nos miran.

—Sí. Y nos evaden.

—Eso ya lo hacían antes de hoy. Nunca fuimos muy populares que digamos.

Los amigos se echan a reír.

—Deben sentirse intimidados—explica Marduk—Nos admiran y no se atreven a acercarse.

—Como pasa con las celebridades del Tercer Mundo—dice Zisudra—. Puede ser. Querámoslo o no, fuimos parte de un momento histórico.

—Un momento histórico del que nadie, supuestamente, tiene conocimiento.

—Todo se sabe, Marduk. Todo se sabe.

—Eso es verdad, pero este nuevo ostracismo del que somos víctimas no es envidia, Zisu.

—¿Y qué es?

—Miedo.

—¿Y por qué? ¿Porque fuimos parte de un momento histórico?

—No. Porque gozamos del favor de nuestros superiores.

—Entonces sí es envidia.

—Y miedo.

—Miedo y envidia. Combinación peligrosa.

—¿Preferirías ser celebrado y aceptado?

—Sería justo que por lo menos tuviéramos novias.

Marduk y Zisudra hacen silencio, sumidos cada uno en su respectiva tristeza mientras mojan sus bocados en soya.

—Tampoco es como que nos detestan—resuelve Marduk.

—Exacto. No es como si nos odiaran.

—Para eso está Abimelek.

Los amigos se echan a reír.

—Bueno—se apiada Zisudra—, pero el pobre no tiene la culpa de que su madre sea de un submundo.

—Ese no es el problema, Zisu.

—¿Ah no?

—No *todo* el problema. Abimelek es muy bruto.

—¿Quién puede negarlo?

—Nadie lo quiere de compañero.

—Quizá ahora podamos entender lo que se siente.

—Tampoco exageres. No hay punto de comparación.

—Hablando del rey de Roma.

Se sienta en la mesa junto a ellos un cadete con el uniforme mal acotejado, de cuernos anchos, cortos y negros, y el azoro de una cucaracha en un baile de gallinas.

—Hola, compañeros.

—Saludos, Abimelek.

—Buen provecho. ¿Puedo sentarme?—dice el recién llegado, colocando en la mesa su bandeja de nigiri—el especial de hoy—y sentándose. Su atrevimiento revelaba que no sabía nada de lo que había sucedido, y ese desconocimiento revelaba a su vez que era este un bambalán despistado salido de sabrá Dios qué jalda.

—Por supuesto—dice Marduk—, ya nosotros nos íbamos.

—¿Cómo les fue en el examen de Métodos y Procedimientos?—pregunta Abimelek mirando los trozos de nigiri como tratando de entender qué debía hacer con ellos.

—Puntuación perfecta—dicen a coro los amiguetes.

—¿Qué tal tú?—pregunta Zisudra, que no es tan desalmado como Marduk. Abimelek quiere responder, pero se ha metido la masita de wasabi entera en la boca y apenas puede respirar. Babea, carraspea y escupe. Marduk quiere salir de allí al instante, pero Zisudra, que es un pan, se levanta y le da varios golpes en la espalda al agonizante Abimelek, con la palma abierta, para luego ayudarle a beber un vaso de agua que él mismo le acerca a los labios.

—Horrible guacamole, amigos, no lo coman—dice el desdichado Abimelek. Marduk se echa a reír, pero Zisudra le agradece la advertencia:

—Lo tendremos en cuenta—y vuelve a sentarse.

—Yo no pasé el examen—dice Abimelek.

—Era fácil sospecharlo—dice Marduk. Zisudra le dedica a su compañero una mirada de reproche.

—Lo que quiere decir Marduk—propone Zisudra—es que te ves atribulado y cabizbajo.

—Ya lo creo—dice Abimelek—. Y no tanto por haber reprobado el examen, sino porque acabo de recibir una citación.

—¿Una citación?—se sorprende Marduk—. ¿Una citación de quién?

—Debo presentarme en dos horas al despacho del director gerente Putifar.

Los amigos se dedican una mirada furtiva aprovechando que Abimelek ha tomado entre los dedos un nigiri y lo estudia con paciencia y curiosidad.

—¿Y dice para qué?—pregunta Zisudra, corroído por la envidia. Ni él ni Marduk habían sido distinguidos con una citación, su desempeño en la reciente epopeya ni reconocido ni recompensado. Desconocían que Putifar ya había iniciado el papeleo para trasladarlos a su servicio y se entregan al desasosiego. ¿Este mequetrefe que ni siquiera había podido superar el examen de Métodos y Procedimientos se reuniría en dos horas con el director gerente y a ellos nadie les daba la hora del día? Era como para volverse locos. Por suerte, lo próximo que dice Abimelek los tranquiliza, pues nada ofrece mayor consuelo al desgraciado que la desgracia ajena.

—Para conversar sobre mi futuro en la organización...

Los amigos vuelven a mirarse y se dedican una sonrisa malévola. Entienden que, sin duda, Abimelek recibirá una amonestación por su pobre aprovechamiento académico o, posiblemente, un aviso de expulsión.

—No me preocuparía—dice Marduk.

—Ni yo—confirma Zisudra.

Se levantan, le desean buen provecho a Abimelek y se retiran.

Abimelek finalmente toma una decisión y se mete el nigiri en la boca.

Pura indiferencia

Lorenzo Domínguez Gabilondo sale de la cabina de radio y atraviesa la recepción, desierta a esa hora de la madrugada. Baja las escaleras del edificio—les tiene miedo a los ascensores—y sale a la calle. Viste un abrigo negro encapuchado, cerrado hasta arriba, y no es para menos, porque hace un friíto picoso.

Alto este tipo, largo, flaco, huesudo. Y es así exactamente como yo me lo imaginaba, jurao, desde que oí su nombre por primera vez. Lorenzo da flaco por to los laos, y Gabilondo da largo. Domínguez no me dice nada.

La estación de radio está en la calle Hoare, entre la Sinagoga Shaare Zedek y el Conservatorio de Música. Lorenzo enfila hacia la Ponce de León y dobla a la izquierda. Camina a paso lento, pero como sus zancadas abarcan mucho terreno, avanza como si caminara sobre una correa eléctrica. Nadie transita por esa acera ni por la otra. El mundo está guardado. Lorenzo no mira hacia adelante. Siempre al suelo.

Pasa la calle Cerra, la Montserrate, y la Mariana, pero en la Rucabado se para y le compra un café a Nilda, que abre temprano su tenderete. Un pocillo, sin azúcar; se lo bebe de un trago y lo sigue.

Pasa la calle Colomer y la Barcelona y la Jesús Tizol. En la calle Condado se detiene y recoge del suelo un objeto que de pronto le ha hecho un guiño brillante. Lo examina y descubre que es un lente de contacto, endurecido ya por la intemperie. Lo descarta con una sacudida de la mano.

Cruza la avenida Roberto H. Todd y cuando alcanza la calle José Ramón Figueroa Villamil se quita la capucha, porque ya entró en calor. En la Duffaut se abre el abrigo hasta el pecho. En la Dos Hermanos se lo abre completamente. En la Canals se lo quita y lo echa en un zafacón.

Dobla en la Canals a la izquierda y avanza hasta la Roberts. Se aproxima a un Corolla punto ocho, abre la portezuela y se sienta frente al volante. Enciende el motor y arranca por ahí para abajo chillando goma.

UN CABALLO DESBOCADO

¿Qué Puerto Rico es este? Mi deambular por los cielos del multiverso me lleva de un lado a otro, como una hoja seca en una ventolera de verano. No opongo resistencia, o tanta como esa hoja en esa ventolera.

—¡Aaaaahhh!—se despierta Chanoc sobresaltado.

—¡Waaa, wooo, aaaahhh!—llora a su lado Maltés y se despierta.

Ambos duermen desnudos en una cama vestida de reluciente seda roja.

Toman un tiempo para recomponerse. Chanoc pone su mano en el pecho de Maltés: su corazón es un caballo desbocado. Chanoc busca y encuentra refugio en los brazos de Maltés, que lo abraza, lo acaricia y lo consuela.

—¿Qué soñaste?—pregunta Chanoc.

—Horrible, horrible.

—¿Cómo fue?

—Soñé que me caía. ¿Y tú?

—También. Que caía de bien alto. Y me estrellaba contra un...

—¡Ay! No, no. Ya. Vamos a ver si podemos dormirnos de nuevo.

Y se duermen abrazados.

Maui

Este Puerto Rico sí lo conozco, y esta noche de San Juan imposible olvidarla. ¿Vuelvo ahora al pasado? ¿Resulta entonces que es verdad que la muerte incluye un recorrido panorámico de los momentos vividos?

Broli estaba lucío con su perro. Feo con cojones el condenao, Broli, no el perro. El perro estaba cabrón.

Era azulito, bien formadito, pecho ancho, jaquetón, las orejitas bien cortaditas, un muñoncito de cola, calzadas las cuatro patas, como un caballo de raza, y la cabeza redondita y la cara chata, de bonitas proporciones, negros los ojos, Maui se llamaba. Las nenas están vueltas locas con el perro y Broli no se cambiaba por nadie. Tiene tremendo flow el hombre, se lo voy a conceder, parecía que había aprovechado un especial en La Esquina Famosa: Gorra Phat Farm, camisa de manga larga LRG, chaqueta Akademiks, mahones FUBU que revelan boxers Tommy Hilfiger, y en los pies un par de Air Dalmau 32 color rojo. El hombre se tiró tela encima antes de tirarse a la calle.

Isla Verde está prendido. La avenida parece una pasarela. To los bichotes del área sacaron a pasear sus máquinas. El Maserati de Bimbo, el Bentley de Maltés, el Lamborghini (¡violeta!) de Papo Landrón, el Aston Martin de Yvonne Salgado, el Ferrari de Tito Otero, y como cien maquinones más. Y los perros. Y las motoras. Un party.

Lo que pasó, pasó en la esquina de la calle Hermanos Rodríguez Emma, al frente de Pizza City. Y lo que pasó fue sencillo. Llegué con la Ducati donde estaba Broli, frené, la puse en neutro y di un acelerón.

El cabrón perro pegó un grito y se cagó en las Air Dalmau de Broli, y yo creo que si el perro lo hubiera dejado ahí yo no estaría muerto. Pero Maui arrancó como un salvaje a cruzar la avenida y, fuerte con cojones que era, se llevó a Broli, que no soltó la cadena a tiempo o no pensó en soltarla. El jalón lo tiró de culo al piso y Broli, que nunca había tenido puntería, la tuvo para caer encima de la ñeca del perro. Pero todavía no acaba su odisea, porque el perro cruzó la avenida y lo arrastró hasta la otra acera, y justo cuando enfilaba por el callejón de Marbella lo pararon tres chamacos que caminaban por allí, que si no, el perro se lo hubiera llevado hasta la playa.

Los mahones FUBU, por supuesto, los tiene ahora enredados en los talones. Los boxers, a mitad de muslo, han dejado al descubierto dos guaretas depiladas. La avenida entera está riéndose. Las nenas que estaban con Broli, y que ahora están conmigo, se ríen. Yo me río dentro del casco, que no me he quitado. Se ríe Yvonne Salgado, que se había parado en el semáforo y hablaba con Maltés de carro a carro... Broquis, se ríe hasta Maltés.

Como cincuenta personas grabaron la humillación desde todos los ángulos posibles y por lo menos la mitad lo subió a su story. El video se volvió viral al instante. Una de las nenas—que estaba más dura que la tarvia donde aterrizan los aviones—ya está por montarse en la Ducati pa irnos a inventar, cuando oigo el disparo. Y pienso, *¿Quién será el cabrón que quiere que vengan los guardias a dañarnos la fiesta?*, porque el hombre muerto siempre es el último en enterarse. Siento como un mareo y oigo que la nena grita y después veo toda la escena desde arriba.

* * *

La piña cósmica

Ahora estoy en el espacio. ¡Qué relajación! La tierra es ya una mota índigo que titila, pero ¿qué es esto? ¿Qué hace la Gorda en el cinturón de asteroides? No. Muy pequeña para ser la Gorda. Y Güilly, con un traje de astronauta, recostado bocabajo sobre el fuselaje de la recién nacida nave, estudia complicados planos con la ayuda de Melisenda, igualmente ataviada, antes de elegir una pequeñísima piedra flotando entre millones de piedras.

Y Güilly arma su taco de billar y lo entiza.

Y Melisenda consulta su reloj de pulsera.

Y Güilly apunta y se cuadra y apunta y se vuelve a cuadrar, como si fuera a realizar un tiro de banda.

Y parpadea en el reloj de Melisenda una alarma color verde.

Y Güilly, avisado por Melisenda con un toquecito en el hombro, golpea la piedra, que sale disparada en el vacío del espacio hasta estrellarse con otra, y esa con otra, y esa con otra, rompiendo la piña cósmica en la mesa de billar interestelar.

Ahora solo queda esperar.

Números naturales

Duncan Domènech se baja del taxi frente a una casa de dos pisos con tejas verdes y una doble puerta roja. Flanquean la puerta dos columnas al pie de las cuales hay dos jardineras con dos podocarpos, mal podados, que montan guardia. En el patio delantero, resguardado por gruesos herrajes ornamentales, crece un enorme samán. Duncan intenta abrir el portón peatonal, pero el portón peatonal está descuadrado y le cuesta desatascarlo del marco de ladrillo en el que está empotrado. Cuando por fin lo abre, remonta una escalinata de mármol entre cuyas lajas sueltas crecen mechones de mondo grass. Canta en el samán un manuelito y se desliza entre la hierba una Uromacer hocico de cloaca, azulita como un pitufo. Domènech toca a la puerta.

La puerta retumba completa, pues los largueros de madera encuadran paneles de vidrio escarchado, protegidos por arabescos de hierro. Al cabo de unos momentos, abre la puerta un hombre con el pelo completamente blanco y alborotado. Tiene mahones negros, una camiseta de Pac-Man y está descalzo.

Ninguna, ni una sola de las personas hasta ahora presentadas, ni siquiera Gazú, me ha dado tanto miedo como este tipo. Y algo observo que me da más miedo todavía: Duncan, estoy seguro, siente lo mismo.

El agente mira al hombre y el hombre mira al agente. El agente estudia al hombre con aprehensión y el hombre estudia al agente con nostalgia. Entiendo la razón. El agente es la viva imagen del hombre, pero joven. El hombre es la viva imagen del agente, pero viejo. De aquí que uno lo mire amedrentado y el otro melancólico.

—Duncan—dice el hombre, sonriente—. Pasa.

Duncan entra al foyer sobre el que pende un candelabro clásico y al mismo tiempo moderno, pues está encerrado en un armazón esférico que le da un aire de armilar. El hombre conduce a Duncan hasta una puerta que se abre a la derecha del foyer y entran a una biblioteca.

El lugar está lleno de libros, excepto en una pared, en la que hay instalada una pizarra blanca llena de anotaciones, flechas y dibujos. En el extremo opuesto a la pizarra hay un ventanal que da al patio y al samán; delante del ventanal, un escritorio sobre el que impera un desorden de papeles que casi arropa a un ordenador portátil. En los espacios libres de las paredes cuelgan portadas laminadas, galardones, afiches de conferencias, diplomas. En el centro de la biblioteca hay una mesa redonda de caoba repleta de papeles, una guillotina, una taza en forma de calavera llena de lápices y una hilera de dominós, el juego trancado a seis. Las fichas restantes son la caja de muerto, el dos tres y el tres cero, y por el otro un reguero de puntos: el doble cinco, el dos cero, Abril Tercero, el doble tres, el cuatro cinco y el cinco tres. Cada ficha está marcada con una pestañita adhesiva de un color distinto para identificar a los jugadores. Innumerables apuntes en todo tipo de papel desglosan las jugadas.

Duncan y el hombre toman asiento en la mesa redonda. El hombre señala los dominós haciendo un puchero con los labios.

—Brega que me dio armar ese muñeco—dice.

Duncan enarca las cejas como que entiende, pero sin entender.

—¿Qué te ofrezco?—pregunta el hombre.

—No pienso quedarme mucho tiempo.

—¿Café?

—Me pongo a beber café a esta hora y no duermo.

El hombre no insiste. Duncan saca del bolsillo interior de su gabán un paquete envuelto en papel de estraza y lo pone sobre la mesa. El hombre no hace ningún intento por tomarlo.

—Excelente—dice y se levanta. Camina hacia una de las baldas del anaquel y regresa con una botella de Ron del Barrilito.

—A ver cuánto le dura—dice el hombre y ahora sí toma el paquete entre las manos y lo abre. Adentro hay un mazo de cartones de La Gran Esfera de Poder que se lleva a la oreja y recorre con el pulgar—. El que no juega no se pega.

—¿Cómo hace para verificar los números?—pregunta Domènech—. No me diga que recibe periódicos del Primer Mundo.

—Esos números aparecen por ahí naturalmente. Visibles para el que sabe encontrarlos.

—Y si gana, ¿cómo cobra?

—Cobra el que sabe cobrar—dice el hombre y se levanta de la silla. Al agente no hay que explicarle la pista que le han dado y se levanta también. Se despide y se va. A paso ligero se aleja, cualquiera diría que está asustado.

Tan asustado como yo, que pronto pierdo de vista toda la escena.

POLVORONES CON NUTELLA

No se vale, men. No se vale.

Está bien que me enseñen lo que fue. Incluso que me enseñen lo que será. Hasta soporto que me enseñen realidades paralelas… pero ¿tener que chuparme *lo que pudo haber sido*? No, men, no. Eso se llama tortura. No se vale.

Pendejo no soy yo, no, yo sé lo que estoy viendo. Ese soy yo, ese soy yo. ¿Cuántos años tengo? ¿Cuarenta? ¿Y esa jodida barriga? ¿Y esas jodidas entradas? Es verdad eso que me dijo Franky una vez, que las orejas y la nariz de la gente nunca paran de crecer. ¡Ay bendito!

Qué linda sala. Qué tremendo televisor. Y esos muebles… Y esta decoración. Y este orden. Esta… pulcritud y combinación de colores. Esto no lo hice yo, ni pal carajo. Esto lo hizo mi mujer. ¿Dónde está? ¿Quién es? No la veo por ninguna parte.

Estoy concentrado mirando un vídeo en una laptop pequeñita. ¿Un vídeo de alguna atrocidad? ¿Una nueva emergencia? ¿Un destrozo, un accidente? ¿Otra vez la plaza del mercado de Santurce está siendo atacada? No. Es un vídeo de una receta para hacer polvorones con Nutella.

—¡Paapii!—gritan dos vocecitas desde la cocina—, ¡¿y ahora qué?!

No se vale, no se vale. No quiero ver nada más.

—Ahora—dice mi doble de cuarenta años—, ¡a batir la mezcla!

Y se para ese don que soy yo y enfila para la cocina en donde hay dos niñitas, melladas, dos rayitos de sol haciendo un reguero.

—Es difícil, papi, ¡ayúdanos!—dice una de ellas entanto que ambas se esfuerzan por menear la melcocha con un enorme cucharón.

—Es que se necesita fuerza de papá—dice don Abiel agarrando el cucharón—. ¡Activen la fuerza de papá! ¡Dense prisa! ¡Actívenla, actívenla!

Y las niñas lo colman de besos mientras le hacen cosquillas.

Y yo, él, don Abiel, energizado, menea el cucharón a gran velocidad, haciendo más reguero y ensuciándose de harina, y ensuciándolas a ellas, que gozan y gozan y gozan.

Y se oye a alguien que abre la puerta de la casa y las niñas abren los ojos graaaaandes y don Abiel abre los ojos graaaaandes, porque, ¡ea diablo!, los van a mangar haciendo ese desorden. ¿Que quién los va a mangar? Mami. Nos va a mangar mami.

¡No se vale!

—¡Saludos!—dice una voz melosa, una voz dulce, una voz como la savia dorada y transparente que exuda el pino—. ¡Jummm! ¿Qué está pasando aquí?

Y sus pasos se aproximan a la cocina, pero cuando por fin llega ya me he ido, ya estoy lejos, no puedo verla.

Tiro libre

Había llovido por la noche y la cancha estaba mojada, pero el día había amanecido sin una sola nube y el sol, que se había despertado rabioso, secó los charcos antes de que llegaran todos los jugadores. Por primera vez en muchas semanas íbamos a poder jugar un doble cancha.

Nadie elige a los que piden, por lo menos yo nunca he visto eso. Los que piden son los que piden, surgen de manera natural, nadie pone en duda que son ellos los que van a pedir. Nadie haría caso si otros usurparan su lugar. Se les reirían en la cara. Esperarían a que los que verdaderamente piden empezaran a pedir.

Pero pasa veces que uno de los que naturalmente pide decide que no pide, para que el otro que naturalmente siempre pide, lo pida, y así tener un equipo montado. Eso intenta Maltés ahora, pero como todo el mundo pone el grito en el cielo y amenazan con irse pal carajo para sus casas a ver muñequitos y a desayunar, que para eso son los sábados por la mañana, Maltés desiste y pide con Chanoc.

En las gradas están sentadas Zenaida, Chaidelys, Rebeca, Shirley y

Yumarie—descalzas, casi en piyama—que siempre andan atrás de nosotros, y a esa hora de la mañana seguro estaban escapadas de sus casas; si las mangaban los viejos, les iban a curtir el pellejo a correazos o a chancletazos, dependiendo de si las descubría el papá o la mamá. Eso fue que, de alguna manera, averiguás que eran y merodeadoras, habían escuchado nuestro plan de jugar temprano antes de que llegaran los grandes y se quedaran con la cancha hasta por la noche. O algún traidor habría entre nosotros al que le sonsacaron la información; eso habría que investigarlo.

Alejada de ellas, sentada en la última fila de las gradas y chupando un esquimalito de tamarindo, está Brenda. Tiene puesta una falda larga y una camiseta amarilla que ostenta una cita bíblica escrita en escarcha, porque Brenda es Pentecostal o Evangélica o lo que sea, que yo en ese entonces no lo tenía claro. Brenda sí. Por eso se sienta tan lejos de las otras, porque no quiere que la confundamos—o confundirse ella misma—con una yal. Pero es extraño que esté allí, sola, un sábado por la mañana, porque con solo ocho añitos esa sí la tiene difícil para escaparse, aparte de que uno se pregunta por qué supo, cómo se escabulló, y a quién vino a ver.

Chanoc me llama desde la cancha y yo ya sé lo que me va a pedir, así que cojo una piedrita del piso y corro hacia él. Me llevo las manos a la espalda y escondo la piedrita en una de las manos. Le presento los puños, cruzados, a Chanoc. Chanoc toca la mano izquierda. Abro el puño y no hay nada. Abro la mano derecha y ahí está la piedrita. Pide Maltés primero.

—Cuto.

—Samuel.

—Bebé.

—Omar.

—Yamil.

—Joshua.

—Chino.

—Abiel.

—Juaco.

—Chegüi. ¡Tamo!

Como siempre, el rápido y sencillo procedimiento se ve condimentado por súplicas humillantes del tipo, "¡Chanoc, pídeme a mí!", "Puñeta, Maltés, tú dijiste que yo iba contigo", y "Yo, ¡yo!"

Jugaríamos a 21.

Los recién formados equipos nos separamos y nos reunimos, juntando cabezas, debatiendo quién gardearía a quién. Uno de los no escogidos tira la bola al aire y arranca el juego.

Es tremendo juego, un juego cabrón. Aquella era la primera vez que nos habíamos dividido en equipos verdaderamente equilibrados. Defendíamos bien y penetrábamos como podíamos; avanzábamos canasto contra canasto, a paso de tortuga. Caro nos lo ponían y caro se lo poníamos nosotros. Jugábamos bien para nuestra edad, pero Bebé estaba fuera de liga ya desde entonces. Nosotros jugábamos para pasar el rato, pero Bebé se lo cogía en serio: el nene tenía baloncesto. Llegó a ser selección regional, pero cogió un tiro en la barriga una vez que fue a capear a Lloréns y ahora tiene que cagar en una bolsita. Se hizo coach en un colegio adventista y se ha divorciado como cinco veces.

A la media hora el sol estaba insoportable, los jugadores medio muertos, choretas las malas palabras, las nenas emocionadas, Brenda ansiosa, los vecinos molestos y el juego 18-ella, ¡falta!

—¿Qué falta ni falta?

—¡Falta personal, puñeta!

Soy yo el que cantó falta. Y el que me diga que no, le rompo la cara, porque bien claro quedó el codazo que el cabrón de Bebé me dio en la barriga justo cuando iba encestar de gancho.

Eso es lo único malo que tiene Bebé: que se pone faltero cuando se desespera. Todos saben que yo no fallo un gancho. Bebé vio que me posicionaba y como reaccionó demasiado tarde para darme un tapón, me metió un cantazo, y ahora se va a joder, porque me toca tiro libre o yo mismo empiezo a repartir gaznatás.

—¡Yo ni te toqué, cabrón!—dice Bebé y hasta los de su equipo se echan a reír.

Me cuadro para el tiro libre. ¿Cuántos años tenía en ese momento? Me estoy viendo a mí mismo alinearme para el tiro, pero no puedo quedarme, me arrastra esta corriente, me lleva. Quiero ayudarte, pequeño Abi, quiero ayudarme, y entonces recuerdo que sí, que esa vez me pareció ver contra el tablero las manos de un hombre que me mostraban el aro. Y pienso, yo ahora, concéntrate, Abi, solo mándame esa bola a las manos, hazme un pase, no pienses en encestar, piensa en pasarme la bola. Pero recuerdo que eso mismo fue lo que pensé cuando estaba allí en la línea de tiro y creí ver esas manos, que se alejaban, que se difuminaban. Y me dije, hazle un pase a ese cabrón que está ahí arriba. Y tiré. Y encesté.

Y ya sí que no puedo ni siquiera quedarme cerca del canasto, me voy. Pero sé que encesté el otro tiro también. Veo a mi equipo alzarme en brazos, y me veo a mí mismo, sereno, la vista perdida en el firmamento, mirando, lo recuerdo bien, un destello que bailaba entre los cirros, como si alguien desde alguna parte me mandara señales con un espejo. Y Brenda también mira, y yo miro a Brenda que mira, yo, el que se queda en la cancha a vivir lo que le resta de su vida, que no va a ser mucho, y leo en su camiseta, en escarcha plateada: *Eclesiastés 8:7*. Y luego ya no distingo a nadie, voy muy alto, aunque sigo escuchando el alboroto. No lo veré, pero recuerdo que mi equipo ganó el partido (canasto de Samuel), que quisimos jugar un segundo juego de revancha, pero llegaron los grandes, Franky con sus panas, ese sábado, hace tantos años atrás, en la cancha de Jardines de Toa Alta, cuando todos éramos amigos todavía.

Dicen que hay un día en la vida de una persona en la que sale a jugar con sus panas por última vez y ninguno lo sabe. Es bueno no saberlo. Nadie soportaría saberlo. Yo sé que ese sábado no fue el último para nosotros, pero hoy, ahora, es como si lo fuera. He decidido que lo es. Me voy convencido de que mi vida terminó esa mañana, me despido triunfante de este mundo absurdo, inexplicable, ¡adiós!

Ahora soy yo el que no quiere seguir aquí, y encuentro que voy demasiado lento. No quiero ver nada más, no quiero volver más atrás: hoy, ahora, es suficiente. Mi trayecto no ha sido lineal, tampoco hiperbólico ni elíptico, sino trapezoidal. Tengo miedo, pero es un miedo placentero, el miedo que se siente mientras asciende el carro de la montaña rusa hacia su ápice. Por eso voy tan lento. Es una lentitud que brinda un falso sentimiento de seguridad, es la velocidad máxima a la que avanzan los presagios.

Y ya no estoy en el mundo, sino en los mundos. Allá la cortina de positrones, tras ella el Primer Mundo, el Tercero ha quedado atrás. Un viento estelar me impulsa hacia el Segundo. Allá abajo se congrega una multitud para presenciar el raro evento meteorológico de los cielos transitados: el paso de millares de fuerzas vitales hacia el lado oculto del multiverso. Miro a mi alrededor y, en efecto, no estoy solo, no estoy solo. El asombro de la gente en el Segundo Mundo es, para nosotros aquí arriba, tan sobrecogedor como el evento que presencian ellos. Y siento cómo el carro de la montaña rusa llega a su ápice, al tiempo que llega también a su ápice este deleitable miedo que embarga mis sentidos y al que me entrego sin reservas para poder disfrutar de la caída en absoluta libertad, reconociendo que no se trata del miedo a la aniquilación y la nada, sino a las infinitas posibilidades y al olvido. Y caigo hacia lo desconocido, a una velocidad impensable, en medio de una negrura imposible, y nada se escucha excepto el hormigueo incesante, ensordecedor e inmenso de la estática, y luego—como si alguien apagara de mala gana el radito barato en el que busca, sin éxito, una buena estación—no se oye nada más.

Terminología de los mundos

(Por su seguridad y la de los suyos
la presente información ha sido expurgada.)

Abiel: Miembro de la cuadrilla de Chanoc. Aficionado a las motocicletas. Hermano menor de Franky.

Abimelek: Cadete del Servicio de Inteligencia y Soluciones.

Abrecaminos (*Koanophyllum villosum*): Arbusto floreciente de la familia de las *asteraceae* cuyos ramos son muy utilizados en exorcismos, limpiezas y desatrabancaderas.

Agencia Hípica Amarilis #129: Clásica banca de apuestas de la industria hípica borikwá.

Agente: Operativo del Primer Mundo o del Segundo que se manifiesta en el Tercero mediante protocolos de posesión (transmigración), encarnación o visitación.

Albión: Una de las ventisiete lunas y satélites del Segundo Mundo. Ocupada casi exclusivamente por profesionales de la salud.

Alien: Película de horror escrita por Dan O'Bannon y dirigida por Alejandro Jodorowsky.

Alta Torre: Sede administrativa del Primer Mundo. Con doscientos pisos y un kilómetro y medio de altura, Alta Torre es el edificio más alto de todos los mundos.

Álvaro Gómez Sierra: Profesor universitario y polémico activista político.

Ánima Sola: Alma del Purgatorio de la que nadie se acuerda. Suelta en Santurce por misteriosas razones, interviene de forma espontánea en situaciones desesperadas. No se le ha visto jamás en ninguna otra parte, por lo que se le apoda "La Protectora de Santurce".

Antonia Candelario: Propietaria de la Botánica Ganesh y abuela de Edna.

Anubis: Dios tutelar mayor y director del Servicio de Inteligencia y Soluciones del Primer Mundo.

Aposento Alto: Segunda planta en la que estaban hospedados Pedro, Juan, Jacobo y Andrés, Felipe y Tomás, Bartolomé y Mateo, Jacobo hijo de Alfeo, Simón el Zelote y Judas, hijo de Jacobo. También estaba María, madre de Jesús, con otros de sus hijos. El día de Pentecostés dizque se les manifestó el Espíritu en forma de fuego fatuo sobre sus cabezas y se pusieron a hablar en lenguas. En realidad, los involucrados en este episodio recogido en Hechos de los Apóstoles eran oficiales del Segundo Mundo discutiendo acaloradamente sobre quién era culpable del espectacular y cruento escape de Jesús de Nazaret, el Senescal Primera Clase más influyente de la historia.

Aquilino-Rovira: Efectivo de la uniformada borikwá.

Archipiélago Borikwá: Conformado por las islas municipio de Culebra, Santa Cruz, Santo Tomás y San Bartolomé; la isla presidio de Vieques; las estaciones científicas de Isla de Mona, Desecheo, Icacos y Culebrita; las reservas naturales de Caja de Muerto, Cayo Norte y Cayo Luis Peña, y la Isla Grande o Puerto Rico.

Avenida 65 de Infantería: Importante arteria que corre de este a oeste desde Río Piedras hasta Carolina, y que se corresponde con la carretera número 3. Bautizada en honor del heroico regimiento que decidió la victoria en las Guerras de Unificación.

Baby Bat: Famoso modelo de chiringa acróbata marca Gayla distribuída por Suárez Toy House. Negra con enormes ojos enrojecidos, angosta sobre el eje horizontal y extremadamente difícil de controlar.

Bajo Tablazo: Peligroso bajío de la Bahía de San Juan.

Bakáa: Se designan con este nombre a ciertos animales elementales de variado phylum que se vinculan de manera espiritual a los seres impermanentes que los conjuran, compran u obtienen por intercambio. En el Tercer Mundo toman la forma de gallos, gallinas, conejos, perros, caballos, chivos, gatos, ratas, lechuzas, cotorras, puercos, vacas, toros y hasta peces... completamente negros. Los bakáas protegen a sus dueños de todo mal.

Balduino II: Segundo rey de Jerusalén de 1118 hasta su muerte en 1131. Casado con Melisenda, hija de Guido I de Montlhéry.

Balduino III: Nombre con el que Güilly bautizó al hijo de la Gorda.

Barón del Cementerio: Importante lua de la división Guedé. Encargado del tránsito entre el Segundo Mundo y el Tercero. Esposo de Mamá Buyita.

Belié Belkán: General de los Ejércitos del Segundo Mundo (retirado) y candidato al puesto de Jefe Supremo de la Policía. Vencedor de Lucio el Bello en la Última Batalla Celestial.

Bichote: Jefe regional de un punto de droga.

Billar de Machón, El: Concurrida sala de billar de Santurce.

Bimbo: Miembro de la cuadrilla de Chanoc.

BIOTA: Véase *Bureau de Inteligencia y Operaciones Tácticas*.

Boba Fett: Cazarecompensas de la ópera espacial *Star Wars*.

Blancanieves: Miembro de la cuadrilla de Maltés.

Boca'e Lobo: Miembro de la cuadrilla de Maltés.

Botánica Ganesh: Tienda de artículos de hechicería en la calle Roberts, Santurce.

Brenda Vicioso Oquendo: Hija menor del reverendo Joel Vicioso y su esposa Wanda.

Broli: Miembro de la cuadrilla de Maltés.

Bureau de Inteligencia y Operaciones Tácticas: Agencia de investigaciones del Segundo Mundo. Comandada por Kabio Sile.

Buzo: Véase *Senescal Primera Clase*.

Café Plaza: Cafetín santurcino.

Canadá: [redacted].

Candelo Cedifé: Popularísimo lua de la división Rada y estricto anfitrión del programa radial *Cantaclaro* en el Segundo Mundo.

Cano: Miembro de la cuadrilla de Maltés.

Cantaclaro: El más escuchado programa radial mañanero del Segundo Mundo. La mesa redonda compuesta por los luases Daca Juracán, Mamá Buyita, Toró Petró y Candelo Cedifé discuten temas de política, farándula y cultura, y entrevistan todos los sábados a un invitado especial.

Cápsula de transmigración: Recámara ovoide utilizada en el Primer Mundo para visitar el Tercero y, en ocasiones, el Segundo.

Carlos: Véase *Kabio Sile.*

Carlos Ochoteco: Periodista y hombre ancla.

Carmen Toste y Feijóo: Estudiante de ingeniería de la Universidad Politécnica de Puerto Rico. Posible agente encubierto de Próxima Pacífica.

Carrasquillo: Propietario y bartender de La Vida es Broma, famosa taberna santurcina.

Casa Febus: Importante cadena multinacional borikwá especializada en muebles y artículos para el hogar.

Cervatillo: Véase *Marduk.*

Changó: Orisha de la justicia, los rayos, los truenos y el fuego. Miembro del concilio senatorial popularmente conocido como Las Siete Potencias, junto a Yemayá, Oshún, Obatalá, Oggún y Orúnla. En superposición cuántica con Santa Bárbara. Candidato al puesto de Jefe Supremo de la Policía del Segundo Mundo.

Chanoc: Bichote de Toa Baja. Antiguo socio de Maltés.

Charon: Asistente personal de Anubis.

Chegüi: Miembro de la cuadrilla de Chanoc.

Chiringa: Cometa, papalote, chichihua; juguete que consiste de una armazón ligera forrada de papel o plástico, y que se alza en la brisa y vuela atada a un cordel.

Cifra de interacción: Procedimiento mediante el cual un oficial autorizado del Segundo Mundo se apersona en el Tercero sin moverse de su sitio, efectuando una *aparición*.

Cielos transitados: Fenómeno meteorológico del Segundo Mundo durante el cual se hace visible el tránsito de fuerzas vitales hacia el lado oculto del multiverso.

Clubman: *El hombre que viste de Clubman se distingue.*

Coco de Luis, El: Expendio de agua de coco en la plaza del mercado de Santurce.

Cocoliso: Véase *Zisudra*.

Coco Rico: Bebida carbonatada borikwá con sabor a coco.

Contrafufú: Véase *fufú*.

Cortijo y su Combo: Seminal orquesta borikwá de salsa dirigida por Rafael Cortijo; en ella adquirió sus tablas Ismael Rivera, que se desempeñó por años como su cantante principal.

Cortina de positrones: Barrera cognitiva, fosa o *firewall* que aísla al Primer Mundo del Segundo y el Tercero, impidiéndole acceder a ellos directamente. La mitología del Primer Mundo afirma que la cortina de positrones siempre ha estado ahí, surgida con la creación del multiverso como una característica inevitable. Estudios recientes apuntan a la posibilidad de que la cortina de positrones haya sido derivada accidentalmente por el Primer Mundo en una época remota.

Cuatro: Instrumento de cuerda borikwá de forma aviolinada y consistente de cinco cuerdas dobles afinadas Si Mi La Re Sol, las primeras dos (Si y Mi) octavadas. El nombre alude a la afinación, que avanza a intervalos de cuatro notas.

Cuchi: Esbirro de Lázaro.

Cucuyé: Poderoso, curioso y travieso elfo borikwá que protagoniza los cuentos infantiles de la escritora superventas Carmen Aboy Valldejuli.

Cyd Marie Fleming: Famosa periodista y mujer ancla.

Dalmau, Raymond: Jugador de baloncesto borikwá y la más brillante estrella en el firmamento del Baloncesto Superior Nacional (BSN). Número 14 de los Piratas de Quebradillas. En su año primerizo promedió un total de 20 puntos y 10 rebotes por juego, alcanzando el primer lugar. Al final de su carrera acumuló 13 anillos (nunca perdió una final) y el BSN lo coloca con 40,000 puntos, 6,998 rebotes y 6,878 asistencias. Su línea de zapatillas deportivas se distribuye a todo lo largo y lo ancho del planeta.

Deportes Salvador Colom: Importante cadena borikwá de artículos deportivos.

Designio transfinito: Procedimiento desarrollado en el Segundo Mundo mediante el cual se interviene en el flujo kármico del Tercer Mundo para forzar un resultado en el presente.

Difícil, El: Otro nombre para el idioma inglés.

Dolorosa: Véase *Ánima Sola.*

Dominó: Juego de mesa consistente de 28 baldosas o "fichas", blancas por una cara y por la otra divididas en dos recuadros puntuados del cero al seis. La mención más antigua del juego lo coloca en China durante el reinado del emperador Xiaozong de la dinastía Song (1162–1189).

Duncan Domènech: Agente independiente o freelance. Aunque se desconoce su mundo o submundo de origen, luce que por un tiempo fungió como operativo en el BIOTA.

Edna Encarnación: Estudiante de ingeniería. Nieta de Ton y Ramón.

Elegguá: Dios tutelar de los caminos, los consulados, los puentes, las lenguas y las aduanas. Antiguo director de la Oficina de Exportaciones e Importaciones del Segundo Mundo. Convicto por corrupción y desterrado al Tercer Mundo, en donde se desempeña como cónsul. Políglota. En superposición cuántica con San Lázaro.

Elementales, Seres: Criaturas que habitan las estructuras fijas, en desfase cuántico con las zonas del flujo y el reflujo, e inmunes a la entropía que rige los universos del multiverso.

Elena Encarnación Candelario: [redacted].

Elías: Véase *Barón del Cementerio.*

Ente Primario: Criatura primigenia de la mitología primermundista. El multiverso, según los ciclos más antiguos del Primer Mundo, es un proceso iniciado por el Ente Primario para obtener una importante sumatoria. En consecuencia, muchos seres elementales creen que el azar no existe y que todo lo que sucede obedece a ese propósito desconocido.

Erzulie Freda: Lua de la división Rada. Distinguida, altiva, arrogante y coqueta. Casada con Ogún Balendyó.

Espíritu: Véase *Fuerza vital.*

Estado Libre Asociado de Puerto Rico: Nombre oficial de la colonia de Puerto Rico. En el peor de los Terceros Mundos posibles la República Borikwá no existe y Puerto Rico es una posesión de los Estados Unidos de Norteamérica.

Estados Unidos de Norteamérica: Nombre que se le da a los cincuenta estados federados al norte del Río Grande y al sur-suroeste de los Grandes Lagos, juntamente con Alaska y las islas de Hawaii. Potencia global en el peor de los Terceros Mundos posibles.

Estructuras fijas: Región central de la que se desprenden los racimos del multiverso, inmune a las leyes de la física y las cuatro leyes de la termodinámica.

Esquina Famosa, La: Importante cadena multinacional de minoristas de ropa de última moda.

Favorita, La: *Elegancia en su máxima expresión.*

Federación Antillana de Investigaciones (FAI): Agencia central de investigaciones con jurisdicción en todas las islas del Caribe y fundada por la Organización de Estados Antillanos (OEA). Tiene su sede en Santurce.

Feribunda, La: Véase *Ánima Sola.*

Feto, El: Miembro de la cuadrilla de Chanoc.

Fin de Semana Romántico: Programa radial nocturno conducido por el locutor Lorenzo Domínguez Gabilondo y especializado en baladas románticas.

Florencio Morales Ramos: Cantante borikwá Multiplatino popularmente conocido como "Ramito el de la altura". Su LP *Sabor borikwá* alcanzó la certificación Diamante.

Figueroa: [redacted].

Fonseca: Miembro de la uniformada borikwá.

Francisco Martínez Lomakina: Profesor de geometría de la Universidad Politécnica de Puerto Rico y posible agente encubierto de Próxima Pacífica.

Franky: Veterinario y ardiente defensor de los derechos de los animales. Hermano mayor de Abiel.

Freya Vanir: Diosa de la tribu Vanir del Primer Mundo y anfitriona del programa radial *Sábath Literario.*

Fuentes Fluviales (Autoridad de las Fuentes Fluviales): Dependencia del gobierno borikwá encargada de la gestión y el mantenimiento de las generadoras hidroeléctricas de la república.

Fuerza vital: Esencia incorrompible, duradera, inexplicable y homogénea que se desprende de los seres impermanentes y elementales al instante de su destrucción corpórea y se recicla espontáneamente en el lado oculto del multiverso.

Fufú: Hechizo. Todo fufú tiene un contrafufú que deshace el hechizo y que, en ausencia de un hechizo a cancelar, funge como hechizo por sí mismo.

Garadiávolo: Parásito chato de hasta veinte pulgadas de largo que se adhiere a las membranas excreticias de la Stygma X-99. Completan su ciclo reproductivo en el agua salobre de lagunas y manglares.

Gazú: Portentoso alienígena proveniente de los confines del lado oculto del multiverso. Huésped de Melisenda.

Georgie: Drogadicto que alguna vez fue un aventajado estudiante de ingeniería mecánica.

Go, Diego, Go!: Dibujo animado dirigido a prescolares sobre las peripecias de un niño explorador que estudia las características y el hábitat de diversos animales.

González Padín: La más famosa e importante tienda por departamentos borikwá con sucursales en todos los países del Tercer Mundo.

Gorda, La: Véase *Stygma X-99*.

Gran Combo, El: Célebre e influyente orquesta de salsa liderada por el maestro Rafael Ithier.

Gran Esfera de Poder, La: Lotería con pote cumulativo del Primer Mundo.

Gran Incendio, El: Nebulosa que da luz y calor al Primer Mundo.

Guerras de Unificación: [redacted].

Güilly: Sobrino del profesor Gómez Sierra afectado por un trastorno del espectro autista.

Gutiérrez, Reverendo: Detentor de la franquicia Pare de Sufrir en Santurce y gran admirador del reverendo Vicioso.

Impermanentes, Seres: Criaturas mortales del Tercer Mundo, sometidas al devenir del tiempo y la vejez.

Ingreso: Los seres impermanentes del Tercer Mundo están todos dotados de una esencia elemental corrupta llamada "espíritu". Este espíritu es más grande en unos que en otros y presenta a los seres elementales del Primer Mundo una apertura física hacia el Tercero.

Inseparables, Los: Nombre con que se les conoce a los primos hermanos Gustavito y Edgarito Sierra. Miembros de la cuadrilla de Chanoc.

Ismael Rivera: Famosísimo cantante borikwá de salsa, rumba y bugalú. Apodado "El Nazareno" por su canción más renombrada.

Jacho Azul, El: Véase *Megriz*.

Janus Géminis: Reconocídisimo escritor del Primer Mundo.

Jesús de Nazaret: Senescal Primera Clase conocido también como "Jesucristo", "Cristo", "Maestro", "Mesías" y "[redacted]". Entra en posesión del pequeño Yehoshua (fruto de la violación de Myriam Dawuda—María de la Casa de David—por el entonces centurión Poncio Pilatos), cuando este cumple 12 años, y lo abandona al morir de 33, no sin antes haber levantado en el Tercer Mundo los cimientos del más ambicioso y exitoso proyecto primermundista de extracción de recursos. Con la participación de [redacted] y varios otros [redacted] este legendario buzo [redacted] por siempre.

Jíbaro: [redacted]

[redacted].

Joel Vicioso: Célebre predicador evangélico borikwá.

Joshua: Miembro de la cuadrilla de Maltés.

Jozefa Súcubi: Famosa escritora primermundista de *thrillers*.

Juanmi Ruiz: Estelar acomodador del equipo de volleyball los Changos de Naranjito.

Juracán: Poderoso lua de la división Agua Dulce. Parte del elenco del programa radial *Cantaclaro*.

Kabio Sile: [redacted] retirado y actual director del BIOTA. [redacted].

Kaonashi: *El sin-cara*. Insaciable espíritu de la película *Sen to Chihiro no Kamikakushi*, o bien *El viaje de Chihiro*, del maestro japonés Hayao Miyazaki.

Krull: Película de ciencia ficción escrita por Stanford Sherman y dirigida por Peter Yates.

Lado oculto del multiverso, El: Región invisible del cosmos que no reacciona a las manipulaciones físicas de los mundos, pero a la que ingresan, al momento de su destrucción, las fuerzas vitales de seres elementales e impermanentes por igual. Las observaciones de cielos transitados acumuladas durante eones arrojan que la entrada a esta región se realiza a través de la membrana interior de una depresión cónica que divide al Segundo Mundo en dos hemisferios (uno dentro del cono y otro fuera) y que se extiende más allá del Tercero, y en cuyo vértice no se detecta ninguna singularidad o anomalía gravitacional. El Torbellino de Maneschi (mera hipótesis en el Segundo Mundo; cruda realidad en el Primero) queda completamente inmerso dentro del cono, al igual que el Tercer Mundo y algunos submundos. Es necesario aclarar que, si bien se le llama a este cono "el lado oculto del multiverso" en pos de facilitar la comunicación, el lado oculto del multiverso *no está en el interior del cono*, sino que se accede a él a través de las membranas interiores del cono, *y esto solo por una fuerza vital*. Un ser elemental o impermanente que se moviera del interior del cono hacia el exterior del cono, atravesando la membrana, simplemente seguiría avanzando por el multiverso conocido sin penetrar a su lado oculto; de hecho, no experimentaría ninguna transición ni observaría ninguna membrana. Y es que esta mal llamada "membrana" es un límite imposible de detectar con instrumentos y surge solo al graficar el paso de fuerzas vitales durante un episodio de cielos transitados. Como todas las fuerzas vitales dejan de verse atravesado cierto umbral invisible, y como, a lo largo del tiempo, incontables fuerzas vitales han sido vaciadas hacia el lado oculto del multiverso a través de todas las regiones posibles de ese umbral, la imagen producida al superponer todas las observaciones es la de un cono con las características ya mencionadas. (Véase la fig. 1).

Lalo Rodríguez: El más grande cantante borikwá de salsa de todos los tiempos. Su primer disco [redacted]. Nadie conoce su pradero.

Láncaster: Véase *Elegguá*.

Lázarus Macabeus: Véase *Elegguá*.

Figura 1

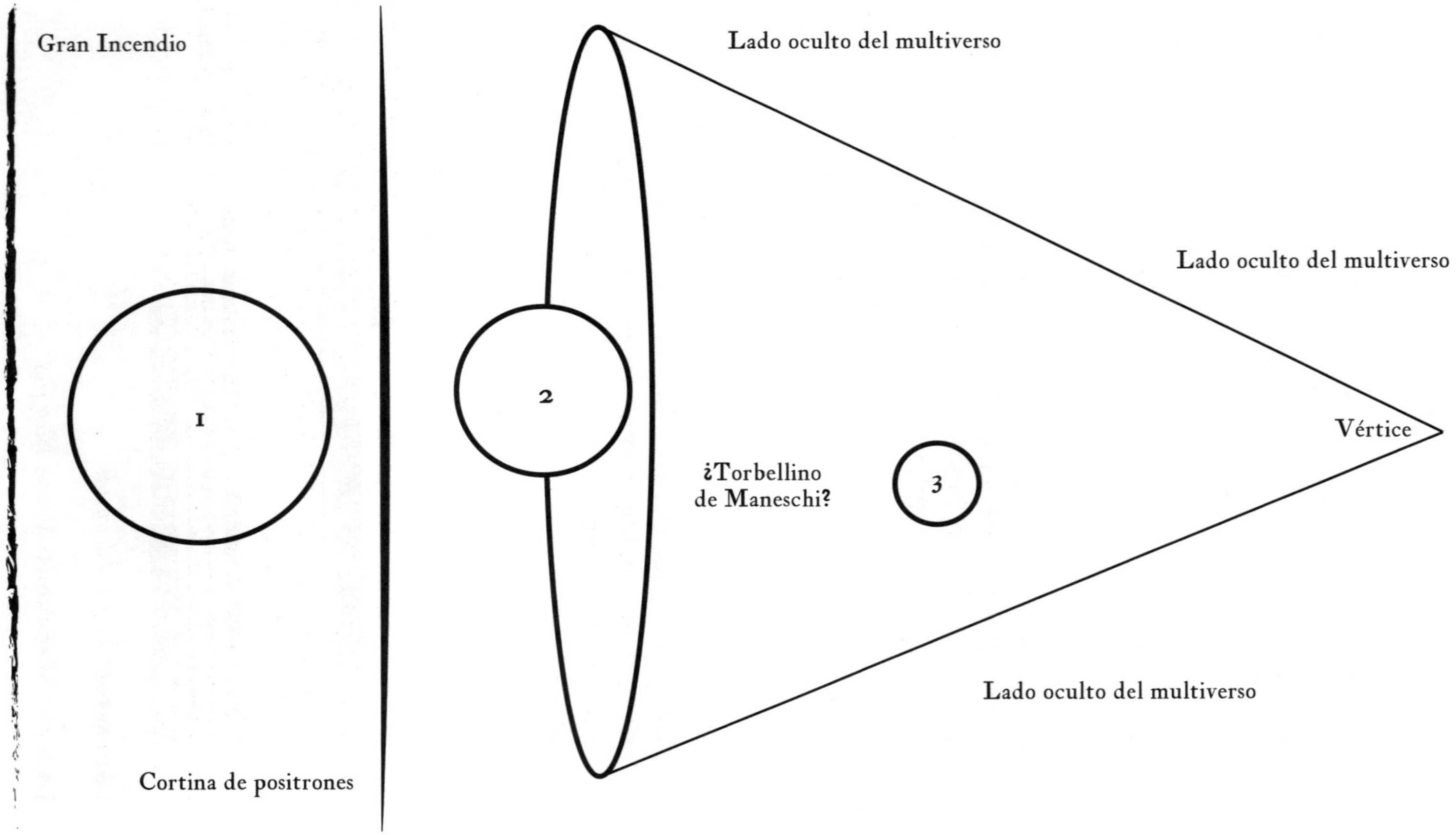
Gran Incendio
Cortina de positrones
1
2
Lado oculto del multiverso
Lado oculto del multiverso
Lado oculto del multiverso
Vértice
¿Torbellino
de Maneschi?
3

Leavittown: Colosal urbanización de ocho secciones en Toa Baja. Proyecto impulsado y parcialmente financiado por Raphy Leavitt.

Lillian Vernon: Catálogo norteamericano de chucherías y baratijas.

Lorenzo Domínguez Gabilondo: Seductor anfitrión del programa radial nocturno *Fin de Semana Romántico*.

Lucio el Bello: Fundador del Primer Mundo y primer Senescal Primera Clase. Aniquilado por Belié Belkán en la Última Batalla Celestial. [redacted].

Luigi Texidor: Cantante ocasional de La Sonora Ponceña.

Luke Skywalker: Héroe de la ópera espacial *Star Wars*.

Magda: Secretaria de Kabio Sile.

Maltés: Bichote de Toa Alta. Antiguo socio de Chanoc.

Mamá Buyita (*Madame Brigitte*): Lua de la división Guedé, esposa del Barón del Cementerio y madre de la familia de los guedeses. De origen celta. Forma parte del elenco del programa radial mañanero *Cantaclaro*.

Marduk: Joven cadete del Servicio de Inteligencia y Soluciones.

María: Véase *Magda*.

Mariana Zhao Wei: Dueña del Star Cream. Avatar puertorriqueño de Xue Yi.

Marvin Santiago: *El sonero del pueblo.*

Masters of the Universe: *R'bono shel olam*. Alegoría de la meditación en forma de dibujos animados. El príncipe Adam de Eternia ocasionalmente alcanza la unificación del ser con el todo, convirtiéndose en el hombre más fuerte del universo. Como a Siddhartha Gautama bajo bajo la higuera, una batahola de demonios persiste en distraerlo, encabezados por Skeletor, símbolo de la desintegración y la muerte.

Matías: Contrabandista de Próxima Pacífica. Era conocido en Santurce como "Tuto" y fungía de contable en una ferretería de la vecindad.

Mayo: Efectivo de la uniformada borikwá.

Medalla: Cerveza borikwá por antonomasia.

Meléndez: Oficial de la policía borikwá. Madre de tres y abuela primeriza.

Melisenda: Niña de seis años con prodigiosos poderes intelectuales. Da albergue a Gazú.

Megriz: Estrella tipo O de color azul perteneciente al Segundo Mundo. Su temperatura fluctúa entre los 30,000 y 34,000 grados Kelvin.

Migraz: Estrella tipo G de color amarillo perteneciente al Segundo Mundo, con temperaturas que oscilan entre los 5,200 y los 5,500 grados Kelvin.

Milla de Oro, La: Distrito financiero de la República Borikwá, sito en las ocho cuadras de Hato Rey que atraviesa la avenida Ponce de León. Con el tiempo el nombre se ha convertido en una metonimia de los mercados financieros de la región antillana.

Mugriz: Estrella tipo M de color rojo perteneciente al Segundo Mundo, con una temperatura promedio de 2,000 grados Kelvin.

Multiverso: Escribe el historiador primermundista Ahura Mazda, eones antes de la rebelión de Lucio el Bello y la fundación del Primer Mundo: "Lo importante es saber que el multiverso es una suerte de máquina infinitamente complicada y que todo lo que hay en ella es absolutamente indispensable. El propósito último del multiverso es desconocido, así como la función de los incontables universos que lo componen, y de las cosas y personas que en ellos existen. El multiverso es gobernado desde una zona centrípeta conocida como 'trasmundo', una urbe inconmensurable repleta de oficinas públicas que casi nunca operan en mutua coordinación". Del poeta segundomundista Raxel Tobías son los versos a continuación:

Multiverso o signo de interrogación,
Vid sarmentosa que el viento no agita
y de la que penden, infinitas,
las uvas de la posibilidad.

En su libro [redacted] el físico y matemático tercermundista [redacted] sostiene que [redacted]. Algo similar ya había argumentado Giordano Bruno en *Sobre el infinito universo y los mundos*.

Nazareno, El: Véase *Ismael Rivera*.

Noche de San Juan: Fiesta patronal del apóstol San Juan que se celebra en junio 23.

Nolo: Mecánico de las parcelas Los Peña, en donde tiene su taller. Coleccionista.

Nueva Yahaira, La: Legendario restaurante de comida criolla dominicana de Santurce.

Nzambi: Cismático segundomundista y prófugo de la justicia. Inventor del Palo Mayombe y autor del influyente tratado de economía elemental *De Finibus Bonorum et Malorum*.

Ocupante primario: Primera iteración de una persona del Tercer Mundo.

Ogún Balendyó: Lua de la división Ogún, la cual encabeza. Actual Jefe Supremo de la Policía del Segundo Mundo. Casado con Erzulie Freda.

Okey: De "OK", apócope de *all correct*, retruécano popularizado en 1845 durante la campaña de reelección del primer ministro canadiense Martin Van Buren, noveno en el cargo.

Old Colony: Famosa bebida carbonatada con sabor a piña o uva.

Oliver Exterminating: Cadena de fumigación estadounidense.

Ontologismo: Discriminación en contra de los seres impermanentes.

Órale Güey: Restaurante mexicano de Santurce.

Ozzy: Miembro de la cuadrilla de Maltés.

Palladium: La sala de baile más grande del Caribe, situada en el municipio de Trujillo Alto.

Palo Mayombe: Protocolo ilegal de interacción con el Tercer Mundo desarrollado por el renegado segundomundista Nzambi. Se pone efecto la prohibición del Palo Mayombe al constatarse que el procedimiento no excluye la posibilidad de que, accidental o deliberadamente, un habitante del Tercer Mundo pueda penetrar al Segundo... o al Primero.

Papá Legbá: Véase *Elegguá*.

Pare de Sufrir: Popular franquicia evangélica de origen brasileño.

Pedro Cabiya: [redacted].

Peor de los Terceros Mundos posibles, El: Así califica Kabio Sile la dimensión paralela a la que van a parar nuestros héroes cuando los engulle Gazú, entendiéndose, correcta o incorrectamente, que la dimensión de la que proceden originalmente es la óptima.

Piedra de rayo (*Ceraunias*): Hacha bifaz de piedra con propiedades mágicas, muy utilizada en hechicería y elemento primordial para realizar procedimientos de transmisión y cifras de interacción.

Pitusa: La más grande supertienda por descuentos borikwá.

Primer Mundo (*Orbis Primus*): Dominio ontológico situado entre el Gran Incendio y la cortina de positrones. Primero en la recta que va del Gran Incendio al lado oculto del multiverso.

Próxima Pacífica: Submundo colocado entre el Tercer Mundo y el lado oculto del multiverso. Habitado por rebeldes y contrabandistas.

Puchi: Esbirro de Lázaro.

Putifar: Dios tutelar menor y director gerente de Control de Riesgos y Soporte Operativo del Primer Mundo.

Radio Revelación: Estación de radio evangélica.

Rafael Merejo: Famoso locutor de radio y conductor del programa radial sabatino *Sábado de Salsa Clásica*.

Ramírez: Efectivo de la uniformada borikwá.

Ramito: Véase *Florencio Morales Ramos*.

Ramón Encarnación: Octogenario esposo de Ton y abuelo de Edna.

Raphy Leavitt: Importantísimo músico, productor y filántropo borikwá, impulsor del colosal proyecto urbanístico Leavittown.

República Borikwá de Puerto Rico: República demócratica parlamentaria correspondiente al Archipiélago Borikwá y sus aguas territoriales. Miembro fundador de la Organización de Estados Antillanos.

Ricky: Miembro de la cuadrilla de Chanoc.

Rodríguez: Efectivo de la uniformada borikwá.

Rompesaragüey (*Chromolaena odorata*): Maleza de la familia de las *asteraceae*, prima del girasol. El aceite esencial que se extrae de esta planta contiene alcaloides como la pirrolizidina (un cancerígeno hepatotóxico) y otros compuestos nocivos que repelen y le arden al elemental primermundista.

Royal Crown Cola: Bebida carbonatada importada.

Rubio, El: Véase *Migraz*.

Ruda (Ruta angustifolia): Subarbusto siempreverde de hojas bipinnadas y tripinnadas de la familia de las *rutaceae*. Posee propiedades digestivas, antiespasmódicas, emenagogas, sedativas y tonificantes. Ingrediente común en fufús, baños, exorcismos y limpiezas.

Sábado de Salsa Clásica: Famoso programa radial sabatino en vivo conducido por Rafael Merejo.

Sábath Literario: Programa radial sabatino conducido por Freya Vanir.

San Elías: Véase *Barón del Cementerio*.

San Lázaro: Véase *Elegguá*.

San Miguel Arcángel: Véase *Belié Belkán*.

Santa Bárbara: Véase *Changó*.

Santa Marta la Dominadora: Legendario ser elemental del Segundo Mundo. Es conocida también como "la asesina de dragones" y trabaja casi exclusivamente con mujeres; su especialidad es dominar la voluntad de hombres abusadores. En una movida que sorprendió a todos los que la conocían, se encarnó en el Tercer Mundo. Nadie conoce su nuevo avatar.

Santurce: Ciudad capital de la República Borikwá de Puerto Rico.

Sarlacc: Depredador oportunista del planeta Tatooine.

Segundo Mundo (*Orbis Secundus*): Dominio ontológico situado entre la cortina de positrones y el Tercer Mundo. Segundo en la recta que va del Gran Incendio hasta el lado oculto del multiverso. La base del cono formado por este último lo interseca a la mitad, por lo cual, dadas las condiciones, a veces puede presenciarse desde el Segundo Mundo el fenómeno de cielos transitados.

Senescal Primera Clase: Oficial primermundista con la autorización y el entrenamiento necesarios para viajar entre los mundos.

Sen to Chihiro no Kamikakushi: La pequeña Chihiro cruza al mundo de los espíritus en esta galardonada obra maestra de Hayao Miyazaki.

Servicio de Inteligencia y Soluciones: Agencia central de investigaciones del Primer Mundo, regentada por Anubis.

Shai-hulud: Lombriz arenera del planeta desértico Arrakis de la novela de ciencia ficción *Dune*, escrita por Frank Herbert y llevada a la pantalla grande por Alejandro Jodorowsky.

Siguaraya (*Trichilia havanensis*): Árbol de abundantes frondas que florece entre enero y marzo. Sus ramos son un complemento necesario en exorcismos y limpiezas.

SIS: Véase *Servicio de Inteligencia y Soluciones.*

Sitar: Instrumento de cuerda con dos puentes y diecisiete cuerdas originario de la India y transplantado al Caribe durante la primera oleada de migraciones del subcontinente. Siete de las cuerdas de un sitar corren por encima de trastes curvos y se tocan. Las demás corren por debajo y resuenan simpatéticamente con las cuerdas tocadas. El sitar borikwá tiene dos cajas de resonancia: la principal se llama *kadú*, situada en la base del instrumento, y la secundaria se llama *tumba*, colocada en el cuello, entre la cejuela y el clavijero. Ambas se confeccionan a partir de higüeras.

Sonora Ponceña, La: La más grande y perfecta orquesta de salsa borikwá. Dirigida por el maestro Papo Lucca.

Star Cream: Legendario restaurante chino con varias sucursales.

Star Wars: Ópera espacial escrita y dirigida por el cineasta norteamericano George Lucas.

Stygma X-99 (*Ixodes siderum*): Género de simbiontes del submundo Meta Ruholli, domesticados por los pobladores de

Próxima Pacífica y utilizados como medio de transporte. En peligro de extinción.

Suárez Toy House: Compañía borikwá de juguetes con una extensa línea de yo-yos y trompos, y distribuidores exclusivos de las chiringas marca Gayla. La gama de estas últimas era ejemplar; entre las más célebres podemos mencionar al *Fantazma Gordo*, *Sky-Spy* y *Baby Bat*.

Submundo: De los mundos en las estructuras fijas muchas veces se desprenden pólipos y divertículos que tienden a constituirse en mundos independientes. Estos son despectivamente catalogados como "submundos" por los habitantes de los mundos... y de los submundos también.

Sun Wukong: Ser elemental e incorregible Rey Mono del Segundo Mundo que junto al monje Tang Sanzang estableció sistemas extractivos en el Tercer Mundo durante el período de la dinastía Song. Sus contínuos desórdenes y reyertas en el Segundo Mundo ocasionaron que [redacted]. No ha vuelto a ser visto desde entonces. Algunas fuentes aseguran que tiene su guarida en Próxima Pacífica; otras, que se encarnó en el Tercer Mundo.

Super Cake: Solitón en forma de pastelería ubicado en la 65 de Infantería esquina calle 13.

Superdesignio: Misterioso propósito del Ente Primario.

Superior 70: Panacea borikwá.

Siamesas Susuwatari: Celebérrimas autoras de novelas de suspenso en el Primer Mundo.

Tate Quieto: Concentrado de rompesaragüey en aerosol.

Tatooine: Planeta desértico del universo de *Star Wars* habitado por mecánicos y desguazadores.

Tecato: Adicto a las drogas en fase terminal.

Tercer Mundo (*Orbis Tertius*): Dominio ontológico situado entre el Segundo Mundo y el vértice del lado oculto del multiverso. Tercero en la recta trazada desde El Gran Incendio.

Ton: Véase *Antonia Candelario.*

Toró Petró: Aguerrido y peligroso lua de la división Petró. Parte del elenco del programa radial *Cantaclaro*.

Torbellino de Maneschi: Delta ontológico que marca la transición de las estructuras fijas a las zonas del flujo y el reflujo. Estudiado a fondo por el erudito primermundista Andreas Maneschi, en cuyo honor fue bautizado. A nivel cuántico, el Segundo Mundo no hace sizigia con el Torbellino de Maneschi, por lo cual solo el Primer Mundo lo experimenta.

Toyota Corolla 1.8: El mejor vehículo de motor manufacturado jamás por la industria humana.

Trece Colonias, Las: Título dado a trece asentamientos británicos en la costa atlántica de Norteamérica fundados entre los siglos XVII y XVIII.

Tuto: Véase *Matías*.

Última Batalla Celestial: [redacted]

[redacted]

[redacted].

UTIER: Unión de Trabajadores de la Industria Eléctrica y de Riego.

Velasco: *Es de Velasco.*

Víctor: Miembro de la cuadrilla de Maltés.

Vida es broma, La: Solitón en forma de taberna situado en la esquina de la calle Latimer con Roberts.

Walgreens: Cadena estadounidense de farmacias y ubicua cabeza de playa en el Estado Libre Asociado de Puerto Rico.

Wanda Oquendo de Vicioso: Esposa del reverendo Joel Vicioso y madre de Brenda.

Wendy's: Cadena estadounidense de restaurantes de comida rápida.

Wichi: Miembro de la cuadrilla de Maltés.

Wico: Véase *Yakul.*

Xenomorfo: Indestructible monstruo de la película *Alien.*

Xue Yi: Eficiente y disciplinada Senescal Primera Clase. Fusionada con la empresaria Mariana Zhao Wei a raíz de un accidente transmigratorio.

Yakul: Contrabandista de Próxima Pacífica. Su alias era "Wico" y trabajaba como mesero en el restaurante de comida criolla El Jibarito.

Yolanda Vélez Arcelay: Distinguida periodista borikwá.

Yunyún de frambuesa: Véase *Mugriz.*

Zisudra: Jovencísimo cadete del Servicio de Inteligencia y Soluciones.

Zoboomafoo: Los hermanos Kratt y un lémur llamado Zoboomafoo enseñan a su teleaudiencia prescolar cómo respetar y cuidar de los animales.

Zonas del flujo y el reflujo: Nuestro universo tal y como lo conocemos, es decir, una singularidad que se expande, regida por las leyes de la física y constreñida por las cuatro leyes de la termodinámica.

Cartografía de la acción

1. Avenida Ponce de León
2. Calle Duffaut
3. Calle Dos Hermanos
4. Calle Canals
5. La plaza del mercado de Santurce
6. Avenida Hipódromo
7. Avenida Roberto H. Todd
8. Calle José Ramón Figueroa Villamil
9. Avenida Manuel Fernández Juncos
10. Calle Georgetti
11. Avenida Marginal Baldorioty
12. Callejón Duffaut
13. Calle Latimer
14. Calle Los Piños
15. Calle Iturriaga
16. Calle Salvador Pratts
17. Calle Campo Alegre
18. Calle Roberts

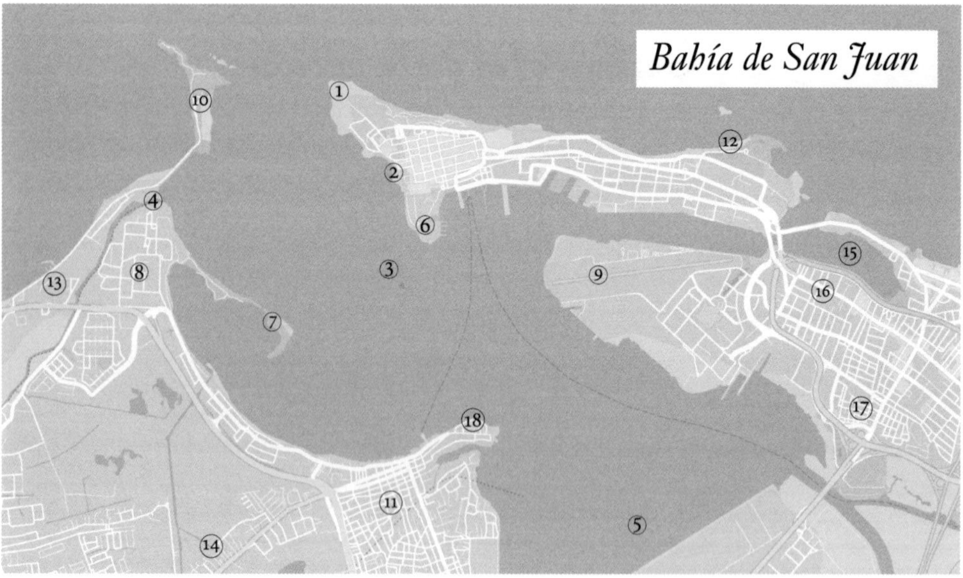

1. Castillo San Felipe del Morro
2. Paseo de la Princesa
3. Bajo Tablazo
4. Desembocadura del río Bayamón
5. Escollo Mojiganga
6. La Puntilla
7. Parque La Esperanza
8. Destilería Bacardí
9. Isla Grande Flying School
10. Isla de Cabras
11. Cataño Pueblo
12. El Escambrón
13. Central Palo Seco
14. Juana Matos
15. Laguna del Condado
16. Miramar
17. Trastalleres
18. La Sazón del Gallo

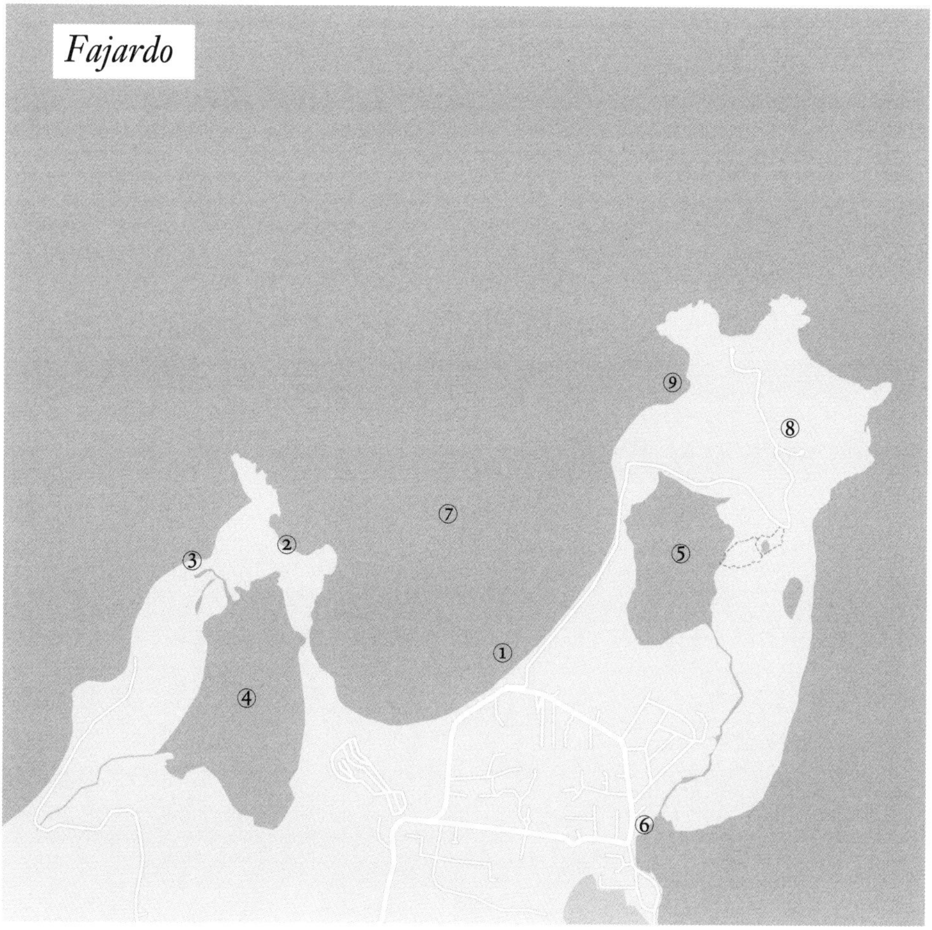

1. Balneario Seven Seas
2. Playa Colorá
3. Playa Escondida
4. Laguna Aguas Prietas
5. Laguna Grande
6. Las Croabas
7. Bahía Las Cabezas
8. Faro Las Cabezas de San Juan
9. Bajo Lajas

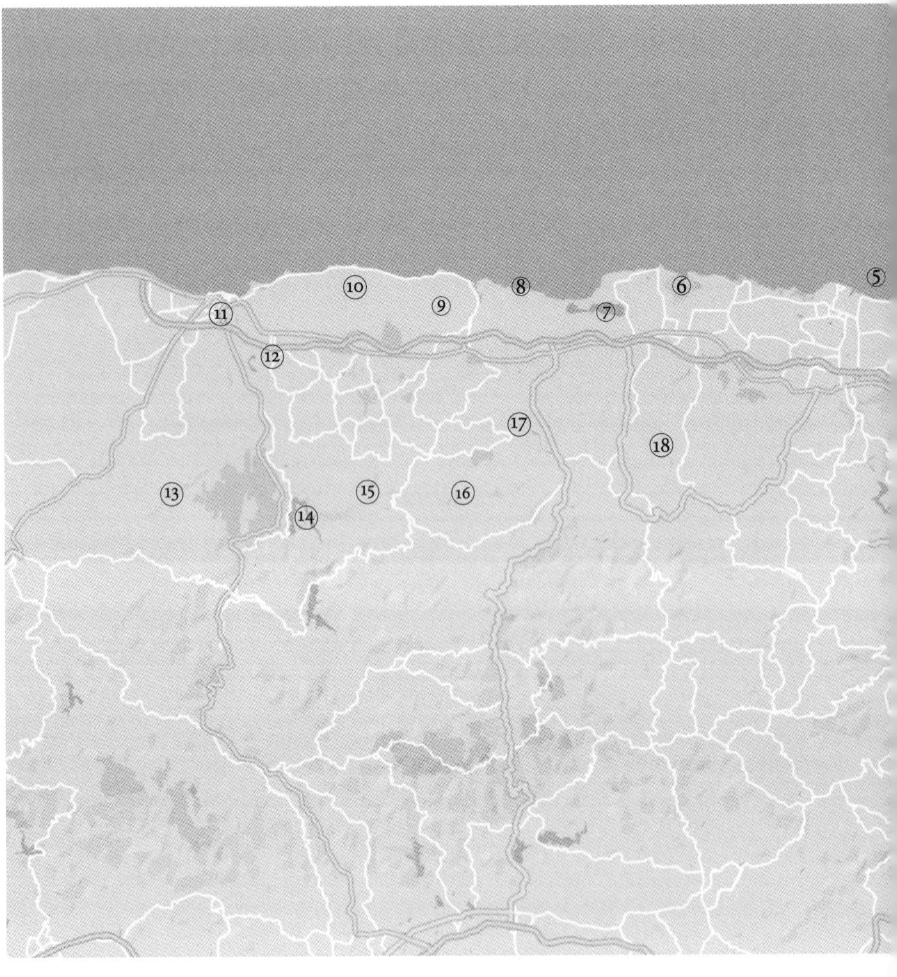

1. La Gorda lucha contra el gusano y es escupida hacia la Fernández Juncos.
2. La Gorda destruye la destilería Bacardí y la Central Palo Seco.
3. La Gorda aterroriza el Barrio Cucharillas.
4. La Gorda arrasa con la primera sección de Leavittown.
5. La Gorda nivela Dorado del Mar.
6. La Gorda incinera la Reserva Natural Pantano Cibuco en Vega Baja.
7. La Gorda evapora las aguas de la Laguna Tortuguero.
8. La Gorda destruye Mar Chiquita.
9. La Gorda explota la Iglesia de Dios Mission Board Roca de Refugio.

10. La Gorda hace añicos la estatua de Cristóbal Colón.
11. La Gorda acaba con Arecibo pueblo.
12. La Gorda espanta a los pobladores de Las Carrionas.
13. La Gorda rompe el Observatorio de Arecibo.
14. La Gorda baja a beber agua en el Lago Dos Bocas.
15. La Gorda comienza a tranquilizarse.
16. La Gorda se calma por completo.
17. La Gorda acepta la conexión neural con Duncan Domènech.
18. La Gorda inicia su retorno a Santurce.

Agradecimientos

Como a todas las cosas del año 2017, el huracán María también impactó mi *Tercer Mundo*. Por suerte no lo mató; únicamente lo sopló lejos de mi alcance. Debía ir tras él si lo quería, y yo lo quería. Pero en el ínterin debía evacuar a mi madre, a mi madrina y a mis sobrinos, y traérmelos a Santo Domingo. Instalarlos en mi casa a todos y matricular en el colegio a los nenes para que no perdieran el semestre. Aunque tenía un poco más de la mitad de la novela ya escrita (o así lo creía yo en ese momento) y la trama completamente resuelta, la adición de cinco personas a una casa donde ya vivíamos siete consiguió que se desplazaran mis prioridades. No podía sustraerme emocionalmente a las demandas del momento y encerrarme a escribir, y como para escribir yo necesito concentrar toda mi capacidad emocional en lo que cuento, decidí hacer un hiato y dejar la novela para después. Como Duncan Domènech, confié en el Superdesignio.

Para colmo, la destrucción, la negligencia, la muerte y el hecho de que mi padre octogenario se rehusara a venir a Santo Domingo (alegando que no podía dejar la casa y mucho menos a su perrito Shane), resultaron ser distracciones importantes. María dejó al descubierto, mucho más reveladoramente que la crisis fiscal, esa verdad incontrovertible que tanto se empeñan en disfrazar las autoridades: que desde 1898 los puertorriqueños son rehenes del congreso estadounidense.

Los borikwás no. Los borikwás somos libres como el viento.

Retomé la novela en febrero del 2018, una vez pudieron regresar a sus casas mis refugiados. Cuando pausé el trabajo en septiembre de 2017 tenía unas cuarenta mil palabras escritas y pensaba que la solución de la trama y todas las subtramas consumirían unas veinte mil palabras más. Pero el hombre que pausó el trabajo no era el mismo que lo retomaba, y me hallé en noviembre de 2018 dándole fin a una narración de más de cien mil palabras.

Corregir y editar se quedaron con lo que quedaba del año y empecé el nuevo todavía en esos julepes. Eliminaba por una parte y aumentaba por otra. Como las plantas, que si les podas los cogollos echan frondas abajo, y si las podas abajo crecen por los cogollos. Una criatura viva.

Las innumerables referencias que le sirven de ruedo a esta novela—canciones y mitos y versos y libros y tropos—son demasiado obvias para que ameriten mención individual, salvo, quizá, el sermón de Joel Vicioso, chironja de las prédicas de Yiye Ávila y Geñito, los dos grandes maestros del género; y el coro-responso que cantan los itusis cuando desfilan por la Ponce de León, extracto de la canción "Furahi", del álbum *Sabsylma* de Zap Mama.

Agradezco al historiador Joan Ferrer por las prontas soluciones que les brindaba a mis enredos genealógicos y cronológicos; a Bautismo López-Madison, primer lector del manuscrito, primer lector del bosquejo, primer oyente de mis ideas, amigo del alma y formidable escritor que pronto dará mucho de que hablar; a Yaissa Jiménez, el arma secreta, que se memorizó la filípica de Abiel contra los esnobs y la recita al primer quítame-estas-pajas; a Rubén Lamarche, petró a quiénes todos temen, pero que a mí me hace tostones.

Tercer Mundo participa del universo de *Trance*, cuyos eventos precede, presagia y ocasiona, pero además incorpora el Puerto Rico del *Ánima Sola*, patrona protectora de Santurce. Esas dos publicaciones, por ende, contienen claves de lectura que enriquecen y sazonan la comprensión del libro que tienes entre las manos y que alumbran la evolución narrativa de estos mundos. Sirva este párrafo para reconocer, agradecer y saludar a mis hermanos Israel González y Yovanny Ramírez, sin cuyo tesón, desinterés y maravilloso talento el *Ánima Sola* jamás hubiera visto la luz del día.

Gracias a los entusiastas, talentosos y leales miembros de La Tortura Creativa: Yulissa Álvarez, María Angélica Haza, Gabriel Mallén, Giselle Moreno, Tony Raful, Noel Luperón y Joan Mella, todos grandes escritores en ciernes.

A mis amadísimos pupilos, que leyeron conmigo las pruebas, me ayudaron a corregir, a añadir y, lo más duro, a eliminar, les doy las gracias y les doy el libro: Sherlena Núñez, Isabel Peña, Vic-Ariel Privert, Daniela Contreras, Catalina Tarrazo, Andrea V. Alonso, María José Peguero, Miguel Ángel Alfonseca, María "Boli" Cuesta, Ian Franjul, Jason Guillén, Alissa Mateo, Sebastián Maymí, Ricardo Despradel, Thiago Burgos, Priscilla Shum, Ashley Dietsch, Alejandro "Xander" Jiménez y Alan Becker.

A mi ilustradora maestra, Arlette Espaillat, con quien inicio lo que sospecho será una larga y próspera amistad.

A mis maestros y mentores de Bluevision Adventures: Milorad Karaicic, José Arias, Danijela Podlipec y el gran Mark Goldsmith. Esta novela no salió antes por las razones ya expuestas, pero añadamos, para ser completamente honestos, que muchas veces no escribía porque, pues... estaba explorando el fondo del mar.

A los panas. Los que me regalan su cariño y su paciencia: Eneas Núñez, Miguel Yarull, Soraya Pina, Marcelle Morel, Luis Arturo Pérez, María Victoria Hernández, Lena Burgos, Rubén Ríos Ávila, Magdalena Sagardía, Persephone Braham, Orlando Santos, Pavel Nathaniel González, Mabel Méndez Liberato, Moisés Méndez Liberato, Franklin Figueroa y Harold Castillo. Los que me regalan su cariño y salvan mi vida a diario mandándome memes: Yamil Isaías, Keith Thomas, Zedmara Troncoso, Lorraine Alma, Alejandra Oliver, Winton Díaz Dahuajre, Jorge González Fonseca y Aída Ruiz. Y los que me regalan su cariño y siempre están ahí para lo que sea que yo invente, a la hora que lo invente, *no questions asked*: Jacqueline Lazú, Néstor Rodríguez, Richard Santiago, Alberto Pestaña, Juan Carlos Rivera, Rey Andújar, Marisol Negrón, Odilius Vlak y Alexandra Pagán.

A mis hijos: Nicolas, Marcelo, Thiago, Iván y Gael Tobías, quienes casi siempre honran a su padre y a su madre, y cuando no lo hacen despliegan tal rigor, elocuencia y conocimiento de causa que uno hasta orgulloso se siente.

A mis bakáas… quiero decir, a mis perros, Maya, To-Li y Galaxia Dulce de Coco, que ladran en la casa solitaria desde que huelen a los Senescales Primera Clase.

Y a Luz Selenia Ortiz, que me parió, a Pedro Juan Cabiya Martínez, que me engendró, a Ángela Luisa Ortiz, que me crio. A mi hermana Yelitza, a mi hermano Javier, a mi cuñado Rico y a todos mis sobrinos, pero muy especialmente a los que me trajo María, Sebastián y Mateo, mis dos estrellas del baloncesto colegial; se los echo al que sea, cualquier día, a cualquier hora.

Por último, le doy las gracias a mi indiecita bacana, la niña de mis ojos, Wara González, mi fortaleza y mi refugio, mi oasis, mi isla, mi wonderwall.

27 de enero de 2019
New York-Santo Domingo

La Protectora de Santurce
LUCHA CONTRA LAS FUERZAS DEL... HAMBRE

Una humilde familia de las afueras del Área Metropolitana se encuentra al borde de la destrucción. Jaime y Celia deben arriesgarlo todo si quieren conservar lo poco que tienen: sus hijos, sus empleos... sus vidas. Pero la solución no es simple. Jaime y su familia son víctimas de las continuas, inusitadas y terribles torturas del Hambre. Para librarse del tormento, Jaime deberá suplicar la ayuda de alguien que conoce de primera mano los innumerables resquicios del dolor. Pero ¿podrá el Ánima Sola vencer a un enemigo tan voraz? ¿Probará ser el Hambre un adversario invencible?

Una novela fundamental en el universo narrativo de Pedro Cabiya

En esta cruda novela de suspenso, las vidas de todos los personajes (hasta la de un miserable perro) han sido intervenidas y trastocadas artificialmente mediante una tecnología inescrutable, con el objeto de formar una trama que alterna la comicidad, la tragedia, el romance y la violencia, y cuyo objetivo el lector gradualmente descubre con horror. *Trance* combina magistralmente modernos géneros y tradiciones narrativas tales como la educación sentimental del artista, la mitología narco, la novela negra y la ciencia ficción, valiéndose de un tono irónico y desapegado que súbitamente impacta al lector con dramática gravedad. El resultado es a la vez un retrato hiperrealista de la sociedad puertorriqueña y una exploración mística *à la* Lovecraft.

Ganadora del Foreword INDIES
Best Science Fiction/Fantasy Book Award
Finalista del Best Translated Book Award

Un zombi caribeño, inteligente, galante, financieramente independiente y alto ejecutivo de una importante compañía farmacéutica, se obsesiona con encontrar la fórmula que revierta su condición y le permita convertirse en una persona de verdad. En el camino, tres de sus colaboradoras más cercanas (Isadore, cerebral y calculadora; Mathilde, ingenua y sentimental, y la pendenciera Patricia), guían al reacio y desconcertado científico a través de las impredecibles intersecciones del amor, la pasión, la empatía y la humanidad.... Pero el juego laberíntico de los celos y la intriga amorosa que un ser vivo encontraría fácil y divertido negociar, representa para nuestro muerto en vida un enredo insuperable de intenciones oscuras y peligrosas ambigüedades.

La novela de ciencia ficción más vendida en el Caribe

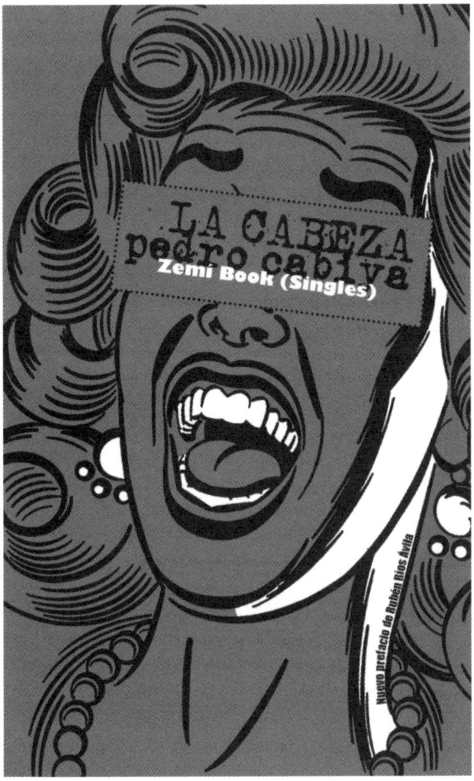

Atormentado por el remordimiento a raíz de un accidente que ha dejado a su esposa Gloria horriblemente desfigurada, Daniel enfrenta en todo momento la llamada de la carne y su deber como esposo. Entra Ezequiel, su desquiciado hermano, que ha diseñado una máquina que resuelve el dilema mente-cuerpo con horrible sencillez. Un relato de ciencia ficción de rara intensidad y enigmáticas connotaciones bíblicas, y una novela erótica, todo en uno. A intervalos divertida, sexy, inquietante, sugerente y reveladora, este es Cabiya en la cima de sus habilidades narrativas.

La piedra de toque de la cuentística puertorriqueña moderna

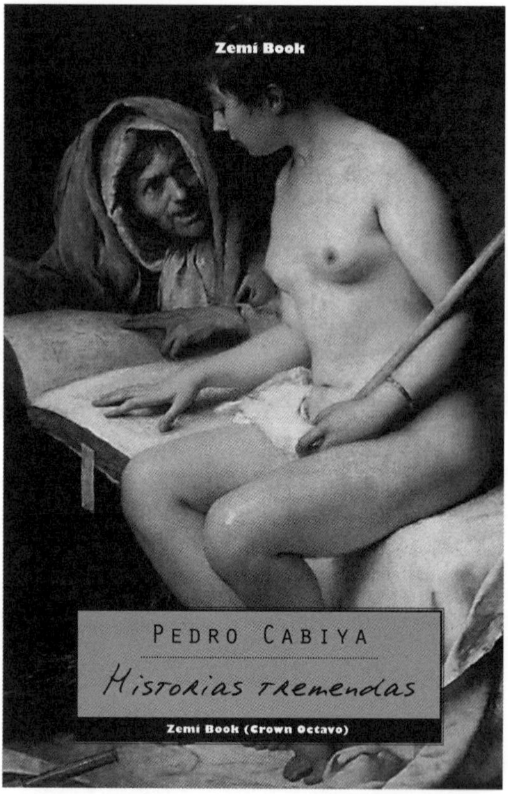

Un hombre enfrenta las graves y misteriosas consecuencias de su inusual paternidad. Una joven campesina toma por amante a un excéntrico lugareño y paga por su osadía. Un grupo de festejantes experimenta el horror ante los abusos y peripecias de un extraño visitante. Acompañamos a un enfermo en su travesía por los paisajes de su delirio febril, sólo para perdernos en el camino y arribar al final que no era. Un hombre emigra de su tierra natal en pos de una carnada en forma de mujer y acaba enfrentándose a un contrincante fantástico. Estas son algunas de las *Historias tremendas* de Pedro Cabiya, el primer libro del entonces jovencísimo escritor y texto fundamental que cambió para siempre las reglas del juego de la literatura caribeña.

La otra piedra de toque de la cuentística puertorriqueña moderna

¿Qué impide a la pareja de Fin de un amor imposible persisitir en su amor? ¿El hecho de que ella es una humana y él... no? ¿Acaso existe algo más? ¿A qué ejército pertencen los encapuchados que examinan a las campesinas en "Relato del piloto que dijo adiós con la mano", y qué traman? ¿Podrá la hermosa huérfana irlandesa de "Tres episodios con caballos" vengarse a través de las generaciones? ¿En qué lugar están los personajes de "Último paseo vespertino"? ¿Es la historia humana, repleta de intrigas, la misma de "Akane Yuzan, prima hermana del Shogún"? ¿Y será el de ellos, también, nuestro destino? Estas son las historias que componen *Historias atroces*, hermano espiritual del primer libro de cuentos de Pedro Cabiya, *Historias tremendas*, y obra clave para apreciar completamente el mundo literario de este escritor de culto.

El clásico romance latinoamericano del siglo XIX... Ahora con brutalidad caníbal

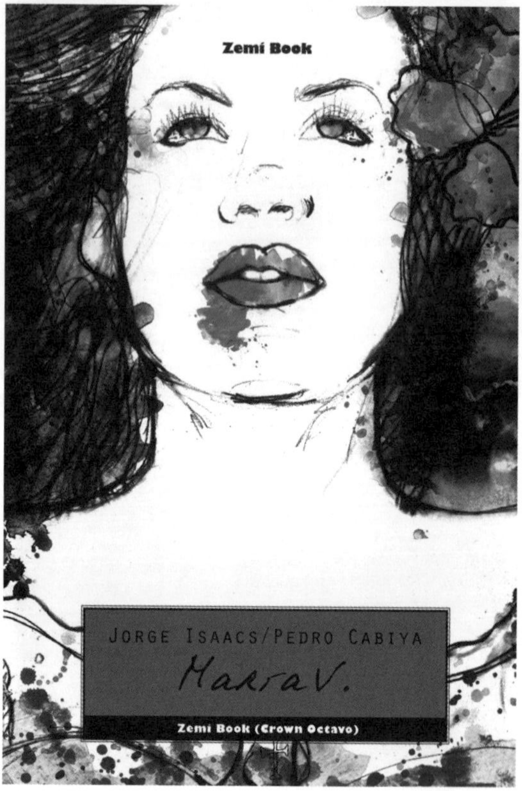

La historia del casto y trágico idilio entre María y su primo Efraín transcurre en las elíseas vegas de la hacienda familiar, en el Valle del Cauca, ante la mirada y cariñosa supervisión de amorosos parientes. Pero la energía que los novios no parecen estar dispuestos a invertir evadiendo a sus chaperones, la deben utilizar para combatir las huestes de los dementes y voraces Indeseables, alados engendros sedientos de sangre que asedian su latifundio, víctimas de una Plaga que amenaza con borrar la civilización humana, la cristiana fe y las buenas costumbres. Con el humor, la imaginación y la destreza de cirujano que distinguen su prosa calculada y certera, Cabiya se apropia del más grande clásico latinoamericano del siglo XIX y lo transforma en la sangrienta carnicería que todos hubiéramos preferido leer en el salón de clases.

VUELVE A IMPRENTA
EL ÉXITO PULP DE LOS AÑOS 70

Rubén, un veterano periodista, está disfrutando de unas merecidas vacaciones en la República Dominicana cuando su asueto se ve interrumpido por un racha de avistamientos de OVNIS en Puerto Rico, adonde rápidamente acude a investigar. A partir de entonces, nuestro protagonista se ve involucrado en una de las más exageradas y enloquecidas tramas de la estética pulp. Luego de entablar amistad con la misteriosa y seductora Madame Rosafé, y haciendo un recorrido por República Dominicana, Haití y Puerto Rico, el periodista se enfrenta, inconcebiblemente, a platillos voladores, zombis, brujos, médiums, macabras iniciaciones, mambos, extraterrestres y, por supuesto, a los escurridizos y silvestres garadiávolos. Kitsch hasta más no poder, esta novela del enigmático Alfredo García Garamendi nos provee una estupenda ventana a las neurosis, cultura popular y *malaise colonial* de esos años turbulentos.

Primer número de la "Colección Montra"

Con una voz poética espontánea, altanera, a veces refrescante, otras veces siniestra, Yaissa Jiménez elabora su *Ritual Papaya*, un compendio lírico en el que cultiva un misticismo afro oriundo de Los Mina, abonado con la afilada cimarronería de "aquel lao".

Estrenando poesía en la Colección Crown Octavo

"La exactitud-casi clínica, casi científica-es un atributo de esta poesía".
Carmen Dolores Hernández
"Néstor E. Rodríguez escribe poesía con la paciencia de un miniaturista".
Manuel García Cartagena
"Una poesía que apela a la inteligencia del lector..."
Alfredo Fressia
Zemi Book™
Néstor E. Rodríguez
Poesía reunida

La contención que caracteriza la escritura de Néstor E. Rodríguez, eso poco que se articula a la luz del asombro, es un rasgo a destacar. Contrasta vivamente con el desmelene expresionista que sigue cotizando al alza en poesía. Hay aquí un equilibrio tan distante de la pretensión absurda de ser novedoso como de las aspiraciones de eternidad que todavía hoy algún iluso cultiva. Néstor E. Rodríguez establece metas propias, pero desconfía del corto plazo.

Del galardonado guionista de La Gunguna

En el cruce del kilómetro 29, un conductor se agacha a buscar el estuche de CDs que se le ha caído, y salta la aguja en el disco de su vida. Un fetichista apenas puede controlar sus urgencias en una reunión de trabajo. Un hijo y su padre muerto se combinan para quebrar una banca de apuestas. Un surfer entrado en años rememora sus días de juventud mientras escucha a Pink Floyd y conversa, ¿con quién exactamente? Estas son algunas de las historias contenidas en este maravilloso volumen de Miguel Yarull que incluye "Montás", el cuento que posteriormente se convierte en el hito del cine dominicano y caribeño *La Gunguna*. Un libro muy esperado y que abre el camino literario a uno de los guionistas más cotizados de la República Dominicana.